KB045259

코마키·나가쿠테小牧長久手 **전투(1584) 병풍도 앞부분.**
오다 노부오·도쿠가와 이에야스 연합군과
도요토미 히데요시 군의 전투 장면.

德川家康

도쿠가와 이에야스

2부
승자와 패자

11
두견새

TOKUGAWA IEYASU 1~26 by Sohachi Yamaoka

Copyright ⓒ 1987/88 by Wakako Yamaoka

Originally published in Japan by KODANSHA LTD., Tokyo.

Korean translation Copyright ⓒ 2000 by SOL Publishing Co.

Korean translation rights arranged with KODANSHA LTD., Japan

through THE SAKAI AGENCY/ORION and Imprima Korea Agency

All rights reserved.

이 책의 한국어판 저작권은

THE SAKAI AGENCY/ORION과 한국 임프리마 코리아 에이전시를 통한

KODANSHA LTD., Japan과의 독점 계약으로 솔출판사에 있습니다.

저작권법에 의해 한국 내에서 보호를 받는 저작물이므로

무단 전재와 무단 복제를 금합니다.

야마오카 소하치 대하소설
이길진 옮김

德川家康

2부
승자와 패자

11
두견새

도쿠가와 이에야스

솔

『도쿠가와 이에야스』를 바로 읽기 위해

1. 본문 중 °표시가 된 용어는 용어 사전에서 풀이하였다.

2. 본문 중 *표시가 된 용어는 용어 사전 외에 부록 및 지도 등에서 설명하였다(다른 권 포함).

3. 인명과 지명은 원음 표기를 원칙으로 하며, 된소리를 피하고 거센소리로 표기하였다. 단 도쿠가와와 도요토미만은 원음과 차이가 있지만 일반인에게 익숙한 이름이기에 외래어 표기법에 따랐다. 장음은 생략하였다.

4. 인명, 지명 및 고유명사는 처음 나올 때 원어를 병기함을 원칙으로 하였으며, 강과 산, 고개, 골짜기 등과 같은 지명 역시 현지 음대로 강=카와(가와), 산=야마(잔, 산), 고개=사카(자카), 골짜기=타니(다니) 등으로 표기하였다.

5. 성과 이름 중간에 나오는 것은 대부분 관직명과 서열을 나타내는 것인데, 그 당시의 관습에 따라 이름과 혼용하여 쓰이는 경우도 있다. 각 관청 및 관직에 대해서는 부록에서 설명하였다.
    ex) 히라테 나카츠카사노타유 마사히데 → 히라테 마사히데(이름) + 나카츠카사노타유 (나카츠카사의 장관), 아마노 아키노카미 카게츠라 → 아마노 카게츠라(이름) + 아키노카미(아키 지방의 장관)

6. 시간과 도량형은 아즈치·모모야마 시대에 쓰던 것을 그대로 따랐으며, 역시 부록에서 설명하였다.

차례

허실虛實의 구름 9

단풍에 내리는 가을비 31

주춧돌 56

계절의 이치 83

시위를 떠난 화살 109

매사냥 이야기 140

눈보라 치는 성 166

고호쿠江北 출병 · 190

시즈가타케 · 209

겐바의 침몰 · 239

고집의 탑 · 258

유정무정有情無情 · 298

그 다음에 부는 바람 · 331

부록 · 357

《 시즈가타케 전투 대진도 》

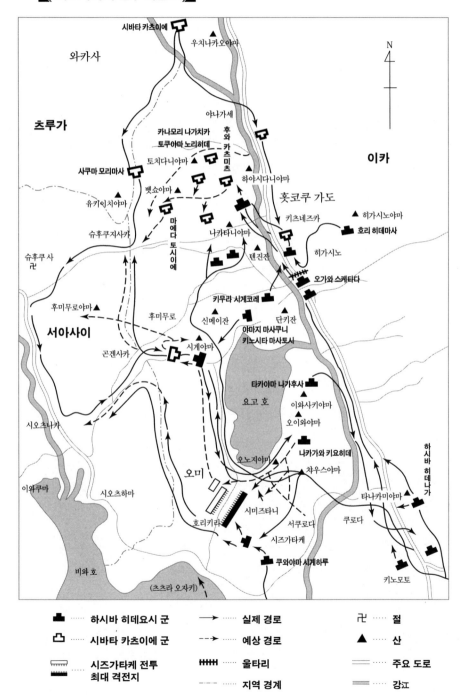

시바타 카츠이에
우치나카오야마
와카사
야나가세
N

츠루가
카나모리 나가치카
토쿠야마 노리히데
후와 카츠미츠
이카
사쿠마 모리마사
토치다니야마
하야시다니야마
유키이치야마
뱃쇼야마
홋코쿠 가도
키츠네즈카
히가시노야마
슈후쿠지사카
마에다 토시이에
나카타니야마
호리 히데마사
슈후쿠사 卍
텐진잔
히가시노
후미무로야마
오가와 스케타다
키무라 시게코레
서아사이
신메이잔
단키잔
곤겐사카
시게야마
야마지 마사쿠니
키노시타 마사토시
타카야마 나가후사
요고 호
시오츠나카
이와사키야마
오이와야마
하시바 히데나가
나카가와 키요히데
오노지야마
챠우스야마
오미
타나카미야마
이와쿠마
시오츠하마
쿠로다
호리키리
시미즈타니
서쿠로다
비와 호
시즈가타케
(츠츠라 오자키)
키노모토
쿠와야마 시게하루

범례

🏯	하시바 히데요시 군	→	실제 경로	卍	절
🏯	시바타 카츠이에 군	--→	예상 경로	▲	산
▦	시즈가타케 전투 최대 격전지	╫╫╫	울타리	―	주요 도로
		—	지역 경계	▨	강江

허실虛實의 구름

1

5층 텐슈카쿠天守閣°의 문을 열면 푸른 가을 하늘을 비치는 요도가
와淀川의 물줄기가 눈 아래로 굽어보였다. 그 앞에는 둥그스름한 오토
코야마男山 하치만八幡 숲이, 다시 그 너머에는 호라가토게洞ヶ峠에서
부터 멀리 야마토大和의 연봉連峰이 바라보였다.

"저 산에 완전히 단풍이 들 때까지는……"

하시바 히데요시羽柴秀吉°는 즐겁다는 듯 쿠로다 칸베에黑田官兵衛
를 돌아보았다.

히데요시가 새로 쌓은 야마자키山崎의 타카라데라 성寶寺城이었다.
아직 나무향기가 새롭고 벽의 흙냄새도 싱그러웠다.

쿠로다 칸베에는 여전히 웃는 것도 같고 그렇지 않은 것도 같은 애매
한 표정으로 히데요시를 쳐다보았다.

"이거, 참으로 놀라운 전망입니다."

그리고는 묻는 말과는 전혀 다른 대답을 했다.

오늘 이곳에 온 칸베에를, 히데요시는 느닷없이 경치가 좋으니 보여

주겠다고 했다. 그런 뒤 시동도 거느리지 않고 단둘이 새로 지은 이 텐슈카쿠에 올라왔다.

"칸베에……"

"저것이 추억의 가도街道로군요."

"가도 따위는 아무래도 상관없어. 어떤가, 카츠이에勝家°는 역시 이에야스家康에게 계속 사자를 보내고 있을 테지?"

칸베에는 흘끗 히데요시를 바라보더니 이번에는 확실하게 웃으면서 말했다.

"여기서 내려다보니 길을 가는 사람이 콩알처럼 작게 보입니다."

"이에야스는 콩알이 아니야. 이 히데요시가 너무 하찮게 보고 있다는 말이로군."

"말하자면 그렇습니다."

"좋아, 따라오게."

히데요시는 텐슈카쿠 중앙, 그 구조까지도 아즈치 성安土城을 모방한 방 한가운데로 가 털썩 주저앉았다.

"칸베에, 자칫 호죠 우지나오北條氏直까지 이에야스에게 먹히게 되지 않을까?"

칸베에는 당장 대답하지는 않았다. 자유롭지 못한 다리를 끌듯이 하며 히데요시 앞으로 가서, 품속에서 지도 한 장과 사람의 이름이 가득 적힌 종이를 꺼내 펼쳤다.

"음, 이것은 호죠 우지나오와 이에야스, 그리고 우에스기 카게카츠上杉景勝가 뒤얽혀 있는 대진도對陣圖로군……"

몸을 구부려 대강 훑어보고 나서 말했다.

"이런 상황이라면 호죠가 이에야스에게 화의를 제의하지 않을 수 없겠어."

"오는 십일월에 그렇게 될 것 같습니다."

"으음, 올해를 넘기지 못할 것이란 말이로군."

히데요시는 사람의 이름이 쓰인 곳에 시선을 떨구고는 불쑥 말했다.

"읽어보게. 너무 어려운 글자가 많아."

칸베에는 고개를 끄덕이고 읽기 시작했다.

그것은 7월 3일 이에야스가 하마마츠浜松에서 코슈甲州(카이甲斐)와 신슈信州를 향해 출발한 이후 그의 휘하에 포섭된 이름 있는 코슈 무장의 명단이었다.

그 명단에 따르면 타케다武田 가문의 친족은 물론 신겐信玄의 근신近臣, 토야마遠山의 무리, 미타케御岳의 무리, 츠가네津金의 무리, 쿠리하라栗原의 무리, 이치죠一條의 무리, 빗츄備中의 무리, 지키산直參의 무리, 지키산 아이들의 무리, 텐큐典廏의 무리, 야마가타山縣의 무리, 코마이駒井에 속했던 무리, 시로오리베城織部에 속했던 무리, 츠치야土屋의 무리, 이마후쿠今福, 아오누마靑沼, 아토베跡部, 소네曾根, 하라原, 아마리甘利, 사에구사三枝 등으로 구성된 집단의 무리, 오쿠라마에御藏前의 무리, 니쥬닌貳拾人 등이 모두 이에야스를 따르게 되었다. 그래서 카이 지방 일대가 전부 이에야스의 수중에 있음을 확실하게 보여주고 있었다.

"으음."

히데요시는 두어 번 고개를 끄덕였다.

"우다이진右大臣°님이 꽤나 미움을 샀던 모양이군. 그러나저러나 대단한 사람이야, 이에야스는."

"그렇다면······"

칸베에는 천천히 몸을 일으켰다.

"강적이 되겠군요. 만일에 도쿠가와德川 님과 슈리修理 님이 손을 잡는다면 말입니다."

마치 남의 일인 듯이 말하고 다시 애매한 미소를 떠올렸다.

2

"칸베에."

"예."

"이에야스가 이번에 성공한 원인은 어디에 있을까?"

"이에야스는…… 사만 삼천이나 되는 호죠의 대군을 상대하여 몇 번이나 위기를 만났지만 뜻한 대로 카이의 전부와 시나노信濃 일부를 손에 넣었습니다. 그렇게 할 수 있었던 근본 원인은 '인내'라는 두 글자에 있다고 생각합니다."

"뭐, 인내라고……?"

히데요시는 고개를 갸웃했다.

"그렇다면 나는 어떤가?"

"성주님에겐 '지략'이라는 두 글자가 있지요."

"으음, 두 글자와 두 글자란 말이지."

"성주님, 도쿠가와 님은 이번에도 상당히 눈에 거슬리던 상대에게도 인내할 수 있게 한 보답이라면서 영지를 나누어준 모양입니다."

"주는 일에 대해서는 이 치쿠젠筑前도 남에게 뒤지지 않아. 그러나 저러나 서둘러야겠어."

"무엇을 말씀입니까?"

천연덕스럽게 묻는 칸베에를 힐끗 본 히데요시는 자기가 실언한 것을 웃음으로 넘겨버렸다.

"와하하."

물론 시바타 카츠이에柴田勝家를 속히 제거해야 한다는 말이었으나, 그래도 이런 말은 아직 해서는 안 되었다. 만일 입밖에 내어 말한다고 해도 어디까지나 노부나가信長의 유지를 계승하는 쪽에 뜻을 두어야 할 터.

"일본의 통일을 도모한다."

그래서 이렇게 말하지 않으면 안 되었다.

그 통일을 이룩할 수 있는 사람은 히데요시 자신, 이런 자기 자신의 뜻대로 움직이지 않는 자는 적으로 알고 쓰러뜨리겠다는 것이 히데요시의 논리이고 자신감이었다.

"자네는 고약한 사람이야. 카츠이에가 이에야스와 손을 잡으면 강적이 될 것이라 하면서도……"

"아니, 제가 말씀 드린 것은 성주님이 생각하시는 것과는 의미가 다릅니다."

"뭣이…… 어떻게 다르다는 말인가?"

"도쿠가와 님이라면 슈리 님을 슬기롭게 포섭하여 언젠가는 부하처럼 다루게 될 것이라는 의미입니다."

"허어, 재미있는 말을 하는군. 그럼, 이 치쿠젠은 이에야스보다 못하다는 말인가?"

"그것도 해석하는 방향이 좀……"

"그럼, 어떻다는 말인가? 그것이 알고 싶네."

"어쨌거나 슈리 님에게는 오다 가문의 첫째가는 중신이라는 체면이 있습니다. 그리고 이번에는 우다이진 님의 여동생 오이치ぉ市˚ 님이 출가하시게 되어 일족이나 다름없는 신분입니다. 그러므로 도쿠가와 님 문전에서는 말을 맬 수 있지만 성주님의 문전에서는 말을 맬 수 없다고 말씀 드린 것입니다."

히데요시는 순간 버럭 성을 내며 고개를 돌렸다.

말끝마다 '농부의 자식인 주제에……' 라는 비웃음이 숨겨져 있었다. 지금 이 순간에도 칸베에는 그가 가장 싫어하는 일을 떠올리게 하고 있었다.

"음, 그런 뜻이란 말이지…… 그렇다면 자네 생각도 나와 마찬가지로군. 그러한 카츠이에라면 서둘러야 하겠지."

"서둘러야 한다……는 그 말 자체가 이미 안타까운 일이라고 말씀 드린 것입니다."

"와하하하, 알겠네, 알겠어. 그래, 그런 의미란 말이지?"

"성주님, 더 이상 도쿠가와 님을 강하게 만들면 우다이진 님의 뜻을 계승하는 일에 방해가 될지도 모릅니다."

"으음, 그럴 수도 있을 테지."

"슈리 님과 도쿠가와 님, 여기에 타키가와 카즈마스瀧川一益와 노부타카信孝 님이 연합하고, 다시 호죠 우지마사北條氏政와 우지나오가 가세하면 그 힘이 너무 강해질 것 같습니다."

천연덕스러운 표정으로 말하는 쿠로다 칸베에. 이번에는 히데요시가 빙긋이 웃었다.

3

쿠로다 칸베에도 종종 얼빠진 듯한 표정을 짓지만, 히데요시 또한 그 점에서는 결코 칸베에에게 뒤지지 않았다. 이러한 점도 성격인 듯. 두 사람에게는 서로가 상대를 표정이나 말로써 희롱하고 그것을 즐기는 어린아이와 같은 면이 있었다.

"그러면…… 이렇게 하세."

히데요시가 말했다.

"맨 먼저 카츠이에를 거시기하고 나서 노부오信雄이건 노부타카이건 화근이 될 만한 한쪽을 거시기한 뒤 이에야스를 거시기하여 오다와라 정벌에 나서도록 하세. 시코쿠四國와 큐슈九州 진압은 그 뒤에라도 상관없을 것 아닌가, 칸베에."

"도무지 알아듣지 못하겠습니다. 거시기한다는 것이 무슨 뜻인지."

"하하하…… 그럼, 자네는 곧 사카이堺로 가서 거상들에게 거시기하고 오게. 코니시 야쿠로小西彌九郎도 물론 보내겠지만 지혜에서는 자네가 훨씬 뛰어나. 이미 우다이진 님의 백일재百日齋로 다투어야 할 일은 없어. 당당하게 다이토쿠 사大德寺에서 장례식 올릴 준비를 하세. 절도 세우고 말일세. 아무도 흉내내지 못하게 하려면 많은 돈이 필요할 거야. 상당히 거시기하지 않으면 부족하게 돼."

칸베에는 진지한 표정으로 고개를 끄덕였다.

"그 준비가 끝나면 나머지 일은 걱정 없습니까?"

히데요시는 싱글벙글 웃으며 다시 얼빠진 듯한 표정으로 말했다.

"걱정 없다는 생각 없이 움직일 사나이인가, 쿠로다 칸베에가?"

"그러시면 이 칸베에를 못된 사나이로 보시는 것 같군요."

"암, 그렇고말고. 우선 적으로 돌아서면 이러지도 저러지도 못할 녀석이지. 참, 돌아올 때는 오사카大坂°에 들러서 요도야 죠안淀屋常安에게 원하던 대로 쌀을 거래해도 좋다고 하게. 언젠가는 우다이진 님의 뜻을 받들어 내가 오사카에 일본에서 제일가는 성을 세울 것이니, 사카이와 함께 크게 번창하게 될 것이라고 말하게."

"빈틈이 없으시군요."

칸베에는 천천히 왼쪽 발부터 내딛었다.

"훌륭한 경치를 실컷 구경했습니다. 그럼, 이만 물러가겠습니다."

"그래. 수고가 많았네, 칸베에."

히데요시는 계단 입구까지 배웅하고 그의 어깨를 툭 치면서 다시 웃었다.

"와하하하……"

웃음 끝에 한 층 밑에서 기다리고 있는 시동에게 큰 소리로 말했다.

"잠시 동안 더 경치를 구경하려 하니 너는 올라올 것 없다."

그리고는 다시 방으로 돌아왔다. 이번에는 웃지도 않고 멍청한 표정도 짓지 않았다. 하시바 치쿠젠노카미 히데요시羽柴筑前守秀吉가 가진 또 하나의 얼굴, 까다롭고 신경질적으로 보이는 눈으로 허공을 노려보면서 회랑으로 나왔다.

지난 9월 12일 히데요시는 노부나가의 친아들로 자신의 양자가 된 히데카츠秀勝를 상주로 하여 다이토쿠 사에서 노부나가의 백일재를 올렸다. 이 일로 노부타카나 카츠이에로부터 항의가 있을 줄 알았으나 아무 일도 없었다. 나중에 알았지만, 카츠이에는 카츠이에대로 노부나가가 죽은 뒤 노부타카의 명에 따라 카츠이에에게 출가한 오이치의 이름으로 묘신 사妙心寺에서 제사를 올렸고, 노부타카는 기후岐阜에서, 노부오는 키요스淸洲에서 각각 무언가를 한 모양이었다.

이렇게 되면 무언가 새로운 불만의 계기를 만들어주지 않으면 안 된다. 쿠로다 칸베에는 카츠이에와 이에야스의 제휴를 걱정했으나 히데요시가 우려하는 것은 도리어 키요스의 노부오와 이에야스의 접근이었다. 호죠와 도쿠가와의 화친에는 노부오가 여러 모로 중개역할을 할 것만 같았다.

이렇게 화친이 성립되어 정면의 적이 없어지면 이에야스의 눈은 자연히 서쪽으로 돌려질 것이고, 노부오의 불만을 통해 오다 가문의 내분에 귀를 기울이게 될 것이 분명했다.

4

현재 오다 가문의 내부에서 직접 문제가 되고 있는 것은 기후의 노부타카였다. 그는 키요스 회의의 결정에 따르지 않고 상속자인 산보시三法師를 이런저런 핑계를 대며 놓아주지 않았다.

이 일이 노부오에게는 몹시 껄끄러웠다. 산보시를 방패 삼아 셋째아들인 노부타카가 오다 가문을 잇게 된다면 둘째아들인 노부오의 체면이 땅에 떨어진다……고 생각하고 있을 것이 틀림없었다.

노부오와 노부타카의 사이는 날이 갈수록 험악해지고 있었다. 히데요시는 그들과는 다른 입장에서 산보시와 노부타카를 빨리 떼어놓지 않으면 안 되었다.

노부타카의 손에 산보시가 있는 한 카츠이에와 노부타카 쪽이 오다 가문의 중심이 되어야 한다는 여망興望이 높아질 것이고, 따라서 히데요시가 '노부나가의 유지遺志를 계승' 하는 일은 방해받게 될 터.

오이치는 시바타 카츠이에의 정실이 되었고, 거기에 카이와 스루가駿河를 손에 넣은 이에야스의 눈이 서쪽으로 쏠리게 된다. 그렇다면 이미 한시도 지체할 수 없는 일.

이에야스는 제일 먼저 노부오의 불만에 귀를 기울이게 된다. 그의 성격으로 미루어 두 사람을 싸우게 하기보다는 노부타카와의 사이를 화해시키려 나설 터. 노부오와 노부타카 두 사람이 산보시를 뒷받침하게 되면, 원래 그쪽 편이던 카츠이에나 카즈마스는 말할 것도 없고, 현재 히데요시의 위세가 두려워 망설이던 자들도 모두 그편이 될 우려가 있었다.

그렇게 되면 히데요시의 입장은 정말 난처해질 수밖에 없었다. 주군의 원수를 갚았다는 그 훌륭한 대의명분마저도 오히려 천하를 노린 음모로 바뀌게 될지도 모르는 일이었다.

히데요시가 또 하나의 얼굴을 드러낸 것은 이 때문이었다.

그는 조용히 북쪽 회랑으로 돌아가 쿄토京都*의 하늘에 시선을 보냈다. 그곳 역시 강과 들을 사이에 놓고 몇 겹으로 포개진 산맥이 아련히 바라다보였다.

"이에야스는 저 산과도 같은 면이 있는 사나이야."

아마도 올 한 해 내내 큐슈에서 타케다의 잔당 소탕에 골머리를 앓을 것이라 생각하고 있었는데, 순식간에 그들을 제압하고 도리어 힘을 합쳐 호죠와 대항하도록 만들어놓았다. 그 신속함이 히데요시로서는 여간 기분 나쁘지 않았다.

"나도 빨랐지만, 이에야스 그 녀석도 방심할 수 없는 지혜를 가지고 있어……."

그렇다고 해서 지금까지 순조롭게 진행되어온 일을 포기할 히데요시가 아니었다.

노부타카가 산보시를 놓지 않는다면 노부오에 대한 것을 일단 보류하고, 그 다음에 손을 써야 할 수단은 하나밖에 없었다. 히데요시가 시주施主가 되어 당당하게 노부나가의 장례를 치름으로써 노부타카나 카츠이에의 불만에 대항해야만 한다. 물론 그 장례는 망설이는 사람들을 제압할 만한 위력과 카츠이에나 노부타카의 잘못을 알려 대의는 히데요시 쪽에 있음을 천하가 인정할 만한 것이 되지 않으면 안 된다. 대의명분이 갖는 힘은 앞서 이곳에서 치렀던 전투를 통해 깊이 마음에 새겨둔 바 있었다.

"키요스 회의의 결정에 따르지 않고 후계자 싸움에나 몰두할 뿐 아버지의 장례도 치르지 않는다. 더 이상 참을 수 없어 이 히데요시가 장례를 치른다."

이렇게 말하면 노부타카에게는 불효자란 낙인이 찍히게 되고, 카츠이에는 불충의 무리로 전락한다.

'그런데 장례를 치르겠다는 생각과 그 준비에 소홀함이 있는 것은 아닐까……'

히데요시가 생각에 잠겨 북쪽에서 서쪽, 서쪽에서 남쪽으로 텐슈카쿠를 한 바퀴 돌았을 때였다.

"아룁니다."

이시다 사키치石田佐吉의 목소리가 들렸다.

5

"무슨 일이냐?"

히데요시는 얼른 부드러운 표정으로 사키치를 돌아보았다.

사키치의 빛나는 눈은 히데요시가 무슨 생각을 하고 있었는지 간파하고 있는 듯했다.

"사와야마佐和山의 성주 호리 히데마사堀秀政 님이 바깥 서원에서 기다리고 계십니다."

"뭣이, 큐타로久太郎가 왔어……?"

"예. 치쿠젠 님 심기가 어떠시냐고 여간 신경을 쓰시지 않습니다."

"흥, 심기…… 심기는 몹시 언짢아. 왠지는 모르나 잔뜩 화를 내고 있다면서 기다리라고 해라."

이시다 사키치는 시원스럽게 생긴 눈썹을 펴며 씽긋 미소를 띠고 꾸벅 절을 한 뒤 그대로 텐슈카쿠를 내려갔다.

히데요시는 가슴을 떡 펴고 다시 한 번 텐노잔天王山을 쳐다보고 야마자키 가도를 내려다본 뒤 천천히 계단을 내려갔다.

키요스 회의 이후 히데마사는 완전히 히데요시에게 심복하고 있었다. 니와 나가히데丹羽長秀의 사와야마 성을 차지하고, 20만 석 다이묘大名가 되었을 뿐 아니라, 산보시의 후견인이라는 중신이나 다름없는 대우를 받게 되었기 때문이다.

그러나 히데마사는 아직까지 산보시를 노부타카의 손에서 건네받지 못하고 있었다. 그런 만큼 히데요시의 심기에 몹시 신경을 쓰고 있는 모양이었다.

'히데마사가 온 것을 보니, 무슨 일이 있었구나……'

히데요시는 지금은 되도록 여러 사람 사이에 분규가 일어나기를 바라고 있었다. 분규가 생기면 생길수록 그쪽에 관심이 쏠려 그가 하려는 일은 쉬워질 터.

히데요시는 남향인 2층 서원 근처에 이르러 크게 기침했다.

"에헴!"

기침소리에 시동들이 얼른 장지문을 열어 그를 맞았다. 절하는 히데마사는 거들떠보지도 않고 히데요시는 성큼성큼 상좌로 걸어가 앉으면서 느닷없이 말했다.

"큐타로, 그대들은 대관절 무얼 하고 있는 거야?"

"무엇을 하고 있다니요……?"

호리 히데마사는 사키치로부터 미리 귀띔을 받고 있었다. 그래서 히데요시의 노기에 미리 겁을 먹은 표정이었다.

"전쟁에 때가 있듯이 정치에도 때가 있어. 우물쭈물하고 있으면 일본이 다시 전쟁터로 변하게 돼."

"그러시면…… 산보시 님에 관한 일로……"

"아즈치 성에 대한 일이야."

히데요시는 사방침을 탁 쳤다.

남이 오른쪽이라고 하면 왼쪽에서, 왼쪽이라고 하면 오른쪽에서부터 이야기를 진행해나가는 것이 히데요시의 능란한 화술의 허실虛實이었다.

"니와 고로자에몬丹羽五郎左衛門에게도 단단히 이르도록. 사카모토 성坂本城의 수리 따위는 뒤로 미루고 어서 아즈치 성을 완성시키라고 해. 하루라도 빨리 산보시 님을 그곳에 모시지 않으면 일본 천하가 대란에 휩쓸리게 돼. 이 맑은 가을 하늘에 이상한 비구름이 몰려오고 있어. 그것을 보지 못한대서야 어디 말이나 되느냐. 동쪽이야! 동쪽 하늘에서야!"

히데마사는 고개를 갸웃했다. 언제나 그렇지만 히데요시의 말 그 자체가 기괴한 비구름과 같아 걷잡을 수 없었다.

동쪽 하늘이라면 우에스기일 수도 있고, 호죠나 도쿠가와라 할 수도 있었다. 아니, 이곳에서 볼 때는 시바타의 전선도 키요스나 기후도 동쪽이었다.

"모르겠나!"

히데요시는 다시 혀를 찼다.

"이 구름이 몰려오면 순식간에 하늘을 온통 뒤덮게 돼. 호우가 되고 폭우가 돼! 우다이진 님의 업적을 한꺼번에 휩쓸어버리는 큰 홍수가 돼. 알겠나?"

히데마사는 영문도 모른 채 호된 꾸지람을 들으며 머리를 숙이고 다시 고개를 갸웃했다. 자기 용무를 말할 틈도 없었다.

6

"아무래도 그대들은 너무 굼뜨고 느려. 천하 일이란 언제나 힘차게 흐르는 맑은 물과 같지 않으면 안 돼. 고인 물은 쉽게 썩지만 흐르는 물은 썩지 않아. 그래서 만인이 기꺼이 찾아오는 거야. 사람의 마음을 지루하게 만들지 않고…… 만인이 항상 찾아오게 되는 거야. 이런 맑은 물과 같지 않으면 정치라 할 수 없어!"

히데요시는 흰 이를 드러내고 계속 훈계했다.

히데마사는 적이 안도했다. 사키치가 겁을 주었던 것만큼은 심기가 불편하지 않음을 깨달았다. 정말 기분이 나쁠 때는 이처럼 말이 많지 않은 히데요시의 성격을 그는 이미 알고 있었다.

"정치가 만인의 희망을 뒷전으로 미루었을 때는 벌써 패배한 거나 다름없어. 전쟁과 마찬가지야. 생각지도 못했던 행복을 가져다주었을 때 비로소 만인은 따르게 돼. 반대로 백성들이 이것도 해달라, 저것도 해달라고 말하게 되었을 때는 무슨 일을 해도 이미 늦어. 전혀 고마워하지 않아. 고마워하기는커녕 아직 모자란다…… 모자란다고 불만을 늘어놓으면서 천하에 분쟁의 씨를 뿌리는 거야…… 이 이치를 깊이 마음에 새겨야 해. 지금까지 난세가 계속된 것은 만인의 희망이나 욕구를 미리 내다보는 훌륭한 인물이 없어서야. 우다이진 님은 시작하셨어. 우리가 우다이진 님의 뜻을 확고하게 이어받아야 해. 만인의 희망을 멀리 앞질러 보고, 아 저런! 저런! 하는 탄성을 듣지 못한다면 그 뜻을 이어갈 수 없어."

단숨에 말하고 비로소 히데마사를 똑바로 쳐다보았다.

"좋아, 들어보겠어. 그대가 가져온 탄성을 들을 만한 수법을."

히데마사는 자기가 저런, 저런 하고 말하고 싶었다. 참으로 회전이 빠른 두뇌이고 잘 움직이는 입이었다.

"그럼 말씀 드리겠습니다마는, 이것은 결코 맑은 물이 아닙니다."

"그렇다면 썩어가는 물이란 말인가? 좋아, 그런 물이라도 물꼬를 터주면 흐르는 물이 될 수 있겠지."

"실은 시바타 슈리柴田修理 님이 저에게 사자를 보내왔습니다."

"음, 그 썩어가는 물이 무슨 소리를 하던가? 기후에 다리를 놓아 산보시 님을 건네주겠다는 말이라도 하던가?"

히데마사가 혀를 차며 고개를 저었다. 그런 말을 전해올 리가 없는 카츠이에란 것을 알면서도 묻는 히데요시가 원망스럽기까지 했다.

"아마도 제 입을 통해 치쿠젠 님께 전하라는 의미일 것입니다. 다섯 개 조항의 각서를 보내왔습니다."

"다섯 개 조항? 썩어가는 물로서는 의외로 불만이 적은 편이로군."

"그 다섯 개 조항은 모두 치쿠젠 님이 정치를 자의대로 행하여 키요스 회의의 결정을 짓밟고 있다는 불만이었습니다."

"그래? 그거 재미있군!"

비로소 히데요시의 얼굴에 미소가 떠올랐다. 카츠이에가 불만을 털어놓는 것은 지금의 히데요시로서는 이제 겨우 고인 물이 흐르기 시작한 것과 마찬가지인 기쁨이었다.

"좋아, 들어보세. 그 첫째 조항부터."

히데요시는 사방침 앞으로 상반신을 내밀고 눈을 가늘게 뜨면서 히데마사에게 재촉했다.

히데마사가 흘끗 시동을 돌아보았으나 히데요시는 물러가라는 말을 하지 않았다. 히데마사는 그대로 품속에서 각서를 꺼내 느릿한 어조로 글을 읽지 못하는 히데요시를 위해 그 개요를 설명해나갔다.

7

"제일조에서는……"

히데마사가 말했다.

"슈리 님은 오늘날까지 치쿠젠 님과의 협정을 하나도 위배한 일이 없다는 점을 강력하게 주장하고 있습니다."

"흥, 처음부터 변명이로군. 변명부터 늘어놓는다는 점이 썩은 물다워. 그럼 제이조에서는?"

히데요시는 여전히 눈을 감은 채 독설을 내뱉으며, 업신여기는 표정이 되었다.

"제이조에서는, 현재 문중에 불평이 일어나고 있는 것은 원래 히데요시와 카츠이에 사이에 불화가 있었기 때문이 아니다, 키요스의 서약이 이행되지 않고 치쿠젠 님이 정치를 사사로이 하고 있기 때문이라고 강력하게 비난하고 있습니다."

"으음."

히데요시는 마치 남의 일이라도 듣고 있는 양 입을 열었다.

"이것은 그대 앞으로 보낸 각서이니 그랬을 테지. 그러나 정치를 사사로이 하건 하지 않건 이 히데요시를 제외하고 남을 놀라게 할 만큼 정치를 해낼 수 있는 인물이 또 있을까."

"제삼조는……"

히데마사는 히데요시의 수다를 막으려는 듯 얼른 뒤를 이었다.

"카츠이에는 치쿠젠에게 양도받은 나가하마長浜 외에는 쌀 한 톨, 돈 한 푼도 사사로이 가진 적이 없다. 영지는 물론 무사 한 사람도 사유하지 않았다. 그런데 치쿠젠은 나카가와中川와 타카야마高山를 위시하여 호소카와細川, 츠츠이筒井 등의 장수에게까지 멋대로 영지를 늘려주어 부하로 삼고 있다……고 공격하고 있습니다."

"하하하…… 알겠어, 알겠어. 어디까지나 고인 물은 썩게 마련이야. 그대도 알고 있듯이 나는 나카가와나 타카야마는 물론 호소카와나 츠츠이에게 부하가 되라고 한 일이 없어. 그들로서도 천하를 위해서는 나를 돕는 것이 우다이진 님의 유지를 계승하는 일이라 믿고 협력하는 거야…… 좋아, 질투하고 싶거든 어서 하라고 해."

"제사조는……"

"제사조는?"

"산보시 님을 아즈치로 모시는 일로, 니와 나가히데가 계속 기후의 노부타카 님에게 청을 드리고 있으나 오해가 있다. 카츠이에가 은밀히 노부타카 님과 합의하여 반대하고 있는 줄 알지만, 이는 전혀 사실이 아니다. 카츠이에는 처음부터 산보시 님을 아즈치로 옮기는 데 찬성하고 있었으며, 단지 노부타카 님이 히데요시가 정치를 멋대로 하는 것에 분개하고 있을 뿐이다. 따라서 히데요시가 정치를 사사로이 하지 않겠다고 약속한다면 이 문제도 해결될 것이다."

과연 이 문제는 핵심이었기 때문에 히데마사는 히데요시의 안색을 살피면서 일단 읽기를 중단했다.

히데요시의 표정에는 아무 변화도 없었다.

"으음, 카츠이에는 시치미를 떼는군. 괸 물은 이미 늙었어. 큐타로, 다음 제오조는?"

"제오조는…… 치쿠젠에게 반성을 촉구하여 내부 모순을 제거한 뒤 다 같이 이에야스를 도와 호죠를 무찔러야 한다고 했습니다."

"허어, 그거 듣던 중 새로운 말이로군. 이에야스를 도와 호죠를 무찌르면 어떻게 된다는 말인가?"

"호죠 우지마사는 우다이진 님이 생존하셨을 때는 그 명을 받들었으나 돌아가신 뒤 반기를 들고 지금은 이에야스와 맞서고 있다. 이러한 호죠 우지마사를 무찔러 우다이진 님의 영혼을 위로하는 것이 참된 복수전이라고……"

히데요시는 갑자기 배를 끌어안고 웃기 시작했다.

8

"이거 정말 놀라운 묘안이군. 이에야스를 도와 호죠를 치는 것이 주군의 복수전이라…… 웃기는군. 정말 웃기는 소리야……"

히데요시는 방약무인하게 웃고 나서 불쑥 말했다.

"복수전이라는 것이 카츠이에에게는 유리하게 생각되는 모양이로군. 그의 말대로 하면 어떻게 된다고 생각하나, 그대는?"

호리 히데마사는 똑바로 히데요시를 쳐다보기만 할 뿐 대답하지 않았다.

"다 같이 이에야스를 도와 호죠 가를 멸망시킨다면 어떻게 되겠느냐고 나는 묻고 있는 거야. 카츠이에의 계산으로는 우선 이에야스를 도와주고 나서 다음에 이 히데요시와 맞서게 할 생각인 모양인데, 그러면 전혀 반대의 결과를 낳게 돼. 이에야스는 카츠이에 같은 바보가 아니야. 먼저 자기 힘을 기른 뒤 나와 맞서기보다는 우선 가깝고 손쉬운 방법을 택하게 될 거야. 가깝고 손쉬운 방법……이라면 그것은 이 히데요시가 아니라 카츠이에의 영지인 엣츄越中, 카가加賀와 에치젠越前 쪽일세. 멍청하게 굴다가 일부러 자기 목을 스스로 조를 것까지는 없다고 말해주게."

히데요시의 말을 듣고 보니 과연 일리가 있다고 수긍되기도 했다. 그러나 오다 가문의 첫째 중신인 카츠이에를 이처럼 가혹하게 매도해도 되는 것일까. 이렇게 되면 그나마 남아 있던 타협의 여지마저 없어지는 것은 아닐까.

걱정스러운 생각을 하면서 히데마사는 다시 입을 열었다.

"제오조에 아직 추신이 남아 있습니다."

"자기 몸을 망칠 복수전에 대해 추신이 붙어 있다는 말인가?"

"예. 이것만은 무슨 일이 있어도 분명히 해두어야 한다고…… 치쿠젠은 도대체 무슨 생각으로 이 야마자키에 성을 쌓았는가? 물론 오다 가문의 영내이므로 누가 누구에게 준 것도 아니고 누가 반란을 일으킬 만한 상태도 아니다. 그런데도 멋대로 수도 부근에 성을 쌓다니 어디 될 말인가. 만일 내가 치쿠젠의 영내인 히메지姬路 부근에 성을 쌓는다면 치쿠젠은 가만히 보고만 있을 것인가. 이 일만은 그대로 넘겨버릴 수 없다고."

"으음."

히데요시는 약간 진지한 표정이 되었다.

"큐타로, 그대가 나라면 무어라 대답하겠나?"

히데마사는 떨떠름한 표정이 되어 다시 입을 다물었다.

"그대는 내 마음을 알 것이야. 내가 무엇 때문에 여기에 성을 쌓았는지 생각하는 그대로를 말해보게."

"생각하는 그대로라니요?"

"그대로, 그대로 말이다. 모르겠느냐?"

"왕성을 수호하기 위해서겠지요."

"물론이야. 단지 수호하기 위해서만이라면 내가 아니라도 돼. 그런데 유감스럽게도 나말고는 사람이 없어. 각자가 자기 영지에 대한 일에 바빠 불평은 하고 있으나 여력이 없어. 그런 의미에서 모두 어리둥절해 하고 있어. 그래서 할 수 없이 우다이진 님의 뜻을 생각하고 이 치쿠젠이 만일의 경우를 위해 왕성 수비를 강화했지. 이 뜻을 이해하는 자가 현재로서는 아마 이에야스 혼자뿐일지도 몰라."

"그럼, 이에야스 님은 이 일을……"

히데마사는 깜짝 놀라 반문했다. 히데요시는 태연한 표정으로 고개를 끄덕였다.

"이에야스가 말로는 나타내지 않지만, 서쪽 일은 모두 히데요시에게 맡긴다, 어서 천하를 뭉치도록 하라. 그동안 동쪽의 적은 절대로 방해하지 못하게 하겠다…… 이것이 나에 대한 무언의 말일세. 이 미묘한 점을 썩은 물에게 들려주도록 하게. 모른다면 히메지에 또 하나 성을 쌓아도 좋다고 하게. 그럴 만한 능력이 있다면, 이 치쿠젠이 간섭하고 싶어도 하지 못하는 게 이치야. 참견하려거든 먼저 상대를 저지할 만한 힘을 가지라고 하게."

히데마사는 더 이상 할말이 없었다. 히데요시는 완전히 카스이에에게 싸움을 걸고 있었다.

9

이에야스가 무언의 말을 전해왔다는 등 사람을 사람으로 보지 않는 호언장담을, 그리고 능력이 있으면 히메지에건 어디에건 마음대로 성을 쌓아보라고 하고 있었다.

그 말을 듣고 화가 난 카츠이에는 어떻게 나올까……?

히데마사는 오싹 소름이 끼쳤다.

카츠이에, 히데요시 두 사람이 츄고쿠中國에서 철수해올 때는 어쨌거나 모두 노부나가의 가신이었다. 그런데 지금은 겨우 4, 5개월 동안에 그때와는 비교도 되지 않을 정도로 현격하게 차이가 벌어졌다. 만약 카츠이에가 군사를 일으켜 히데요시와 맞선다고 해도 니와 나가히데도, 물론 자기 자신도 카츠이에의 편에 서지는 않을 것이다.

나카가와, 타카야마, 호소카와, 츠츠이, 그리고 하치스카蜂須賀, 쿠로다, 이케다池田, 우키타宇喜多 등 손을 꼽아가며 비교해보아도 야마자키 전투 때와는 비교도 안 될 정도로 히데요시는 강대해졌다.

'대적할 수 없다……'

대적할 수 없다는 것을 알기 때문에 자기도 니와 나가히데도 이미 히데요시로부터 떨어질 수 없었다.

이럴 때 카츠이에의 한낱 힐문하는 서신 따위가 얼마나 힘을 지닐 수 있을까…… 히데요시의 말대로 카츠이에는 이미 썩은 물, 얼이 빠져 있다고밖에 할 수 없었다.

무서운 일이지만 사실이었다. 불과 5개월이란 시간이 카츠이에를 고인 물로, 히데요시를 도도히 흐르는 큰 강으로 만들었다.

"알겠나, 히데마사?"

이번에는 큐타로라는 허물 없이 부르는 이름 대신 히데마사라고 부르며 히데요시가 빙긋이 웃었다.

"내 말은 카츠이에 따위는 두렵지 않다는 말일세. 오다 가문은 가문 대로 유지하고 우다이진 님의 유지는 유지대로 역량 있는 자가 훌륭히 계승해야 한다는 말을 하고 있는 거야. 사소한 감정을 개입시키면 양쪽 모두 흔적도 없이 사라지게 돼. 그렇게 되면 장례도 제사도 치르지 못 하게 돼. 알겠거든 그대는 나와 함께 식사한 뒤 마음을 굳게 먹고 돌아 가게."

히데요시는 좀전에 심각하게 말했던 비구름이나 폭풍우 등의 이야 기는 깡그리 잊은 얼굴로 시동에게 밥상을 가져오게 했다. 여전히 왕성 한 식욕이었다.

"나는 말이지, 매일 이 텐슈카쿠에서 쿄토를 바라보곤 하네. 그러면 쩨쩨한 근성이 달아나고 우다이진 님의 큰 꿈이 생생하게 가슴에 살아 나는 거야. 우다이진 님은 과연 위대한 분이었어……"

몇 번이나 밥공기를 내밀면서 입에 침이 마르도록 노부나가를 칭송 했다.

"우다이진 님 장례는 말일세, 누가 무어라 하건 큰 절을 세워 우다이 진 님의 웅도雄圖에 어울리도록 세상을 깜짝 놀라게 하지 않으면 안 돼. 문중에서 그 일을 할 수 있는 자가 어디 있겠나?"

식사대접을 받고 성을 물러나오는 히데마사의 어깨를 툭툭 치면서 히데요시는 가슴을 떡 폈다.

히데마사는 히데요시의 말이 머릿속에 맴돌아, 성문을 나서면서 새 삼스럽게 성을 돌아보지 않을 수 없었다.

'저 텐슈카쿠 꼭대기에서 쿄토를 굽어보는 히데요시……'

어디선가 히데요시의 모습이 보이는 듯하여 말을 세웠다. 그 순간 성 자체가 카츠이에를 비롯한 오다 문중에게—

'이것이 나의 힘이고 뜻이다! 모두 잘 보아라.'

이렇게 시위하는 히데요시의 함정인 것처럼 여겨졌다. 만일 그렇다면 카츠이에는 쉽게 그 함정에 빠진 셈이었다.

"위험하다, 위험해."

히데마사는 저도 모르게 입 속으로 중얼거리며 웃었다.

"후후……"

단풍에 내리는 가을비

1

10월에 접어들면서부터 에치젠에는 이미 서리가 내리는 날이 많아졌다. 키타노쇼北の庄 성안에서도 정원의 단풍나무가 빨갛게 물들었다. 하늘이 맑게 개어 반쯤 눈을 뜨고 보면, 하늘의 푸른빛에 단풍의 붉은 색이 물들어 그 색채의 어울림이 절묘했다.

오이치는 아까부터 하늘과 붉은 단풍의 조화로운 색채 속에 무언가 잊고 있던 자신의 과거가 묻혀 있는 것 같아 멍하니 눈길을 보내고 있었다. 전남편 아사이 나가마사淺井長政가 오미近江의 오다니 성小谷城에서 죽은 지 10년의 세월이 흘렀다. 그런데도 마치 어제 일인 것처럼 선명하게 떠오르는 것과, 꿈처럼 가물가물 사라져가는 기억이 묘하게도 애틋하게 뒤섞여 있었다.

삭발하지 않은 여승으로 세 딸에게 생애를 바칠 작정으로 있던 자기가 지금은 키타노쇼 성에서 시바타 슈리노스케 카츠이에의 아내가 되어 있다. 그 자체가 이미 하나의 슬픈 꿈만 같아 견딜 수 없었다.

'어째서 내가 재가하려는 마음이 들었을까?'

여자의 한 생애에 두 남편을 사랑할 수는 없으며, 자기 남편은 아사이 나가마사 한 사람뿐이라고 늘 생각해온 오이치였다.

모든 것을 오다 가문의 안녕을 위해…… 이러한 노부타카의 설득에 그만 재가할 마음이 들었던 것도 이상하다면 이상했다. 어쩌면 오빠 노부나가와 그 아들 노부타다信忠의 죽음 때문이었는지도 모른다.

'우리는 앞으로 어떻게 될까……?'

이 경우 제일 먼저 머리에 떠오르는 것은 '우리' 라는 모녀 네 명이었다. 그녀의 마음 어딘가에 전란에 대한 공포와 자식들을 위해서라는 무의식적인 대비책이 그녀를 이렇게 만들었는지도 모른다. 전란이 두려워 몸을 숨기기 위해서는 가장 안전한 장소라고 생각했을까.

키타노쇼는 원래 아스와足羽 미쿠리야御廚°의 북쪽 성으로, 아사쿠라 노리카게朝倉教景의 동생 토토우미노카미 요리카게遠江守賴景가 세운 후 6대에 걸쳐 이어져왔다.

혼간 사本願寺 소요 때는 한때 시모츠마 홋쿄下間法橋°가 차지했다. 그 후 노부나가의 특명으로 카츠이에가 맡게 되었다.

"에치젠은 민심이 험악하여 반란이 잦고, 우에스기가 노리고 있어 보통 사람은 다스리지 못한다. 카츠이에가 아니면 안 된다."

그 무렵 노부나가는 잇코一向 신도들을 잔인하다는 평판을 받을 만큼 가혹한 방법으로 진압했다. 그런 만큼 여간한 맹장이 아니면 안 된다고 하여 첫째가는 중신 카츠이에에게 맡긴 사정은 오이치도 잘 알고 있었다.

이 카츠이에를 카가의 사쿠마 겐바 모리마사佐久間玄蕃盛政와 에치고越後의 마에다 마타자에몬 토시이에前田又左衛門利家°가 양쪽에서 강력하게 후원하고 있었다.

노부나가가 살해되어 킨키近畿에서 미노美濃와 오와리尾張까지 다시 전란의 소용돌이에 휩쓸린다고 해도 키타노쇼만은 안전하게 오이치 모녀를 지켜줄 것이다…… 이런 생각으로 피난하듯 재혼할 생각이 들었던 것인지도 모른다.

그러나 막상 출가하고 나서 오이치는 당황했다. 10년의 세월은 그녀를 조금도 세속적인 체념의 티끌로 감싸지 않고, 스물네 살 때보다도 더 젊고 청결한 여자로 머물러 있게 했다.

오이치는 카츠이에와 베개를 나란히 하고 누운 혼례식 날 밤 그것을 알았다. 예순이 지난 카츠이에의 육체를 아무리 이성理性으로 납득해 보려 해도 오이치의 감정은 그에게 안기기를 완강하게 거부했다. 그들은 아직까지도 부부로서의 결합이 없었다……

2

한편으로는 모녀 네 사람의 피난을 생각하는 타산적인 마음이 자리하면서, 다른 한편으로는 카츠이에를 거부한다…… 그런 뻔뻔스런 모순이 어디 있느냐고 아무리 마음을 돌리려 해도 소용없었다.

나가마사와 서로 사랑하며 아이를 낳았던 지난날의 꿈이 카츠이에에게 몸을 허락하는 순간 산산조각이 될 것만 같았다. 그 꿈을 깨뜨릴 바에는 차라리 죽는 편이 낫다. 카츠이에의 손이 자기에게 뻗어올 때마다 전혀 예기치 못한 또 하나의 여자가 죽는 편이 낫다고 맹렬하게 고개를 치켜세우고 거부했다.

이런 경우 여자에게 거부당한 사나이가 얼마나 분개할 것인지는 충분히 상상할 수 있었다. 나이는 예순이 넘었지만 잘 단련된 카츠이에의 몸은 아직 장년의 체력을 유지하고 있었다. 그런 만큼 처음에는 강력하게 요구해왔으나 요즘에는 손을 대려 하지도 않았다.

오이치는 불안해졌다. 카츠이에가 오이치에 대한 화풀이로 맏딸 챠챠히메茶茶姫*를 건드리지나 않을까 싶어 여간 신경이 쓰이지 않았다.

챠챠히메는 열여섯 살이 되었다.

육체의 발육은 별로 조숙한 편이 아니었으나, 그 기질은 어머니 오이치 부인에 비해 활달하고 외향적이었다. 조금도 상대를 두려워하지 않았으며, 때로는 남자들을 상대로 지나칠 정도로 과격하게 대하는 일이 있었다.

'아무튼 단단히 주의를 주어야지……'

딸의 안전을 위해서라도 자기가 순순히 카츠이에의 요구에 응해야 한다……고 생각은 하고 있었다.

'허락하지 못하는 것은 어째서일까……?'

이런 생각을 멍하니 떠올리고 있을 때.

"어머님, 말씀 좀 여쭈려고 왔습니다."

서슴없이 들어와 오이치에게 웃으면서 말한 것은 바로 그 챠챠히메였다.

챠챠히메는 오이치보다 얼굴이 더 둥근 편이었다. 귀염성은 있었으나 기품의 면에서는 어머니보다 떨어졌다. 하지만 그 빛나는 눈은 어머니보다 훨씬 더 영리하다는 것을 말해주었다.

"슈리 님이…… 아니, 아버님이 불쾌해하시는 이유를 알았어요."

앉자마자 챠챠히메는 목을 움츠리고 키득 웃었다.

오이치 부인은 가슴이 섬뜩했다.

'혹시 챠챠가 부부간의 일을……'

짐짓 태연한 체하면서 나무랐다.

"슈리 님이라니, 말조심해라. 그런데 무얼 알았다는 말이냐?"

"원숭이님에게…… 아니 치쿠젠 님에게."

챠챠히메는 다시 목을 움츠리며 웃었다.

"사사건건 언짢은 말을 들어…… 그래서 화가 나셨어요."

"치쿠젠 님에게라니…… 그 이야기를 누구한테 들었느냐?"

"에치고에서 마에다 님이 오셨어요. 두 분의 주연에 제가 술을 따르러 갔었어요."

"아니…… 누가 그런 자리에 나가라고……"

"아버님이……"

챠챠히메는 거침없이 말했다.

"아버님은 우다이진 님의 조카딸에게 술을 따르게 하여 마에다 님 앞에서 자신의 위엄을 드러내려 하셨어요. 그래서 저는 아주 공손히 대해드렸어요. 재미있었어요!"

"저런…… 그렇게 설쳐대다니, 동생들이 본받을까 걱정되는구나."

챠챠히메는 그 말에는 대답하지 않고 진지한 얼굴로 말했다.

"어머님, 치쿠젠 님으로부터 이 달 중순에 우다이진 님의 장례를 치를 테니 상경하라고 마치 명령을 내리듯이 통보해왔다고 합니다."

3

"뭐, 우다이진 님의 장례를……?"

오이치 부인은 그 장례가 남자들 사이에서 어떤 의미를 갖는지 잘 몰랐기 때문에 아무렇지도 않은 어조로 물었다. 그러나 챠챠히메는 무언가 몹시 분개하고 있는 듯 눈을 크게 뜨고 몸을 앞으로 내밀었다.

"감쪽같이 당한 거예요. 이번에도 슈리 님이…… 아니, 아버님이."

"감쪽같이 당하다니?"

"예, 그래요. 정말이지…… 치쿠젠 님에게 명령이나 다름없는 말을 듣다니, 아버님은 너무 어수룩해요."

"아니, 그런 버릇없는 말을 하면 안 돼."

"하지만…… 기후의 성주님(노부타카)이나 아버님이 아직까지 장례를 치르시지 않은 것은 누가 무어라 해도 큰 실수였어요. 치쿠젠 님은 지체 없이 그 실수를 기화로 아버님과 기후의 성주님을 다그친 거예요. 호호호……"

"뭐가 그리 우습냐? 나는 도무지 모르겠구나."

"모르시면 말씀 드리겠어요, 어머님."

챠챠히메는 다시 몸을 앞으로 내밀고 장난스럽게 눈을 굴렸다.

"아버님이나 기후 성주님은 치쿠젠이 약속을 지키지 않고 멋대로 부하를 늘리고 성을 쌓았기 때문에 산보시 님을 아즈치에 보내지 않으신 거예요. 산보시 님을 아즈치에 보내면 산보시 님 이름으로 치쿠젠이 무슨 짓을 할지 모른다고 생각하셨는데, 그게 어리석은 일이었어요…… 호호호, 치쿠젠은 기다리고 있었어요. 치쿠젠은 영리한 사람, 아버님이나 기후 성주님보다 훨씬 더!"

"아니…… 그것이 너는 기쁘다는 말이냐?"

"기쁘지는 않지만 재미있어요! 그렇지 않으세요, 어머님? 치쿠젠은 기후 성주님이 아직까지 아즈치로 산보시 님을 보내지 않고 상속권 다툼을 하고 있다. 세상의 이목도 있고 하니 더 이상 참을 수 없다. 치쿠젠이 자의로 절도 세우고 당당하게 장례도 치르겠다. 그러니 귀하도 참석하라…… 호호호, 깨끗이 허를 찔리고 말았어요. 산보시 님을 치쿠젠에게 보내지 않은 것을 구실로 꼼짝 못하게 만들고 말았어요."

오이치 부인은 왠지 모르게 섬뜩한 생각이 들었다.

"그게 사실이냐, 챠챠?"

"왜 제가 거짓말을 하겠어요……"

챠챠히메는 약간 입술을 비죽 내밀었다.

"마에다 님에게도 똑같은 내용의 서신이 왔다고 해요. 그래서 어떻게 해야 할지 상의하러 오셨는데, 그 어수룩한 분이 노발대발 화를 내고 계신 것이…… 재미있어서."

오이치도 더 이상 딸을 탓하려 하지 않았다. 아무래도 챠챠히메는 카츠이에에게 반감을 가지고 있는 듯했다. 어쩌면 어머니를 빼앗겼다는 의식이 저도 모르게 드러났던 것인지도 모른다……

치쿠젠과 남편의 사이가 험악해진다는 것은 모녀의 생활과 관계가 없지 않았다. 전란을 피하겠다는 일념으로 이 키타노쇼에 시집왔다. 그런데 이곳까지 분쟁의 장소가 된다면, 그것은 너무나 비참했다.

"그래서…… 우리 성주님은 뭐라고 대답하셨어? 마에다 님과 함께 장례에 참석하기로 하셨느냐?"

"아뇨."

챠챠히메는 즉석에서 고개를 저었다.

"누가 원숭이 밑에서……라고 내뱉듯이 말씀하셨어요."

"어머나, 그런 말씀을!"

4

챠챠히메는 어머니의 불안을 알지 못했다. 그런 만큼 치쿠젠의 멋진 반격을 도리어 통쾌하게 여기고 있었다.

"어머님."

다시 목을 움츠리듯이 하고 말했다.

"영리한 치쿠젠이 하는 일이기 때문에 이번 장례는 반드시 온 나라가 깜짝 놀랄 만큼 성대하게 치러질 거예요."

"과연 그럴까?"

"그리고 아버님이나 기후 성주님은 더욱 세상에 얼굴을 들지 못하게 되실 거예요…… 그 장례 소문과 함께 후계자 다툼에 대한 소문도 퍼질 테니까요."

"......"

"어머님이 아버님께 말씀 드리는 것이 좋겠어요. 좀더 현명하게 처신하셔서 치쿠젠의 콧대를 꺾어놓으시라고. 그렇게 하시지 않으면 치쿠젠만 더 큰 사람이 되고 말아요."

"챠챠."

"왜요, 어머님?"

"너는, 너는…… 이 어미가 성주님과 그렇게 화목한 사이인 줄 알고 있니?"

"글쎄요, 챠챠는 그런 것은 몰라요. 부부 사이의 일 같은 것은…… 흥미 없어요."

"챠챠…… 동생들을 불러오너라. 너희들의 생각을 알고 싶구나."

"우리들의……? 예, 불러오겠어요."

챠챠히메가 일어나 나갔다. 오이치 부인은 다시 넋을 잃은 듯 정원의 가을 경치로 눈길을 보냈다. 특별히 무언가를 유심히 눈여겨보는 것은 아니었다.

'이러다가 다시 전쟁이 벌어지는 것은 아닐까?'

이런 불안이 마음을 사로잡아 붉은 단풍이 피로 보이기도 했다. 오다니 성이 함락될 때의 그 참담했던 핏빛으로……

'만일 전쟁이 시작되면 어떻게……'

이곳이 전쟁터가 될 정도라면 노부타카의 거성居城인 기후 역시 절대로 평온할 수 없었다.

이때 챠챠히메가 열다섯 살인 타카히메高姫와 열세 살인 타츠히메達姫를 데리고 왔다.

둘째딸 타카히메는 어머니를 그대로 빼다 박은 듯이 닮았고, 셋째딸 타츠히메는 아버지 나가마사를 많이 닮았다. 나가마사를 닮았다는 것은 용모에서는 언니들보다 뒤진다는 말이기도 했다. 그러나 그 기질은 가장 뛰어난 것처럼 보였다.

"데려왔습니다, 어머님. 새삼스럽게 하실 말씀이라도?"

챠챠히메의 당돌한 말에 이어 셋째딸 타츠히메가 조심스럽게 살피듯 말했다.

"안색이 좋지 않으시군요. 어디 불편하신 데라도 계세요?"

"아니."

세 딸을 바라보는 오이치의 마음은 더욱 불안해졌다.

'모두 이렇게 자랐는데……'

"타츠히메, 그리고 타카히메, 너희들은 이 성에 와서 행복하다고 생각하느냐?"

둘째딸 타카히메는 언니 챠챠히메와 눈길을 마주보며 고개를 갸웃했고, 이번에도 타츠히메가 입을 열었다.

"어째서 그런 것을 물으세요? 저는 어머님이 행복하다고 여기시면 그것으로 족하다……고 생각합니다."

"아니다. 이 어미는 너희들이 행복하다면…… 아니, 너희들을 행복하게 해주었으면 하고 그것만 생각하고 있다. 너희들의 솔직한 마음을 알고 싶구나. 그런 뒤에 생각도 하고 상의도 하고……"

그때 챠챠히메가 소리를 죽여 웃기 시작했다.

5

"챠챠, 뭐가 우습냐?"

오이치가 나무랐다.

"녀도 이제는 어른, 아니 이 어미의 마음을 모를 나이는 이미 아니지 않느냐?"

"호호호, 죄송해요, 어머님. 알고 있지요. 그래서 그만 웃음이 나왔어요. 그렇지, 타카히메?"

"아니, 나는 몰라."

한 살 아래인 타카히메는 대뜸 머리를 저었다. 챠챠히메는 그러는 타카히메에게 눈을 흘겼다.

"교활하게도 나만 나쁜 사람으로 만들 거야…… 너는 언제나 어머님은 자기 멋대로만 하신다고 하면서도."

"뭐, 내가 내 멋대로만 한다고? 그게 무슨 소린지 반드시 그 이유를 알아야겠다."

표정이 굳어진 오이치 부인은 입술을 떨면서 두 딸을 향했다.

그럴 것이었다. 언제나 자식들을 위해서라 생각하고 그들이 자라는 것만을 보람으로 알고 살아왔다. 그런데 바로 딸아이의 입에서 자기 멋대로 한다는 뜻밖의 말을 들었다.

"호호호."

챠챠히메는 다시 조롱하듯 웃었다.

"그럼, 네가 한 그대로 내가 말해볼까, 타카히메?"

"나 몰라."

"호호호, 얼굴이 빨개지는구나. 타카히메는 말이에요, 하시바 치쿠젠의 양자가 된 히데카츠와의 혼담이 있었을 때 어머님이 거절하셨다고 원망하고 있어요."

"무슨 소리를 하는 게냐, 어째서 이 어미를 원망한다는 말이냐?"

"어머님은 자신이 이 성으로 출가하고 싶어 사이가 좋지 않은 치쿠젠 집안에 나를 시집보내려 하지 않았다, 자신의 행복을 위해 타카히메를 돌보지 않는다…… 이렇게 말하지 않았어, 타카히메?"

타카히메는 시치미를 떼고 옆을 바라보고 있을 뿐이었다. 그러나 그 말이 거짓이 아님은 귓불까지 빨갛게 물든 타카히메의 얼굴만 보아도 알 수 있었다.

오이치는 하도 어이가 없어 현기증이 날 정도였다.

하시바 히데카츠에게 둘째딸 타카히메를 출가시키는 것이 어떠냐고 외삼촌 노부카네信包로부터 제의가 있었을 때 이를 거절한 것은 분명 오이치였다. 그렇기는 하지만……

"챠챠."

"예."

"너도…… 너도 타카히메와 같은 생각이냐? 이 어미가 내 생각만 하고 히데카츠 님과의 혼사를 거절했다고 생각하느냐?"

"글쎄요……"

챠챠히메는 시치미를 떼는 태도로 고개를 갸웃한 채 웃고 있었다. 이것이 더욱 가엾은 어머니를 안타깝게 했다.

"그렇다면 분명히 말하겠다. 이 어미가 그 혼담을 거절한 데는 충분한 이유가 있었어. 히데카츠와 사촌남매가 된다는 것은 그렇다 치고라도 치쿠젠의 양자가 된 자이기 때문에 허락할 수 없었던 거야. 너희들은 아버지가 누구 때문에 목숨을 잃은 줄 아느냐? 치쿠젠은 아버지 원수가 아니냐?"

챠챠히메는 타카히메와 눈길을 마주하고 있었다.

오이치는 이 한마디로 딸들이 놀라며 쉽게 생각을 바꿀 줄 알았다. 그런데 눈길을 마주한 두 딸아이의 얼굴에는 무언가를 비웃기라도 하듯 아직 미소가 남아 있었다.

"챠챠, 타카, 아직도 알아듣지 못하겠니? 어미가 이 성으로 시집오려고…… 그 때문에 사이가 나쁜 치쿠젠 집안에 보내지 않았다고 지금도 생각하느냐?"

순간 챠챠히메는 온몸으로 반발하는 기색을 드러내면서 진지한 표정이 되어 말했다.

"타카히메 대신 제가 대답하겠어요, 어머님. 어머님 말씀에는 자기 중심으로 생각하는 잘못이 있어요."

<p style="text-align:center">

6

"차마 듣지 못할 소리를 하는구나. 어디에 이 어미의 잘못이 있단 말이냐? 그것이 알고 싶다."

오이치는 하얗게 질려 몸을 앞으로 내밀었다.

챠챠히메도 지지 않았다.

"어머님은 아버님 원수가 하시바 치쿠젠이라고 하셨지요?"

"그럼, 아니란 말이냐?"

"아닙니다!"

챠챠히메도 얼굴이 창백해졌다.

"만일 저희들에게 원수가 있다면 그건 우다이진 님이에요. 그리고 치쿠젠을 원수라고 한다면 이 성의 성주도 원수예요! 같은 전투에 참가하여 치쿠젠은 단지 선봉으로 오다니 성을 공격했을 뿐, 공격하게 한 것은 외삼촌 우다이진 님이에요."

"언니, 어쩌면 어머님한테 그런 심한 소리를……"

참다못해 막내 타츠히메가 챠챠히메를 나무랐다. 그러나 챠챠는 그 말에 더욱 반발했다.

"아니, 언젠가 한 번 말씀 드리지 않으면 어머님의 잘못된 생각이 바뀌지 않아. 어머님! 치쿠젠을 원망하시려거든 차라리 우다이진 님을 원망하세요. 또 우다이진 님을 원망하시려거든 그렇게 만든 난세를 원망하세요…… 이미 저희들도 어린아이가 아니에요. 어머님이 그런 잘못된 생각에 사로잡혀 있으면, 자식들을 위한다는 것이 도리어 그렇지 못한 결과가 되고 말아요. 그렇게 되면 자식들에게 따돌림을 당해 점점 더 뜻하지 않은 일이 생기게 될 뿐이에요."

오이치는 부들부들 떨기 시작했다. 어머니와 딸 사이에는 어느 틈에 전혀 다른 생각이 튼튼한 벽을 만들어내고 있었다. 과연 챠챠히메와 같은 사고방식으로 본다면 '멋대로 하는 어머니'라는 결론이 나올 수밖에 없었다.

챠챠히메가 말을 마쳤을 때 주위는 쥐 죽은 듯 조용해졌다. 타카히메는 계속 고개를 똑바로 쳐들고 있었고, 타츠히메는 어머니와 언니를 번갈아 바라보고 있었다. 단지 그뿐 아무도 챠챠히메의 생각이 잘못되었다고 말하는 사람은 없었다.

오이치는 순식간에 태풍이 사납게 몰아치는 황야에 자기 홀로 서 있는 듯한 느낌이 들었다.

'이미 딸들은 어미 편이 아니다. 저마다 싸늘하게 어미를 바라보는 관찰자로 변하고 말았다……'

그것은 자식을 위해 죽으라는 말보다 더 안타깝고 처절했다.

'져서는 안 된다! 이 오해를 풀지 않으면 안 된다……'

"알겠다."

오이치는 잠시 눈을 감고 생각에 잠겼다가 조용히 말했다.

"내 생각이 모자랐는지도 모르겠다. 잘 생각해볼 것이니 모두 물러가거라."

"그럼, 어머님을 잠시 혼자 계시도록 하자."

"응, 그래. 그러면 어머님."

세 딸들은 서로 얼굴을 마주보고 어머니의 방에서 물러갔다.

딸들이 물러간 뒤에도 오이치는 4반각(30분) 정도 멍하니 가을의 정원을 바라보고 있었다.

어느 틈에 해가 기울어 단풍나무와 담쟁이덩굴의 붉은 잎이 더욱 무겁게 가라앉아 보였다.

'그렇다, 어디까지나 자식들을 위해서……'

오이치 부인은 무슨 생각을 했는지 갑자기 고개를 끄덕이고 일어섰다. 그리고 남편이 마에다 토시이에와 대면하고 있을 객실을 향해 급히 걸음을 옮겨놓았다. 객실에는 방금 토시이에가 자리를 뜬 듯, 아직 술상이 그대로 남아 있었고, 시바타 카츠이에 혼자 시무룩한 표정으로 앉아 생각에 잠겨 있었다.

오이치는 그 카츠이에 옆에 가서 앉았다.

7

카츠이에는 무척 심기가 불편한 것 같았다. 옆머리에 섞여 있는 흰 머리카락, 툭 튀어나온 광대뼈 언저리가 취기로 벌겋게 물들고, 넓어진 왼쪽 이마에는 튀어나온 굵은 혈관 하나가 꿈틀거리고 있었다.

"성주님, 치쿠젠이 우다이진 님의 장례를 치르려 한다는 말을 들었습니다만……"

오이치 부인은 걱정스러운 듯 작은 목소리로 물었다.

"그것이 사실입니까?"

카츠이에는 눈을 감은 채 물었다.

"누구에게 들었소?"

"예, 챠챠가 조금 전에……"

"사실이라면, 이에 대해 무슨 의견이라도 있소?"

"예…… 예."

"말해보시오, 그대의 의견을."

"마에다 님이 무어라 말씀하셨는지는 모릅니다만, 지금은 인내가 필요할 때인 것 같습니다."

"꼭 참고 그냥 내버려두라는 말이오, 아니면 수치를 무릅쓰고 장례에 참석하라는 말이오?"

"지금은 꼭 참고 장례에 참석하시는 것이 후일을 위해 좋지 않을까 생각합니다."

"으음."

카츠이에는 비로소 눈을 가늘게 뜨고 오이치 부인을 똑바로 바라보았다.

"그대는 전쟁이 일어나지 않을까 하여 걱정하는 것 같군."

"예…… 그렇습니다."

"전쟁이 그대들 모녀의 생애를 잿빛으로 만들었소. 그 점에 대해서는 나도 마음에 깊이 새기고 있소."

"그러시면, 장례에 참석하시렵니까?"

카츠이에는 그 질문에는 대답하지 않고 다시 눈을 감으면서 소상塑像처럼 굳은 표정으로 생각에 잠겼다.

"치쿠젠은 말이오……"

"예…… 말씀하십시오."

"적이기는 하나 훌륭한 군사軍師, 놀라운 지혜를 가지고 있소."

"무슨 말씀이신지요?"

"우리가 장례에 참석하건 하지 않건 그의 책략에 놀아나는 것밖에 되지 않소…… 다른 생각이 있는 거요, 치쿠젠 그 자에게는."

"참석하셔도 무사하지 못할 것이라는 말씀입니까?"

"무사할 리가 없어!"

갑자기 카츠이에는 내뱉는 듯한 어조가 되었다.

"참석하면 그는 의기양양하게 내 윗자리에 앉아 이런저런 지시를 내리며 다른 사람들 앞에서 이 카츠이에를 가신처럼 취급할 거요."

"설마 그렇게까지야……"

"그리고 만일 참석하지 않는다면 이를 구실로 우리가 불충한 자라는 소문을 퍼뜨릴 테지. 어쨌든 이번에는 치쿠젠에게 당하고 말았소!"

오이치는 저도 모르게 뒤로 물러앉으며 카츠이에를 바라보았다. 카츠이에에게서 갑자기 부드득 이를 가는 소리가 들려왔기 때문이다.

"나는…… 나는 곤로쿠權六란 이름으로 불릴 때부터 우다이진 님을 측근에서 섬겨온 사람이오. 이런 내가 설마 이렇게까지 괴로운 입장에 몰리게 되리라고는 생각지도 못했소. 그런데 농부 출신인 그 원숭이 놈 때문에……"

"……"

"오이치, 나는 장례에 참석하지 않기로 했소…… 참석하면 반드시 그와 다투게 되어 놈에게 싸울 구실을 주게 될 것이오. 현재로선 참는 길은 장례에 참석하지 않는 것이라는 대답이 분명하게 나왔소. 일부러 치쿠젠의 책략에 빠질 필요는 없소."

어느덧 주위가 어두워졌다.

방을 치우기 위해 근시와 시녀들이 촛대를 들고 들어왔다.

"들어올 것 없다, 물러가 있거라!"

카츠이에는 고개를 돌린 채 꾸짖듯 말했다.

어쩌면 어둠 속에 울고 있는지도 몰랐다……

8

오이치 부인은 가져온 촛대의 불 그림자 뒤로 물러앉았다. 카츠이에와 마주하는 것만으로도 점점 숨이 막혀왔다.

카츠이에의 말처럼 치쿠젠이 그를 함정에 빠뜨리려 하는지 어떤지는 알 수 없었다. 그러나 적어도 카츠이에는 그렇게 믿고 있는 게 분명했다. 그렇다면 결국 불행한 전쟁은 벌어질 터. 전쟁이 벌어진다면 자식들을 위해 후일을 생각해두지 않으면 안 된다.

"오이치……"

"예."

"아직 내게 할말이 남아 있겠지."

"예…… 아니에요."

"할말이 없다면 이 카츠이에가 말해볼까?"

"그러시면 하실 말씀이라도?"

"나는 그대 모녀를 싸움에 말려들도록 하고 싶지는 않소."

오이치는 깜짝 놀라 고개를 들었다가 당황하며 다시 숙였다.

카츠이에의 말을 듣고서야 비로소 그녀는 자기가 무엇을 바라고 이 자리에 왔는가를 깨달았다.

'만일 전쟁이 일어난다면 이곳에서 떠나고 싶다……'

그러한 마음 때문에 카츠이에의 시선이 두려웠던 것인지도 모른다.

"그대들을 말려들지 않게 하는 데는 두 가지 길이 있소. 첫째는 이혼…… 다른 하나는 그대들을 쿄토에서 살게 하는 것인데……"

"어머나……"

"어느 쪽이 좋을지는 나도 아직 모르겠소. 그런데, 오이치……"

"예……"

"나는 절대로 그대들을 나를 위해 희생시키지는 않을 것이오. 어떤 경우에라도 무사히 지낼 수 있게 할 테니 그대는 안심해도 좋소."

오이치 부인은 다시 어깨를 떨면서 놀랐다.

자신은 아내가 아닌 아내. 아마도 마음속으로는 증오하고 있을 것이 분명하다…… 이렇게 생각하고 그 증오를 전쟁 때 폭발시키면 어떻게 할 것인가 두려워하고 있었는데……

"이 카츠이에는……."

카츠이에는 무거운 어조로 말을 이어나갔다.

"한때는 그대를 미워할 뻔했소, 나잇값도 못하고. 잘 생각해보니 그대의 잘못은 아니었소. 그대의 과거가 너무도 냉엄하고 애절했소."

"……."

"나는 그대가 무엇을 의지해 살고 있는지 잘 알고 있소. 아사이 나가마사는 훌륭한 무장이었을 뿐 아니라 훌륭한 아내, 훌륭한 딸들을 두었다는 것도 알게 되었소. 알게 되었으니 나는 보호해주어야만 하오. 나와 치쿠젠 사이에 어떤 대립이 생긴다 해도 그대는 돌아가신 우다이진 님의 여동생, 딸들은 우다이진 님의 조카이오. 치쿠젠도 결코 위해를 가하지 않을 것이고, 나 또한 목숨을 걸고 그대들을 보호할 테니 안심하도록 해요."

갑자기 오이치는 얼굴을 가리고 엎드렸다. 당연히 화를 낼 줄 알았던 상대가 목숨을 걸고 보호해주겠다고 한다.

"성주님! 성주님…… 용서해주십시오. 저의 뻔뻔스러움…… 저의 방자함……"

어느 틈에 카츠이에는 다시 침통한 표정으로 눈을 감고 있었다.

변덕스러운 홋코쿠北國° 지방의 하늘이 비를 뿌리기 시작했는지 처마에서 낙숫물 떨어지는 소리가 들려왔다.

9

"성주님……"

오이치가 다시 진지한 얼굴로 입을 열었다.

그러나 카츠이에는 대답하지 않았다.

오이치 부인도 가련했으나 자기 생애 역시 그 이상으로 가련하게 될 것만 같은 예감이 들었다. 마에다 토시이에는, 이미 기치를 선명하게 하고 히데요시 쪽에 가담한 것은 호소카와 부자와 츠츠이 쥰케이筒井 順慶만이 아니라고 했다. 이케다 노부테루池田信輝는 말할 나위도 없고 호리 히데마사와 니와 나가히데도 벌써 히데요시 수중에 들어간 모양이었다. 아니, 그 소식을 전한 마에다 토시이에 자신도 히데요시와 젊어서부터의 친구, 크게 동요하고 있는 기색이었다.

"나는 참석하지 않겠소. 가게 되면 틀림없이 화를 내게 되어 결과적으로 히데요시의 뜻대로 함정에 빠질 것이오."

카츠이에의 말에 토시이에는 망설이는 듯했다.

"그렇다면, 저도 참석하지 않기로……"

잠시 후 이렇게 말했으나 그 말이 반은 탄식처럼 들렸다.

"내 생각은 할 필요 없어요. 그대는 참석토록 하시오."

"아니, 가지 않겠습니다."

토시이에는 장례가 끝난 뒤 자기가 카츠이에와 히데요시의 중간에 서서 양자의 화해를 주선하겠노라고 했다.

이 경우 주선은 화해라기보다는 이쪽에서 사과하는 형태가 될 것이다. 아니, 사과하고 히데요시의 밑으로 들어가거나 아니면 일전을 벌이거나 양자택일의 길밖에 없는 절박한 사태로 압축되고 있었다.

"성주님! 제가 너무 버릇이 없었습니다. 용서해주십시오."

"무슨 말을 하는 거요. 용서고 뭐고가 어디 있다는 말이오."

"아닙니다. 제가 잘못했습니다. 성주님의 마음도 모르고 저는…… 헤어지려고……"

"이혼하는 것이 안전하다고 생각되면 그렇게 해야겠지."

"아니, 용서받을 수 없는 일이라는 것을 깨달았어요. 성주님! 제가 잘못했습니다."

"뭐, 용서받을 수 없는 일이라고?"

"예. 저는 성주님의 좋은 아내가 되어야만 합니다…… 잘못했다는 것을 깨달았어요."

이번에는 카츠이에가 깜짝 놀라 오이치 부인을 바라보았다.

점점 빗소리가 강해지고 바람도 불기 시작하는 모양이었다.

"성주님! 저는 마음을 고쳐먹겠어요. 좋은 아내가 될 것이니 아이들만은……"

오이치는 자기 마음이 어디서 어떻게 변했는지 알 수 없었다. 카츠이에의 가련한 입장이 거꾸로 동정을 불러일으킨 것인지, 아니면 아이들에 대한 사랑에서인지…… 어쨌든 이대로 있을 수 없는 심정이었다.

카츠이에는 잠시 숨을 죽이고 오이치 부인을 바라보고 있다가 이윽고 술상을 밀어놓고 굵은 손을 오이치 부인의 어깨에 올려놓았다.

"걱정하지 마시오. 딸들도 그대도 절대로 소홀히 취급하지 않겠소. 이 카츠이에도 곤로쿠 시절부터 소문났던 무사, 한결같은 기질은 그대로 지키고 있소."

"성주님!"

"오이치…… 부인이 지금 말한 그 한마디로 나는 용기가 생겼소. 자, 부인의 손으로 술을 따라주지 않겠소?"

"……예, 알겠습니다."

10

오이치가 술병을 손에 들자 카츠이에는 소리내어 웃었다. 결코 기뻐서 웃는 웃음만은 아니었다. 어쩌면 울고 싶은 심정을 웃음의 그늘에 감추고 있는지도 몰랐다.

돌이켜보면 하나에서부터 열까지 모두 카츠이에에게 등을 돌리고 있었다. 그중에서 유일하게, 이 역시 단호하게 그 자신을 거부해왔던 오이치 부인이 문득 마음을 바꾸었다. 그런 만큼 카츠이에는 울어야 좋을지 웃어야 좋을지 모를 심정이었다.

"성주님……"

오이치 부인은 카츠이에가 기분 좋게 술잔을 드는 모습에 마음이 놓였는지, 고개를 갸웃하며 물었다.

"만일 치쿠젠이 장례 후에 전쟁을 걸어왔을 때는……?"

카츠이에는 다시 웃었다.

카츠이에 휘하에 있는 사쿠마와 마에다의 영지는 에치젠, 카가, 노토能登 등 모두 추위가 심하고 눈이 많은 곳이었다. 그런 만큼 히데요시가 나온다 해도 군사를 출동시킬 수 없었다. 기후의 노부타카나 타키가와 카즈마스는 물론이고 나가하마 성에 있는 자신의 양자 시바타 카츠토요柴田勝豊*와도 겨울철의 협동 작전은 불가능했다.

이러한 상황에서 이길 자신이 있느냐는 물음에 대답할 말이 없었다. 오이치는 카츠이에의 웃음을 어떻게 받아들였는지 다시 술을 권했다.

"오이치…… 생각이 나는군."

"무엇 말씀인가요?"

"먼 옛날 일이오…… 우다이진 님이 스물일곱 살 때의 일. 지금으로부터 벌써 이십삼 년 전의 일이오……"

"글쎄요. 그때라면 저는 아직 열두세 살 때인데…… 무슨 일이 있었습니까?"

"잊었소? 에이로쿠永禄 삼년(1560) 오월 십구일……"

"아, 그러니까 우다이진 님이 덴가쿠하자마田樂狹間에서 이마가와 지부노타유今川治部大輔 님을 공격하신 날의 일 말이군요."

"나는 잊을 수가 없소. 그날 성주님은 이길 자신이 있었는지 옥쇄玉碎할 생각이셨는지 아직도 나는 알 수가 없다니까."

"하필이면 그런 일을 오늘 밤에……"

"하하하…… 그때 출전을 앞두고 성주님은 춤을 추실 생각이 나셨던 거요. 내가 그 춤을 추어보겠소. 부인은 그때 자리에 없었지."

카츠이에는 큰 소리로 지시를 하면서 자리에서 일어났다.

"거기 누구 없느냐? 북을 가져오너라."

"예."

대답한 것은 챠챠히메였다. 아마도 두 사람의 이야기를 듣고 있었던 모양이다.

오이치가 챠챠히메로부터 북을 받아들었다.

카츠이에는 비틀거리며 춤을 추기 시작했다. 노부나가가 곧잘 부르곤 했던 「아츠모리敦盛」°를 '인생 50년'이란 대목에서가 아니라 앞대목에서부터 나직한 소리로 흐느끼듯 노래하기 시작했다.

생각하면 이 세상은 잠시 머무는 곳
풀잎에 내린 이슬, 물에 비친 달보다 속절없도다……

인생 50년, 저세상에 비한다면
꿈만 같이 덧없는 것……

노부나가가 즐겨 부르던 대목에 이르렀을 때였다. 카츠이에는 갑자기 비틀거리면서 그만 술상 옆에 무릎을 꿇었다.

"성주님! 이 곤로쿠는 육십 고개를 넘었으나 아직 이처럼…… 이처럼…… 살아 있습니다."

흔들리는 촛불 앞에 얼굴을 들고 무섭게 어깨를 떨기 시작했다.

오이치는 눈시울을 붉히고 고개를 돌렸고, 챠챠히메는 쏘는 듯한 눈으로 카츠이에를 바라보고 있었다……

11

카츠이에가 침소로 갈 때까지 챠챠히메는 약간 굳은 표정으로 의붓아버지와 어머니를 지켜보고 있었다. 오이치 부인과는 다른 각도에서 카츠이에를 관찰하고 있을 터. 아니, 카츠이에만이 아니라 의붓아버지 뒤에서 눈이 빨개져 있는 어머니의 마음에 깃들인 여성의 정체까지 냉정하게 바라보고 있는지도 모른다.

두 사람의 모습이 객실에서 사라진 뒤 챠챠히메는 벌떡 일어나 촛대에 등을 돌리고 복도 가장자리에 섰다.

"우울한 비…… 곧 눈이 내리게 되겠지."

두어 번 어깨를 추켜올렸다. 그 뺨에도 하얗게 눈물이 빛나고 있는 것 같았다.

챠챠히메는 거친 걸음으로 복도를 건너갔다. 그리고 구석에 있는 자기 방 앞에 서서 고개를 한 번 갸웃하고 어머니 거실의 기색을 살폈다.

이미 카츠이에를 맞이한 어머니의 거실은 쥐 죽은 듯 고요하고 희미한 등잔 불빛만이 덧문 틈으로 새나오고 있었다.

챠챠히메는 발소리를 죽이고 자기 거실로 돌아와 작은 소리로 막내동생을 복도로 불러냈다.

"타츠히메."

"왜, 언니?"

"역시 내 생각이 옳았어."

"응…… 언니 생각이라니?"

"어머님은 너무 약했어. 네가 잘못 보았던 거야."

"그럼, 어머님이……?"

챠챠히메는 일부러 거칠게 고개를 끄덕였다.

"이 가을비가…… 눈으로 바뀌면 전쟁이 벌어질 거야."

어머니의 거실 쪽을 가리키며 고개를 갸웃거렸다.

"그때는 우리도 우리 나름으로 생각을 정리해야 해."

타츠히메는 대답 대신 눈을 크게 뜨고 언니를 쳐다보고 있었다. 노부나가의 죽음과 그 파문은 이 자매의 운명과도 결코 무관하지 않았다.

"여자란 처량한 거야, 타츠히메."

"언니."

"왜 그래, 큰 소리를 다 내고?"

"전쟁이 일어나면 이 성은 이기지 못할까?"

챠챠히메는 천천히 고개를 가로저었다.

"이미 승패는 보이지 않는 곳에서 결정되었어."

"어머님을 구할 방법은?"

챠챠히메는 또다시 천천히 고개를 저었다.

"그래서 여자는 처량한 것이라고……"

"적은 역시 치쿠젠이겠지, 언니?"

"그야 알 수 없지."

"알 수 없다니?"

"치쿠젠이 아니면 다른 사람이 대항해올 테지. 남자란 싸움을 하지 않고는 못 견디는 천치. 그러니 약한 여자에게 무슨 방법이 있겠니?"

타츠히메는 그 말을 듣고는 획 등을 돌리며 침묵하고 말았다.

챠챠히메는 마루에서 손을 내밀어 싸늘하게 내리는 빗방울을 하얀 손바닥에 몇 방울 받았다.

바람이 텐슈카쿠 부근에서 윙윙 울고 있었다.

"애, 타츠히메."

"응."

"이번에는 이 성에 누가 들어오게 될까…… 니와 나가히데일까, 호리 히데마사일까, 아니면 치쿠젠 자신일까, 또는 치쿠젠의 대리인일까……"

"어머, 그런 불길한 말을."

"불길한 말이 아니라, 이것이 현실의 모습이야. 그런 생각을 하니 재미있구나! 운다고 무슨 소용이 있겠니."

챠챠히메는 이렇게 말하고 갑자기 목놓아 울기 시작했다.

주춧돌

1

쿄토 사람들 사이에 노부나가의 장례에 대한 소문이 퍼지기 시작한 것은 북쪽 교외 무라사키노紫野에 있는 류호잔龍寶山 다이토쿠 사 경내에 위패를 모실 소켄인總見院을 짓기 시작하면서부터였다.

10월에 접어들었다. 아와타粟田, 후시미伏見, 토바鳥羽, 탄바丹波, 나가사카長坂, 쿠라마鞍馬, 오하라大原 등 라쿠요洛陽(쿄토의 다른 이름) 일곱 지역에서 속속 재목이 운반되어오고, 그것이 순식간에 사당으로 변했다. 그런 만큼 처음에 사람들은 이 장례가 오다 집안 모두가 합의하여 이루어지는 것으로 알았다.

"이제부터 거리마다 돈이 쏟아지겠어."

이렇게들 속삭였다.

미츠히데光秀가 살해된 뒤에는 이렇다 할 소요도 일어나지 않았다. 단지 아케치明智의 군사를 자기 저택에 끌어들여 니죠二條 궁전을 공격하게 했다는 혐의로 코노에 사키히사近衛前久만이 쿄토를 떠나 어디론가 몸을 숨겼을 뿐 별다른 사건 없이 무사히 끝났다.

그런 상황에서 노부나가의 장례가 치러진다는 것이었다. 전국의 거의 모든 다이묘들이 장례식에 참석하기 위해 쿄토로 몰려와 서로 숙소와 진영陣營의 아름다움을 자랑하기 위해 많은 돈을 뿌리게 될 것이라는 생각들이었다.

장례는 11일부터 17일까지 7일장으로 거행한다는 것이 알려졌다. 이 무렵——

"장례는 하시바 치쿠젠과 히데카츠 부자만이 치르는 모양일세."

어디선지 모르게 이런 소문이 흘러나왔다. 이 소문으로 쿄토에는 깊은 우려의 빛이 감돌기 시작했다.

아무리 야마자키의 승리가 혁혁한 것이었다고는 하나, 오다 일족과 남겨진 신하들이 치쿠젠 부자에 국한되어 있는 것은 아니었다. 사람들은 장례 도중에 치쿠젠 반대파들이 쿄토에 몰려들어 양자간에 충돌이 일어나지 않을까 하고 걱정했다.

우려의 소리가 높아지고, 그에 따라 그 우려를 뒷받침하는 유언비어가 마구 퍼져나갔다.

"장례를 기다렸다는 듯이 벌써 기후에 계신 칸베 지쥬˚ 노부타카神戸侍從信孝 경으로부터 이의가 제기되었다는 거야."

"아니, 그 노부타카 님과 뜻을 같이하고 있는 에치젠의 시바타 님은 이미 사쿠마 겐바노카미 모리마사佐久間玄蕃頭盛政, 마에다 마타자에몬 토시이에, 삿사 무츠노카미 나리마사佐佐陸奥守成政 등에게 출동명령을 내려 벌써 군사가 키타노쇼를 출발했다고 해."

"그렇다면 이것은 칸베 지쥬와 치쿠젠의 양자 히데카츠 님의 후계자 싸움이 되겠군."

이런 풍문이 유포되고 있을 때, 쿠로다, 하치스카, 아사노淺野, 오타니大谷, 카미코다神子田, 센고쿠仙石 등 히데요시 쪽 장수들이 각각 무장한 부하들을 이끌고 쿄토에 모습을 나타냈다. 쿄토 사람들의 불안은 점점 더 무거운 침묵으로 변해갔다……

이러한 분위기 속에서 10월 9일이 되었다. 이날 히데요시는 다이토 쿠 사에 가서 만반의 지시를 내린 뒤 말을 타고 야마자키 성으로 돌아 와 즉시 양자 히데카츠와 서기 오무라 유코大村幽古를 거실로 불렀다.

"할 이야기가 있다. 히데카츠는 이 아비의 말을 마음에 잘 새겨두도 록 하라. 그리고 유코는 후일을 위해 이 히데요시의 심경을 자세히 기 록하도록."

엄숙한 어조로 말한 히데요시는 사방침을 앞에 놓고 심각한 표정으 로 눈을 감았다.

"유코, 지필묵 준비는?"

"예."

유코는 대답하고 자세를 가다듬으면서 붓을 들고 종이를 응시했다.

2

"나는 앞서 히데카츠와 함께 우다이진 님이 돌아가신 혼노 사本能寺 를 찾아 제사 드리면서 부둥켜안고 울었다. 그렇지, 히데카츠?"

히데요시는 눈을 감은 채 말했다.

"예."

이제 열여섯 살이 된 노부나가의 4남 히데카츠는 대답하고 눈물을 글썽거렸다.

오무라 유코는 흘끗 그러한 모습을 바라보고 나서 부지런히 붓을 움 직였다.

"히데요시의 이 눈물은 무엇이었을까…… 말할 나위도 없는 일이지 만, 이 히데요시는 미천한 집안 출신인데도 불구하고 우다이진 님의 추천으로 거듭 은혜를 입어 오늘에 이르렀어. 이런 일은 고금을 통해 그 유례가 없다고 해도 과언이 아니야. 그뿐 아니라 은총이 더해져 너 오츠기마루於次丸…… 즉 히데카츠를 나의 양자로 주셨지…… 알겠느냐, 나의 눈물을?"

"예, 잘 알고 있습니다."

"그러니 이 히데요시 집안은 우다이진 님과 같은 핏줄이나 다름없어. 이제 우는 것만으로 끝낼 일이 아니야. 울고만 있다면 부녀자의 슬픔과 다를 바가 없어."

"그렇습니다……"

이번에는 유코가 맞장구를 쳤다. 맞장구를 치는 것이 히데요시의 다음 말을 이끌어내는 길임을 유코는 이미 알고 있었다. 그런 만큼 태도도 어조도 여간 공손하지 않았다.

"그러면 이 히데요시가 장례를 치르지 않을 수 없게 된 사정을 말하겠다. 히데카츠, 내 말을 잘 듣도록…… 우다이진 님께는 혈육도 적지 않고 또 노신들도 많아. 그래서 이 히데요시가 주제넘은 일을 하면 오해를 받을 것 같아 지금까지 꾹 참아왔어. 그러나 이 얼마나 차디찬 세상이란 말인가. 내가 아무리 권해도 누구 하나 자진해서 장례를 주관하겠다는 사람이 없어. 안타까운 일이야……"

"……"

"알겠느냐, 히데카츠? 그래서 나는 이 세상을 노려보며 생각했어…… 어제의 친구가 오늘의 원수로 바뀌고, 어제의 꽃이 오늘은 이미 쓰레기가 되고 있어. 이 히데요시인들 어찌 내일의 일을 알 수 있겠느냐. 미천한 자들까지도 조의할 뜻을 가졌음에도 불구하고 이 히데요시가 망설이다 장례도 치르지 못하고 그대로 우다이진 님의 뒤를 따르게 된다면 그야말로 지하에서 우다이진 님을 대할 면목이 없어진다. 유코, 이것이 중요한 대목이야! 우다이진 님에게 발탁되어 오다 가문과

한집안이나 다름없는 예우를 받으면서도 마지막 한 가닥의 용기가 없어 친척과 노신들이 두려운 나머지 당연히 해야 할 일도 하지 못하고 죽는다면, 이 히데요시는 배은망덕한 자로 비천한 자들만도 못한 짐승과 같은 자로 전락하게 된다. 그래서 너와 함께 감히 우다이진 님의 장례를 주관하려 하는 것이다, 알겠느냐?"

"잘 알고 있습니다."

"주관하는 이상 성심성의를 다해 명복을 빌지 않으면 안 돼. 가진 것, 바칠 수 있는 모든 것을 다 동원해서."

"예."

"그러므로 장례는 칠일장으로 거행한다. 사심 없이 성의를 다한 의식인지 아닌지 후세 사람들이 잘 알 수 있도록 정확하게 기록하도록."

히데요시는 한 손으로 자기 이마를 누른 채 말을 이었다.

"먼저 첫날인 시월 십일일에는 독경讀經."

"예, 적었습니다."

"둘째날은 여러 경전의 사경寫經 및 시아귀施餓鬼°. 셋째날인 십삼일에는 참법懺法°, 십사일은 입실入室°, 십오일은 다비茶毘°일세."

"모두 적었습니다."

"십육일은 숙기宿忌°. 십칠일은 극락왕생을 위한 분향. 그러니까 장의葬儀는 십오일일세. 이것이 히데요시가 할 수 있는 최대한의……"

이렇게 말하는 히데요시의 감은 눈에서 한 줄기 눈물이 흘러내렸다.

3

히데요시의 눈물을 보고 유코는 저도 모르게 숨을 죽였다.

히데카츠도 눈물을 글썽인 채 양아버지를 지켜보고 있었다.

천진난만하다……고 유코는 생각했다. 만일 책략이라 생각한다면 지나치게 빈틈없는 관찰일지 모르지만, 이것은 결코 책략만은 아니었다. 히데요시의 성격과 두뇌와 확신이 혼연일체가 된 절묘한 경지. 최근에 와서 히데요시의 이러한 면모는 특히 신의 경지에 이르게 되었다.

"나는 말일세……"

히데요시는 눈물을 닦으려고도 하지 않고 말을 계속했다.

"나는 비용에 쓰라고 돈 일만 관과 후도 쿠니유키不動國行라는 칼을 다이토쿠 사에 시주하고 왔어. 또 위패를 모시기 위해 세운 소켄인에는 우다이진 님의 원형 석탑을 세우기 위한 비용으로 은자 열한 장을 기부하고, 향화대香華代로 오십 석의 사찰 부지를 기증했어. 또 이밖에 쌀 오백 섬을 오사카의 어떤 상인에게 보내라고 했네."

"저어, 오백 섬……이라고 하셨습니까?"

유코는 자기 귀를 의심하며 물었다.

"그래. 이미 그 쌀은 속속 요도가와를 거슬러올라오고 있을 거야. 아직도 기부하고 싶은 것이 많지만, 이 법요식法要式은 어디까지나 우리 부자의 힘만으로 하고 싶어. 히데카츠, 그렇지 않느냐?"

"예…… 옳습니다."

"오백 섬이라도 아직 부족할지 모른다. 어쨌든 오대산 십대 사찰의 승도는 물론 쿄토 내외의 선종禪宗과 율종律宗 등 여덟 개 종단의 승려들이 구름처럼 모일 테니까."

"구름처럼……이라고 써도 되겠습니까?"

"그렇다, 몇 천만인지 수도 헤아릴 수 없다고 써라."

"몇 천……만?"

"물론이다. 이런 장례식을 보는 것도 쿄토 사람들로서는 처음일 것이다. 아니, 그래도 아직 히데요시의 마음으로는 조의가 부족할 정도야. 오닌應仁의 난° 이래의 난세에 평화의 길을 열어주신 불세출의 영응 우다이진 님의 장례가 아니냐. 그러나 히데요시는 아직 미력하여 이 이상의 것은 할 수 없어. 참으로 부끄럽기 짝이 없는 일이라 할 수밖에 없구나……"

이때 비로소 히데요시는 눈을 크게 떴다.

"그 대신……"

말을 이으면서 희미한 미소를 입가에 떠올렸다.

"이 성대한 의식이 진행되는 동안 방해자가 나타나지 않도록 만반의 준비를 갖추고 있다. 다이고醍醐, 야마시나山科, 후나오카船岡, 우메즈梅津, 토지東寺, 요츠즈카四つ塚, 니시노오카西の岡 등지에 쿠로다, 하치스카, 아사노, 오타니, 카미코다, 센고쿠 등의 군사를 배치하여 만일의 경우 즉시 다이토쿠 사를 포위하도록 했어. 개미 새끼 한 마리도 얼씬거리지 못할 것이야."

유코의 표정에 놀라는 기색이 떠올랐다.

히데카츠는 몸을 꼿꼿이 하고 가슴을 내밀듯이 하여 듣고 있었다.

"알겠느냐, 보통 장례식이라 생각하면 크게 다치게 돼. 단지 이것만으로는 우다이진 님의 공덕을 흠모하여 참배하려는 남녀노소에게 불안감을 주게 되지. 오가와 토사노카미小川土佐守, 하다 나가토노카미羽田長門守, 쿠와야마 슈리노스케桑山修理介, 키노시타 쇼겐木下將監 등을 대장으로 삼아 궁전에 집결하여 황실을 보호하도록 하겠다. 그러면 백성들도 비로소 안심하고 모이게 될 것이야."

이 무렵부터 히데요시의 목소리와 태도가 변하기 시작했다. 눈물 마른 자국이 하얗게 남은 채 눈이 무섭게 빛나기 시작했으며 목소리에 긴장이 더해졌다.

"절 안의 일을 맡아보는 의식 집행의 책임자로는 스기하라 시치로자에몬杉原七郎左衛門, 쿠와하라 우에몬桑原右衛門, 소에다 진베에副田甚兵衛, 또 당일의 소란에 대비하여 이코마 신파치生駒新八, 코니시 야쿠로 등이 일천여 명의 군사를 데리고 정리를 담당한다…… 어떠냐, 이 정도인데도 넘볼 자가 있을 것 같으냐? 대부분의 겁쟁이들은 이 방비만 보아도 구름이나 안개처럼 사라질 것이야. 그렇지 않은가, 유코?"

4

일단 말하기 시작하면 히데요시의 입에서는 자신도 그 뜻을 잘 알지 못하는 미사여구美辭麗句, 한문투, 속담류의 말들이 청산유수로 쏟아져나온다.

"조심은 어디까지나 치밀하게, 방심은 금물, 후회는 소 잃고 외양간 고치는 격이다, 알겠지. 그래서 이것으로 끝나서는 안 돼. 총감독으로 내 동생 하시바 미노노카미 히데나가羽柴美濃守秀長가 일만여 명을 거느리고 비상근무를 할 것이며, 절 밖에는 사방으로 삼 정町*에 걸쳐 대나무 울타리를 치고, 네 곳의 문에는 장막을 쳐서 파수병을 배치할 것이다. 각 초소에는 창으로 무장한 경호무사를 두고, 수백 자루의 총포에 화승을 장전하여 만약의 경우에는 발포하도록 하겠다. 어떠냐, 히데카츠? 이 정도면 어느 누구도 손을 대지 못할 것이야."

"예, 그렇습니다."

"이런 것을 가리켜 철벽 같은 대비라고 한다. 대비가 되어 있으면 두려울 것이 없어. 우리 일에 동의하는 다이묘들도 안심하고 참석할 수 있어서 좋고. 너와 이케다의 아들 테루마사輝政가 멜 관도 벌써 마련되었다. 지금 내 입으로 말하면 자랑이 된다. 그날 유코가 본 대로 기록하면 돼. 그 관 속에 넣어 다비茶毘할 침향沈香나무로 만든 목상木像도 완성되어 있다. 아마도 렌다이노蓮臺野의 열두 간 화장터에서 다비식을 할 때쯤이면 그 그윽한 향기가 일본 전역을 감쌀 것이다."

"저어, 일본 전역이라고 써도 되겠습니까?"

"멍청이 같으니라고. 내 입으로 말하면 자랑이 된다고 하지 않았느냐. 말하자면 그렇다는 뜻이야."

"황송합니다."

"사실을 기록하는 자는 단지 표면적인 현상만을 가지고 그것이 진실이라고 생각해서는 안 돼. 내가 목상을 만들 때 굳이 침향나무를 택하도록 한 것은 돌아가신 우다이진 님의 이상과 덕망의 향기를 일본 전국 구석구석에까지 퍼뜨리기 위해서였어. 그 마음을 모른다면 히데요시가 큰 뜻도 인물도 모른다고 하는 것과 마찬가지야."

"깊이 명심하겠습니다."

"돌아가신 우다이진 님의 이상은 천하대란을 종식시키고 만민에게 평화를 누리게 하려는 고마우신 마음, 바로 그것이었어. 그대는 지금 일본에서 평화를 원하지 않는 사람이 단 하나라도 있을 것 같으냐?"

"그야 물론……"

"그렇다면 이 침향의 향기가 일본 전국 구석구석까지 퍼질 것이라고 한 말도 전혀 이상할 게 없다. 이것은 또 이 히데요시가 우다이진 님의 뜻을 훌륭하게 이어받아 천하를 평정해 보이겠다는 영령에 대한 맹세이기도 하다. 하지만…… 그 말도 쓰지 마라."

히데요시는 손을 내저었다.

"그런 것을 쓰면 자랑이 된다. 그리고 내가 천하를 노린다는 오해를 받을 수도 있다."

유코는 갸웃거리다가 당황하며 고개를 끄덕였다.

'우리 대장이 천하를 노리고 있다는 것은 이미 세상이 다 아는 일 아닌가……?'

이런 생각이 들어 곧 반성한 것이었다. 이 불세출 위인의 마음을 독단적으로 해석해서는 안 된다고……

"유코, 그대는 지금 고개를 갸웃거렸지?"

"예…… 아, 아닙니다."

"하하하, 아무래도 그대는 지나치게 겉만 보고 있는 것 같아. 나는 천하를 노리는 게 아니야. 나는 단지 우다이진 님의 뜻을 받들어 움직이는 자에 지나지 않아. 이것을 뒤집어 생각하면 안 돼. 우다이진 님의 뜻을 계승하려고 행동하는 동안 저절로 천하가 내 손에 들어온다면 도리가 없는 일이지만."

"황송합니다……"

"이것은 자기 자랑이 아니야. 여기에 이 세상의 진실이 있다고 생각하게. 좋아, 오늘은 그만 기록하도록 하지."

유코는 공손히 머리를 조아리고 붓을 놓았다.

5

드디어 당일인 10월 11일. 쿄토 사람들은 문자 그대로 인산인해를 이루어 무라사키노를 향해 몰려가고 있었다.

하늘은 맑게 개고, 보기 드물게 히에이잔比叡山에서 불어오는 바람도 없었다. 이미 낙엽의 계절은 지났다. 앙상한 나뭇가지만이 눈에 띄는 벌판을 누비는 이들 군중이 차차 다이토쿠 사 가까이 다가감에 따라 감탄하는 목소리는 점점 더 높아졌다.

"이거, 참으로 대단한 위세야. 대관절 군사들이 얼마나 모였을까?"

"이 부근에만도 오만이라고 해. 성안 경비병과 교외 요새지 일곱 군데의 인원을 합하면 십만쯤 되지 않을까."

"허어, 십만의 군세라…… 그렇게 많은 군사가 쿄토에 모이다니."

"전대미문의 대군이야. 그들의 군량을 모두 실어왔기 때문에 지난

사오 일 동안은 요도가와가 배로 가득 메워져 있었다는군."

"그렇지 않았다면 큰일이지. 쿄토의 식량은 이삼 일이면 모두 동이 날 테니까."

"아, 저기 스님들이 줄을 지어 또 절에 들어가는군. 긴 행렬이야. 대관절 스님들은 얼마나 모이는 것일까?"

"스님들만도 일만 명은 되지 않을까."

"스님들에게 공양할 쌀만 해도 오백 섬이라더군. 그 쌀은 모두 오사카의 요도야가 조달하기로 하고 잡비로 쓸 일만 관의 돈은 사카이 상인들이 서로 자기가 맡겠다고 나섰다고 하더군."

"그렇다면 천하의 대세는 이미 결정났어."

"암, 그렇고말고. 돌아가신 우다이진 님도 못 미치는 강한 운을 타고난 대장이야."

"아니, 운만이라고는 할 수 없지. 자기 주군의 원수를 갚고 성대하게 공양을 드리는 그 뜨거운 마음 덕분이기도 해."

"이 공양이 끝나면 곧 쿄토의 거리를 재정비할 것이라고 하더군. 오닌의 난으로 불타기 이전의 번창을 되찾게 해주겠다고 말일세. 나 같으면 반년도 걸리지 않고 그 일을 하겠다고…… 정말 가능할 거야! 이 대장의 위세라면 틀림없이 가능해."

군중 속에는 쿄토 사람만 있는 것은 아닌 듯했다. 코니시 야쿠로와 나야 쇼안納屋蕉庵, 그리고 요도야 죠안 등의 선전대宣傳隊도 섞여 교묘하게 사람들을 부추기는 기색이 있었다. 어쨌거나 다시 전쟁이 벌어지는 게 아닐까 하고 암울한 침묵에 빠졌던 사람들의 가슴에 햇빛을 쬐어 환희로 이끌어준 훌륭한 솜씨는 경탄할 만한 가치가 있었다.

이와 같은 성대한 의식이 이에야스에게는 알려져 있지 않았다. 그러나 군중 속에는 챠야 시로지로茶屋四郎次郎*가 점잖은 포목상 차림으로 섞여 있었다.

이상하게도 벌써 시바타 카츠이에나 노부타카, 노부오에 대해서는 모두들 완전히 잊어버리고 있었다.

어마어마한 히데요시의 준비와 정연한 군기軍紀.

'이렇다면 공격해올 자가 있을 리 없다!'

민중들이 먼저 깨닫고 안심했기 때문일 것이다.

그런 의미에서는 히데요시의 크나큰 보자기가 첫날부터 쿄토 사람들을 교묘하게 감싸안았다고 할 수 있었다…… 그러나 쿄토 사람들은 물론 그곳에 모인 다이묘로부터 첩자, 공작원들까지 모두 압도해버린 것은 역시 화장을 하기 위한 15일의 장례행렬이었다.

13일에서 14일까지 조금씩 흐려지던 하늘이 15일에는 다시 활짝 갰다. 구름 한 점 없는 무라사키노는 그 성대한 의식을 보려는 10여 만의 군중으로 가득 메워졌다.

6

그날 화려하게 차려입고 다이토쿠 사에 모인 다이묘들은 사시巳時(오전 10시)에 행렬을 정돈하고 비로소 군중 앞에 그 전모를 드러냈다.

맨 먼저 황금빛 비단으로 감싸인 상여의 화려함이 사람들의 눈길을 끌었다.

사방의 처마에 늘어뜨린 구슬 장식도, 난간의 기둥머리에 단 파꽃 모양의 장식도 금과 은으로 꾸몄고, 8각의 기둥은 단청丹靑으로 그렸으며, 여덟 간짜리 상여의 채색은 햇빛을 반사하여 찬란한 무지개를 뿜어내는 것 같았다. 그 안에 히데요시가 자랑하는 침향나무 목상이 안치된 것은 말할 나위 없었다.

영구의 앞채는 이케다 테루마사가 메고 뒤채는 하시바 히데카츠가

멨다. 히데요시 자신은 바로 그 뒤에서 위패와 후도 쿠니유키 칼을 들고 따르고, 다시 그 뒤에는 에보시烏帽子°와 후지고로모藤衣° 차림의 무사 3,000명이 숙연한 모습으로 따르고 있었다.

다이토쿠 사로부터 렌다이노에 이르는 1,500간間°이나 되는 길 양쪽으로 3만의 무사를 배치하여 경비를 담당하도록 했기 때문에 그 부근은 활, 화살통, 창, 총포로 숲을 이루었다. 그 당당한 위풍은 장엄한 정도를 넘어 도리어 주위를 완전히 압도했다.

에보시와 후지고로모 행렬 뒤에는 1만 명으로 추산되는 5대산 10대 사찰, 선종과 율종 등 8개 종단의 승려들로 이루어진 행렬이 이어졌다. 그들은 각기 자기 종파에 따라 성장盛裝하고 차수叉手를 한 채 법어法語를 외면서 집회集會, 행도行道 등의 의식을 행하며 따르고 있었다……

그 머리 위에서 번쩍이는 7색 천개天蓋, 5색 깃발, 보랏빛 향연香煙, 무수한 등불, 공양을 위한 제기, 조화造花, 칠보七寶! 마치 옛날이야기에나 나오는 천상의 광경이 지상에 재현된 것처럼 화려하여, 생활에 찌들어 살던 군중을 잠시 황홀한 정토淨土의 경지로 이끌었다.

그날도 이에야스의 최고 정탐꾼 챠야 시로지로는 렌다이노와 가까운 사방 열두 간인 화장터 부근의 군중 속에 섞여 장례행렬을 지켜보고 있었다.

승려의 대열이 겨우 렌다이노에 도착했을 때 그 뒤를 다이묘들의 행렬이 따랐다. 그들은 각각 150명씩 카타기누肩衣°를 입은 가신을 데리고 있었는데, 니와 나가히데, 이케다 쇼뉴 노부테루池田勝入信輝, 호소카와 후지타카細川藤孝, 호소카와 요이치로細川與一郎, 호리 히데마사, 츠츠이 쥰케이, 나카가와 키요히데中川淸秀, 타카야마 우콘高山右近 등 셀 수 없을 정도였다.

바라보고 있는 동안 챠야 시로지로는 숨이 막혀왔다.

'이미 이것으로 대세는 결정되었다……'

이에야스는 이러한 사태를 예상하고 있었기 때문에 별로 선망도 하지 않고 반감도 갖지 않았다. 그러나 챠야는 황홀하게 바라보면서 왠지 몸이 떨리기 시작했다.

챠야는 이 어마어마한 모든 준비를 히데요시의 지극한 충성이라고 볼 만큼 단순한 사나이가 아니었다.

'이것은 틀림없이 노부타카나 카츠이에, 카즈마스 등에 대한 히데요시의 도전이다……'

챠야는 그 교묘함에 혀를 내두를 뿐…… 인내라는 점에서는 누구보다도 뛰어난 주군 이에야스가 끝내 서쪽으로 얼굴을 돌리려 하지 않은 현명한 안목을 이제 와서 분명히 알게 되었다. 고집불통인 노부타카, 호기에 찬 카츠이에, 불우한 카즈마스는 반드시 분노를 참지 못하고 히데요시에게 싸움을 걸어올 터. 하지만 그때는 이미 민중 한 사람 한 사람에게까지 다음 천하인天下人은 히데요시라고 인식시켜놓은 후.

'때가 늦었다고 깨닫겠지만 역시 싸움을 단념하진 못하리라……'

그러할 경우 도리어 노부타카 쪽이 반기를 든 것처럼 되고, 그 결과로 멸망하게 되지는 않을까……

"무서운 사람이야! 가공할 지혜를 가진 사람이야……"

바로 이때 행렬이 모두 들어간 렌다이노의 화장터에서 은은하게 침향의 향내가 흘러나오기 시작했다.

7

챠야 시로지로는 오늘이 노부나가의 유해를 상징하는 목상을 화장하는 날이라는 것은 알고 있었다. 그러나 그 목상을 침향나무로 만들었을 줄은 몰랐다.

'아니, 이게 무슨 향내일까?'

코를 벌름거리고 고개를 갸웃거리는 동안 그 향내는 더욱 짙어졌다.

"앗! 이것은 유해에서 나오는 향내인 것 같아."

누군가가 소리를 질렀다.

"뭐, 그게 정말이야?"

"아, 얼마나 놀라운 기적인가, 이것은……"

"기적이 아니라, 시주의 기원이 하늘에 전해졌다는 증거일세."

"꽃이 내릴 거야, 꽃이……"

"어, 저기 타카가미네鷹ヶ峰에서 샤카가타니야마釋迦ヶ谷山 언저리에 보랏빛 구름이 피어오르는군."

"고마운 일이야, 고마운 일이야."

"과연 부처님이 계신 게 분명해. 치쿠젠 님의 충성과 여러 스님들의 기원에 부처님의 감응이 나타난 거야."

"꿈만 같아. 정말 꿈이라고 할 수밖에 없어."

"무엇이 꿈이란 말인가. 우다이진 님 가문의 원수는 갚았다고 하지만, 후계자 싸움에 정신이 나가 장례를 잊고 있던 키타바타케北畠의 츄죠中將(노부오)나, 칸베의 지쥬(노부타카)를 대신하여 거행하는 장례 아닌가. 그런데도 기적이 나타나지 않는다면 부처님은 안 계신 것이나 다름없지."

"나는 부처님이 있고 없고를 말한 것이 아니야. 너무 향내가 좋아서 꿈만 같다고 한 것뿐이야."

"그러니까 꿈이 아니라고 했잖아. 그대의 충성심은 잘 알겠다, 좋아, 나를 대신하여 천하의 일을 처리하라 하고 우다이진 님의 영혼이 일부러 기적을 나타내신 것이야."

손에 든 염주를 굴리면서 속삭이는 말을 듣고 있으려니, 여기에도 이미 히데요시의 손길이 닿아 있다는 것을 느낄 수 있었다.

챠야 시로지로는 군중을 헤치고 앞으로 나아갔다. 그제야 그도 향내의 수수께끼에 생각이 미쳤다.

'목상을 향나무로 만들었어, 분명해……'

아니, 어쩌면 장작 속에도 향나무가 많이 섞여 있었는지 모른다. 어쨌든 이렇게까지 면밀하게 계산하여 쉽게 여론을 움직이는 히데요시의 두뇌가 놀랍기만 했다.

'대관절 어떻게 태어난 사람일까.'

쿄토에서는 히데요시가 원숭이 해 설날에 해가 뜨는 것과 동시에 태어난 태양의 아들이라는 소문이 떠돌고 있었다.

"비켜주시오…… 좀 지나갑시다."

소리를 질렀지만, 군중이 거의 황홀경에 빠져 있는 상태여서 한참 동안은 앞으로 나갈 수도 물러설 수도 없었다.

얼마 후 울타리 안의 창과 총포의 숲이 움직이기 시작했을 때에야 비로소 군중들은 제정신으로 돌아와 다시 다이토쿠 사 쪽으로 방향을 돌렸다. 히데요시를 선두로 한 행렬이 그쪽을 향해 움직이기 시작했기 때문이었다.

시로지로는 그제서야 자신의 온몸이 땀으로 흠뻑 젖어 있음을 깨달았다. 이미 해는 머리 위를 훨씬 지나 있었고, 배에서는 꼬르륵 소리가 나고 있었다.

'시장한 것은 나만이 아닐 거야…… 그런데도 히데요시는 이 군중들의 시장기를 잊게 할 정도의 힘을 가지고 있다……'

"아니, 이거 챠야 님이 아니오?"

겨우 혼보 사本法寺 부근까지 왔을 때.

"마침, 잘됐소. 절 안에 앉을 자리가 마련되어 있으니 잠시 쉬었다 갑시다."

어깨를 툭 치는 사람이 있었다. 돌아다보니, 이번에 쌀 500섬을 실어 왔다고 알려진 요도야 죠안이 싱글벙글 웃으며 서 있었다.

8

"아, 요도야 님이시군요."

시로지로는 그제야 안심하고, 죠안이 이끄는 대로 혼보 사 경내로 들어갔다.

"요도야 님의 쉼터가 여기 있을 줄은 몰랐어요. 마침 다리가 아프던 참인데 잘됐습니다. 그러나저러나 놀라운 인파로군요."

"정말 대단한 일을 했어요. 자, 이쪽으로. 챠야 님이 아시는 분도 와 있습니다."

"아니, 내가 아는 사람……?"

요도야를 따라 오른쪽 장막 안으로 들어갔을 때였다. 산더미처럼 쌓아놓은 주먹밥 너머에 사카이의 나야 쇼안이 역시 한눈에 사카이의 상인임을 알아볼 수 있는 대여섯 명의 사람들과 함께 담소하면서 차를 마시고 있었다.

"이거, 쇼안 님이 아니십니까."

"허어, 챠야 님도 역시 와 있었군요."

"예, 그야……"

쇼안은 시로지로와 이에야스의 관계를 잘 알고 있었기 때문인지 곧장 지금까지 그들이 하고 있던 이야기에 대해 언급했다.

"지금도 그 이야기를 하던 중인데, 이제 쿄토도 도시계획이 잘 되어갈 것 같소."

"아니, 쿄토의 도시계획……이라니요?"

"이 소동이 끝나면…… 아니 그보다 이것은 도시계획의 시작이라고
도 할 수 있으니까요."

"무슨 말씀인지…… 도무지 알아듣지 못하겠습니다."

챠야 시로지로가 당황해하면서 물었다.

쇼안은 무언가를 암시하듯 빙긋이 웃었다.

"챠야 님도 방심할 수 없는 분이로군. 이미 도시계획이 이렇게까지
진행되고 있는데도 이곳에 있으면서 모른 체하고 있다니."

말과는 달리 시로지로에게 보여주기 위해 거기 있던 간단한 도면을
그 앞으로 내밀었다.

"이게 무엇입니까? 이 서쪽 진지 부근에 네모가 하나, 그리고 이 고
죠五條의 강 동쪽에도 하나가 있는데요……"

"하하하……"

이번에는 요도야가 웃었다.

"오닌의 난 이후 황폐한 채로 있는 이 서쪽 진지에는 직물의 거리가
생기고, 이곳 강 동쪽에도 이 도면에 그려져 있는 것처럼 큰 거리가 생
깁니다. 챠야 님에게도 양쪽의 땅이 할당될 것이니 잘 부탁합니다."

시로지로는 점점 얼굴이 굳어지는 것을 느꼈다.

"그러면…… 그러면…… 이번 장례가 끝나면 곧 이 도면과 같은 도
시계획을 착수한다는 말입니까, 치쿠젠 님이……?"

쇼안은 짐짓 근엄한 표정으로 말했다.

"이것을 만들기 위한 장례……라고 하면 치쿠젠 님이 화를 내실 거
요. 그분에게는 자기가 하는 일이 모두 우다이진 님의 유지……라고
말로만 하는 게 아니라 마음으로부터 그렇게 생각하고 있으니까요."

"그러면, 이 논의에 여러분은 처음부터 관계하셨습니까?"

"그렇소."

요도야는 당연하다는 듯이 대답하고 말을 이었다.

"도시계획은 치쿠젠 님이 하더라도 돈을 마련하는 데는 우리가 한수 위니까요. 남의 지혜를 빌리려 한다면 협력해야지요."

챠야 시로지로는 하마터면 신음할 뻔했다.

양쪽 모두 상대를 이용하고 있는 게 아닌가. 히데요시의 손길이 벌써 여기까지 뻗쳤는가 생각하니 시로지로 역시 몸을 앞으로 내밀지 않을 수 없었다.

9

"그러면 저 무라사키노 공양은 이 도시계획의 주춧돌이라 할 수 있겠군요."

이에야스에게 반드시 보고해야 할 일이라 생각하면서 시로지로가 몸을 앞으로 내밀었을 때 나야 쇼안이 웃으면서 고개를 저었다.

"챠야 님은 쿄토에 근거를 두고 있으나 우리는 사카이 주민 아닙니까? 그러니 쿄토의 도시계획만으로는……"

"그러시면?"

"일본의 기초를 다져놓아야 할 때라고 생각되어 모두 뒤에서 돕고 있지요. 물론 여기에도 지점을 두어야겠지…… 지점도 사카이만이 아니라 치쿠젠, 히젠肥前 일대에까지 설치하지 않으면 국부國富를 이룰 수 없다고 이렇게 모여 상의하고 있소."

"아니, 치쿠젠에서 히젠 일대까지……?"

이번에는 쇼안이 대답했다.

"그렇소. 그러기 위해서는 어엿한 실력을 갖춘 중앙군中央軍이 있어야만 합니다. 챠야 님, 우리는 그것이 가능하다고 보기 때문에 이쪽의 움직임을……"

그러면서 쇼안은 시로지로에게 무언가를 가르쳐주려는 의도를 드러내며 말을 계속했다.

"국부를 이루는 길에는 두 가지가 있소. 첫째는 교역이고, 둘째는 지하에 있는 재화를 발굴하는 일이오. 그 방면에서는 이미 우리 동지 중에 멀리 아마카와天川(마카오)에까지 건너가 은의 새로운 채굴법, 제련법 등을 배우고 돌아온 사람이 있소. 그 사람은, 이와미石見의 오모리大森, 타지마但馬의 이쿠노生野 부근에 무진장으로 보물이 매장되어 있다고 합디다."

챠야 시로지로는 놀란 가슴을 누르고 맞장구를 치기에만도 애를 먹었다.

"그러면, 이미 아마카와에 다녀온 사람이 있군요."

"그렇소. 교역을 하기 위해서는 은이 필요합니다. 그 은이 땅속에 있는데 그냥 내버려둘 수는 없는 일 아닙니까."

"도……도……도대체 그분의 이름은…… 무엇이라고 합니까?"

"아마카와에 다녀온 사람은 카미야 쥬테이神屋壽貞이고, 현재 그 뒤를 계승하고 있는 이는 그의 손자로 소탄宗湛이란 호를 가진 젠시로善四郎요. 은이 나온다고 해도 국내에 유통시키는 것만으로는 국부가 증대되지 않소. 그것은 역시 교역을 통해야만 하지요."

"과연…… 그렇겠군요."

"하지만 교역이란 그리 쉬운 일이 아니오. 작은 다이묘들이 서로 갈라져 다투기만 하고 있으면 위태로워서 가지고 있는 보화도 이용할 수 없소. 따라서 어떻게 해서든지 천하 통일이 이루어졌으면 하고……"

"그러면…… 그 천하인으로는 치쿠젠 님이 적당하다고…… 여러분은 생각하고 계시는 것입니까?"

챠야는 그제서야 겨우 그들의 이야기를 이해할 수 있었다. 무장들이 열심히 천하를 다투고 있을 때, 한편에는 어떻게 하면 부富를 늘릴 수 있을까 하고 전혀 다른 입장에서 세상을 보고 생각하는 한 무리의 사람들이 있었다.

더구나 그것은 결코 작은 힘이 아니었다. 사실 그들의 뒷받침이 없었다면 히데요시의 이번 행사도 이처럼 훌륭하게 진행시킬 수 없었을 것이 분명했다……

"어떻소? 챠야 님과는 오랜 친구 사이이고, 쿄토의 일에 대해서 여러모로 신세를 져야 할 것이므로 오늘 우리 동지가 되면 말입니다."

쇼안이 특별히 눈독을 들이고 있다는 것을 깨닫고 요도야 죠안이 중재하듯 말했다.

"그야 나야 님이나 요도야 님이 추천하는 분이라면 우리로서도 이의가 없습니다."

나이가 지긋한 사람이 무거운 어조로 찬성했다.

"이거, 정말 고맙소."

쇼안이 시로지로를 대신하여 머리를 숙였다.

10

"무장들 쪽에서 드디어 천하 평정의 기틀을 잡게 되면 우리도 이에 뒤지지 말고 각자 협력해야 할 것이오. 그래서 평소부터 거래와 교제가 있던 사람들끼리 특히 긴밀한 유대를 맺기로 했던 것이오."

쇼안은 자기가 모두에게 감사를 표하고 나서 그대로 시로지로에게 설명하는 역할을 했다.

"긴밀한 유대라고는 하나 별로 까다로운 조건이 있는 것은 아니오. 자기 이익만을 위하지 말고, 다른 사람을 모함하지 말 것. 자신을 부유하게 만드는 동시에 일본과 동업자들을 부유하게 만드는 길은 바로 이

두 가지 길뿐이오. 그리고 교제는 어디까지나 혈육처럼 하도록 해야 할 것이오."

"아주, 훌륭한 일입니다. 그 정도의 일이라면 이 챠야도 지킬 수 있습니다."

시로지로가 대답했다.

"그래서 여러분이 협의한 결과 치쿠젠 님의 도시계획을 돕기로 한 것이로군요."

"바로 그것이오!"

이번에는 요도야가 말했다.

"어쨌든 천하를 평정하지 않으면 안 되지요. 그래서 먼저 쿄토의 도시계획, 이것이 끝나면 다음에는 내가 사는 오사카에서."

"오사카는 어떤 도시로 만들게 됩니까?"

"원래 그곳은 이시야마石山 불당 때문에 생긴 거리, 이것을 우다이진 님이 혼간 사와의 싸움 때 빼앗은…… 우다이진 님은 여기에 큰 성을 쌓아 쿄토를 경비하면서 사카이 항구를 제압하려는 뜻이 있었지요. 치쿠젠 님도 그 사실을 잘 알고 있어요. 일단 쿄토에서 일이 끝나면 그곳을 본거지로 삼아 거성의 성읍 거리로 만들자는 것이 모두의 의견이오. 챠야 님도 이 의견에 대해서는 이의가 없을 것입니다."

"으음…… 오사카를 천하인의 거성으로 삼는다는 말이군요. 하지만 그렇게 되면 사카이의 항구는 여러분이 자유롭게 이용할 수 없게 되지 않겠습니까?"

"그 점도 생각해보았지요."

"생각해보셨다니요……?"

"천하를 다스리기 위해서는 치쿠젠 님도 부력富力이 필요합니다. 사소한 일에 간섭하지 않고 양쪽이 번영할 수 있는 길이 있지요."

"그런 길이…… 있다면 묘안이겠는데요."

"물론, 길은 있소."

이번에는 쇼안이었다.

"가령 교역의 이익이 일천 냥이라면 치쿠젠 님에게는 한푼도 바치지 않는다고 쳐도 이익은 일천 냥뿐이오. 그런데 십만 냥이 되면 이만 냥을 바쳐도 팔만 냥이 됩니다. 일천 냥을 팔만 냥이 되게 하는 길이 있다면 이만 냥을 아낀다는 것은 어리석은 일이지요."

"과연 이치에 맞는 말입니다."

"우선 오사카에 큰 성을 쌓고 나서 서쪽 정벌에 나서도록 하려는 것이오. 우리가 청하거나 도움을 주는 것과는 관계없이 치쿠젠 님이 반드시 해야만 할 일입니다…… 이것을 하도록 하고 다음에는 치쿠젠의 하카타博多, 이어서 히젠의 카라츠唐津, 히라도平戶의 순서였던가요, 카미야 님?"

"예. 거기에는 종종 외국 선박도 드나들고 있습니다. 우선 중앙의 명령이 통할 수 있도록 평정하고 배가 출입하기 쉽게 항만 공사를 하면 무역항으로 크게 번창할 것입니다…… 따라서 치쿠젠 님을 크게 이용할 필요가 있습니다."

챠야는 알지 못하는 사람이었으나 쇼안이 카미야라고 부른 것으로 미루어, 그가 은광銀鑛에 손을 대고 있다는 카라츠의 카미야 젠시로神屋善四郎 본인인 듯했다.

대담한 그의 이야기에 챠야는 그만 눈이 휘둥그레졌다.

11

"치쿠젠 님의 기반을 다져주는 일은 곧 우리의 기반을 다지는 일이오. 이 일은 빠를수록 좋습니다."

카미야라고 불린 젊은이가 말을 끝냈을 때였다.

"나는 하카타에 사는 마츠나가 소야松永宗也라고 합니다. 하카타에도 시마야島屋, 스에츠구末次와 같은 큰 상인이 있으나 현재로서는 어떻게 할 수 없는 형편입니다."

자기소개를 한 소야가 시로지로를 향해 말했다.

"여기 계신 카미야 젠시로 님만 해도 채굴하면 얼마든지 은이 나오는 광산을 가지고 계시지만, 일단 은이 나오기 시작하면 아마코尼子가 쳐들어오고 모리毛利가 덤벼듭니다. 겨우 모리와 타협하여 해결하면 이번에는 오토모大友가 기다리고 있지요. 이런 자들은 칼만 휘두를 줄 알지 경제에 대해서는 전혀 알지 못해요. 그게 젠시로 님이 열일곱 살 때의 일이었던가요?"

"아, 그 코바야카와小早川가 공격해와 하카타가 불탔을 때의 일 말입니까?"

"그렇소. 댁의 저택을 불태우고 게다가 은광을 파라, 광산 지도를 내놓아라 강요하는 바람에 잠시 피신하셨던 일 말이오."

"예, 열일곱 살 때의 일입니다. 그 사람들을 위해 광산을 파봤자 싸움만 더 크게 벌어질 것이라는 생각이 들어 그냥 피신했었지요."

이렇게 말하면서 아직 젊은 카미야 젠시로는 단호한 어조로 덧붙여 말했다.

"어쨌든 가능성 있는 무장에게 다스리게 하여 우선 안정을 도모해야 합니다. 그러니까 독毒을 독으로써 제압하지 않고는 이 나라를 유지할 수 없습니다. 우리에게 힘이 없다면 교역은커녕 남만인南蠻人에게 나라를 빼앗기고 손을 들게 될 것입니다."

챠야 시로지로는 새삼스럽게 모인 사람들의 얼굴을 둘러보았다.

표면적으로는 모두 평범한 상인들일 뿐인 그들, 그러나 이들은 하나같이 무장 따위는 경멸하고 있었다. 어느 한 사람 굳이 그런 태도를 숨기려 하지도 않았다. 무인들을 경멸하고 있는 이 사람들이, 지금 이 자리에서는 히데요시를 후원하자는 데 의견의 일치를 보이고 있었다. 그런 분위기가 챠야 시로지로에게는 이상하기만 했다.

히데요시라면 마음대로 조종할 수 있다고 우습게 여기는 것일까? 아니면 농부의 신분으로 고생 끝에 오늘의 지위에 오른 그에게서 남다른 장점을 발견했기 때문일까……?

이 의문에 답하기라도 하듯 요도야가 다시 대담한 말을 했다.

"치쿠젠 님은 아무것도 모르는 분이지만 질이 좋은 백지와도 같아서 말을 하면 당장 알아듣는 분이오. 그리고 사카이 사람들은 그를 교육시킬 수 있는 연줄을 가지고 있으므로 그 점은 안심해도 좋습니다. 소에키宗易(센 리큐千利休) 님이나 텐노지야天王寺屋(츠다 소큐津田宗及) 님의 말이라면 잘 들어요. 언제든지 이쪽 생각을 전할 수 있는 길이 없으면 사업하기 어렵지요……"

"요도야 님, 나도 한번 만나보고 싶군요."

젊은 카미야가 말했다.

"오사카 성이 완성된 뒤에 만나는 것이 좋을 거요. 다도茶道라든지, 소에키와 소큐를 통해 접근하면 치쿠젠 님은 언제든지 기꺼이 만나줄 사람이오."

"하하하……"

갑자기 쇼안이 웃기 시작했다.

"좌우간 이것으로 주춧돌은 다져졌소."

"굳히도록 합시다, 이쯤에서."

"물론 시바타나 그 밖의 문제가 좀 남아 있기는 하지만, 이 정도면 굳혔다고 할 수 있겠지요."

이에야스에게 그런 점을 알려두라는 의미일 것이다. 쇼안은 시로지로에게 흘끗 눈짓을 하고 말을 이었다.

"굳었다고 보고, 카미야 님은 그 기념으로 쿄토의 여자를 하나 사서 히젠으로 돌아가겠다고 물색하는 중이랍니다. 하하하……"

문 앞에서는 오늘의 성대한 의식에 도취한 군중들이 일시에 우르르 쿄토로 돌아가고 있었다.

계절의 이치

1

　10월 17일에 노부나가의 장례를 마치고 그 이튿날인 18일.

　히데요시는 노부타카의 중신 사이토 토시타카齋藤利堯와 오카모토 요시카츠岡本良勝 두 사람에게 서신을 보내 드디어 자신의 뜻을 선명하게 밝혔다.표면적으로는 그 달 8일 노부타카가 히데요시에게 글을 보내 히데요시와 카츠이에 사이를 중재하겠다고 한 것에 대한 회답이었다. 그러나 그 내용은 오히려 노부타카와 카츠이에에게 항쟁하는 태도를 드러낸 것이었다.

　히데요시의 전문 25개 조항으로 이루어진 장문의 편지. 그 가운데서 처음 7개 조항은 카츠이에에 대한 불평이었고, 나머지 18개 조항은 츄고쿠 정벌 이후의 자기 전공을 자랑하는 것이었다. 노부나가의 장례에 대해서도 노부타카와 노부오에게 뜻을 전했으나 대답이 없고 카츠이에도 이를 거행하지 않기 때문에 할 수 없이 자기가 시행했으며, 이 모두는 노부나가의 은혜에 보답하기 위해서이지 사심에서 나온 것이 아니라고 쓰고 있었다. 그리고는 이처럼 큰 공을 세웠는데도 특별한 대우를 받지 못해 유감천만이라고 힘주어 말하고 있었다.

이 편지는 당연히 카츠이에한테도 통보되었다. 카츠이에는 이미 히데요시와의 한판 싸움이 불가피하다고 각오하고 있었다. 노부타카, 카즈마스 등과 긴밀한 연락을 취하면서 호리 히데마사와 니와 나가히데 등에게 자기편이 될 것을 종용하는 한편 밖으로는 모리 테루모토毛利輝元, 킷카와 모토하루吉川元春, 그리고 멀리 오슈奧州의 다테 마사무네伊達政宗와 우호관계를 유지하고 있었다.

물론 히데요시는 카츠이에의 이러한 사정을 빤히 꿰뚫어보고 있었다. 그 결과 17일 장례가 끝나는 것과 동시에 전쟁준비를 완료하고 일전도 불사하겠다는 25개 조항의 답장을 보낼 수 있었다.

21일에는 본거지인 히메지의 수비대장에게 글을 보내 킨키 지역에서는 타카야마 우콘, 나카가와 키요히데, 츠츠이 쥰케이, 미요시 야스나가三好康長 등으로부터 인질을 인도받고, 이케다 부자는 물론 오미의 니와 나가히데에게도 자기 명령에 따르도록 서약하게 했다. 또 하세가와 히데카즈長谷川秀一, 야마자키 카타이에山崎片家, 이케다 마고지로池田孫二郎, 야마오카 카게타카山岡景隆에 대해서는 각각 거성을 굳게 지키도록 통보했다.

이튿날인 22일에는 혼간 사의 코사光佐, 코쥬光壽 부자에게 서신을 보내 앞서 보내온 선물에 사의를 표한 뒤 노부타카의 불법을 기록하고, 자기는 이에 대해 스스로 노부나가의 장례를 치르고 쿄토 주변을 굳게 지켜 대항하고 있으며 또한 가까운 시일 안에 나카무라 카즈우지中村一氏와 츠츠이 쥰케이를 네고로根來에 보내겠다고 고하여, 자기를 적대하지 말라는 뜻을 암암리에 전했다.

한편 북방의 카츠이에 쪽에서도 물론 전쟁을 각오하고 있었다. 그러나 이렇게 급속히 장례의 완료가 곧바로 전쟁준비의 완료가 될 줄은 생각지 못하고 있었다.

11월을 앞두고 북방 각지에서는 이미 눈이 내리기 시작하고 있었다. 지금부터 전쟁을 하면 가장 어려운 동계冬季 작전으로 일관하게 되고, 그렇게 되면 노부타카나 카즈마스와의 합동 작전은 바랄 수도 없었다.

"이대로는 안 된다."

어떻게 해서든지 겨울을 무사히 넘기고 눈이 녹는 봄까지 기다려야만 했다. 이를 위해 카츠이에는 앞서 자기가 중재하겠다고 나섰던 마에다 토시이에에게 후와 카츠미츠不破勝光, 카나모리 나가치카金森長近, 그리고 나가하마 성주인 양자 시바타 카츠토요를 딸려보내 히데요시와의 화평을 교섭하도록 했다.

화평의 교섭을 위한 일행이 야마자키에 도착한 것은 11월 2일.

그날은 히데요시가 면회를 거절하고, 이튿날인 3일에 이르러 넓은 서원에서 사자를 접견했다. 이때 히데요시는 처음부터 녹아들 듯한 웃는 얼굴로 대했다.

2

"이거, 반가운 사람을 만나게 되는군."

히데요시는 정중히 인사하려고 자세를 가다듬는 마에다 토시이에에게 손을 흔들면서 만류했다.

"부인도 안녕하시겠지? 네네寧寧도 자네를 그리워하면서 어서 만날 수 있게 태평한 날이 왔으면 좋겠다고 히메지에 있을 때 늘 말하곤 했다네. 돌이켜보니 우린 부부가 모두 오래 사귀어온 사이로군, 그렇지 않은가?"

이렇게 말하면서 자리에 앉아 곧 카츠이에의 양자 카츠토요에게 시선을 옮겼다.

"병중이라고 들었는데 이렇게 찾아오다니 수고가 많네. 그러나 걱정할 것 없어. 슈리 님에게 화평을 바라는 마음이 있다면 일은 그것으로 끝나는 것일세. 이 히데요시에게 이의가 있을 리 없으니. 어쨌거나 반갑네. 준비를 시켜놓았으니 오늘은 편히 쉬도록 하게."

후와 카츠미츠와 카나모리 나가치카는 순간 깜짝 놀라 서로 얼굴을 마주보았다. 처음부터 지난번 서신의 조항과 같은 무서운 힐문을 당하리라 생각하고 있었던 만큼 너무나 뜻밖이었다.

"후와도 카나모리도 수고가 많았어. 나 역시 어떻게 해서든지 슈리 님 일족과의 불화는 피하고 싶은 마음뿐일세. 슈리 님이 토시이에 님을 비롯하여 여러분을 보내신 것은 이 히데요시의 진심이 통했다는 증거가 아니겠나. 아, 이렇게 기쁜 일도 없네. 사키치, 어서 술상을 가져오라고 해라."

그래도 토시이에는 예의를 다해 두 손을 가지런히 하고 히데요시에게 말했다.

"우선 이 토시이에의 생각부터……"

토시이에가 이누치요犬千代라는 아명을 마타자에몬又左衛門으로 고쳤을 무렵 느닷없이 노부나가 앞에 나타난 '원숭이'가 지금은 토시이에 스스로가 존대를 하게 될 만큼 관록이 붙어 있었다. 무슨 꿈을 꾸고 있는 것 같기도 하고, 옛날부터 이렇게 될 사람이었다는 생각이 들기도 했다.

"암, 들어야지. 가을밤은 아주 기니까. 오늘 밤엔 술을 들면서 밤새도록 이야기하세."

"고마우신 말씀. 그 말씀을 들으니 이 토시이에도 사자로 온 면목이 서는 것 같습니다. 그런데 슈리 님의 마음은……"

"슈리 님의 마음은……?"

"절대로 하시바 님에게 적의를 가진 것이 아니며, 오로지 오다 가문의 앞날에 평안이 있기를 바랄 뿐이라고, 이 토시이에는 확신하고 있습니다."

"암, 그러지 않으면 안 되지. 우다이진 님의 특별한 은혜를 입은 이 치쿠젠에게도 그것말고는 달리 바랄 게 없네. 오다 가문의 안녕이란 내부의 분쟁을 없애고 우다이진 님의 뜻을 이루는 것, 이것말고 또 무엇이 있겠나. 그것만이 돌아가신 주군께서 지향하신 길임을 안다면, 이 히데요시가 하는 모든 일도 거울에 비쳐보듯이 확실하게 이해할 수 있을 것일세. 마타자에몬 님도 알다시피 예로부터 이 원숭이는 음흉한 구석이라고는 터럭만큼도 갖지 못한 사람 아닌가. 만사를 창공에 빛나는 해와도 같이…… 자, 마음을 편히 갖고 이런저런 옛이야기나 하도록 하세. 옛날이야기 속에는 우다이진 님의 유지遺志가 번쩍번쩍 빛나고 있을 테니 말이야."

이때 많은 시동과 시녀들이 주안상을 들고 들어왔다.

히데요시는 점점 더 기분이 좋은 듯이 소리를 높였다.

"좋아, 그 상을 모두 나란히 놓아라…… 응, 그렇게 말다. 오늘은 구면인 마타자에몬 님이 찾아오셨어. 싸움을 하지 않고 끝낼 수 있을 것이라 하면서 말이다. 토라노스케도 이치마츠도 스케사쿠도…… 모두 불러라. 내가 자랑하는 용맹스런 근시近侍들의 늠름한 모습을 보여 드리고 싶다. 정말이지 이렇게 반가운 일도 없어."

이 말에 후와와 카나모리는 깜짝 놀라 얼굴을 마주보았다.

3

히데요시가 자랑으로 여기는 용맹스런 측근인 카토 토라노스케加藤虎之助, 후쿠시마 이치마츠福島市松, 카타기리 스케사쿠片桐助作, 카토

요시아키加藤嘉明, 와키사카 야스하루脇坂安治, 히라노 나가야스平野長泰, 카스야 스케에몬糟谷助右衛門 등은 이미 한창 활동할 나이에 도달하여 널리 용맹스런 이름을 날리고 있었다.

그들을 이 자리에 불러오라는 말을 듣고 후와 카츠미츠와 카나모리 나가치카는 무의식중에 이런 생각을 떠올리고 있었다.

'주연을 핑계로 이 자리에서 우리를 죽이려는 것은……?'

만일 히데요시에게 그럴 마음이 있어 이 자리에서 카츠토요와 토시이에를 죽일 경우 시바타 쪽의 세력은 반으로 줄어든다.

카나모리 나가치카는 후와 카츠미츠와 눈짓을 교환하고 나서 살짝 카츠토요의 무릎을 찔렀다. 폐병을 앓고 있는 카츠토요가 가만히 눈을 감고 앉아 있는 것이 여간 불안하지 않았다.

"혹시 몸이 불편한 것은……"

카츠토요는 조용히 고개를 가로저었다. 그는 지금 히데요시의 말과 인물됨을 냉정하게 다시 생각하고 있었다.

양아버지인 카츠이에가 히데요시를 잘못 보고 있다는 생각은 들지 않았다. 그렇지만 현재 카츠이에 밑에 있으면서 그를 좌우하고 있는 것은 조카인 사쿠마 모리마사佐久間盛政였다. 모리마사는 젊은 혈기로 걸핏하면 히데요시를 매도했다.

"고작 농민 출신에 불과한 교활하기 짝이 없는 자가 공을 세웠다고 하여 여간 우쭐거리고 있지 않습니다. 한번 따끔한 맛을 보여주지 않으면 나중에 후회하게 됩니다."

기울기 시작한 분위기에서는 자중自重을 권하는 말보다는 위세를 부리는 감정론이 더 쉽게 받아들여지게 마련이다.

"아니, 히데요시를 그렇게 하찮은 인물로 보는 것은 잘못입니다. 좀더 냉정하게 살피셔야 합니다."

이렇게 신중한 태도가 필요하다는 카츠토요의 말보다 사쿠마의 단호한 말이 카츠이에를 더 솔깃하게 만들었다.

지금은 그러한 사쿠마 모리마사에 대한 언짢은 감정을 버리고 냉정하게 히데요시의 역량을 다시 평가해야 할 때였다.

'히데요시의 속셈은 과연 어디에 있을까?'

"카츠토요, 우선 자네부터 잔을……"

술잔을 권하는 말에 시바타 카츠토요는 조용히 눈을 떴다.

차려진 술상 오른쪽 자리에 죽 늘어앉은 젊은이들의 얼굴이 한눈에 들어왔다.

상좌에 앉아 있는 인물은 히데요시의 어머니 쪽 친척이라는 대장장이의 아들 카토 토라노스케가 분명했다. 6척*이 넘어 보이는 건장한 체격으로, 부릅뜬 눈을 이쪽으로 보내고 있었다.

다음에는 통장수의 아들로 둘도 없는 난폭자였다는 후쿠시마 이치마츠. 그는 바위로 병풍을 두른 듯한 느낌을 주는 자였다.

'허약한 곤로쿠의 아들 녀석이……'

반쯤 카츠토요를 무시하는 태도로 바라보고 있었다.

그 다음은 카타기리 스케사쿠일 터. 그는 두 사람보다는 좀 온화해 보였는데, 생각이 깊은 듯한 눈으로 카츠토요와 시선이 마주치자 약간 고개를 숙여 인사하는 것 같기도 했다.

"어떠냐, 토라노스케도 이치마츠도……"

히데요시는 시녀를 시켜 자기 잔에 술을 따르게 했다. 그러면서 가볍게 말했다.

"마음이 놓이느냐, 아니면 맥이 빠지느냐? 이번에야말로 슈리의 목은 내가…… 하며 기세를 올리고 있었지. 그런데 아마 싸우지 않고 끝나게 될 모양이야……"

약간 경박스럽기까지 한 히데요시의 허풍스러운 말을 들으면서 카츠토요는 세 사람 쪽으로, 아직 미열이 남아 있는 물기를 머금은 시선을 조용히 옮기면서 술잔을 들었다.

4

"하하하……"

히데요시가 웃었다.

카츠토요는 그 웃음에서 반은 위협을, 반은 순진함을 느꼈다.

"모두 시무룩한 표정들이로군. 전쟁이 없을 것 같다는 말에 불만들인 모양이지. 허 참, 이렇다니까, 마타자에몬 님."

히데요시는 말머리를 토시이에게 돌렸다.

"물론 이 사람들에게는 화평 같은 것은 아무런 의미도 없을 테지. 하기야 평화로운 세상이었다면 토라노스케는 지금쯤 낫을 만드느라 탕탕거리고 있을지도 모르고, 이치마츠는 풋내기 씨름이라도 하면서 통을 고치러 다니고 있을 게 틀림없어. 그런데 난세를 만나 이처럼 세상에 드러나게 되었으니…… 이봐, 이치마츠!"

"예."

"너는 말하자면 난세의 사나이, 천하에 대란이 일어나기를 바라고 있겠지?"

"그렇습니다."

"바보 같은 녀석, 눈빛이 다 변하는구나. 경거망동하지 마라."

"예."

"아무리 너희들이 대란을 바란다 해도 그렇게 싸움이 계속되면 안되는 거야. 때때로 가슴에 손을 얹고 우다이진 님의 뜻을 되새겨보아야 한다."

"예."

"이 히데요시는 천하의 전란을 종식시키기 위해서라면 언제든지 목숨을 던지고 싸우지만, 상대가 화평을 원할 때는 즉시 무기를 버리고 손을 잡을 것이다. 여기에 사사로운 마음은 전혀 없어. 토라노스케, 알겠느냐?"

"예."

토라노스케 키요마사虎之助淸正는 굵은 대나무 통이 울리는 듯한 목소리로 대답했다.

"저희들은 성주님을…… 그러기에 하늘의 뜻으로 알고 생사를 같이 하겠습니다."

"하하하……"

히데요시는 다시 웃었다.

"정직한 녀석들이야. 그러나 하늘의 뜻은 내가 아니라 돌아가신 우다이진 님이다. 나는 다만 돌아가신 우다이진 님을 대신하여 그 이상理想을 그대로 따르고 있을 뿐이야."

히데요시가 이렇게 말했을 때 이시다 사키치를 선두로 선물을 받쳐든 시동들이 들어왔다.

시바타 카츠토요는 여전히 눈을 가늘게 뜨고 그들의 움직임과 분위기에 주의를 기울이고 있었다……

네 사람 앞에 크고 작은 칼 한 쌍과 계절에 맞는 옷에 무슨 목록인 듯한 것을 곁들인 큰 쟁반이 놓였다.

카나모리와 후와는 다시 얼굴을 마주보고 더욱더 히데요시의 속셈을 알지 못하겠다는 표정이었다.

카츠토요는 희미하게나마 히데요시 언동의 이면에 무엇이 숨어 있는지 알 수 있었다. 아무래도 자신들을 항복하는 사자로 간주하여 그 사실을 모두에게 깨닫게 하려는 언동인 것 같았다.

'양아버지의 생각과는 거리가 멀다……'

카츠이에는 일단 이 자리를 얼버무려놓았다가 눈이 녹는 봄을 기다리겠다는 생각일 뿐이었다……

히데요시는 선물이 일행 앞에 놓였는데도 그에 대해서는 전혀 말을 하지 않았다.

"내 부하도 이런 형편이니 세상에는 아직 이 히데요시의 뜻을 모르는 자가 많은 것도 당연한 일…… 마타자에몬 님, 카츠토요 님, 다른 사람은 몰라도 슈리 님은 알아주셨으니 그나마 반갑고 다행한 일일세. 자, 어서들 들게."

시녀들을 재촉하여 술을 따르게 했다.

참다못한 카츠토요는 두번째 잔을 받고는 히데요시 쪽으로 홱 방향을 돌렸다.

5

"당돌한 말씀입니다마는, 이 카츠토요는 우매한 자라서 말씀 중에 이해할 수 없는 곳이 두세 군데 있습니다."

"아니, 이해할 수 없는 곳이…… 아, 그것은 이 히데요시의 표현이 부족하기 때문일 테지. 어떤 점을 이해할 수 없는지 망설이지 말고 말하게."

히데요시는 도리어 기다리고 있었다는 듯이 몸을 앞으로 내밀었다.

"다름이 아니라……"

카츠토요는 일부러 자기 편 세 사람은 보지 않고 히데요시 쪽 하타모토旗本°들을 싸늘한 시선으로 바라보았다.

"제 양부님이 화평은 바라지만, 만일 그 행동 속에 납득할 수 없는 부분이 있다면 어떻게 하시겠습니까?"

"허어."

히데요시는 자못 뜻밖이라는 듯이 머리를 갸웃했다.

"그럴 경우에는 자네가 자식으로서 아버님께 이해관계를 잘 납득시켜드려야 하겠지."

"이해관계……라고 하시면?"

"히데요시는 노부나가 공의 유지를 받들어 천하를 평정하는 것밖에는 다른 뜻이 없어. 그래서 야마자키 전투에서도 이기고, 그 후에도 계속 손을 써서 이제는 목적을 달성하기 위한 실력을 축적했어. 이것은 슈리 님도 잘 아실 터…… 알겠나?"

"……"

"만일 입장을 바꾸어, 슈리 님이 미츠히데를 토벌하고 지금의 내 입장에 있다면, 이 히데요시는 약간의 불만이 있더라도 슈리 님에게 협력할 것일세. 협력하지 않고 적대시하면 돌아가신 주군의 유지를 관철시키는 일에 방해가 되어 불충한 자가 될 것이니 슈리 님으로서도 용서할 수 없을 것일세. 단지 그뿐일세."

히데요시의 대담한 말에 카나모리와 후와가 깜짝 놀라는 모습이 카츠토요에게는 확실하게 느껴졌다.

마에다 토시이에만은 묵묵히 앉아 술잔을 입으로 가져가고 있었다. 아마도 그는 나중에 히데요시와 단둘이 남아 카츠이에를 설득할 방법에 대해 자세히 상의할 생각임이 틀림없었다.

그러나 카츠토요로서는 그 두 사람만의 회담 결과도 이미 뻔하다는 생각이었다.

히데요시가 처음의 뜻을 굽혀 양아버지에게 양보할 리는 전혀 없었다. 히데요시는 천하를 손에 넣는다, 카츠이에는 이것을 인정하고 협력자로서 휘하에 들거나 아니면 싸워서 파멸을 초래하든가 양자택일의 방법밖에 없다고, 히데요시 자신이 훤하게 앞날을 읽고 있다는 것을 알 수 있었다……

히데요시는 다시 모두에게 술을 권한 뒤 카츠토요의 이마에 맺힌 싸늘한 땀방울을 보면서 다시 말문을 열었다.

"여보게, 카츠토요……"

더욱 다정하게 부르고 목소리를 떨구었다.

"자네는 아직 젊어! 이해할 수 있을 것일세. 이 히데요시는 우다이진 님에게 발탁되어 그 밑에서 자랐어. 지금 이 자리에 앉아 있는 하타모토의 면모를 보아도 알겠지만, 우다이진 님이 문벌을 싫어하여 나를 등용했듯이 나도 또한 실력 위주, 인물 위주로 사람을 등용하는 등 하나에서 열까지 우다이진 님을 본받아 살아오고 있네. 우다이진 님이 돌아가신 이상 이제 나는 우다이진 님을 대신하여 천하를 손에 넣는 일밖에 다른 것은 아무것도 몰라…… 아니, 다른 생활 방법이 있는 줄은 전혀 모르는 가엾은 사내일세. 이런 사람이 무슨 일을 해왔는지 알 수 있을 것 아닌가. 그것을 알 수 있다면 아버지를 설득할 수 있을 거야. 미츠히데는 우다이진 님의 유지를 받드는 하시바 치쿠젠이라는 사나이의 존재를 간과했기 때문에 멸망했어. 알겠나 카츠토요, 지금이 자네가 효심을 발휘할 기회일세."

히데요시의 말은 자기 아들 히데카츠를 설득하는 것보다 더 진지하고 간곡했다.

6

카츠토요는 히데요시의 말을 듣는 동안 와들와들 몸을 떨기 시작했다. 이처럼 간곡하고 이처럼 고답적인 위협이 또 있을까.

히데요시는 천하를 손에 넣는 것말고는 아무것도 모르는 사나

이…… 그러므로 아버지를 설득하여 휘하에 들어오도록 하는 것이 카츠토요의 효심이라고 분명히 말하고 있는 것이 아닌가……

어떤 자신감이 뒷받침하고 있는지는 모르나, 태연히 이런 말을 입밖에 낼 수 있는 사람을 카츠토요는 한 번도 상상한 일이 없었다.

"어떤가, 알아들었나?"

"알아들었습니다. 그래서 몹시 당황하고 있습니다."

"뭐, 알아들었는데 당황하다니 그게 무슨 말인가. 알아들었다면 마땅히 실행에 옮겨야 할 것 아닌가? 그렇지 않고는 앞으로 살아남기가 어려워."

"바로 그 점입니다."

카츠토요는 스스로도 억제할 수 없는 묘한 감정에 사로잡혀 불쑥 말했다.

"이 카츠토요는 그렇지 않아도 병약한 몸이라 살아남을 생각은 하지 않고 있습니다."

"허어, 이거 정말 이상한 말을 하는군. 살아남을 수 없다면 어떻게 하겠다는 말인가?"

"이대로 인질로 잡아 이 성에 살게 하시지 않겠습니까?"

이번에는 토시이에가 깜짝 놀라 들었던 잔을 놓았다.

"카츠토요 님, 무슨 말씀을 하고 계십니까?"

"무슨 말이라니, 치쿠젠 님은 이미 마음속으로 아버님 카츠이에와 완전히 인연을 끊고 있소."

"그럴 리가 없습니다. 슈리 님이 화평을 원한다면 무조건 환영하신다고 하셨소."

"하하하…… 그것은 마에다 님답지 않은 말씀입니다. 이 경우의 화평은 굴복, 굴복하지 않으면 일전을 불사하겠다고 분명하게 마음을 정하고 계십니다. 그렇지 않습니까, 치쿠젠 님?"

히데요시도 그만 당황하여 손을 내저었다.

"그것은 너무 치우친 생각일세. 굴복이라니, 나는 추호도 그런 생각은 하고 있지 않아. 당연히 협력해야 한다고 말했을 뿐일세."

"협력하지 않으면 방해가 된다, 방해자는 제거해야 한다고 말씀하셨습니다."

"그럼, 자네는 자네 아버지가 이 히데요시에게 협력하지 않을 것이라 생각하나?"

"물론입니다."

딱 잘라 말하고 나서 카츠토요는 왠지 가슴이 후련하고 눈시울이 뜨거워졌다.

"사람에게는 저마다 가지고 있는 그 사람의 기질이라는 것이 있습니다. 비록 상대의 말이 이치에 맞는다 해도 따라갈 수 없는 애처로운 기질이……"

"으음."

히데요시는 예리한 칼로 가슴이 찔린 듯한 기분이 들었다. 카츠토요의 말이 옳았다. 히데요시 자신도 카츠이에 휘하에는 들어갈 수 없는 격한 기질을 가지고 있었다.

병약한 카츠토요는 그와 같은 두 사람의 성격이 지닌 비극성을 정확하게 꿰뚫어보고 있었다.

'아까운 젊은이야……'

히데요시는 갑자기 카츠토요에게 호감이 가고 사랑스럽게 여겨져 가슴이 메었다.

"그러면, 자네를 인질로 잡고 슈리 님더러 나에게 협력하라고 압력을 가하라는 말인가?"

"아니, 그렇지 않습니다."

카츠토요는 분명하게 대답하고 고개를 가로저었다.

"어차피 일전을 치르게 될 것이므로 이 카츠토요를 나가하마 성으로 돌려보내는 것은 어리석은 일…… 이것이 카츠토요가 여러분의 호의에 보답하는 충고의 말입니다."

"아니, 무슨 말을 하는 거요!"

마에다 토시이에가 다시 허둥대며 카츠토요를 꾸짖었다.

7

카츠토요의 가식 없는 말에 그만 좌중의 분위기는 서먹해졌다.

노련한 히데요시 역시 이 병약한 젊은이에게 그토록 매섭게 자기 진심이 폭로될 줄은 생각지도 못했다.

"카츠토요, 잘 알겠네."

히데요시는 어느 틈에 웃는 얼굴을 거두었다.

"과연 자네 말이 옳아. 돌아가신 우다이진 님의 뜻을 살리기 위해서라면 이 히데요시는 자네 부친은 물론 누구에게나 한 발짝도 양보하지 않을 생각일세."

"그래서 이대로 인질로 잡아두었다가 목을 베시라고 했습니다."

"아니, 그건 안 돼."

히데요시는 손을 내저었다.

"어째서 안 되는지 그 이유를 설명하겠네."

"예, 말씀하십시오."

"다름이 아니라, 이 히데요시의 죽마고우인 마에다 마타자에몬 토시이에 님이 일부러 사자로 왔기 때문일세."

"그러면, 토시이에 님의 체면을 세워주시려고 이 카츠토요를 나가하마로 돌려보냈다가 후에 다시 포위하여 공격하시겠다는 말씀입니까?"

"하하하…… 거기까지는 아직 몰라. 그러나 만일 그렇게 된다고 해도 이 자리에서는 자네를 무사히 돌려보내겠어."

"도리가 없군요. 그러면 돌아가서 포위당하는 날을 기다리기로 하겠습니다."

"카츠토요, 자네는 병을 앓고 난 몸이라 무척 피로해 있어. 잠시 이 자리에서 물러나 쉬게."

참다못해 드디어 토시이에가 입을 열었다.

"저는 양쪽의 기질을 잘 알고 있기 때문에 일이 어렵다는 것을 각오하고 이번에 사자로 왔습니다. 슈리 님이 이 토시이에에게 은밀히 말씀하신 것도 있고, 회답은 이제부터이니 치쿠젠 님의 심중을 타진해보고 나서 그 결과를 알려드리겠습니다. 자, 이 자리는 저에게 맡기고 좀 쉬도록 하십시오."

"그럼…… 저는 잠시."

카츠토요도 말이 지나쳤다고 생각했는지 땀이 밴 창백한 얼굴을 닦으면서 일어섰다.

"안내하겠습니다."

이시다 사키치가 얼른 다가와 손을 잡듯이 하며 데리고 나갔다.

카나모리와 후와는 어떻게 될 것인가 하여 초조하게 뒤를 돌아보았고, 토시이에는 다시 잠자코 잔에 술을 따르게 했다.

히데요시는 넋을 잃은 표정이었다.

"마타자에몬."

"예."

"아까운 젊은이일세, 카츠토요는……"

"심기를 거슬렸다면 용서하십시오. 모든 것이 병 때문이라고 생각합니다."

"아니, 그게 아닐세. 진심으로 아버지를 생각하는 말이네."

"그러시면 카츠토요의 효심에 무슨 선물이라도 주셨으면……"

"옳은 말일세. 무언가 주고 싶어! 하지만 카츠이에는 카츠토요보다 조카인 사쿠마 모리마사를 더 사랑하고 있네. 안타까운 일이야."

"치쿠젠 님."

"새삼스럽게 왜 그러나?"

"치쿠젠 님은 예로부터…… 위로는 천문, 아래로는 지리라고 하시며…… 세상일에 대해 모르는 것이 없는 분이시지 않습니까?"

익살스런 어조로 말하는 토시이에의 눈 가장자리가 빨갛게 되었다.

8

"이 세상의 일 가운데서 모르는 것이 없고 못하는 일도 없다고 하던 분 아니시오……? 어떻습니까, 이 마타자에몬, 아니 예전의 이누치요를 위해 한 가지 선물을……"

다시 한 번 익살맞게 말하고 마에다 토시이에는 눈에 고인 이슬을 술잔으로 가리고 웃었다.

히데요시는 가슴이 찔리는 것 같았다.

성실한 토시이에가 무엇을 생각하고 무슨 말을 하려는지 잘 알 수 있었다. 하지만 그것은 히데요시의 생각과는 거리가 멀었다. 카츠이에와 히데요시가 양립할 수 있는 시기는 이미 지났다.

그러나 카츠이에 휘하에 있는 토시이에로서는 무리가 아니었다.

"알겠네! 선물을 주겠어. 다른 사람도 아닌 마타자에몬의 소원이니 원하는 것을 주겠네."

이렇게 말한 뒤 히데요시는 더 이상 이 자리에서는 토시이에에게 말을 하지 못하게 하려고 입을 막았다.

"여봐라, 사키치, 오늘 밤에는 나와 토시이에 님의 이부자리를 나란히 깔도록 해라. 옛날이야기가 태산 같다……"

"고맙군요. 그럼, 잠자리에서 재미있는 이야기라도……"

그런 뒤 두 사람이 서로 가신家臣의 자랑을 하는 등 이야기를 나누다가 술자리가 끝난 것은 다섯 점 반(오후 9시)* 무렵이었다.

양쪽 모두 어지간히 취한 듯이 보였으나 나란히 깔린 잠자리에 앉았을 때는 두 사람 다 취기에서 깨어 있었다. 두 사람은 얼굴을 마주보고 빙긋이 웃고 나서 다시 소리내어 웃었다.

"참 묘하게 됐어, 토시이에."

"그러게 말일세."

토시이에는 잠옷 소매로 자기 무릎을 감싸듯이 하고, 그때부터는 그도 말을 놓았다.

"세상일이란 결코 엉뚱한 방향으로만 나가는 것만은 아닐 텐데도."

"토시이에, 아까 그 선물 이야기 말인데."

"벌써 꿰뚫어본 모양이군."

"그러니까…… 자네는 나에게 히데카츠에게는 오다 가문의 뒤를 잇지 않게 하겠다는 서약서를 쓰게 하고 돌아갈 생각이겠지?"

"허, 바로 맞히는군! 우다이진 님의 장례식 이후 슈리 님은 그 문제가 크게 마음에 걸리시는 모양이야."

"토시이에……"

"응……"

"자네는 이것으로 두 사람 사이가 원만해질 것이라 생각하나?"

"……"

"나는 쓰겠어, 몇 번이라도 쓰겠네…… 일단 내 아들로 삼아 하시바라는 성을 붙인 히데카츠에게는 절대로 오다 가문의 뒤를 잇게 하지는 않겠네."

"치쿠젠! 그것만으로도 나에게 주는 선물로는 충분해."

"토시이에, 자네한테는 속이지 않겠네. 하시바란 성을 갖게 한 히데카츠에게 오다 가문을 계승시키지는 않겠지만, 그러나 하시바라는 성을 그대로 가지고 천하를 손에 넣도록 할지는 알 수 없어. 알겠나?"

"뭐……뭐…… 뭐라고 했나?"

"천하는 아직 오다 가문의 것이 아니었다, 우다이진 님의 뜻에는 있었으나 혈육이나 중신들의 머릿속에는 아직 없었다……고 한다면 그것을 슈리가 수긍할 거라고 생각하나?"

"으음."

"수긍하지 않는다면 일전을 벌일 수밖에 없지. 천하를 위해 일전을 벌이겠어. 상대에게 눈이 녹는 봄까지 기다리게 해도 좋아. 하지만 내 마음에는 변함이 없어."

어느 틈에 토시이에는 두 손을 무릎에 얹고 생각에 잠겨 있었다……

9

"그런데 토시이에, 히데카츠에게 오다 가문을 계승시키지 않겠다는 서약서가 있으면 자네는 슈리를 설득할 자신이 있나? 그것이 가능하다면 나는 물론 무기를 들지 않을 것일세."

"……"

"앞으로는 이 히데요시에게 개인적인 적은 한 사람도 없어. 아무리 심하게 대항하는 자라도 그 이치를 깨닫는다면 기꺼이 받아들여 중용重用하겠지만, 그 이치를 모른다면 비록 가신이나 혈육이라도 용서치 않겠어. 이런 공사公私의 구분을 짓고 대해야만 비로소 천하가 평정된다는 것이 우다이진 님으로부터 받은 나의 깨달음이란 것을 알아주게,

토시이에."

　토시이에는 이부자리 위에 앉은 채 어느 틈에 뚝뚝 무릎에 눈물을 떨
구고 있었다.

　히데요시가 이처럼 솔직하게 진심을 털어놓는데, 토시이에 역시 상
대를 속일 인간이 아니었다.

　토시이에는 누구보다도 카츠이에의 속셈을 잘 알고 있었다. 카츠이
에는 이 겨울 동안에만 다른 마음이 없는 듯이 보여 싸움을 피하려 하
고 있을 뿐이었다.

　이미 히데요시는 그 속셈을 빤히 들여다보고 있었기 때문에 손을 쓸
방법이 없었다. 젊은 카츠토요는 혈기에 못 이겨 히데요시에게 대들었
으나, 토시이에 또한 같은 입장에 몰릴 것 같았다.

　카츠이에가 훌륭한가?

　히데요시가 옳은가?

　이렇게 생각할 때 많은 의문점이 있었으나, 문제는 그런 관념적인 것
을 떠나 있었다.

　'싸우면 어느 쪽이 이길까?'

　문제는 엄연한 현실과 직결되어 있었다. 그리고 이에 대한 회답은 이
미 명확하게 나타나 있었다.

　카츠이에의 속셈을 꿰뚫어보고 있는 히데요시가 느긋하게 팔짱을
끼고 눈이 녹을 때를 기다리고 있을 리 없고, 기다리지 않는다면 카츠
이에의 패배는 뻔한 일이었다.

　"토시이에……"

　"응……"

　"나는 역시 서약서를 쓰겠어. 히데카츠에게 오다 가문을 잇게 할 마
음은 추호도 없다고 말일세. 천지신명은 아마 잘 알고 계실 거야. 하지
만 그 이상의 일, 즉 노부타카를 적으로 삼지 않겠다고는 쓸 수 없어.

그것은 상대가 어떻게 나오느냐에 달린 문제야. 그렇다고 해서 이 말을 밖으로 드러내서 말하면 자네도 키타노쇼(노부타카)에 얼굴을 들 수 없을 것이야."

"바로 그 말일세."

"노부타카에게 적의가 없다는 서약서를 히데요시에게 혼자 쓰게 하면 의미가 없어. 이케다 쇼뉴(노부테루)와 니와 고로자에몬 등 세 사람의 연서連署로 쓰도록 하고 왔다…… 이렇게 말하고 키타노쇼로 돌아가게. 이것으로 슈리가 깨달을 수 있을지 모르겠군. 깨닫는다면 시바타 가문은 무사할 것이고, 물론 노부타카에게도 나중에 세 사람이 연서한 서약서가 도착하면 자네의 체면도 서겠지. 그러나 깨닫지 못한다면 그때는 시바타 가문의 종말……"

토시이에의 어깨가 갑자기 심하게 떨리기 시작했다.

'이 얼마나 묘한 나의 입장이란 말인가……'

어려운 문제를 짊어지고 사자로 왔다가, 그 사자의 체면을 세워줄 방법을 상대방인 히데요시가 마련해주고 있었다.

'옛친구란 역시 좋은 거야!'

이러한 감개와 더불어 카츠이에와 히데요시의 싸움이 불가피하다는 전망이 안타깝게 가슴을 짓눌러 토시이에와 같은 사나이도 고개를 들 수 없게 되고 말았다.

10

"잘 알겠네!"

토시이에는 잠시 후 가만히 무릎을 움직였다.

"추워지는군, 이만 실례하고 누워야겠어."

"그러세, 등골이 몹시 시리군."

히데요시도 고개를 끄덕였다. 그리고는 자리에 누워 이불을 어깨까지 끌어올렸다.

시동들은 모두 옆방으로 물러가고, 등잔불 타는 소리가 들릴 뿐 사방은 조용하기만 했다.

"우스운 일이야."

토시이에가 중얼거렸다.

"삼천 관의 녹봉을 받는 마에다 집안에서 태어난 나는 이렇게 사자가 되어 찾아오고…… 농부의 집에서 태어난 자네는 천하를 생각하고 있으니 말일세."

"그보다 더 우스운 것이 시바타 슈리라고 생각지 않나?"

"글쎄……"

"만일 슈리에게 이 히데요시의 뜻을 이해할 마음이 있다면 이에야스와 함께 동부에 큰 세력을 형성할 수 있을 텐데, 우에스기나 호죠에게 돌려야 할 무기를 일부러 이쪽으로 향하고 있다니."

"으음……"

"동쪽으로 향하면 영광의 길, 서쪽으로 향하면 자기 자신만이 아니라 주군의 가문도 파멸, 바로 여기에 이에야스와 슈리의 차이점이 있어. 돌이켜볼 때 슈리는 우다이진 님에게 꾸중을 들어가며 모시지 않았더라면 자기 일도 처리하지 못하는 소인배였을 것일세. 솔직히 말해 그렇지 않은가, 토시이에?"

"응……"

"자네도 깊이 생각할 때가 온 것 같아."

"아니, 지금 그런 이야기는 하지 않기로 하세. 나는 슈리의 휘하에 있고, 슈리의 사자로 온 사람일세."

"그것은 나도 잘 알아. 과연 자네다운 훌륭한 자세일세. 의리를 지킨

다는 것은 처세의 기본이지…… 그러나 성에 돌아가거든 오마츠阿松•
부인과 잘 상의해보게. 무엇 때문에 카츠이에가 이 히데요시를 적대시
하려 하는가…… 어째서 우에스기나 호죠에게 눈을 돌려 천하통일을
앞당기면서 자기 가문의 번영을 도모하지 않는가…… 오마츠 님은 여
자이면서도 남자를 능가하는 식견을 가지고 있어. 슈리의 그 이상한 망
설임을 잘 깨닫고 있을 테니 물어보도록 하게."

"치쿠젠……"

"왜, 토시이에?"

"자네가 슈리와 싸우게 된다면 나도 적이라고 생각할 테지?"

"그것을 이제 알았나?"

"오마츠에게 이야기하면 틀림없이 자네와는 싸우지 말라고 할 것일
세. 그렇기 때문에 자네는 오마츠 이야기를 꺼냈을 거야."

"그럴지도 모르지. 아니, 그 말이 맞을 것일세."

"치쿠젠…… 지금은 그 말을 하지 말게."

"하지 말라면 취소하겠네."

"나는 자네 서약서를 가지고 돌아가겠어. 자네 말대로 노부타카 님
에게 전할 것은 따로 세 사람이 연서한 것을 보낸다고 말하겠네."

"그러는 게 좋겠지."

"그리고 서약서를 슈리에게 내밀고 이 토시이에의 심정을 성의를 다
해 피력하겠어. 나는 말일세, 치쿠젠……"

"응……"

"자네와는 달리 지혜도 재능도 없는 사내. 그런 만큼 진심으로 성의
를 다해 설득해보겠어. 자네도 싸우는 것은 어리석은 일이라는 것
을…… 그것만은 명심해주게."

히데요시는 더 이상 견디지 못하고 가만히 이불 속으로 얼굴을 숨기
듯 가렸다.

'토시이에 녀석, 이 얼마나 진실된 사나이인가.'

"치쿠젠……"

토시이에는 다시 심각한 목소리로 히데요시를 불렀다.

11

"나는 만일에 자네와 슈리가 싸우게 된다면 세상을 등지고 출가할 생각일세. 나로서는 어느 편도 들 수가 없어."

토시이에가 가만히 한숨을 지었다.

"그 말에는 대답하지 않겠네."

히데요시는 이불깃에 반쯤 얼굴을 묻은 채 말했다.

"자네는 고지식해, 의리가 굳어! 그러나 현재의 자네는 이 치쿠젠과 시바타 카츠이에에 대한 의리에 사로잡혀 아주 중요한, 그보다 더 큰 의리 하나를 잊고 있어."

"뭐, 더 큰 의리…… 그러니까 우다이진 님에 대한 의리 말인가, 치쿠젠?"

"그래. 우다이진 님이라고 생각해도 좋아. 그러나 바꿔 말하면 우다이진 님의 뜻, 즉 천황天皇에 대한 의리, 백성에 대한 의리, 국토에 대한 의리일세. 이 의리는 세 가지인 것 같지만 사실은 하나…… 역시 일본이란 나라에 대한 의리라는 말이 정확할 거야."

"으음, 그 의리를 내가 모른다는 말이로군……"

"모르는 것이 아니라 알고 있으면서도 그보다 작은 의리 앞에서 고민하고 있는 것일세. 눈을 크게 뜨고 보게. 우다이진 님이 난반 사南蠻寺°를 세우거나 일부러 오랑캐들의 모자와 바지를 착용하고 다닌 의미를 생각해보게. 큰 철선鐵船을 만들거나 서둘러 일본을 평정하려고 초

106

조해하던 목적이 어디 있었는가…… 그것은 모두 일본을 평화롭고 부강하게 만들기 위해서였어. 일본에서도 계속 세계로 진출하여 유무상통有無相通하면서 모두에게 진정한 행복을 맛보도록 하기 위해서였어. 나는 말일세, 토시이에……"

"응……"

"나는 자네가 이와 같은 큰 의리에 눈을 뜨고 그런 견지에서 활을 당긴다면 조금도 자네를 원망하지 않겠어. 그러나 작은 의리에 매달려 세속을 떠나려 한다면 그때는 크게 비웃겠어. 토시이에는 이누치요 시절의 꿈을 잃고 보람없이 늙어버렸다고 비웃겠네."

토시이에는 다시 침묵했다.

확실히 남자의 일생은 히데요시가 말한 대로여야 한다고, 토시이에 역시 그렇게 생각했다.

그러나 사람에게는 저마다 가지고 태어난 그릇의 크고 작음이 있었다. 언제나 노부나가나 히데요시처럼 최고의 목적을 지향하는 자와, 그렇게 하지 못하고 눈앞의 작은 일이나 감정에 사로잡혀 꼼짝도 못하게 되는 자…… 현재의 토시이에는 히데요시의 말을 들을 것까지도 없이 후자에 속했다.

어째서 토시이에가 아는 정도만큼도 시바타 카츠이에는 히데요시를 알아주지 못하는 것일까? 어째서 히데요시는 토시이에처럼 카츠이에를 가엾게 여겨주지 못하는 것일까……?

"이 세상의 일이란 말일세."

히데요시가 다시 입을 열었다.

"네거리에 섰을 때마다 어느 길이 가장 큰 길인가를 생각하고 선택하는 일이라 할 수 있네. 어느 길이 일본의 모든 사람을 위한 길이 될까하고. 그 길을 피해 자기만의 안전을 생각한다고 해도 그것은 결국 자신의 불행이 되어 되돌아오는 거야. 자네도 이것을 한번 심각하게 생각해보도록 하게."

토시이에는 대답 대신 희미하게 고개를 가로젓고 있었다. 자칫하면 히데요시의 말에 압도되어, 카츠이에의 사자로 왔으면서도 카츠이에에게 등을 돌리게 될 것만 같은 생각이 들었다.

'나는 그런 인정이 없는…… 아니, 눈앞의 인정도 지키지 못하고 천하의 일 따위를……'

잠시 후, 귀를 기울이는 토시이에에게 이번에는 편안히 잠든 히데요시의 숨소리만이 조용하게 들려왔다.

시위를 떠난 화살

1

시바타 카츠토요가 야마자키 성 객실에서 눈을 떴을 때는 벌써 옆방에서 토시이에와 카나모리 나가치카의 소리가 들려오고 있었다.

"기침하셨습니까?"

옆에서 대령하고 있던 시동이 카츠토요의 얼굴을 들여다보듯이 하면서 물어왔다.

"열이 심하시기 때문에 성주님이 걱정하시고 일부러 쿄토에서 명의를 부르셨습니다. 곧 이리 안내하겠으니 진찰을 받으십시오."

"뭐, 쿄토에서 일부러 명의를?"

깜짝 놀라 일어난 카츠토요의 눈에 드러난 방안의 모습. 나란히 놓여 있던 카나모리 나가치카와 후와 카즈미츠의 침구가 깨끗이 치워지고 방 한구석에 있는 화로에서 주전자의 물이 끓고 있었다.

'아차!'

카츠토요는 입술을 깨물었다. 히데요시의 속셈을 너무나 잘 알 수 있었다.

자신과 양아버지에 대해 히데요시는 이미 완전한 적이었다. 그 적에게 또다시 신세를 지다니…… 이 자리에서 이를 거절하는 것이 좋은가, 아니면 다른 어떤 태도를 취하는 게 옳은가……?

카츠토요는 어제 저녁에 마신 술과 고열로 인해 갖가지 악몽과 환각으로 시달림을 받았다. 끄덕끄덕 졸고 있으려니 당장 히데요시의 부하들이 자기를 포위해오는 것이었다. 카토 토라노스케가 있고 후쿠시마 이치마츠가 있었다. 이시다 사키치의 날카로운 눈이 있는가 하면 카타기리 스케사쿠의 창도 있었다.

이들에게 에워싸인 카츠토요.

'이곳이 내가 죽을 장소였던가……'

좋다, 깨끗이 싸우다 죽겠다. 이렇게 생각하고 칼을 들고 맞서자 그들은 홱 등을 돌리고 멀리 사라져버렸다.

"게 섰거라, 놓치지 않을 것이다!"

'어차피 이길 수 있는 싸움은 아니다. 그런데 왜 이 카츠토요를 빨리 죽이지 않는 것일까……'

꿈결에도 이런 생각을 하며 소리질렀다. 그때 카츠토요가 시녀들 중에서 유일하게 사랑을 나눈 오미노阿美乃의 손이 그의 입을 막았다.

"놓지 못하겠느냐! 어차피 살아남지 못할 카츠토요다. 놓아라! 어서 놓아라……"

그러나 오미노가 더욱 힘을 주어 입을 막는 바람에 그만 숨을 쉴 수 없어 눈을 뜨고 말았다.

눈을 떴을 때 온몸이 땀으로 흠뻑 젖을 정도로 기침이 났다.

'여기는 적지, 누워 앓고 있을 수는 없다……'

그때마다 자신을 꾸짖었으나 카츠토요는 높은 열 때문인지 기침이 멎으면 다시 끄덕끄덕 졸게 되고, 그러면 또 카토 토라노스케의 그 큰 눈이 보이기 시작했다……

'이 정도면 떠날 수 있다. 문제없다……'

마음을 결정하고 나서 카츠토요는 일단 고개를 들었다.

"일부러 불렀다는 그 쿄토의 명의는 어떤 분이냐?"

다시 머리를 베개에 떨구고 시동에게 물었다.

"예, 마나세 마사요시曲直瀬正慶 님인데, 고귀한 분들을 진맥하는 명의입니다."

"그런 사람을 치쿠젠 님이 일부러 쿄토에서……"

"예. 젊고 소중한 분이라고 하시면서."

"고마운 일이로군. 확실히 치쿠젠 님과 일전을 벌이기 전까지는 소중한 생명, 호의에 보답하기 위해서라도 진찰을 받겠다."

'또 쓸데없이 빈정거렸어……'

이렇게 말하고는 곧 후회했다. 그러나 시동은 별로 귀담아듣지 않고 조용히 절을 하고 나갔다가 곧 의사와 같이 되돌아왔다.

2

마나세 마사요시는 그 무렵의 누구와도 비교가 안 된다는 명의였다. 그런 사람을 일부러 히데요시가 카츠토요를 위해 쿄토에서 불러왔다고 한다……

카츠토요는 히데요시의 속셈을 빤히 들여다볼 수 있었다.

'나를 아버지로부터 떼어놓고 농락할 생각이로구나.'

그렇게 속이 들여다보이는 수단을 쓴다면 도리어 역효과를 낼 뿐인데도……

시바타 카츠토요는 마사요시가 들어왔을 때 그런 감정을 숨기지 못하고 애매하게 쓴웃음을 떠올린 채 누워서 맞이했다.

"어떻습니까, 기분이?"

마사요시는 부드러운 미소와 함께 카츠토요에게 다가와 묵묵히 손을 내밀고 맥을 짚었다. 땀으로 젖은 손목에 의사의 싸늘한 손이 닿는 순간 오싹 한기를 느꼈다. 아직 열은 내리지 않은 채였다.

'이 정도의 일로……'

젊은 카츠토요의 생명은 강하게 공포에 반발하고 있었다.

"혀를 내밀어보십시오."

"예, 그럽시다."

마사요시는 온화한 눈으로 흘끗 혀를 들여다보았을 뿐이었다.

"가슴을."

그리고는 어느 틈에 들어와 있는 시녀와 이시다 사키치를 돌아보았다. 사키치의 눈짓으로 나이 든 시녀가 공손히 앞으로 나와 카츠토요의 옷깃을 풀어놓고 물러갔다.

마사요시는 무표정한 채 싸늘한 손을 내밀어 가슴과 배를 더듬어나갔다. 그런 다음 다시 맥박 수를 세기 시작했다.

카츠토요는 이러한 마사요시의 동작보다도 그 뒤에 대기하고 있는 이시다 사키치에게 반발을 느꼈다.

"어떻소, 치쿠젠 님이 공격해오면 훌륭하게 맞서 싸울 수 있겠소?"

우스갯소리처럼 한마디 던졌다.

마사요시는 그 비아냥을 들었는지 못 들었는지 여전히 미소를 띤 채 손을 놓고는 말했다.

"나가하마로 돌아가신다고요?"

"그렇소. 뜻하지 않은 곳에서 뜻밖의 사람에게 수고를 끼치게 됐소."

"가시면서 몸 조심하십시오. 추운 계절이 다가오고 있으니까요."

"병명은?"

마사요시는 다시 못 들은 체하고 말했다.

"곧 약을 보내드릴 것이니 가시는 도중에 드시도록 하십시오. 돌아 가시거든 잠시…… 그러니까 반달쯤 조용히 정양하셔야 합니다."

"그것은 곤란합니다."

"무슨 말씀인지요……?"

"그 반달쯤 되는 동안에 병은커녕 생사를 가름해야 할 큰일이 생깁 니다."

그때에야 비로소 마사요시의 눈길이 카츠토요의 눈으로 향했다.

"무인武人의 생사는 의사도 어쩌지 못합니다…… 돌아가시는 날까 지 생명을 소중하게 다루십시오."

"병명은?"

"폐병입니다."

마사요시는 조용히 말하고 시녀가 내미는 대야에 손을 가져가면서 두 번 다시 카츠토요를 바라보지 않았다.

카츠토요도 묵묵히 천장을 쳐다보고 있었다.

여전히 방 한구석에서 물 끓는 소리가 들리는 가운데 마사요시도 시 녀도, 또 이시다 사키치도 밖으로 나가는 기척을 알 수 있었다.

"폐병이라……"

카츠토요는 불쑥 중얼거리고 얼른 이불을 박차고 일어나 앉았다.

3

이를 본 시동이 황급히 달려와 말렸다.

"잠시만 더 편히……"

시동의 말과 함께 카츠토요는 심하게 기침을 했다. 벌떡 일어나는 바 람에 목에 걸려 있던 가래가 자극을 받은 모양이다.

마치 눈사태처럼 잇따라 기침이 터져나와 그만 숨이 막혔다. 시동이 등을 두드려주는 가운데 카츠토요는 기침소리를 옷소매로 막아 옆방에 들리지 않게 하려고 했다.

기침이 그쳤다. 휴지에 가래를 뱉아 보니 역시 피가 섞여 있었다. 오싹 소름이 끼치면서 윙 하는 소리와 함께 귀가 울렸다. 그 순간 묘한 현상이 일어났다. 이명耳鳴에 섞여 무섭게 뛰는 자신의 맥박 소리와 옆방의 말소리가 이상할 정도로 또렷하게 들려왔다.

"나는 지금까지 치쿠젠 님을 속이 좁고 아집이 강한 분인 줄로만 생각해왔는데 큰 잘못이었소."

이것은 말수가 적은 후와 카츠미츠의 말.

"사실이오."

맞장구를 친 것은 카나모리 나가치카.

"우리는 이번에야 비로소 치쿠젠 님의 진면목을 알게 되었소. 치쿠젠 님은 단순히 얕은 지혜를 가진 분만은 아니었어요. 진실한 마음을 가진 분이었소."

"이것으로 한 가지 수수께끼가 풀렸군요."

토시이에가 두 사람의 말을 받았다.

"아마 카츠토요 님도 아셨을 테지. 단지 자기 자신만을 위해 책략을 부리는 사람이었다면 어찌 오늘날과 같은 큰 성공을 거둘 수 있었겠나. 치쿠젠 님을 만나는 사람마다 모두 마음이 끌리는 것은 뜨거운 정애情愛를 느낄 수 있기 때문…… 이런 점을 모르고 그분을 가리켜 남을 농락하는 명수라고 비방한다면…… 글쎄 그런 사람의 마음이 도리어 한심스럽다고 해야겠지."

카츠토요는 등을 쓸어주는 시동의 손을 밀어냈다. 그리고는 누워 있던 자리에서 힘없이 일어나앉았다.

"이제 괜찮아, 걱정할 것 없다."

"예…… 예. 곧 시녀를."

"부르지 않아도 좋다. 혼자서도 옷을 갈아입을 수 있어. 너는 옆방에 가서 내가 곧 갈 것이라고 전하여라."

"예."

시동이 나간 뒤 카츠토요는 비로소 가만히 눈물을 닦았다. 화가 나기보다 몰려드는 고독감이 더 컸다.

'오지 말았어야 했는데 그랬다……'

사람들의 눈에 비친 아버지와 치쿠젠의 위치는 이미 썩은 나뭇잎과 고급 비단의 차이를 지니고 있었다. 이 두 가지를 억지로 꿰어맞추려 하면 할수록 썩은 나뭇잎은 부서져나갈 뿐이다.

토시이에도, 카츠미츠도, 나가치카도 이번에 사자로 왔다는 사실만으로도 전보다 훨씬 더 아버지와의 거리가 벌어져 있었다. 아니, 이들 세 사람만이 아니었다. 카츠토요 자신까지도 크게 동요를 느끼기 시작했다는 것이 분했다.

'그렇다. 이것은 농락이 아닌지도 모른다……'

카츠토요는 세 사람이 칭찬하는 정도로는 히데요시의 성실성을 평가할 수 없었다. 그러나 그런 만큼 한층 더 히데요시의 그런 '매력' 은 두려운 힘으로 그를 억압해왔다.

히데요시는 자신의 신조를 담담하게 털어놓고 있을 뿐이다. 그런데도 그의 말이 저절로 지혜롭고 성실하며 큰길의 뜻과 부합되어간다면…… 그것은 무서운 일이었다.

카츠토요는 몇 번이나 쓰러질 듯 비틀거리면서 힘겹게 카타기누로 갈아입었다.

"돌아가지 않으면 안 된다. 서둘러야 한다……"

입속으로 중얼거리며 복도로 나왔다.

카츠토요는 여기에 한시라도 더 머물러 있는 만큼 아버지의 힘은 약화된다는 것을 지금은 확실하게 깨닫게 되었다.

4

"아니, 마나세 님의 진찰로는 당분간 조심해야 한다고, 병환이 아주 중하다는 말을 들었는데……"

카츠토요의 모습을 발견한 토시이에가 말했다.

"벌써 일어나셔도 괜찮겠습니까?"

"걱정할 것 없어요. 열도 많이 내렸으니까."

"정말 다행입니다. 조금 전에 치쿠젠 님이 처방을 가지고 약을 지으러 쿄토로 급히 사람을 보냈어요. 그것이 도착한 뒤에 나가하마로 돌아가시면 어떨까 합니다만."

"아니, 사양하겠소."

카츠토요는 단호하게 손을 내저었다.

"더 이상 치쿠젠 님의 호의를 받는 게 괴롭소. 아버님도 키타노쇼에서 걱정하고 계실 테니 한시라도 빨리 돌아갑시다."

"그 일 말씀입니다마는……"

토시이에는 밝은 표정으로 말했다.

"어젯밤 치쿠젠 님과 베개를 나란히 하고 이런저런 얘기를 나누었습니다마는, 화평에 대해서는 이 토시이에에게도 생각이 있으니 일단 안심하십시오."

"화평의 가능성이…… 있다는 말인가요?"

"그렇습니다."

"하지만 왠지 불안합니다."

카츠토요는 문득 깊은 수심을 떠올리면서 말했다.

"내가 예상한 것과는 다릅니다. 아버님을 뵙게 되면 내 생각도 전해 주시오."

"카츠토요 님의 예상은?"

카츠토요는 창백한 얼굴을 잔뜩 긴장시킨 채 말을 이어나갔다.

"아버님께서는 치쿠젠 님에게 굴복하고 우리 가문의 안녕을 도모하셔야 할 것이라고……"

"글쎄요, 그런 말씀을 드린다면……"

"거짓말을 하면 안 됩니다! 이 마당에 숨길 것이 어디 있겠소. 분명히 말씀하시오. 만일 굴복할 수 없다면 아버님은 에치젠, 이 카츠토요는 나가하마에서 각각 전사하게 될 것이라고 말씀 드리시오."

"그 말씀은 너무 극단적이십니다."

"아니, 아직도 부족하오. 그렇게 되었을 경우 이 싸움에는 절대로 다른 사람의 도움을 청하지 말라고 말씀 드리시오. 패배하는 전투가 될 것이 확실하므로 니와나 호리는 물론, 토시이에 님이나 카나모리 님, 후와 님에게도 절대로 도움을 청해서는 안 된다고…… 이 카츠토요가 말하더라고 전해주시오."

토시이에는 당황한 얼굴로 흘끗 두 사람을 바라보았다.

아마 병 때문일 것이다. 날카롭게 번뜩이는 감수성이 무섭게 가슴을 도려냈다.

'뼈아픈 말이기는 하나 진실일지 모른다……'

"어쨌든 이 토시이에에게는 나름대로의 생각이 있습니다. 그것을 자세히 말씀 드린 뒤 카츠토요 님의 말씀도 전하도록 하겠습니다."

"꼭 부탁하오. 나는 지금부터 즉시 나가하마로 돌아가 별도의 명이 있을 때까지 농성할 준비를 하겠소. 카츠토요는……"

고개를 돌리면서 덧붙였다.

"카츠토요는 아버님의 뜻에 생사를 맡기겠다고……"

"알겠습니다."

"그럼, 곧 준비해주시오."

"애써 마련한 약인데 기다리시지 않겠습니까?"

"토시이에 님."

"예."

"나는 무섭소. 치쿠젠 님의 인정이 무섭소. 나만이라도 완고한……
완고하고 우매한 아버님 편이 되고 싶소……"

토시이에는 깊이 한숨을 쉬고 입구에 대기하고 있는 무표정한 가신
에게 말했다.

"떠날 준비를."

5

카츠토요의 예감은 적중했다.

히데요시는 토시이에를 통해 히데카츠에게는 오다 가문을 잇게 하
지 않겠다, 앞으로는 서로 화평하도록 노력해야 한다는 뜻의 서약서를
주어 돌려보냈다.

이들 사자가 11월 4일 야마자키 성을 나와, 토시이에 일행은 에치젠
으로, 카츠토요는 오미의 나가하마를 향해 출발한 뒤 히데요시는 그 뒤
를 따르듯 쿄토로 갔다. 그리고는 4일과 5일 이틀에 걸쳐 니와 나가히
데를 초대하여 혼코쿠 사本國寺에서 회담했다.

무엇을 상의하러 왔는지는 새삼스럽게 말할 필요도 없었다.

히데요시로서는 카츠이에 따위가 문제되는 것이 아니다. 일본이 혼
란에 빠지는 것을 막지 않으면 안 되고, 그러기 위해 손을 쓰는데 누구
를 꺼릴 필요가 있겠느냐고 처음부터 명분론으로 나가히데를 위압했을

것이 분명했다.

　그리고 9일 히데요시는 직접 군사를 거느리고 오미로 들어왔다. 출병 이유는 기후에 있는 노부타카를 그대로 둘 수 없으므로 그를 쿄토로 모시기 위해서라는 구실이었다.

　그러나 세상에 나도는 소문은 카츠이에와의 불화가 여전히 해소되지 않아 우선 나가하마 성을 공격하기 위한 출병이라는 것이었다.

　히데요시는 9일 야마자키 성을 나와 세타瀬田와 아즈치安土에 수비하는 군사를 들여놓고, 11일에는 호리 히데마사의 거성인 사와야마 성에 들어갔다. 그리고 12일에는 카츠토요가 있는 나가하마 성을 포위하고 말았다.

　카츠토요는 깜짝 놀라 뭐라 말할 수가 없었다. 토시이에가 에치젠으로 돌아가 아버지 카츠이에와 무슨 이야기를 나누었는지 아직 그 연락도 오기 전이었다. 히데요시는 그의 동생 코이치로 히데나가小一郎秀長로 하여금 나가하마를 포위하게 하고 요코야마 성橫山城을 수리하기 시작했다.

　그러나 별로 싸움을 하려는 기색은 보이지 않았다. 그 자신은 16일 미노의 우지이에 나오미치氏家直通의 거성인 오가키 성大垣城으로 들어가 노부타카의 가신에게 당당한 태도로 자신에게 항복하도록 공작하기 시작했다.

　'대관절 어떻게 하려는 것일까……?'

　공격을 당하면 비록 이기지는 못할망정 용감하게 항전하다가 아버지와 생사를 같이할 생각이었다. 그러나 포위만 한 채 아무런 움직임도 보이지 않는 동안 악몽을 꾸기라도 한 듯 기분이 나빴다.

　그날도 카츠토요에게는 미열이 있었다. 미열까지 있어 더욱 나빠진 기분 때문에 근시도 가까이 오지 못하도록 했다. 그리고는 지금은 애첩이나 다름없는 시녀 오미노에게 기침 때문에 오는 통증으로 등을 쓰다

듣게 하며 사방침에 기대 있었다.

"이상한 일을 하는 분이야, 치쿠젠은."

자기 자신에게 하는 듯한 어조로 말했다.

"요코야마 성을 쌓아 감시만 하게 하고, 이 카츠토요에게는 사자 한 사람도 보내지 않다니."

오미노는 카츠토요의 말에 무어라 대답해야 할지 곰곰 생각하다가 망설이듯 말했다.

"저어…… 어제 키타노쇼에서 중신 앞으로 사자가 오셨는데 성주님은……"

"뭣이, 아버님에게서 사자? 그런데 그 사실을 왜 나에게는 알리지 않았지?"

"……하지만 성주님께 온 것이 아니었습니다…… 중신인 키노시타 한에몬木下半右衛門 님과 토쿠나가 나가마사德永壽昌 님에게 온 사자라서."

"아무래도 이상하군. 이 카츠토요도 아버님께 드릴 말씀이 있어. 좋아, 한에몬을 이리 부르도록."

오미노는 아름다운 눈썹을 찌푸리며 만류하듯 말했다.

"하지만…… 저어……"

"그대는 무슨 말을 들었군 그래."

"예…… 아, 아닙니다."

"나에게는 비밀로 하라고 말하던가?"

"예…… 저어, 성주님이 이미 치쿠젠 님과…… 내통하셨다는 소문이……"

"뭣이!"

카츠토요는 저도 모르게 오미노의 손을 꼭 붙들고 찢어질 듯한 눈으로 그녀의 얼굴을 들여다보았다.

6

"내가 아버님을 배신하고 치쿠젠과 내통했다고……?"

카츠토요의 힐문에 오미노는 겁을 먹고 그만 눈을 내리깔았다.

"소문일 뿐입니다…… 아무 근거도 없는 말이라고 중신들이 사자에게 말하는 것을 들었습니다. 그리고 성주님은 병환 중이므로 말씀 드리지 말라고…… 그런데도 제가 그만 섣불리 말씀 드리고 말았습니다. 용서해주십시오."

카츠토요는 오미노의 손을 잡은 채 온몸을 부들부들 떨고 있었다.

'아무 근거도 없는 것일까……?'

이런 생각과 더불어 카츠토요 자신의 가슴에 뭉클 하고 걸리는 응어리가 있었다.

'도대체 아버지와 히데요시 두 사람 중에서 누가 더 나를 염려해주었던가……?'

성으로 돌아와 몸에 열이 오를 때면 문득 이런 생각이 들곤 했다.

카츠토요가 히데요시에게 마음에 있는 말을 그대로 할 수 있었던 것은 어딘가 그의 인간됨을 인정했던 것이 아닐까.

'아무리 떼를 써도 화를 내지 않는 사람……'

이런 생각을 하고 있었기 때문이 아닐까.

'난, 난 아버지에게는 할 수 없는 응석을 그만 히데요시에게 보이고 말았다.'

그때의 일이 왠지 아버지를 배신한 듯한 개운치 못한 뒷맛을 남기고 있었다……

"성주님, 왜 그러십니까? 눈물이……"

"오미노……"

"예."

"나는 무장으로서는 너무 마음이 약한 사람일까?"

"아닙니다, 착하시기도 하지만 마음도 강한 분이라고……"

"강한 사나이가 그대 앞에서 눈물을 흘리겠나? 좋아, 한에몬을 부르도록 해. 절대로 꾸짖지는 않겠어. 아버님에게 엉뚱한 오해를 받았는데 해명을 해야 하지 않겠어?"

"예. 그럼, 불러오겠어요."

오미노가 일어나 나간 뒤 카츠토요는 조용히 눈물을 닦고 자세를 바로했다.

마침내 히데요시와 자기와 아버지 사이에 인간으로서의 묘한 갈등이 시작된 듯한 느낌이었다.

'이 싸움에서 누가 제일 강한가……?'

"부르셨다고 하기에……"

중신인 키노시타 한에몬은 자기가 불려온 용건을 이미 잘 아는 듯한 표정으로 두 손을 짚었다.

"열이 좀 내리시면 저도 말씀 드리고 싶은 것이 있습니다마는."

"키타노쇼에서 온 사자에 대한 것 말이오?"

"아시고 계셨습니까?"

"아니, 사자인 듯한 사람이 왔다는 이야기만 들었소."

"바로 그 일입니다. 제 생각으로는 이 역시 사쿠마 모리마사 님의 짐작인 것 같습니다마는, 히라타니 분자에몬平谷文左衛門이 사자로 와서 하는 말이 성주님을 감시하라고……"

"나를 감시하라고?"

"예. 그동안 치쿠젠에게 사자로 다녀온 마에다, 후와, 카나모리는 모두 야마자키의 여우에게 홀린 것 같다, 카츠토요도 수상하다, 중신들은 크게 조심하라…… 이렇게 큰 성주님이 말씀하셨다는데, 그 곁에 사쿠마 모리마사 님이 크게 못마땅하다는 듯 노기를 띤 얼굴로 계셨다고 하는 게 아무래도……"

카츠토요는 쓴웃음을 지으면서 다시 눈물이 나올 것만 같았다. 아들인 자신보다도 조카 모리마사의 기질을 더 좋아하는 아버지. 그러나 이런 의혹을 사게 된 이상 해명하지 않으면 안 된다.

"한에몬, 어떻게 하면 좋겠소? 의심받고 있는 내가 잠자코 있으면 곤란해질 것 같은데 말이오."

한에몬은 고개를 끄덕이며 무릎걸음으로 한 걸음 다가앉았다.

7

"그 일이라면 걱정하실 것 없습니다. 토쿠나가 님과 제가 그것은 오해라는 점을 사자에게 잘 설명해 돌려보냈습니다."

한에몬은 이렇게 대답했다.

"사실, 사쿠마 님은 너무……"

그리고는 이맛살을 찌푸리고 쓸쓸히 웃었다.

"아시다시피 치쿠젠 님은 최근에 방비를 굳게 하고 있기는 하지만 별로 싸움은 걸어오지 않고 있습니다. 따라서 그토록 조급하지 않아도 될 텐데, 일부러 긁어 부스럼을 만드는 일은 삼가야 할 줄로 압니다."

"한에몬."

"예."

"그대도 치쿠젠 님에게는 싸울 의사가 없다고 생각하오?"

"그것은 이쪽의 태도에 달려 있습니다. 이쪽에서 반기를 들지 않는 한 절대로 공격해오지 않을 것입니다."

"이쪽에서 반기를 들지 않으면……?"

"예. 준비는 완전히 갖추었으나 아직 전혀 싸움은 하지 않고 있습니다. 세타도, 나가하마도, 사와야마도, 오가키도…… 그리고 오늘 들어온 보고에 의하면 키요미즈 성淸水城의 이나바 잇테츠稻葉一鐵 님도, 이마오 성尾城의 타카기 사다히사高木貞久 부자도, 카네야마 성兼山城의 모리 나가요시森長可 님도 모두 치쿠젠 님 편에 가담했다고 합니다. 가담하는 것만이 공격당하지 않는 최선책입니다. 제가 보기에는 기후의 노부타카 님도 곧 화해하시게 될 것 같습니다."

"그에 대해 무슨 정보라도 들었소?"

"예. 노부타카 님의 노신老臣인 사이토 토시타카 님이, 이미 노부타카 님에게는 치쿠젠 님과 싸울 힘이 없다…… 이렇게 말하며 충고했다고 합니다. 기후의 노부타카 님이 치쿠젠 님과 합친다면 에치젠에서 사쿠마 님이 아무리 큰 성주님에게 권하시더라도 절대로 싸움은 벌이지 않으실 것입니다. 그때까지만 참으십시오. 지금은 도리어 큰 성주님에게 아무 말씀도 마시고 가만히 계시는 것이 상책입니다."

"으음, 그쪽 편에 가담해야 공격당하지 않는다는 말이군."

카츠토요가 내뱉듯이 자조적인 미소를 떠올렸을 때였다.

"아룁니다."

또 한 사람의 중신인 토쿠나가 나가마사가 들어왔다.

"오, 나가마사. 그렇지 않아도 부르려 하던 참이었소. 그래, 무슨 일이오?"

"예, 하시바 치쿠젠노카미의 사자가 왔습니다."

"드디어 왔군. 역시…… 군사軍使일 테지?"

"그런 것이 아니라…… 코쇼小姓°인 카토 토라노스케 키요마사加藤虎之助淸正라는 사람이 쿄토의 명의가 처방한 약을 전하기 위해 왔다고 합니다."

"뭐, 약을 전하러?"

"예. 그렇다면 굳이 만날 것도 없이 제가 대신 전하겠다고 했으나 주지 않았습니다."

"그 이유는?"

"약이기 때문이기도 하고, 특히 카츠토요 님 주변에는 방심할 수 없는 하녀와 시동이 있을지도 모른다, 묘약이 변해 독약이 되는 경우라도 생기면 주군의 명에 반하는 것이 되므로 직접 찾아뵙고 전하겠으니 이 뜻을 전해달라고 하였습니다. 아주 고집스런 사람입니다."

"카토 토라노스케…… 좋아, 만나겠소. 병중이라 방이 지저분할 것이라고 하시오. 그리고 그대들도 동석하시오. 오미노, 그대도 나갈 필요는 없으나 경계하는 기색은 보이지 말도록."

말을 마친 카츠토요는 가만히 눈을 감았다.

"그렇구나, 일부러 약을 보내왔구나……"

속셈이 있기는 할망정 이것이 히데요시의 불가사의한 매력 중 하나일 터. 이런 생각을 하니 다시 눈시울이 뜨거워질 것만 같았다.

8

"지난번 야마자키 성에서 뵌 적이 있는 카토 토라노스케 키요마사입니다."

토쿠나가 나가마사의 안내를 받고 들어온 키요마사는 흘끗 좌중을 노려보듯이 하고 인사했다.

"오오, 기억나는군요. 치쿠젠 님이 자랑하는 무사, 일기당천—騎當千의 용사라는 말을 들었소. 얼마나 부러운지 모릅니다, 이 카츠토요는 병약한 몸이라서."

"저는 오가키에 계신 주군에게로 돌아가는 중입니다. 저희 주군께서는 특히 카츠토요 님의 병환을 걱정하시어 반드시 이 명약을 전해드리라는 분부가 계셨습니다."

"고맙소. 진심으로 감사하오. 이 뜻을 잘 전해주시오."

"물론, 틀림없이 전해드립니다."

나가마사가 말한 대로 키요마사는 직접 무릎을 꿇고 카츠토요 앞으로 나와 약 꾸러미를 놓고 다시 두어 간쯤 물러났다.

"병환은 심한 기침이라고 들었습니다. 이런 병에는 추위가 금물, 봄이 되거든 다시 한 번 마나세 님을 청해 진찰하게 할 터이니 그때까지 충분한 휴양을 취하시라고 주군께서 말씀하셨습니다."

"거듭 감사하다는 말씀을……"

카츠토요는 말하다 말고 문득 아버지의 얼굴을 떠올리며 가만히 숨을 죽였다.

자기 아들을 감시하라는 아버지와, 적의를 품고 발톱을 가는 카츠이에의 아들인 줄 알면서도 약을 보내는 히데요시……

"그럼, 저는 급히 전쟁터로 가야 하기 때문에 이만……"

"뭐, 전쟁터로?"

"예, 전쟁터입니다…… 전투가 있습니다."

키요마사는 아무런 꾸밈도 없는 밝은 표정으로 분명하게 말했다.

"전투가 있다는 말은 듣지 못했는데, 그게 무슨 말인지……"

"다름이 아니라……"

키요마사는 상대의 불안을 깨달았는지 깨닫지 못했는지.

"타키가와 카즈마스가 노부오 님을 모반하려는 움직임이 보여 우선 북이세北伊勢로 가서 이를 치고 그 다음은 기후로 갈 것입니다."

카츠토요는 저도 모르게 사방침 앞으로 몸을 내밀고 물었다.

"카즈마스 님이 노부오 님을……"

카즈마스가 자기편으로 알고 책모를 꾸미고 있는 것은 노부오가 아니라 아버지인 카츠이에란 것을 분명히 알고 있기 때문에 섣불리 말을 꺼낼 수 없었다.

그러나저러나 먼저 카즈마스를 치고 나서 기후로 향하려 한다니 이 얼마나 대담한 비밀의 누설이란 말인가. 여기서 그 말을 털어놓으면 당장 기후나 키타노쇼에 통보된다는 것을 모를 리 없었다.

'이것은 분명히 히데요시가 시킨 일이다……'

이런 생각과 함께 또다시 카츠토요는 가슴이 확 달아올랐다.

'혹시 중요한 전략을 사전에 내게 일부러 알려온 것이 아닐까……'

기후가 함락되면 카츠이에는 고립되어 싸울 의사를 잃게 된다, 그때까지 자중하면서 병을 치료하라…… 이런 의미라면 그것은 아까 키노시타 한에몬이 한 말과 부합된다고 할 수 있었다.

'마에다 토시이에나 후와, 카나모리뿐만 아니라 나의 중신들도 이미 히데요시 편으로 돌아선 것이 아닐까.'

"주군께서 카츠토요 님께는 무슨 말씀을 드려도 좋다고 하셨기에 말씀 드립니다마는……"

키요마사는 다시 무거운 어조로 말을 계속했다.

9

카츠토요는 당황하는 기색을 띠고 그의 말을 막았다.

"그 일에 대해서는 잠시……"

"아닙니다. 카츠토요 님께는 어떤 말씀을 드려도 된다고 저희 주군께서……"

다시 한 번 키요마사가 입을 열었다.

"카토 님!"

카츠토요는 창백해진 얼굴로 손을 내저었다.

"나는 치쿠젠 님이 증오하는 시바타 카츠이에의 아들이오."

"그 점은 염려하실 것 없습니다."

키요마사가 다시 부드러운 목소리로 말했다.

"저희 주군께서는 카츠토요 님의 아버님은 전혀 문제시하고 있지 않습니다."

"아니, 문제시하지 않다니……"

"예, 언제나 저희들에게 이런 말씀을 하십니다. 시바타 슈리는 옛날 무사의 전형이어서 여간 의리가 굳지 않다, 그러니 우리 쪽에서 몸을 그르치지 않도록 신경써주어야 한다고."

동석했던 키노시타와 토쿠나가 두 중신도 깜짝 놀랐으나, 그 이상의 놀라움이 카츠토요의 표정을 일그러뜨렸다.

"뭣이, 몸을 그르치지 않도록 신경써준다고? ……치쿠젠 님이 그렇게 말씀하셨다는 거요?"

"그렇습니다."

키요마사는 환하게 웃으면서 고개를 끄덕였다.

"그 굳은 의리를 높이 평가하여 돌아가신 우다이진 님이 중용하신 슈리 님, 좋지 못한 버릇이 나오지 않도록 해드려야 한다고 하셨습니다. 그리고 카츠토요 님은 총명하실 뿐 아니라 중재에 나선 마에다 토시이에 님과의 의리도 있다, 모두가 원만할 수 있도록 생각해놓은 것이 있으니 기회가 닿거든 카츠토요 님에게 말해도 좋다고 하셨습니다."

"대관절 그게 무슨……"

이번에는 토쿠나가 나가마사가 물었다.

"그 말을 듣고 싶소. 그렇지 않습니까, 키노시타 님?"

"조용히들 하시오!"

카츠토요가 두 사람을 제지했다.

"묻지 않아도 뻔한 일이오. 내가 이렇게 말했다고 전하시오. 카츠토요는 총명하기는커녕 아버님에게까지 의심을 받고 있는 못난 아들, 그러나 약만은 고맙게 받겠다고……"

"그것은 안 됩니다."

이번에는 키요마사가 대꾸했다.

"처음부터 말을 꺼내지 않았다면 모릅니다만, 말을 시작하자마자 알았다고 하시니, 그것이 만일 저희 주군의 뜻과 다를 경우에는 이 토라노스케가 주군 앞에 낯을 들 수 없습니다. 일단 말을 꺼냈으니 끝까지 말씀 드리겠습니다."

"말씀하시는 도중이지만……"

키노시타 한에몬이 이 젊은 두 사람을 그대로 다투도록 내버려두어서는 안 되겠다 싶은지 중간에 끼여들었다.

"사자의 면목도 있고 하니 이 자리에서는 우선 말씀을……"

"들으라는 말이오?"

"예…… 예."

"좋소, 그럼 들어봅시다."

옆에서는 오미노가 조마조마해하면서 모두를 바라보고 있었다.

카츠토요는 지금 키요마사의 말을 들으면 더욱 자기 입장이 난처해진다……고 생각했다. 그러나 중신들은 조금이라도 더 히데요시의 생각을 깊이 알려고 눈을 빛내고 있었다.

"하하하……"

키요마사는 다시 쾌활한 소리로 웃었다.

"그렇게 말씀하시니 황송합니다. 그러나 저희 주군의 마음은 활짝 갠 창공 바로 그것, 이것을 알리고 싶은 나머지 제가 외람되이 말씀 드리는 것이니 용서해주십시오. 다름이 아니라 시바타 가문의 안녕을 도모하는 길은……"

카츠토요는 듣지 않아도 알 수 있다고 했으면서도 역시 그 말에 끌려

들어 몸을 앞으로 내밀고 있었다……

10

"시바타 슈리 님은 최초의 판단을 잘못하셨소. 저희 주군이 야마자키에서 미츠히데를 멸하고 바로 킨키를 평정했을 때 슈리 님은 그 공을 가볍게 보고, 노부타카 님의 야심에 현혹되어 섣불리 오다 가문의 상속을 뒷받침하겠다고 약속하셨소."

"과연 그렇소."

키요마사의 말에 맞장구를 친 것은 토쿠나가 나가마사였다. 그가 생각하기에도 이 말이 옳았던 것이다.

"의리가 굳기로 이름난 분이므로 이 약속이 그 후 슈리 님을 꽁꽁 묶어 꼼짝도 못하게 만들었소. 물론 노부타카 님은 그것을 잘 알고 있기 때문에 계속 고삐를 늦추지 않고 이런저런 선동을 하셨지요. 원인은 모두 그 옛날 무사와도 같은 기질과 처음의 판단 착오에 있습니다. 그러므로 저희 주군께서 용단을 내려 노부타카 님과 부딪쳐 그 잘못을 고치도록 한다면 저절로 문제가 해결된다…… 이것이 저희 주군의 생각입니다."

"그러면…… 이번에 북이세를 공격한 뒤 드디어 치쿠젠 님이 직접 노부타카 님과 부딪치시겠다고……"

"그렇습니다."

키요마사는 서슴없이 고개를 끄덕였다.

"지금까지 여러 차례 잘못을 지적했으나, 노부타카 님은 역시 시바타 님이 자기편에 섰다고 생각하여 야심의 불을 끄려 하지 않습니다. 그래서 일단 공격하여 우리의 힘을 깨닫게 하려는 것입니다."

"일단 공격하여……"

"예. 지난번에 카츠토요 님을 비롯하여 마에다, 후와, 카나모리 등 세 분이 일부러 오셨다가 난처해하시는 모습을 보고 확실히 결단을 내리셨습니다. 현재 쿠로다 요시타카黑田孝高, 하치스카 마사카츠蜂須賀正勝 님도 군사를 이끌고 급히 미노로 가셨습니다. 그리고 니와 나가히데와 호리 히데마사 두 분은 말할 것도 없고, 우지이에 나오미치, 이나바 잇테츠, 타카기 사다히사 님 등도 우군이 되셨습니다. 츠츠이 쥰케이, 호소카와 타다오키細川忠興, 이케다 쇼뉴, 하치스카 등의 용맹한 군사 오만 대군이 기후 성을 포위하게 될 것입니다. 전투가 시작되면 승부는 곧 결정됩니다. 이번 전투는 다음 달 홋코쿠에 눈이 내리기 시작하는 것을 보고 나서 하기로 마음을 정하셨습니다."

너무도 소름끼치는 말에 카츠토요는 입술을 깨문 채 부들부들 떨기 시작했다.

자기들 네 사람이 야마자키 성에 사자로 갔던 것이 도리어 히데요시의 출진을 앞당기게 되었다니 이 얼마나 얄궂은 일인가. 그렇다면 아버지가 네 사람 모두 히데요시에게 홀려서 돌아왔다고 안타까워하는 것도 무리가 아니었다.

겨울은 이미 다가왔다. 이제는 눈이 내리기만 기다릴 뿐인 홋코쿠에서는 아무리 발버둥쳐도 도리가 없을 터.

"아셨지요?"

키요마사는 자신의 호의가 상대를 기쁘게 했으리라 믿는 만족스러운 태도로 토쿠나가 나가마사에게 다짐을 했다.

"홋코쿠에 눈이 오면 노부타카 님은 저희 주군에게 항복하여 자신의 안녕을 도모할 것입니다. 저희 주군은 노부타카 님이 야심을 버리겠다고 맹세한다면 아마도 인질만 받으시고 그대로 용서하실 것입니다. 그렇게 되면 이제는 시바타 슈리 님도 노부타카 님에 대한 고통스런 의리에서 해방됩니다. 저희 주군은 절대로 이곳 부자에 대한 증오 같은 것을 가지실 분이 아닙니다. 눈이 내릴 때까지입니다. 각별히 건강에 유의하시고 가볍게 움직이지 마십시오. 이것이 제가 말씀 드리고 싶은 것의 전부입니다."

키요마사는 이렇게 말하고 그만 자리를 뜰 때라 생각했는지 카츠토요에게 공손히 절을 했다.

11

토쿠나가 나가마사와 키노시타 한에몬이 허둥지둥 키요마사를 배웅하러 나간 뒤, 카츠토요는 잠시 허공을 노려보며 몸을 떨고 있었다. 다시 열이 나기 시작하는 모양이었다. 등줄기가 오싹오싹 추워지고 바깥의 찬 공기가 으스스 피부에 스며들었다.

"성주님……"

오미노가 얼른 일어나 옷장에서 솜옷을 꺼내 카츠토요의 어깨에 걸쳐주었다.

"몸이 불편하신 것 같군요. 소름이 돋으셨어요."

그러나 카츠토요에게는 그 말이 안 들리는 모양이었다. 뇌리에는 아직 키요마사의 그 늠름한 모습이 생생하게 남아 있었고, 귀에서도 그의 목소리가 크게 소용돌이치고 있었다.

"성주님…… 그분이 가져오신 이 약을 달여 드시면……?"

"약……?"

"예."

"그 약을 섣불리 먹으면 죽어야만 해, 이 카츠토요는……"

"이 약에 독이라도?"

"오미노."

말하고 나서 카츠토요는 갑자기 사방침에 얼굴을 묻었다. 심한 기침의 발작이 시작되었다. 오미노는 깜짝 놀라 뒤로 돌아가 카츠토요의 등을 쓰다듬었다.

"이 약은 말이지……"

겨우 기침이 멎었을 때 카츠토요의 눈은 핏발이 서서 빨갛게 되고, 거기서 한 줄기 눈물이 뺨을 따라 흘러내렸다.

"독약이 아니야…… 먹고 싶어, 이 카츠토요는."

"그럼, 곧 달이겠어요."

"아니, 기다려…… 먹고는 싶지만 그럴 수 없어. 하시바 치쿠젠이 분명히 아버님의 적이라는 것을 알았어. 약을 먹으면 이 카츠토요가 아버님을 배신하고 치쿠젠과 내통하는 것이 돼."

"어머나, 그런 일이……"

"그래서 두려운 거야, 치쿠젠이……"

말하다 말고 카츠토요는 다시 몸을 떨었다.

'그렇다! 경우에 따라서는 이 모두가 면밀히 계산된 치쿠젠의 모략일지도……'

문득 전광석화처럼 이런 생각이 뇌리를 스쳤다.

"치쿠젠 님이…… 어떻게 하셨다는 말씀입니까?"

"이제 됐어. 더 이상 묻지 마라."

"그러시면…… 좀 쉬도록 하십시오."

"그러지…… 아아, 나는 그 키요마사의 건강이 여간 부럽지 않아."

이때 한에몬과 나가마사가 나란히 들어왔다.

"성주님, 일이 묘하게 되었습니다."

이렇게 말한 것은 나가마사였고, 한에몬은 안타깝다는 듯 양미간을 모으고 고개를 돌린 채 앉았다.

"성주님의 병환에 지장이 있을 것 같아, 실은 저희들이 자의로 사자를 돌려보냈습니다마는……"

"사자라면 조금 전에 왔던 키요마사 말이오?"

"그런 것이 아니라……"

한에몬이 입을 열었다.

"내가 말씀 드리겠소."

나가마사가 그 말을 받았다.

"실은 기후 성에서도 사자가 왔었습니다."

"뭣이, 기후에서도?"

"예. 노신 오카모토 요시카츠가 일부러 찾아왔습니다. 히데요시의 군대가 움직이기 시작했으니 오래지 않아 전쟁이 벌어질 것이다. 그 시기는 다시 결정하겠지만 나가하마에서도 기후와 호응하여 군사를 동원하라고……"

"그래서…… 그래서 그대들은 무어라고 대답했소?"

다시 카츠토요의 얼굴은 연지를 바른 것처럼 붉게 변하고 있었다.

12

카츠토요의 질문이 너무나 격했기 때문인지 나가마사는 흘끗 한에몬을 돌아보았다.

"병환 중이시므로 당장에는 받아들일 수 없으나 쾌차하시는 대로 그 뜻을 말씀 드리고 협의하여 대답하겠다고 했습니다."

"그대들은…… 이렇게 중요한 일을 어찌 내게 말하지 않았소?"

"성주님!"

이번에는 한에몬이 머리를 조아리며 말했다.

"꾸중들을 각오를 하고 그렇게 처리했습니다."

"꾸중들을 각오를 하고……?"

"예. 사자로 오신 오카모토 요시카츠 님이, 이미 무리일 거라고 말씀하셨을 정도였기 때문에."

"무리라니, 무엇이 무리라는 말이오?"

"요코야마 성의 수리가 끝나고 이 나가하마는 포위되어 있습니다. 따라서 기후에서 어떤 사자가 오는가, 이쪽에서 어떻게 대응하고 있는 가를 치쿠젠은 잘 알고 있을 것입니다."

"잘 알고 있기 때문에 싸울 수 없다는 말이오?"

"호응하여 군사를 일으키면 사흘 안으로 함락될 것이라고."

"듣기 싫소!"

카츠토요는 이렇게 꾸짖었으나 그 다음 말이 나오지 않았다. 그 자신도 왠지 모르게 중신들과 똑같은 생각을 하고 있었다.

"황송합니다마는……"

다시 한에몬이 말했다.

"이 성은 원래 치쿠젠이 쌓은 성. 어느 성채의 어디에 무엇이 있는지 저희들보다 치쿠젠이 더 잘 알고 있습니다. 호쿠리쿠北陸에서 공격해 올 적을 대비하기 위한 성이므로 호쿠리쿠의 적에게는 강하지만, 사와 야마나 오가키가 포위당하는 날이면 꼼짝도 못할 성입니다."

"한에몬."

"예."

"그러면 히데요시는 내가 아버님을 반역하도록 만들기 위해 나를 이 성에 이대로 둔다는 말이오?"

"성주님, 이러시면 몸에 해롭습니다."

나가마사는 한에몬보다 좀더 쌀쌀한 태도로 말했다.

"사흘도 견디지 못하고 함락될 성인데도 공격하지 않고 약을 보내는 치쿠젠 님의 의중을 성주님은 어떻게 보십니까?"

"책략이오, 그것은 치쿠젠의……"

"분별이 없으십니다!"

나가마사는 다시 강하게 고개를 내저었다.

"사흘이면 떨어질 성입니다. 그런데도 공격하지 않는 것은 적의가 없는 자는 죽이지 않겠다는 치쿠젠 님의 무사도 정신 때문이라고는 생각하지 않으십니까?"

"토쿠나가 님……"

나가마사의 어조가 점점 더 격해지는 것을 보고 키노시타 한에몬이 손을 들어 제지했다.

"병환 중이시니 오늘은 이 정도로……"

"아니, 괜찮소! 한에몬은 이 상황에 대해 어떻게 생각하오? 아버님 편이라고 분명히 태도를 밝힌 기후인데도 호응하지 않아야 한다고 그대도 생각하는 거요?"

"오늘은 이것으로."

"안 된다고 하지 않았소. 생각한 바를 말해보시오."

"그럼, 말씀 드리겠습니다."

"어서 말하시오."

"치쿠젠 님은 성주님을 키타노쇼의 큰 성주님보다 더 사려 깊은 분이라 생각하고 계십니다. 그러므로 성주님에게 효도를 하시도록 하기 위해……"

"뭣이, 아버님에게 의심을 받고 있는데도 효도를……?"

"그렇습니다. 섣불리 움직이면 시바타 가문은 멸망입니다. 만일의 경우에는 성주님께 큰 성주님을 설득하게 하여 가문을 유지케 하려는 생각이라고…… 기후의 노신 오카모토 요시카츠 님도 저희와 같은 의견이었습니다."

한에몬은 이렇게 말하고 비로소 근엄한 중신의 얼굴로 돌아와 카츠토요를 똑바로 바라보았다.

13

"알겠소, 그만 물러들 가시오."

잠시 숨막힐 듯한 긴장의 순간이 지나간 뒤 카츠토요가 불쑥 말했다. 이미 더 이상 물어볼 용기가 없었다.

함께 군사를 일으키기를 권하러 온 노부타카의 노신마저 내심으로는 노부타카나 카츠이에가 무모하다는 것을 인정하고, 적인 히데요시에게 어떤 종류의 경의를 나타내고 있다. 이러한 사실은 만약 히데요시의 회유가 시작되면 기후 성도 나가하마 성도 순식간에 내부로부터 무너질 수 있음을 뜻하고 있었다.

'승부는 싸우기 전부터 이미 결정되어 있다……'

이 얼마나 불가사의한 힘을 지닌 히데요시란 말인가. 아니, 히데요시 개인의 힘만은 아닐 것이다. 오히려 그의 통찰이 정세의 흐름을 정확히 꿰뚫어보는 점에 있는지도 몰랐다.

"오미노, 좀 쉬어야겠어."

"예."

카츠토요는 오미노의 부축을 받고 일어나 병풍으로 칸막이 된 침상 쪽으로 걸어갔다.

"역시 먹어야겠어."

한두 걸음 걷다 말고 그는 문득 멈추어서며 말했다.

"예, 무어라 하셨습니까?"

"역시 먹어야겠다고 했어."

"저어, 약을?"

"응, 달여오도록 해. 그것을 먹고 쉬겠어."

"예."

오미노는 마음을 놓은 듯 다시 카츠토요를 부축하여 사방침 옆에 앉혔다. 그리고 자기는 얼른 북쪽 구석에 놓인 풍로 앞으로 가서 약을 달이기 시작했다.

방안에 천궁川芎°의 향기가 퍼지고 바람소리가 강해졌다. 겨울이 벌써 이곳의 천지를 감싸고 있었다.

"오미노······"

"예."

"내가 왜 약을 먹을 마음이 들었는지 알 수 있겠나?"

"글쎄요······"

오미노는 고개를 갸웃했다.

"역시 건강이 가장 중하기 때문이 아닐까 합니다."

"그렇지 않아. 나는 치쿠젠 님의 마음을 이해하지 못하는 사람, 이대로 죽고 싶지는 않아."

"어머, 돌아가시다니요······"

"죽지 않는 사람은 없어. 죽음이란 불길한 말이 아니야."

"그렇지만······ 저는 성주님이······ 살아 계시기를 바랍니다."

"알겠어. 자······ 그 약을 이리로."

"예."

오미노가 약사발을 소반에 받쳐들고 왔다.

카츠토요는 그것을 공손히 받아들어 조용히 한 모금 마셨다.

"아버님······"

그리고는 작은 소리로 말했다.

"이 카츠토요는 결코 치쿠젠 님에게 진 것이 아닙니다. 상대의 인정에 등을 돌리면 신불神佛까지도 웃습니다…… 그러므로 이렇게 탕약을 먹고, 만약의 경우에는 반드시 칼을 들고 아버님께 보답하겠습니다."

오미노는 고개를 갸웃하고 그 중얼거림을 듣고 있었으나 아무 말도 하지 않았다.

말을 마친 뒤 카츠토요는 아직도 뜨거운 탕약을 천천히 마시기 시작했다.

매사냥 이야기

1

　겨울 하늘은 지나칠 정도로 푸르고, 때때로 마른 초원에서 꿩과 멧새가 날아오르고 있었다.

　"오늘 매사냥을 하시다니 놀라운 일이야."

　하마나浜名 호수가 반사하는 눈부신 햇살에 눈을 가늘게 뜨고 몰이꾼 하나가 두서너 간 떨어져 있는 동료에게 큰 소리로 말했다.

　"코슈에서 돌아오신 것이 십이일. 사오 일 동안은 편히 쉬실 줄 알았는데 이틀밖에 안 되어 벌써 매사냥…… 정말이지 성주님의 체력은 굉장해."

　동료는 이 말에는 대답하지 않았다.

　"현재 일본 전국을 통틀어 가장 큰 다이묘는 누구일까?"

　"그야 물론 우리 성주님이시지."

　"그럼, 하시바 치쿠젠이나 츄고쿠의 모리보다도 크단 말인가?"

　"비교가 안 돼. 부유하다는 점에서는. 아무튼 코슈에서부터 신슈, 스루가, 토토우미, 미카와三河를 손에 넣으셨는데도 아직 보리밥을 드실 정도로 검소하시다니까. 나는 상관인 오쿠보 히코자에몬大久保彦左衛門 님으로부터 이야기를 들었는데, 현재 우리 성주님의 비위를 맞추지 않는 다이묘는 한 사람도 없다는 거야."

"비위를……"

"암, 그렇다니까. 호죠 우지나오는 표면상으로는 화친이지만 항복이나 다름없는 조건으로 무기를 거뒀고, 에치젠의 시바타 카츠이에는 얼마 전에 코슈 진압을 축하하는 사자를 보내왔어. 들리는 말에 따르면 비단 삼십 필, 면화 백 통, 그리고 대구 다섯 상자를 보내왔다고 하더군. 이것은 모두 우리 성주님의 비위를 맞춰 같은 편이 되고 싶기 때문일 거야."

"음, 그러고 보니 오와리의 오다 노부오 님과 기후의 오다 노부타카 님도 귀찮을 정도로 사자를 보내오는 모양이더군."

"당연한 일이지. 하시바 치쿠젠노카미도 은밀히 사자를 코후甲府에 보냈고…… 이 모든 것이 성주님의 비위를 맞추기 위해서라니까."

이런 말을 나누고 있을 때였다.

"정말 이상해. 오늘은 대장님이 왠지 전혀 매를 풀어놓지 않으셔. 무언가 다른 목적이 계신 것 같다니까."

또 다른 몰이꾼 하나가 마른 억새풀을 헤치면서 다가왔다.

"다른 목적이라면…… 그게 무엇일까?"

"그런데 말일세, 아무래도 여자 일인 것 같다고 오쿠보 님이 팔짱을 끼고 생각하고 계셨어."

"여자…… 여자라니 소실 말인가?"

"글쎄, 그것까지는 모르겠어. 코슈에서 토리이 모토타다鳥居元忠 님에게 바바 미노노카미馬場美濃守의 딸을 빼앗기신 뒤부터 대장님은 계속 여자를 찾아다니고 계신다는 거야."

그 말에 한 사람이 크게 입을 벌리고 웃기 시작했다.

"이 멍청이가 성주님을 자기와 비교하고 있군 그래. 전투 도중에 여자를 찾아다닌 것은 바로 자네가 아닌가?"

"아, 잠깐."

다른 사람이 말을 막았다.

"원래 영웅은 색을 좋아한다는 말이 있어. 내가 코슈에서 들었는데, 토리이 님이 우리 대장님의 눈에 들었던 바바 미노노카미의 딸을 가로챈 것은 사실인 모양이야."

"자네도 또……"

처음 사람이 혀를 찼다.

"만일 그것이 사실이 아니라면 자네는 성주님을 모함한 것이 돼. 그때는 할복으로 용서를 빌 텐가?"

"암, 하고말고……"

이런 말을 하고 있을 때 이번에는 옷차림이 훌륭한 무사가 팔짱을 끼고 다가왔다.

"오, 오쿠보 히코자에몬 님이시다."

2

오쿠보 히코자에몬의 모습을 보고 이에야스를 변명하던 몰이꾼이 노기를 띤 채 다가가 말문을 열었다.

"오쿠보 님, 여쭐 말씀이 있습니다."

"무엇이냐?"

히코자에몬은 우람한 팔을 가슴에서 풀고 걸음을 멈추었다. 그러면서 모여 있는 사람들을 둘러보았다.

"성주님은 영웅이시라 색을 좋아하십니까?"

"응, 그야 좋아하시지."

히코자에몬은 진지한 표정으로 머리를 끄덕였다.

"약간 지나치신 면이 있지만, 우리도 여자를 싫어하는 것은 아니니 성주님이라고…… 별수 없지."

"그러면…… 오쿠보 님도 성주님도 저희들과 다를 게 없다는 말씀입니까?"

"응, 다를 게 없지. 나도 여자를 좋아하지만 성주님도 역시 여자를 좋아하셔."

"그러면…… 그러면…… 코슈에서 바바 미노노카미 님의 딸을 토리이 님이 가로채셨다는 것도 사실입니까?"

"사실이라면 어떻게 하겠느냐?"

"그렇다면 토리이 님은 불충不忠한 가신이 아닙니까?"

"하하하……"

몰이꾼의 걱정스러워하는 말투에 오쿠보 히코자에몬은 자못 즐겁다는 듯 눈을 가늘게 뜨고 웃었다.

"성주님은 바바 미노노카미에게 절세미인인 딸이 있고, 그녀가 모처에 숨어서 살고 있다는 것을 아시고 곧 사람을 보냈지. 그러나 그때는 벌써 모토타다가 데려간 뒤였어. 모토타다는 알고 있었지, 성주님이 여자를 지나칠 정도로 좋아하신다는 것을. 너무 밝히면 백성들에게 비난을 받게 돼. 그래서 모토타다가 성주님의 명성을 떨어뜨리지 않기 위해 그랬다고 해석하면 불충이라고는 할 수 없지."

"으음."

몰이꾼들은 고개를 갸웃했다.

"그런 깊은 뜻이 토리이 님에게는 있었군요."

"와하하하……"

이번에는 히코자에몬이 배를 끌어안고 웃음을 터뜨렸다.

"좀 모자라는구나, 네 머리는……"

"정말 그럴까요?"

"아마 그런 것 같다. 그때 성주님은 버럭 화를 내시고 모토타다를 불러 꾸짖으셨지."

"예……?"

"그런데 그 대답이 걸작이었어."

"무어라 대답하셨습니까?"

"전쟁터에서 맨 먼저 적진에 쳐들어가는 것은 무사의 자랑, 그런데도 꾸짖으시다니 천만뜻밖이라고 대답했어. 알겠나, 맨 먼저 쳐들어갔다는 거야. 성주님도 지지 않으셨어. 좋아, 그렇다면 자네가 맨 먼저 공격하여 취한 것이니 이후에도 잘 다스리도록. 그 말씀으로 미인은 빼앗겼지만 아직 모토타다를 그 땅에 묶어놓고 계신 거지. 어떠냐, 너희들은 이 승부에서 누가 이겼다고 생각하느냐?"

히코자에몬은 즐거운 표정으로 앉으며 말을 이었다.

"아, 여기는 바람이 전혀 불지 않는군. 너희들도 잠시 낮잠이나 자두어라."

세 사람은 얼굴을 마주보았다.

"그럼, 당장에는 매를 풀어놓지 않습니까?"

"응, 성주님의 목표는 다른 곳에 있는 것 같다."

"역시 여자 사냥입니까?"

"멍청한 것 같으니라고. 그렇게 쉽게 단정하면 안 된다. 매를 풀어놓는다고 해도 산토끼가 잡힐지 꿩이 잡힐지 알 수 없는 것 아니냐. 성주님은 혹시 학이 나타나기를 기다리시는지도 모른다. 상대가 무언가를 생각하고 있을 때는 이쪽에선 낮잠이나 자는 게 상책이야. 모두 일렬로 드러누워 자도록 해라."

이렇게 말한 뒤 히코자에몬은 눈을 가늘게 뜨고 맑게 갠 하늘을 올려다보았다. 건초더미 위에서 팔다리를 길게 뻗으면서 입을 크게 벌리고 시원스럽게 하품을 했다.

3

몰이꾼들은 서로 얼굴을 마주보고 고개를 갸웃거렸다. 히코자에몬의 괴벽과 거친 말투는 근시들 중에서도 유별났다. 그래서 그들 가운데에는 혼다 사쿠자에몬本多作左衛門의 후계자가 생겼다고 수군거리는 사람도 있었다. 그러나 어쨌든 매사냥 도중에 낮잠을 자라고 하다니, 이야말로 제멋대로가 아닐 수 없었다.

"무슨 생각들을 하는 게냐?"

히코자에몬은 다시 가늘게 눈을 뜨고 손을 흔들었다.

"성주님은 지금 여자를 만나고 계시다. 우물거리고 있다가는 꾸중을 듣는다."

"한 가지 여쭙겠습니다마는……"

"무엇이냐?"

"여자를…… 만나고 계시다고 하셨습니까?"

"그렇다. 쿄슈와 신슈의 일은 물론이고 호죠와의 협상도 완전히 매듭이 지어졌다. 그러니 성주님께 남자의 본성이 슬슬 고개를 들었다고 생각하면 된다."

"남자의 본성이라고는 하지만 이런 벽촌에 성주님 상대가 될 만한 여자가 있을까요?"

"물론 있지. 그 이야기를 해줄 테니 어서들 누워보아라. 아, 기분 좋구나."

몰이꾼들은 다시 얼굴을 마주보며 따스해진 건초 위에 앉았다.

"도대체 그 여잔 누구의 딸입니까?"

"평민의 딸이야. 원래 그 여자는 슨슈駿州 카나야金谷에 사는 땜장이 아내였어. 남편은 말이지, 지난해에 시마다고島田鄕 사람들과 물 때문에 싸우다가 몰매를 맞고 그대로 죽어버렸다는 거야."

"그럼, 친정에 돌아와 있습니까?"

"과부이기는 하지만 자식이 셋이나 있어…… 그런데 여자가 이 근처 친정으로 돌아와 있다는 것을 알고 부추긴 작자가 있지. 성주님께 호소하여 남편의 원수를 갚아달라고 하면서."

히코자에몬은 여기까지 말하고 졸린다는 듯이 걸쭉한 목소리로 마무리했다.

"지금 농부의 집에서 그 미망인의 사정 이야기를 듣고 계시는데, 성주님은 워낙 여자를 좋아하시는 분이라……"

"잠깐!"

줄곧 이에야스를 변호해오던 몰이꾼이 큰 소리로 말했다.

"그러면, 성주님이 농부의 집에서 그 땜장이의 미망인과…… 말씀입니까?"

"아마 그럴 것이야."

"그럴 리가 없어요! 그런 성주님이 아니십니다!"

"그럼, 어떤 성주님이란 말이냐?"

"절대로 그렇지 않습니다!"

그 사나이가 다시 열을 올렸다.

"그렇다면 성주님은 우리보다 더하십니다. 농부의 집에서…… 그런 말도 안 되는."

"너는 말이 많은 사내로구나…… 낮잠을 자라고 하지 않았느냐?"

"성주님께는…… 성안에 소실이 없는 것도 아니고, 버젓이 사이고西鄕 마님도 계시고……"

"젠장, 시끄러워 잠도 못 자겠다."

히코자에몬은 벌떡 일어나 하늘을 향해 크게 하품을 했다.

"여자에 관한 한 성주님이 우리와 다른 것은 계산이 빠르다는 것뿐이야. 나머지는 조금도 다를 것이 없어."

"계산이 빠르다고요?"

"그래. 대체로 보아 한 여자에게서 너덧 명씩이나 자식을 낳게 하시는 분이 아니야. 만일 그렇게 하면 그 여자가 정치에까지 참견을 하여 또다시 제이의 츠키야마築山 마님이 나타나게 돼. 성주님이 하시는 일은 처음부터 끝까지 계산적이야."

히코자에몬은 내뱉듯이 말하고 몰이꾼들의 반응을 기다리는 표정을 지었다.

4

"오쿠보 님은 너무 말씀이 거치십니다."

한 사람은 깨끗이 외면하고 말았다. 그러나 다른 한 사람은 그냥 흘려보낼 수 없다는 태도로 히코자에몬 쪽으로 자세를 고쳤다.

"어째서 한 부인에게 자식을 많이 낳지 않게 하는 것이 계산이 빠르다는 것입니까?"

"무얼 모르는 녀석이로군. 여자는 말이지, 자식의 수로 권력이 정해지는 거야. 혼자서 셋이나 다섯 명의 어머니가 되면 반드시 그 여자 주위에는 간신이란 벌레가 들러붙게 마련이다. 성주님이 살아 계실 때는 그럴 리가 없지만 돌아가시게 되면 그것이 원인이 되어 집안에 소란이 일어날 수도 있어."

"하지만, 그런 일이……"

"그런 주판을 놓지 못하실 성주님이 아니야. 성주님이 가장 주의하시는 점은 자신보다 훌륭한 집안의 여자를 얻지 않는 것…… 츠키야마 마님에게 학질을 떼셨기 때문이야. 두번째로 조심하시는 점은 한 여자가 많은 자식의 어머니가 되게 하지 않는 것. 그렇게 생각하다보니 자연히 평민 중에서 똑똑한 여자를 찾게 마련이지. 때때로 매사냥을 중단하시고 여자를 찾아나선다고 해서 놀랄 것 없어. 사이고 마님은 이미 아드님을 둘이나 두셨거든……"

"으음."

반론을 펴려던 남자는 나직이 신음했다.

"그러면, 성주님께는 앞으로도 계속 소실이 많아질 것이라고 보시는군요."

"당연한 일 아니겠느냐. 그렇게 건강하신 분인데."

"그렇다면 다음 분도 아들 둘을 두시게 되면 멀어져야 한다는 말씀입니까?"

"두말하면 잔소리지. 나 역시 주판을 놓는 데는 성주님께 뒤지지 않아. 탁 털어놓고 말하면 그렇다네. 그리고……"

히코자에몬은 어디까지나 비꼬기를 좋아한다는 투로 말을 이었다.

"이번 미망인에게는 자식이 셋이나 있어. 그러면서도 죽은 남편의 원수를 갚겠다고 할 정도면 예사 여자가 아니야. 그렇게 되면 땜장이의 미망인이라는 낮은 신분과 아이들의 수까지 모두 성주님의 주판에 오르게 되지. 그 몸에서 다시 아들 둘이 태어나보게. 그 아들과 어머니는 물론 아버지가 다른 아이들까지 모두 감격하여 집안을 위해 분골쇄신할 것은 뻔한 일이야. 그런 게 우리와 성주님이 약간 다른 점이라는 것을 기억해두란 말이다. 알겠느냐?"

"예…… 잘 알 것 같기도 하고……"

"잘 모를 것 같기도 하다……는 말이로구나. 돌아가신 오다 우다이진 님은 말이다, 성급한 분으로 언제나 인재를 찾을 때는 가난한 사람 중에서 택하셨어."

"그렇군요…… 하시바 치쿠젠 님도 그런 분 중 한 사람이겠군요?"

"음, 그래. 그런데 우리 성주님은 좀더 성질이 느긋하셔. 미천한 사람 중에서 인재를 찾는다는 점에서는 같지만, 직접 힘이 될 수 있는 남자 중에서 택하시지 않고 여자를 통해서 찾으신다는 점이 다르다."

"아무래도 오쿠보 님의 말씀은……"

"알 것 같으면서도 모르겠다는 말이냐? 하하하, 여자 중에서 인재를 찾아 자기 씨앗을 그 뱃속에서 키우신다는 말이다. 그 아들이 태어날 때까지는 여자에 대한 교육도 철저히 시키겠다는 계획이시지. 어때, 멋진 여자 사냥 아니냐?"

그는 다시 한 번 크게 입을 벌리고 웃은 뒤 몰이꾼들을 둘러보았다.

"자, 이제 슬슬 가보도록 할까. 이미 성주님도 일을 끝내셨을 테니 말일세."

옷에 묻은 마른풀을 털어버리고 천천히 걷기 시작했다.

5

그 무렵 이에야스는 시노하라篠原 마을의 농부 우다가와 요자에몬宇田川與左衛門의 집 마루에서 사람들을 물러가게 하고 땜장이의 미망인 오아사阿淺를 만나고 있었다. 아니, 오아사와 단 둘이 만나고 있는 것은 아니었다. 그 자리에는 떠돌이 상인의 모습으로 꾸민 챠야 시로지로가 동석해 있었다.

오아사는 아무리 보아도 미인은 아니었다. 밑으로 늘어진 볼은 지나치게 둥근 느낌이었고 눈도 너무 작았다. 그러나 살결은 무척 희었으며, 그 살갗에는 매끄러운 윤기가 흐르고 있었다. 나이는 스물두서너 살로 보였으나 세 아이의 어머니라는 점을 생각하면 네다섯이나 또는 여섯 살은 더 먹었을 것 같기도 했다.

이에야스는 오아사를 흘끗흘끗 바라보면서 챠야 시로지로의 이야기를 듣고 있었다.

"그러니까, 노부타카 님은 싸워보지도 않고 히데요시에게 항복했다는 말이지?"

"예. 처음에는 싸울 생각도 있는 것 같았습니다만, 오만이나 되는 대군에게 포위당했을 뿐 아니라 가신 중에서 속속 내통하는 자가 나타났기 때문에……"

"방심할 수 없는 사람이야, 히데요시는. 그러면 히데요시와 같이 출전한 장수는 니와, 츠츠이, 호소카와, 이케다, 그 밖에는……?"

"호리 히데마사, 우키타 히데이에宇喜多秀家 군의 일부, 쿠로다 요시타카, 하치스카 마사카츠 등입니다."

"알겠네. 그들에게 포위당했으니 꼼짝 못했을 테지."

이에야스는 다시 흘끗 오아사에게 시선을 돌렸다.

"편히 앉도록 해. 챠야가 그렇게 말했으니 성으로 데려가겠어."

"예…… 예."

오아사는 부끄러워하면서 잔뜩 몸이 굳어 얌전히 앉아 있었다.

"그래서……"

이에야스가 다시 시로지로에게 재촉했다.

"항복의 조건은? 히데요시가 하는 일인데 아마 시원스럽고도 간단명료했을 테지."

"예…… 그렇습니다. 그 점에 대해서는 당사자인 노부타카 님도 놀랐다고 합니다. 첫째는 키요스 회의에 의거하여 산보시 님을 내놓을 것, 둘째는 노부타카 님의 생모와 딸 한 사람을 인질로 보낼 것, 셋째는 노부타카 님을 잘못 보필한 오카모토 요시카츠와 타카다 히코자에몬高田彦左衛門 등 두 중신을 인질로 보낼 것, 이것뿐이었다고 합니다."

"으음."

이에야스는 또다시 오아사의 목덜미로 시선을 보내면서 고개를 갸웃했다.

"그러면, 그 오카모토와 타카다 두 중신은 이미 히데요시와 내통하고 있었군."

"바로 그렇습니다."

챠야는 깜짝 놀랐다는 듯이 몸을 앞으로 내밀었다.

"두 중신을 남겨두면 처형당할 것이므로 일부러 인질로 잡는 척하고 도와준 것이라는 소문이 꼬리를 물고 있습니다."

"이제 대강 알겠네. 일단 포위를 풀고 돌아가기는 하겠지만 정월 중순이나 말에는 다시 되돌아올 생각일 테지."

"되돌아온다……고 하시면?"

"우선 손발을 잘라놓고 나중에 요리한다는 말일세. 그렇지 않으면 양쪽의 사상자가 엄청나게 많아지지. 두 번으로 나누면 히데요시는 한 명의 병사도 잃지 않고 도리어 적의 중요한 인물을 포섭할 수 있어. 아니, 그 방법이 인간을 살린다는 의미에서는 옳았어. 그러나…… 이것으로 노부타카 님의 운명은 결정되었군."

시로지로는 눈을 크게 뜨고 한숨을 쉬었다.

6

시바타 카츠이에의 사자로 왔던 마에다 토시이에 일행을 돌려보내고, 그 자리에서 즉시 군사를 움직여 카츠이에가 책동하는 근거지라 할 북이세를 제압하면서 질풍처럼 기후 성을 포위한 히데요시였다. 그 히데요시가 노부타카를 일거에 무찌를 줄 알고 있었는데, 어이가 없을 정도로 간단한 조건으로 포위를 풀고 군사를 철수시켰다.

사리에 밝은 챠야 시로지로도 그 의미를 모르고 있었다.

'그렇게 쉽게 군사를 철수시킬 것이라면 어째서 그토록 많은 군사를 동원시켰던 것일까?'

그런데 이에야스는 히데요시의 철수가 진정한 철군이 아니라고 한마디로 단언하고 있었다.

"하지만……"

잠시 후 시로지로는 고개를 갸웃한 채 무릎걸음으로 한 걸음 이에야스 쪽으로 다가갔다.

"한 명의 병졸도 손실을 입지 않기 위해 그런 대군을 출동시켰다면 경비가 막대할 것이라 생각하는데요."

이에야스는 웃으면서 고개를 내저었다.

"아니, 그 점이 바로 치쿠젠다운 면일세. 그 놀라운 전술은 정말 우러러보지 않을 수 없어."

"그러시면, 굳이 두 번이나 출병하여 얻는 것이 그 외에 또 있다는 말씀입니까?"

"암, 있고말고."

이에야스는 가볍게 대답했다.

"첫째는 시바타 슈리에 대한 위압. 슈리에게 깊은 생각이 있다면 이 정도로도 히데요시에게 저항할 수 없을 것일세. 둘째는 키요스 성의 노부오 님에 대한 견제, 셋째는……"

이에야스는 이렇게 말하고 입속으로 웃었다.

"후후후! 이 이에야스에 대한 위압일세."

"성주님에 대한?"

"음, 그래. 다음 번에 출병하면 노부타카 님은 꼼짝없이 얻어맞게 돼. 그런 다음 시바타 슈리. 슈리 문제를 해결하고 나서는 이 이에야스를 목표로 삼을 테지. 그렇게 되면 나도 히데요시에게 섣불리 저항할 수는 없어. 히데요시의 수법에는 빈틈이 없거든."

"으음."

시로지로는 신음과 함께 나직한 목소리로 말했다.

"만일 치쿠젠 님이 성주님께 도발해온다면…… 그 구실은 무엇일까요?"

"글쎄…… 지금 하마마츠 성에 몸을 의탁하고 있는 코노에 사키히사 경을 내놓으라고 트집을 잡거나, 아니면 오다와라小田原 정벌을 명하거나…… 혹은 노부타카 님이 목숨을 잃은 뒤 노부오 님에 관한 일로 어떤 요구를 해오거나, 좌우간 방심할 수 없는 사태가 일어날 것일세."

이에야스는 문득 목소리를 한층 더 낮추었다.

"자네는 교제범위가 넓기에 하는 말인데, 만일 히데요시와 까다로운 문제가 발생했을 때 그 교섭이나 흥정을 할 수 있는 사람은 누구라고 생각하나?"

"글쎄요……"

"내 주위에는 싸움엔 능하지만 교섭이나 흥정에는 무능한 사람들밖에 없네. 전에도 노부나가 님의 술수에 넘어가 나의 적자 노부야스信康를 할복하게 만든 예가 있어. 히데요시와 대등하게 맞설 수 있는 사람이 있다고는 생각지 않지만, 상대의 속셈을 들여다볼 수 있을 정도의 사람이라면…… 어떤가, 자네 생각으로는……?"

챠야 시로지로는 대답 대신 뚫어지게 허공을 노려보기 시작했다. 아닌 게 아니라 무용에서는 결코 히데요시에게 뒤지지 않는 미카와 무사들도 지략이나 외교수단에서는 충분하다고 할 수 없었다. 미카와의 순박하고 강직한 가풍이 때로는 외교 면에서의 모략과 일치되지 않았다.

"어떤가, 떠오르는 인물이 없나?"

7

이에야스의 재촉을 받은 시로지로는 무겁게 입을 열었다.

"노부타카 님의 중신을 보아도 알 수 있듯이, 여간 끈기가 있는 사람이 아니어서는……"

말을 채 맺지 못하고 다시 생각에 잠겼다.

"바로 그 점일세. 이쪽 사자로 간 사람이 도리어 히데요시의 편이 되어 돌아온다면 웃음거리가 될 거야."

"옳은 말씀입니다. 마에다 님이나 카츠토요 님까지 완전히 손바닥에 올려놓고 주물렀다는 소문이 났을 만큼 그런 일에는 능숙한 치쿠젠 님입니다."

"하다못해 혼다 사쿠자에몬에게라도 맡길까 생각했으나 그는 회유를 당하지는 않겠지만 도리어 일을 그르쳐 싸움을 일으킬지도 모르고, 이이 나오마사井伊直政는 타케다의 옛 가신들을 데리고 동쪽을 방비해야 하는 형편일세. 또 히라이와 치카요시平岩親吉는 너무 고지식하고, 사카이 타다츠구酒井忠次는 생각이 지나치게 낡았으니……"

"제 생각으로는……"

"누가 적당하겠나?"

"이시카와 호키노카미 카즈마사石川伯耆守數正* 님이 어떨까 합니다만."

"으음."

이번에는 이에야스가 나직이 중얼거리고 고개를 갸웃했다.

"성주님이 생각하시는 것과 너무 차이가 많습니까?"

이에야스는 이 말에는 직접 대답하지 않았다.

"카즈마사는 오카자키岡崎의 성주 대리로 남겨둔 사람인데……"

언제나 그렇듯 이에야스는 확실하게는 대답하지 않았다.

"그럼, 이 정도로 하고 성으로 돌아가세."

시로지로는 공손히 절을 했다.

"그러면, 나중에 이 여자를 성으로 보내드리겠습니다."

"아니, 그럴 필요는 없네. 내가 직접 데리고 갈 테니까."

"하지만, 이런 차림으로는……"

더욱 몸이 굳어 움츠리고 있는 오아사를 꺼려 목소리를 낮추었다.

"아니, 이대로가 좋아."

이에야스는 그런 것은 상관없다는 듯 손을 내저었다.

"오아사, 인간의 성품이 옷차림에 좌우되지는 않아. 그 마음에 있는 것이지."

"예…… 예."

"그대를 데리고 돌아가면 모두 놀랄 거야. 도리어 그것이 좋아, 여기 저기에 히데요시의 첩자들이 들어와 있을 테니까. 이에야스는 이제 싸움이 끝난 줄 알고 한가롭게 여자 사냥이나 하고 있구나…… 이렇게 생각하도록 하여 히데요시의 고개를 갸웃거리게 만드는 것도 재미있는 일이야."

챠야 시로지로는 무릎을 치고 일어났다.

이에야스에게 오아사를 권한 것은 시로지로였다. 아니, 이미 히데요시의 첩자에게 얼굴이 알려진 시로지로가 이에야스와 만나기 위해 생각해낸 것이 오아사의 복수를 위한 청원이었다. 따라서 이에야스의 여자 사냥에 대한 소문이 퍼지면 퍼질수록 시로지로의 활동은 편해질 수밖에 없었다.

시로지로가 돌아갈 준비를 명하기 위해 자리에서 일어났다.

"기다리게."

이에야스가 웃으면서 불러 세웠다.

"아직 말씀이 끝나지 않았습니까?"

"이 여자를 만나보니 아주 마음에 드는군. 챠야가 주선해준 여자이니 앞으로 성안에서는 챠라고 부르겠네."

"챠라고 말씀입니까?"

"음, 챳 하고 짧게 부르면 어감이 좋지 않아. 챠라고 부르겠어. 글자는 챠야茶屋의 챠茶와 아베阿部의 아阿를 합쳐서 쓰면 될 거야."

"그러니까 챠茶阿 부인이 되겠군요."

"그래. 챠, 그래도 괜찮겠지?"

이렇게 말하고 이에야스로서는 보기 드물게 소리내어 웃었다.

8

이에야스가 땜장이의 미망인을 데리고 하마마츠 성으로 돌아왔다는 소문은 그날 안으로 성 안팎에 퍼졌다.

"드디어 성주님의 버릇이 나타났어. 미망인을 들이는 일은 이제 그만두셔도 좋을 텐데."

가신 중에는 이렇게 말하면서 얼굴을 찌푸리는 사람도 있었다. 그러나 그 반대인 사람도 있었다.

"아니, 그러시는 게 좋아. 그쪽이 더 맛이 있으니까."

"맛이라니, 무슨 맛 말인가?"

"보리밥의 맛 말일세. 스루가, 토토우미, 미카와 외에도 코슈와 시나노의 두 곳을 더한 태수가 되신 분이 보리밥을 드시다니 이런 예를 다른 데서는 찾아볼 수 없어."

"물론 없지. 이마가와 요시모토今川義元 공의 사치는 지금까지도 화제가 되고 있으니."

"바로 그 점일세. 자신만 보리밥을 드실 뿐 아니라 나가마츠마루長松丸 님과 후쿠마츠마루福松丸 님에게도 보리밥을 들게 하는 분이셔. 그런데 만에 하나라도 쌀밥이 아니면 안 먹는 소실을 들이신다면 가풍이 어떻게 되겠나."

"옳은 말일세."

"그렇게 되면 검소함과 절약의 가르침은 대번에 없어지고 강직한 가풍도 사라져버릴 거야. 그 점을 깊이 생각하시고 가풍을 소중히 하려는 마음에서 그러신다고 생각지 않나?"

"그렇군, 땜장이의 미망인이라면 사치는 하지 않겠지. 성주님은 여자도 보리밥 정도로 견디게 하실 작정인 것 같아."

그러나 오쿠보 히코자에몬처럼 비꼬아 해석하는 사람은 적었다.

미망인 오아사는 내전에 들어오자 곧 시녀가 딸렸으며, 옷을 갖추어 입은 뒤 그날 저녁 식탁에 나왔다.

그날도 이에야스는 코노에 사키히사와 저녁을 같이하기로 되어 있었다. 아니, 코노에 사키히사 외에 이시카와 카즈마사와 사카키바라 코헤이타榊原小平太에게도 동석을 명했다. 그렇게 한 것은, 이 두 사람에게 조금이라도 더 수도의 풍습을 익히게 하여 후일에 대비하려는 이에야스의 깊은 뜻이었다.

상이 차려지고 사키히사가 상좌에 앉았다.

"코노에 님, 오늘은 뜻하지 않은 수확이 있었습니다. 보십시오."

이에야스는 천연덕스러운 표정으로 오아사를 코노에 사키히사에게 소개했다.

"도회적인 여자는 아닙니다마는, 얼마나 귀엽고 사랑스러운 학鶴인지 모릅니다."

"예……?"

사키히사는 순간 눈을 깜박거리다가 겨우 그 의미를 깨닫고 얼굴을 붉혔다.

"한번 도쿠가와 님에게 쿄토의 매사냥을 시켜드리고 싶군요."

"시골의 학과는 다릅니까?"

"아니, 그것은 취향에 따라 다르지요."

미츠히데가 모반했을 때 코노에의 저택에 군사를 들여놓고 그곳에서 니죠 성二條城을 공격했다는 이유를 들어 히데요시에게 추방당해 여기와 있는 전직 칸파쿠關白° 사키히사. 그는 이에야스의 은혜를 깊이 느끼고 있으면서 언제나 그의 촌스러움을 안타깝게 생각하고 있었다.

이에야스는 이러한 사키히사의 마음을 알고 일부러 그를 통해 쿄토와 궁전에 대한 이런저런 지식을 얻으려 하고 있었다.

"그러시면 시골의 학 사냥보다 먼저 손을 써야 할 것이 있다는 말씀입니까?"

"그렇습니다. 하시바 치쿠젠은 예사로운 자가 아니므로 자칫하면 선수를 칠지도 모릅니다. 이에 관해서는 확실한 대비책이 있습니다."

사키히사는 몸을 앞으로 내밀듯이 하고 말했다.

어느 세상에서나 망명자는 어떻게 해서라도 비호해주는 사람의 힘이 되려고 열심히 노력하게 마련이다.

9

"그런 확실한 대비책이 있는 줄 우리는 모르고 있었군. 카즈마사, 그것이 무엇일까?"

이에야스가 고개를 갸웃하고 이시카와 호키노카미 카즈마사에게 말머리를 돌렸다.

이에야스의 물음에 카즈마사는 신중하게 대답했다.

"이쯤에서 혼간 사와 손을 잡아야 한다는 것이 아닐까요?"

"바로 그것이오! 그, 그것이오."

코노에 사키히사가 힘을 얻었다는 듯이 몸을 앞으로 내밀고 기운차게 말했다.

"잇코 신도의 폭동 이래 오랫동안 쌓였던 원한을 버리고 포교를 허락해주는 것은 분명 후일을 위해 힘이 됩니다."

"아차…… 이거 큰 실수를 했군."

이에야스는 비로소 깨달았다는 듯이 카즈마사와 코헤이타를 바라보며 크게 고개를 끄덕였다.

"다섯 지방에 숨어 있는 신자가 막대한 수에 달할 텐데 그들이 등을 돌린다…… 정말 큰일날 뻔했어."

"아니, 등을 돌렸을 때뿐이 아니오."

사키히사는 이에야스의 교묘한 수법에 말려들어 더욱 진지한 태도로 말을 이어나갔다.

"하시바 치쿠젠이 선수를 치면 도쿠가와 님에게는 두고두고 후회가 남을 것이오. 그런데 지금 치쿠젠은 북쪽을 노리고 있을 것 아니오?"

"그렇습니다. 이미 에치젠, 카가, 노토 등을 손에 넣을 비책이 서 있는 모양입니다."

"그것 보시오. 원래 그 땅은 잇코 신도의 본거지, 그것을 오다 우다이진이 얼마나 혹독한 수법으로 손에 넣었나 하는 것을 잊지는 않으셨겠지요?"

"그야 물론……"

"그곳에 시바타 슈리를 보낸 것도 강력한 잇코 신도에 대비하기 위해서…… 그런 만큼 우다이진이나 슈리가 그곳에서 원한을 사고 있는 것은 말할 나위도 없어요. 치쿠젠도 이것을 알면 반드시 어떤 수단을 강구할 것이오."

"과연…… 그렇겠군요."

"슈리의 배후를 교란시키기 위해 카가, 노토, 엣츄를 잇코 신도에게 주겠다…… 이런 말도 서슴지 않을 치쿠젠입니다. 그렇게 되면 이미 혼간 사가 도쿠가와 님의 편이 되어 치쿠젠에게…… 이런 일은 없지 않을까…… 여기에 잊고 있던 중요한 문제가 있을 것 같습니다."

"그렇군요."

이에야스는 사키히사의 말에 새삼스럽게 깨달음을 얻은 듯 머리를 끄덕이며 다시 카즈마사와 코헤이타를 바라보았다.

"정말 좋은 지혜를 얻었습니다. 곧 실행에 옮기겠습니다."

이렇게 말하고 이에야스는 다시 새로운 술잔을 사키히사 앞에 갖다 놓도록 했다.

그 순간 카즈마사는 흘끗 코헤이타와 눈길을 마주치고는 그대로 고개를 숙이고 웃음을 참았다. 미처 손을 쓰지 못한 것이 아니라, 이미 혼간 사에서는 코사(켄뇨顯如 법사)의 사자 사가미 홋쿄相模法橋가 미카와로 향하고 있을 것이었다.

그들 사이를 주선한 것은 다름 아닌 카즈마사의 할머니, 즉 이시카와 아키노카미 키요카네石川安芸守清兼의 후처였다. 그녀는 폭동으로 황폐한 염불 도량의 재건을 계속 이에야스에게 탄원해왔는데, 이제야 겨우 혼간 사와의 의절義絶이 풀렸다. 물론 이것은 히데요시의 정책을 고려한 계략으로 이에야스의 생각에서 나온 것이었다.

"정말 좋은 말씀을 들었습니다."

다시 이에야스가 말했다.

"이것으로 올해에는 반가운 신년을 맞게 되었습니다. 초봄에는 무대를 마련하여 코노에 님을 위로해드릴 것이니……"

이렇게 말하는 이에야스의 잔에 오아사가 조심스럽게 술을 따랐다.

10

오아사로서는 이에야스 한 사람만으로도 감히 접근할 수 없는 두려움의 대상이었다. 그런데 쿄토에서 온 코노에 사키히사까지 동석해 있었다. 그런 만큼 모든 것이 꿈만 같았다. 떨리는 손으로 술을 따르는데 이에야스는 다시 태연히 희롱했다.

"그대의 살갗은 매끄럽고 고운데 손은 몹시 거칠군."

오아사는 당황하며 손을 움츠렸다.

"좋아, 괜찮아. 그 손이라면 필요할 경우 말먹이도 줄 수 있겠어. 그렇지 않습니까, 코노에 님?"

사키히사는 일부러 그 모습을 보지 않으려 하면서 말머리를 돌렸다.

"앞으로 얼마 동안은 볼 만할 것입니다."

"볼 만하다니요?"

"치쿠젠의 속셈은 알고 있으나, 시바타 슈리가 무엇을 생각하고 어떻게 나올지가……"

"그렇군요."

"우선 에치고의 우에스기와는 화친을 맺어야 할 텐데, 이에 대해서는 치쿠젠이 선수를 칠 것이고……"

"그럴 테지요."

"모리도 치쿠젠의 실력을 알기 때문에 섣불리 슈리의 권유에 응하지 않을 것입니다. 그렇다면 시코쿠의 쵸소카베長曾我部 정도가 한편이 될지 모릅니다……"

"코노에 님."

이에야스는 갑자기 생각난다는 표정으로 물었다.

"가령 코노에 님이 천하를 손에 넣었다고 하면 쿄토의 방비는 어떻게 하시겠습니까? 심심풀이로 그 이야기를 들어보고 싶군요."

"천하의 일을 심심풀이로……"

"예. 쿄토에서는 많은 무사를 거느릴 수 없습니다. 옛날 일입니다마는, 키소木曾 님은 그 때문에 평판이 좋지 않았습니다. 그것을 생각하고 일부러 카마쿠라鎌倉에 바쿠후幕府°를 둔 요리토모賴朝 공의 경우와 오닌의 난 등도 있고 해서 수도에는 군사를 두지 않는 편이 좋다고 생각하는데요."

"아, 그 일에 대해서는 오다 우다이진 님도 종종 말씀하셨지요. 많은 군사를 수도에 주둔시키기는 어렵다, 그래서 오사카에 큰 성을 쌓고 싶다……고."

"오사카에?"

이에야스는 다시 진지하게 반문했다.

"치쿠젠이라면 능히 그 일을 해낼 것입니다. 그러나 가령 츄고쿠의 모리가 치쿠젠을 능가하는 실력을 갖추고 밀명密命이라도 내리면 치쿠젠의 천하는 당장 뒤집힐 텐데요."

"하하하……"

사키히사는 아무런 경계도 하지 않고 쾌활하게 웃었다.

"그 점에 대해서는 한 가지 생각이 있습니다."

"허어, 어떤 생각이십니까?"

"도쿠가와 님, 내가 천하를 손에 넣었다고 가정하면 쿄토의 일곱 군데, 곧 히가시산죠東三條, 후시미, 토바, 탄바, 나가사카, 오하라, 쿠라마에 각각 밀정을 둘 것이오."

"밀정을……"

"그래요. 그것도 단순한 밀정이어서는 안 됩니다. 당대의 풍류객, 세속을 떠나 풍류를 즐기는 사람…… 다도茶道에 몰입한 사람이나 서화와 시문을 즐기는 취미도 좋고, 정원 꾸미기나 도자기로 사람을 초대하는 것도 좋아요. 어쨌든 궁중 사람들을 상대할 수 있는 인물이어야 합니다."

"허어, 일류급 풍류객 말씀이로군요."

"예. 어디까지나 궁중 사람들과 친교를 가진 일류급 인물이 아니면 안 됩니다. 궁중 사람들은 이야기하기를 좋아하기 때문에, 오늘은 어떤 사람이 궁중에 와서 누구와 무슨 말을 나누었는지 자세히 알 수 있거든요. 그것을 알면 저절로 대책도 세울 수 있지요. 밀명이 내릴 때까지 모르고 있는 일 따윈 있을 수 없습니다."

이렇게 말하고 사키히사는 겸연쩍은 듯 어깨를 떨구었다.

"그러나 그러한 것은 내게는 꿈속의 꿈, 수도를 쫓겨난 식객의 신세이고 보니……"

11

이에야스는 사키히사가 마지막으로 한 말은 못 들은 척했다.

"오늘 저녁에는 여러 가지 좋은 말씀을 많이 들었습니다. 코노에 님도 피곤하실 테니 이제 식사를 하고 끝내기로 합시다."

그러면서 잔을 엎어놓고 다시 오아사를 찬찬히 바라보았다.

그 눈도 입도 거나하게 풀어져 거친 무사의 모습이라고는 어디서도 찾아볼 수 없었다. 오쿠보 히코자에몬의 표현을 빌리면 방약무인한 '호색가'의 얼굴이었다.

오늘 저녁에도 코노에 사키히사에게만은 따로 짓게 한 쌀밥을 주고, 이에야스와 카즈마사나 코헤이타는 여전히 3할의 보리를 섞은 밥이었다. 이에야스는 이것을 맛있다는 듯이 세 공기나 먹고 나서 사키히사를 배웅하고 돌아왔다.

"카즈마사, 혼간 사의 사자는 언제쯤이면 도착할까?"

"예, 아무리 늦어도 이달 안으로는."

"누가 사가미 홋쿄를 따라오는지 알고 있나?"

"시모츠마 요리카네下間賴廉 님의 서신에는 이노우에 칸스케井上勘介를 딸려보내겠다고 했습니다."

"그래? 이제 혼간 사와도 길이 트였어…… 카즈마사나 코헤이타도 오늘 저녁 코노에 님이 마지막에 한 말은 입밖에 내지 말도록 하게."

"그 쿄토의 일곱 군데 이야기 말씀입니까?"

"그래. 궁중 사람들은 재미있는 것을 생각한다니까. 수도 주변을 일류 풍류객으로 방비하게 하다니 듣기에 따라서는 정말 재미있는 견해 일세. 그 방비만 튼튼하다면 천하인의 거성은 굳이 수도와 가까이 있을 필요가 없겠지. 아즈치라도 좋고, 슨푸駿府나 카마쿠라에 있다 해도 지장이 없을 거야. 재미있는 이야기를 들었어."

이에야스가 이렇게 말하고 일어났을 때 그 자리에 오아사는 없었다.

"그럼, 모두 돌아가서 쉬게. 나도 오늘 밤엔 기분 좋게 취했어. 편히 손발을 뻗고 자야겠어."

점잔 빼는 표정 그대로 거실을 나갔다.

코헤이타와 카즈마사는 저도 모르게 얼굴을 마주보고 웃었다.

"편히 손발을 뻗고……"

이렇게 말하면서 소실한테로 가는 이에야스가 우스웠다.

"성주님에게는 속되지 않게 웃기는 버릇이 생기셨군요."

코헤이타가 웃어버린 자신을 부끄럽게 여기면서 말하는 순간 카즈마사는 참지 못하겠다는 듯이 큰 소리로 웃었다.

"하하하…… 억지로 칭찬할 것은 없어, 코헤이타. 무엇이 속되지 않다는 말인가. 멧돼지처럼 기름기가 많은데."

"하지만 대책은 철저히 세워놓으시니 조금도 빈틈을 찾을 수 없습니다."

"그것과 이것은 상관없는 일일세. 어쨌든 이번에도 또 전쟁 냄새가 나기 시작하는 것 같아, 코헤이타."

"전쟁 냄새라면…… 하시바 치쿠젠과 시바타 슈리의……?"

"아니, 그것은 별로 걱정거리가 아니지. 그 다음이 문제야."

"그 다음이라니요?"

"우리와 치쿠젠 말일세. 그렇게 되면 예삿일이 아니거든."

"우리와 치쿠젠……"

"성주님은 시바타와 치쿠젠의 싸움이 끝나는 것은 내년 봄 사월이나 오월, 그렇게 되면 치쿠젠에게 전승을 축하하는 사자를 보내야 할 텐데 하고 걱정하시더군. 성주님은 이 카즈마사나 자네를 보낼 생각이신 것 같아."

이렇게 말하고 카즈마사는 무언가 마음에 걸리는 것이 있는지 이마에 잔뜩 주름을 잡고 벌떡 일어났다.

눈보라치는 성

1

에치젠 키타노쇼는 지난 며칠 동안 전혀 태양의 모습을 볼 수 없는 눈보라 속에 휩싸여 있었다. 아무리 덧문을 단단히 닫고 여러 겹으로 병풍을 쳐도 아침이 되면 머리맡에 밀가루 같은 눈이 쌓이고 이불깃이 하얗게 되어 있고는 했다.

이러한 모습을 볼 때마다 챠챠히메는 진절머리가 났다. 귓속에서는 계속 세찬 바람소리가 윙윙거리고, 성안은 어디를 가나 음울한 잿빛 분위기가 감돌 뿐……

숨이 막힐 것 같다는 말이 있지만, 그 말도 이곳의 분위기를 나타내는 데는 오히려 부족했다. 챠챠히메에게 이곳은 이미 숨이 끊어진 죽음의 세계처럼 생각되었다.

이런 성에 매일같이 눈이 내리고, 여기저기서 사자가 오가곤 했다.

'아무리 애가 타도 눈이 녹을 때까지는 어쩔 도리가 없는데……'

이런 생각을 하면 때때로 내전으로 어머니를 찾아오는 카츠이에의 모습이 그대로 아집我執에 사로잡힌 귀신처럼 보였다.

'그런 귀신을 어머니는 차차 사랑하기 시작하고 있다……'

여자란 이 얼마나 처량한 멍청이란 말인가?

오늘 아침에도 챠챠히메는 얼마 동안 잠자리에서 이불깃을 축축하게 적신 눈가루를 바라보다가 손을 뻗어 나란히 자고 있는 타카히메의 코를 쥐었다.

"아직도 자고 있니, 너는?"

타카히메는 겨우 한쪽 눈을 가늘게 뜨고 시큰둥하게 대꾸했다.

"일어나도 별로 할 일이 없으니까……"

"그래, 네 말이 맞아. 할 일이 없다는 것은 바로 이런 상태를 두고 하는 말이야."

"언니도 한잠 더 자도록 해. 어두워서 책도 읽을 수 없잖아."

"타카히메."

"이젠 말도 하고 싶지 않아."

"내 말을 들어봐. 이렇게 우리가 이 성에 있는 것도 고작 봄이 올 때까지라고 생각지 않니?"

"그건 언니가 늘 말하고 있는 소리지 않아?"

"봄이 오면 어디로 가겠다는 생각을 해본 적은 없니? 철새라도 행선지는 정해놓고 있어."

"언니가 정하도록 해. 그러면 나는 뒤따라가겠어. 기러기처럼……"

챠챠히메는 혀를 찼다.

"너는 언제나 여기서 말을 잘라버리는구나. 너 자신도 생각해봐야하지 않아?"

"생각해도 아무 소용이 없는걸."

놀랍게도 타카히메는 딱 잘라 말했다.

"나는 하늘에 운을 맡겼어."

"그럼, 이 성의 슈리 같은 늙은 남편을 갖게 돼도 좋다는 말이냐?"

"도리 없지, 그것이 내 운명이라면. 언니라면 어떻게 할래?"

이번에는 챠챠히메가 홱 옆으로 돌아누워 입을 다물고 말았다.

챠챠히메는 남달리 잘 움직이는 두뇌를 가지고 있었다. 그런 만큼 요즘에는 자기가 피신해갈 곳을 어렴풋이 짐작하게 되어, 무섭기도 하고 슬프기도 했다.

최근 어머니 오이치 부인은 의붓아버지와 딸을 가깝게 하려고 두 사람 사이에 나눈 이야기를 모두 챠챠히메에게 이야기하고는 했다. 그동안 들은 어머니의 말로는, 꼼짝도 할 수 없는 이 겨울 동안에 치쿠젠과 카츠이에와의 승부가 결정되고 봄이 오면 성은 함락될 운명에 놓일 것 같았다.

'그렇게 되면 어머니와 동생들을 위해 이 챠챠히메는 어떻게 해야 할까……?'

이 생각이 언제나 챠챠히메의 목을 조여왔다.

2

챠챠히메는 어느 틈에 잠이 들어버린 타카히메가 얄미웠다.

'이 아이는 어머니처럼 어떤 운명의 파도에도 자신의 몸을 맡기겠다는 것일까.'

"타카히메."

불러보았으나 대답은 없고 가벼운 숨소리만 들렸다.

챠챠히메는 다시 팔을 뻗어 코를 비틀었다.

"아야! 왜 또 그러는 거야, 언니는."

"너는 나만 고민하게 만들고 미안하지도 않니?"

말을 할 때마다 하얀 입김이 그대로 이불깃에서 작은 물방울로 바뀌어갔다. 그 물방울을 거칠게 손바닥으로 문질러버렸다.

"그만 일어나자. 이러는 동안에도 우리 모녀 네 사람의 파멸을 위한 때는 다가오고 있어. 각오만이라도 단단히 해두어야 하지 않겠어?"

챠챠히메가 거친 태도로 일어났다. 타카히메도 할 수 없이 일어나 이부자리 위에 앉았다.

"아무리 발버둥쳐도 소용없는 일 아니야? 그래서 나는 언니가 하는 대로 하겠어."

"그것은 무책임한 말이야. 끝까지 생각해보고 할 수 있는 일이 있으면 해야 하는 거야."

"하지만, 나는 그것을 어머니와 언니에게 맡기겠어. 그 대신 결정된 일에는 따르겠어."

"타카히메!"

마침내 챠챠히메는 화를 냈다. 그 때문에 아직 요염한 면은 없었으나 더할 나위 없이 단정한 얼굴이 위엄을 띠어 한층 더 접근하기 어려운 느낌을 주었다.

"그럼, 결정된 일에는 두말없이 따르겠다는 말이지?"

"물론 따르겠어. 도리가 없으니까."

"그렇다면 이 성에서 너 혼자 탈출하도록 해."

"뭐? 이 눈보라 속을……"

"그래. 그리고 쿄토에 가서 치쿠젠의 소실이 되는 거야."

"어머, 어쩌면 그런 심한 소리를……"

"소실이 되어, 어떤 일이 있어도 우리 모녀 네 사람의 생명은 빼앗지 않겠다, 반드시 구출하여 맞아들이겠다는 서약서를 쓰게 만들어."

"언니, 지금 제정신으로 그런 말을……"

"그것 봐, 못하잖아?"

"그런…… 그런 일은……"

"그것 봐, 내 말에 따르겠다는 소리를 하면 안 돼. 너와 나는 한 살 차이, 어머니와는 상의해도 소용없는 일이고, 타츠히메는 아직 어려. 그렇다면 내가 의논할 사람은 너 하나뿐. 잘 생각해보도록 해."

이 말에 타카히메는 그만 어깨를 떨구었다. 그리고는 언니를 쳐다보며 입을 다물었다.

밖에서는 여전히 바람이 세차게 불고, 덧문을 때리는 가루눈 소리가 들려왔다.

"언니, 너무 추워! 이불로 어깨를 덮어."

자기가 잘못했다는 것을 알았는지, 또는 눈에 핏발을 세우고 있는 언니가 애처로웠는지, 타카히메가 일어났을 때였다. 지금까지 자고 있는 줄 알았던 막내 타츠히메가 갑자기 이불 위로 벌떡 일어나 앉았다.

"쉿."

타카히메에게 주의를 주고 귀를 기울였다.

"왜 그래, 타츠히메?"

"쉿, 어머니와 아버지가."

"응?"

"다투고 있어. 자…… 다투는 소리가 들리지?"

챠챠히메는 무릎을 세웠다. 그때 복도를 사이에 둔 어머니 방에서 쨍그렁 하고 다기茶器 같은 것이 깨지는 소리가 들렸다.

3

세 사람은 자신들도 모르게 일어났다. 타카히메가 먼저 살그머니 싸늘한 복도로 나왔다.

'의붓아버지와 어머니가 다툰다……'

전에는 한번도 이런 일이 없었다. 더욱 불안해진 세 자매는 가만히 있을 수 없었다.

복도에도 여기저기 가루를 뿌려놓은 듯 눈이 얼어붙어 있었다. 밟으면 작은 발자국이 그대로 남기 때문에 세 자매는 서로 몸을 부둥켜안듯이 하고 어머니 거실의 장지문에 귀를 갖다 대었다.

"아무리 일이 뜻대로 되지 않는다 해도, 이 시바타 슈리는 여자의 지시는 받지 않아요. 그대는 말이 지나쳤다고 생각지 않소?"

아마 카츠이에는 화가 치밀어 선 채로 오이치 부인을 꾸짖고 있는 모양이었다.

"만일에 도쿠가와 님이 이쪽 편을 든다면 치쿠젠도 생각을 바꿀 것입니다."

"그런 것은 새삼스럽게 말할 필요도 없는 일이오. 이미 그런 손은 써 놓았소."

"손을 썼다고 해도 움직이지 않는다면 손을 쓰지 않은 것과 마찬가지입니다. 어째서 하인을 사자로 보내셨습니까? 성주님을 위해 말씀 드리는 것입니다…… 하인이 비단 서른 필에 면화 백 통, 대구 다섯 상자뿐인 선물을 가져갔다면 도쿠가와 님은 웃기만 하실 것입니다. 웃지는 않는다 해도, 슈리가 코슈와 신슈의 평정을 축하하기 위해 보냈다…… 다만 이 정도로 끝날 것입니다. 그보다는 상당한 다이묘 급 인사를 사자로 보내 당당하게 협력을 요청하는 것이 옳습니다. 지금이라도 늦지 않았다는 생각에 감히 말씀 드리는 것입니다."

복도에 서 있는 세 자매는 저도 모르게 얼굴을 마주보았다. 이처럼 분명하게 자기 의사를 밝히는 어머니는 처음 보았다.

타카히메와 타츠히메는 의붓아버지 앞에 당당하게 말하고 있는 어머니를 믿음직스럽게 생각했다.

'과연 우리 어머니……'

그러나 챠챠히메는 슬픔이 더해 가슴이 찢어질 듯했다. 처음에는 슈리를 거부하던 어머니가 지금은 남편을 생각하는 평범한 아내로 변해 있었다.

'이런 비극 속에서…… 이 얼마나 순진하고 가여운 심성을 지닌 여자란 말인가……'

"그대가 이렇게까지 나온다면 말해주겠소. 이 카츠이에의 가신 중에는 도쿠가와 님을 설득할 만한 인물이 없소."

"아니, 인물이 없다고는 할 수 없습니다. 토야마富山의 삿사 나리마사佐佐成政 님, 장남인 곤로쿠로 카츠히사權六郎勝久 님, 카나자와金澤의 사쿠마 모리마사 님, 다이쇼지大聖寺의 하이고 고자에몬拜鄕五左衛門 님, 코마츠小松의 토쿠야마 고헤에德山五兵衛 님, 츠루가敦賀의 비토 토모츠구尾藤知次 님……"

오이치 부인이 손을 꼽으면서 이름을 열거해나갔을 때였다.

"그만 해!"

드디어 카츠이에는 분노를 폭발시켰다. 손에 들었던 물그릇은 이미 마루에 떨어져 깨져 있었다. 이번에는 다다미를 박차고 나올 것 같아 세 자매는 깜짝 놀라 자기네 거실로 돌아왔다.

"그대는 나를 위해서라고 하면서 실은 그대 모녀를 위해 그런 말을 하는 것이오. 그토록 모녀의 안녕을 도모하고 싶거든 그대 자신이 치쿠젠에게 인질로 가서 구명을 호소하시오."

카츠이에의 노기 띤 목소리는 곧바로 자매들의 거실에까지 들려왔다. 그와 함께 어머니 오이치 부인의 큰 울음소리가 음침한 복도를 건너 흘러왔다.

챠챠히메는 입술을 꼭 깨문 채로 있었다.

제일 성격이 거센 막내 타츠히메가 갑자기 이부자리 위해 털썩 주저앉아 훌쩍훌쩍 울기 시작했다.

4

"타츠히메, 울면 못써."

챠챠히메는 참지 못하고 막내동생을 꾸짖었다.

"나는 두 분이 다투지 않는 것이 더 안타까웠어. 다투는 것이 당연해. 사이가 좋을 까닭이 없어…… 그래서 도리어 안심했어."

타츠히메는 깜짝 놀란 듯 언니를 쳐다보았으나, 그래도 순순히 눈물을 닦았다.

"아, 어머니가 혼자 계시는 것 같아. 나 어머니께 할 이야기가 있어. 다녀올 동안 두 사람은 옷차림이나 고쳐라."

카츠이에의 거친 발소리가 복도로 사라지는 것을 확인하고 챠챠히메는 얼른 코소데小袖°를 겹쳐 입고 방을 나왔다.

바깥은 여전히 어디라 할 것 없이 음침하고 어두웠다.

"어머님, 잠시 실례하겠어요."

챠챠히메는 일부러 강한 어조로 말하고, 오이치가 당황하여 눈물을 닦는 것을 흘끗 보았다.

"어머님, 여쭙고 싶은 것이 있어요."

어머니 옆에 앉으면서 화로를 앞으로 끌어당겼다.

일부러 시녀들을 물러가게 했는지 주위에는 아무도 없었다.

"무슨 일이냐, 챠챠?"

"예, 이 챠챠 어머님께 여쭙고 싶은 게 있어요. 지금 어머님의 눈물, 그건 어떤 뜻인가요?"

"갑자기 그게 무슨 말이냐, 눈물이라니……?"

"의붓아버지가 어머님의 마음을 꿰뚫어보았기 때문에 얼버무리기 위한 눈물이었겠죠?"

"챠챠, 그 무슨 이상한 말을……"

"그럼, 어떤 눈물이었나요?"

"알고 싶다면 말하겠다. 나는 절실히 깨달았어. 슈리 님은 화평을 강구하기보다는 전쟁을 좋아하는 천성이라는 것을 말이다."

"남자들은 모두 그럴지도 몰라요. 신불은 전쟁을 하게 하지 않으면 어떤 일을 시킬까…… 지상에서는 전쟁이 사라지지 않는다……는 것을 알고 남자를 이 세상에 보냈는지도 몰라요. 하지만 제가 묻고 싶은 것은 그게 아니라, 어머님의 눈물이에요."

"그래서 그런지 내가 아무리 권해도 전혀 들으시려 하지 않는구나."

"듣지 않으셔서 울었나요?"

"글쎄다……"

"어머님이 생각하시는 것만큼 슈리 님이 어머님을 생각해주지 않는다…… 그 사실이 슬퍼서 우신 것은 아닌가요?"

"챠챠, 너는 그런 것을 물어서 무얼 하겠다는 거냐?"

"각오해야 할 일이 있기 때문에 여쭙는 거예요. 아니면…… 모녀 세 사람의 안전을 위해 이런저런 참견을 한다는…… 의붓아버지의 말씀이 옳았기 때문에 우신 건가요…… 그 세 가지 이유 중의 하나일 거예요…… 그 가운데서 어떤 눈물인지 말씀해주세요."

오이치 부인은 어이없다는 듯이 챠챠히메를 바라보다가는 이윽고 빨갛게 얼굴을 붉혔다. 챠챠히메의 질문은 남편을 더 사랑하느냐 자기 딸을 더 사랑하느냐, 그것을 힐문하고 있었다.

무리가 아니었다. 어머니 한 사람만은 절대로 놓아주지 않겠다고 필사적으로 살아온 불운한 딸들이었다……

"챠챠."

오이치 부인은 짐짓 엄한 표정을 지으려고 노력하면서 말했다.

"성주님도 너희들도 모두 사랑하기 때문에 울었다……고 대답하면 너는 어떻게 하겠느냐?"

5

오이치 부인은 남편도 사랑하고 딸들도 사랑했다. 이런 마음이 있다는 것을 챠챠히메에게 이해시켜야 한다는 생각으로 반문했다.

"알겠어요."

챠챠히메는 대뜸 날카롭게 대답했다.

"어머님의 마음이 그러시다면 더 이상 여쭐 말이 없어요."

"챠챠……"

오이치 부인은 새로운 불안에 사로잡혔다.

"알겠다니 넌 무엇을 알겠다는 말이냐? 나는 남편도 사랑하고 내 자식도 사랑한다……"

"알겠어요."

챠챠히메는 반격하듯이 거칠게 말했다.

"그렇다면 이미 어머님은 우리 자매 편이 아니에요. 어머님을 편하게 해드리겠어요. 남편만을 사랑하는 아내가 되세요. 우리는 어머님에게서 사랑을 바라지는 않겠어요."

"아니……"

오이치 부인은 저도 모르게 숨을 죽이고 눈을 부릅떴다.

'도대체 이 아이는 무엇을 생각하고 있는 것일까……?'

어머니를 생각하고 동생들의 신상을 걱정하여 점점 감정이 격앙되는 줄은 알고 있었다. 그러나 오늘의 태도는 그것만으로는 이해되지 않는 어떤 냉담함을 느끼게 했다.

어머니의 사랑을 빼앗겼다는 의붓아버지에 대한 질투와도 다른 감정인 것 같았다. 어머니의 신상을 걱정하는 따스한 마음에서 나온 안타까움과도 달랐다.

"챠챠."

"왜 그러세요? 이제 저는 어머님 마음을 잘 알았어요. 그러므로 이제는 더 이상 물을 것이 없어요."

"너는 그럴지 몰라도 나는 묻고 싶은 것이 있다. 너는 어떤 결심이 선거지?"

"호호호……"

챠챠히메는 웃었다. 웃으면서 그대로 자리에서 일어났다.

"살아 있으니까요, 저도 두 동생도. 결심해야 할 때는 결심하겠어요. 그러나 어머님과는 아무 상관도 없는 일…… 어머님은 남편을 위해 살아 계시면 돼요."

이렇게 말하고 똑바로 고개를 쳐든 채 휙 방에서 나갔다.

오이치 부인은 너무 어이없는 일이어서 챠챠히메를 불러세울 기회도 찾지 못하고 쫓아갈 마음의 준비도 하지 못한 채 멍하니 앉아 있었다. 이 성에 온 이후 겨울을 맞이하여 눈보라가 치는 것은 바깥만이 아니었다. 이들 모녀 사이에도 앞이 보이지 않는 싸늘한 눈보라가 치기 시작했다.

"결심해야 할 때는 결심하겠어요."

이렇게 말한 것을 보면 그동안 세 자매가 무언가 상의해왔던 모양이었다.

'그렇다. 타츠히메는 입이 무거워 말하지 않겠지만, 나중에 타카히메에게 물어보면 알 수 있을 것이다.'

오이치 부인은 손뼉을 쳐서 시녀를 불러 화로에 불을 담게 하고 움츠리듯 그 위에 손을 쬐었다.

이때 다른 시녀가 들어와 말했다.

"곤로쿠로 도련님이 마님을 뵙겠다고 건너오십니다마는."

곤로쿠로 카츠히사는 아버지의 아명인 곤로쿠를 그대로 이어받은 카츠이에 집안의 적자嫡子로, 나이는 나가하마 성의 카츠토요보다 두

살 아래였다.

"도련님이…… 웬일일까. 아무튼 이리 모셔라."

이렇게 말했을 때 문득 가슴에 짚이는 것이 있어 오이치 부인은 허둥지둥 일어났다.

<h1 style="text-align:center">6</h1>

곤로쿠로 카츠히사는 시녀의 안내를 받고 들어왔다.

"어머님, 매일같이 계속되는 이 극심한 눈보라 속에서 건강은 어떠신지요……"

아버지보다 훨씬 더 기품 있고 화사한 몸으로 예의 바르게 두 손을 짚고 머리를 조아렸다.

"정말 많은 눈이 내리는군요……"

"예. 날씨까지도 저희 가문을 우롱하고 있는 것 같습니다. 벌써 이월 중순인데도 이렇게 눈이 내리다니요."

"날씨가 매서워요. 자, 어서 화로 가까이 오도록 해요. 그런데 무슨 일이 있나요?"

마음에 걸려 조심스럽게 물었다.

"아버님 분부로 말씀을 드리려고 왔습니다."

곤로쿠로는 분명한 목소리로 말하고 나서 공손히 두 손을 무릎 위에 겹쳐놓았다.

"성주님의 분부로?"

"예. 어머님 의견을 잘 듣고 오라는 아버님의 분부였습니다."

"내 의견…… 내 의견이라면 종종 성주님께 말씀 드렸고, 오늘 아침에도 그 일로 몹시 꾸중을 들었어요."

곤로쿠로는 약간 얼굴을 상기시키면서 차분하게 말했다.

"그 의견이 아닙니다. 세상에 불고 있는 여러 바람의 모습을 잘 설명드린 뒤, 그에 대한 어머님과 따님들의 처신에 대한 의견을 듣고 오라고 하셨습니다."

"아니, 나와 딸들의 처신에 대한……?"

"예. 순서대로 차례차례 말씀 드리겠습니다. 이미 지난해 말에 기후가 히데요시에게 화의를 청한 것은 아실 테고……"

"예, 알고 있어요."

"그런데 정월 말에 히데요시는 마침내 카츠토요의 항복을 받았습니다."

"아니…… 카츠토요 님도…… 항복을 했나요?"

"소문에 따르면, 카츠토요의 병세가 더욱 악화되어 이미 회복할 가망이 없다고 합니다. 이런 상황에서 히데요시는 일부러 쿄토에서 명의를 보내 휴양시키며 교묘히 손 안에 넣은 모양입니다. 그뿐만이 아닙니다. 인질을 보내고 항복한 카츠토요의 중신들은 니와 나가히데 님의 부하와 하나가 되어 이 에치젠과 오미의 접경인 카타오카片岡의 텐진잔天神山에 성채를 쌓고 우리의 공격 길을 방해하고 있습니다."

"원, 이런…… 카츠토요 님의 가신들이……"

"어머님, 그뿐이라면 당당하신 아버님이 어머님 앞에서 그런 어지러운 태도는 보이지 않으셨을 것입니다. 그 밖에도 아주 불행한 소식이 눈보라 속에서 날아들었습니다."

"가슴이 떨리는군요. 도련님, 그것은 무슨 소식인가요?"

"히데요시의 대대적인 공격에 난공불락을 자랑하던 이세의 카메야마 성龜山城이 함락되고, 또 타키가와 카즈마스의 나가시마 성長島城도 떨어졌다…… 이제 우리 에치젠을 편들 자가 오미 앞에는 아무도 없다…… 아비는…… 아비는…… 그 때문에 약간 정신이 나갔다고 어머님께 말씀 드리라고 하셨습니다."

오이치 부인은 등골이 오싹해졌다. 그토록 사태가 긴박한 줄은 전혀 짐작조차 하지 못했다.

"용서해주십시오."

곤로쿠로는 자세를 바로하고 눈물을 참았다.

"저까지 이성을 잃으면 분부를 받고 온 소임을 다하지 못합니다. 그러나 어쨌든 이렇게 심하게 눈보라가 치기 때문에 타키가와 님으로부터 어떤 요청이 와도 한 사람의 군사도 움직이지 못하시는 아버님의 안타까움……을 이해해주십시오."

"알겠어요. 역시 나는 여자였어요."

"아니, 어머님이 그렇게 염려해주신 것은 저희로서도 고마운 일입니다…… 그러나 이미 화평의 시기는 지났습니다. 눈이 녹기를 기다려 이쪽에서 공격해나가지 않으면 히데요시의 대군이 몰려올 것은 불을 보듯 뻔합니다."

곤로쿠로는 자세를 고치고 다시 조용히 말을 이었다.

7

오이치 부인은 마음속의 동요를 감추지 못하고 온몸이 꼿꼿해져 있었다.

'나만이 아무것도 모르고 있었던 것일까……?'

평소와는 달리 무섭게 화를 터뜨렸던 카츠이에.

어머니와의 절연絶緣을 선언하고 나가버린 챠챠히메.

눈보라와 추위, 곤로쿠로 카츠히사의 단아한 모습.

이 모두는 오이치 부인의 마음을 낭패감으로 몰아넣는 돌풍이고 사나운 비바람이었다.

다시 침착하게 곤로쿠로는 이야기를 시작했다. 그러나 오이치 부인에게는 그의 말이 귀에 들리기는 했으나 얼마 동안은 마음에 전해지지 않았다.

"이세의 카메야마 성은 사지 신스케佐治新介가 지키고 있었습니다. 군사는 고작 일천 명. 그러나 망루는 높은 산봉우리에 솟아 있고 축대도 여간 단단하지 않아, 이 성만은 히데요시도 함락시킬 수 없을 것이라고 타키가와 카즈마스의 서신에는 씌어 있었습니다. 그런데 이 작은 성 하나를 함락시키기 위해 히데요시는 사만이나 되는 대군으로 포위했습니다. 워낙 견고한 산성이기는 하나 광산의 일꾼 수백 명을 동원하여 땅굴을 파도록 하면서 밑에서부터 공격해왔습니다 그래서 더 버틸 수 없었습니다. 결국 카즈마스 님은 사지 신스케에게 성을 버리고 나가 시마로 철수하라고 권했다고 합니다."

"아니…… 일천 명을 사만이나 되는 군사로……"

"예. 이것이 히데요시의 무서운 점이고 동시에 위대한 점이기도 한 것입니다. 종횡무진으로 기략을 쓰는 체하지만 그는 적보다 적은 수로 싸움에 임한 일은 한 번도 없었습니다."

"……"

"도전할 때는 반드시 적의 몇 배나 되는 병력을 이끌고 상대의 내부에 교란의 손길을 뻗치면서 공격합니다. 그가 군사를 동원하여 싸움에 패한 일은 한 번도 없었습니다. 히데요시는 이기도록 만들어놓고 나서야 싸웁니다."

"어머나……"

"그 히데요시가 눈이 녹으면, 그러니까 눈 녹기를 기다리고 있다가 즉시 쳐들어올 것입니다……"

곤로쿠로는 이렇게 말하면서 숨을 죽이고는 젊은 의붓어머니를 빤히 바라보았다.

오이치 부인은 움찔했다. 자기도 모르는 사이에 세 딸의 환상을 쫓고 있었다.

"아시겠습니까? 패배한 일이 없는 히데요시, 패배할 군사로는 절대로 싸우지 않는 히데요시가 눈이 녹기를 기다렸다가 반드시 이 성을 공격할 것입니다."

"알겠어요."

오이치 부인은 당황하여 침을 삼켰다.

"그러면, 그러면 우리에게는 항복이냐 농성이냐 하는 양자택일의 때가 왔다고……"

"아닙니다."

카츠히사는 조용히 머리를 가로젓고 미소지었다.

"한 가지, 한 가지 길뿐입니다."

"한 가지라니?"

"히데요시에게는 절대로 굴복할 수 없다, 아버님의 결의는 이것 하나뿐입니다."

오이치 부인은 칼로 정수리를 얻어맞은 듯한 느낌이 들었다.

"과연…… 그렇다면 한 가지 길밖에는."

"예, 싸우다 죽는 것입니다. 어머님도 기억하고 계시겠지요. 아사이 나가마사 님 부자도 우다이진 님에게 항복하면 목숨을 구할 수 있다는 것을 잘 알고 있으면서도 오다니 성小谷城에서 장렬하게 최후를 마쳤습니다……"

"예…… 잘 알고 있어요."

"똑같은 운명이 이번에는 이 성에…… 그렇게 되면 어머님이나 따님들에게는 두 번이나 똑같은 비운이 찾아오게 됩니다."

곤로쿠로는 여기까지 말하고 조용히 두 눈을 감았다.

8

여전히 가루눈이 덧문을 거칠게 쓰다듬고 있었다. 때때로 건물 전체가 불길한 소리를 내며 삐걱거리기도 했다.

"아버님은……"

곤로쿠로는 오이치 부인의 일그러진 표정을 차마 보지 못하고 눈을 감은 채 숨결을 가다듬었다.

"아버님은 따님들은 물론 어머님에게도 이 불운을 짊어지게 하고 싶지 않다고 하십니다. 그렇게 되면 아사이 나가마사 님과의 무사도 싸움에서 진다, 그러므로 가능하면 어머니와 지금 작별하고 오도록…… 그러나 이것은 어디까지나 아버님의 생각, 어머님에게 의견을 여쭙고 오라고 하셨습니다."

"작별을……"

"예. 지금이라면 후츄府中의 마에다 토시이에 님을 통해, 니와 나가마사나 호소카와 후지타카에게 보낼 수 있다, 싸움이 시작된 뒤에는 병사들의 사기와도 관계되므로 그 길이 막힐지도 모른다…… 하고 아버님은 걱정하고 계십니다."

너무나 놀라운 말이어서 오이치 부인은 바보처럼 멍하니 눈을 뜨고 대답하지 못했다.

"그리고……"

곤로쿠로는 더욱 조용히 말을 계속했다. 되도록 이 불행한 젊은 어머니를 놀라게 하지 않으려는 배려에서일 것이었다.

"챠챠히메도 이 카츠히사에게 은밀히 한 말이 있습니다."

"뭐, 뭐, 뭐라고요? 챠챠가 도련님에게?"

"예."

곤로쿠로는 뜨려던 눈을 다시 감았다.

"젊은이는 젊은 사람의 마음을 알 수 있을 것이라 생각했기 때문이겠지요. 챠챠히메는 저에게 자기 진심을 알아달라고 응석 부리듯이 말했습니다."

"뭐라고…… 뭐라고 말하던가요?"

"여자는 남자들의 노리개가 아니라고 말했습니다."

"그것은 챠챠의 입버릇이에요. 그 밖에 다른……"

"친아버지 아사이 나가마사 님과 외숙부 우다이진 님의 싸움으로 아무것도 모르는 우리는 큰 슬픔을 당했다. 그런데 또다시 자기들과는 아무 상관이 없는 일인데도 의붓아버지와 치쿠젠의 싸움 때문에 희생을 당하게 되었다…… 무엇 때문에 세상에 태어났는지 모르겠다고 챠챠히메는 말했습니다."

"아니, 어쩌면…… 그런 말을?"

"이 곤로쿠로는 잘 알고 있습니다. 이런 난세에는 남자가 여자의 의견을 들어주고 싶어도 그럴 수 없습니다. 그러기에는 상황이 너무나 절박합니다. 저는 챠챠히메에게 용서를 빌었습니다. 슬픈 일이지만 어쩔 수 없으니 용서해달라고……"

"그랬더니 이해하던가요?"

곤로쿠로는 웃으면서 고개를 흔들었다.

"제 말에 동의하도록 하기 위해 사죄한 것은 아닙니다. 챠챠히메의 마음을 잘 알았으니 반드시 세 자매의 목숨을 구하도록 하겠다고 이 곤로쿠로 카츠히사가 굳게 약속했습니다."

"이제 알겠어요!"

저도 모르게 오이치 부인의 언성이 높아졌다.

"아시겠다니요?"

"그렇지 않아도…… 조금 전에 챠챠가 이 어미에게, 자식들의 어머니냐 남편의 아내냐며 격한 소리로 힐문하고 갔어요. 어머니인 동시에 아내이기도 하다고 대답했더니, 그렇다면 어머니는 필요치 않으니 훌륭한 아내가 되라고 하면서 저를 꾸짖고 나가더군요."

9

챠챠히메의 태도에 대해 곤로쿠로 카츠히사는 오이치 부인이 예상했던 것만큼은 놀라지 않았다.

'챠챠히메라면 능히 그런 말을 할 수 있었을 것이다.'

이렇게도 생각되고, 그 생각에 공감할 수 있는 면도 있었다. 남편을 생각하고 자식들을 생각하여 망설이면서 파국을 향해 걸어가는 여성의 모습은 너무도 애처로웠다.

"어머님은 어떻게 생각하십니까? 지금이라면 원하시는 대로 이 카츠히사가 해드릴 수 있다고 믿습니다마는."

오이치 부인은 다시 침묵했다. 챠챠히메가 한 말의 뜻을 아는 것만으로는 곤로쿠로에 대한 대답이 되지 않았다.

곤로쿠로는 아버지의 결심에 대해 말했다.

"치쿠젠에게는 굴복하지 않겠다."

이렇게 분명하게 결정되었다고. 눈이 녹기를 기다렸다가 일전을 벌일 것이며, 물론 승패는 무시하고 고집만으로 버티겠다고. 아니, 카츠이에 자신은 오기로 버틸 것이지만, 오이치 모녀에게는 그 길을 강요하지 않겠다. 강요한다면 아사이 나가마사에게 무사도에서 자신이 뒤떨어진다.

"그러므로 일단 이혼을 하고 싶다."

이렇게 제의하고 있었다.

오이치 부인은 멍하니 허공을 바라보다가 이윽고 무릎에 얹은 두 손으로 눈길을 떨구었다.

마음 어딘가에서 오다니 성이 함락되던 날의 불길 타오르는 소리가 들려왔다. 무섭게 소용돌이치는 전화戰火의 바람소리가 귓가에 또렷하게 울려왔다.

그때도 공격자의 대장은 히데요시였었다. 이번에도 또 히데요시가 그녀의 앞날에 절망의 그물을 친 채 가로막고 있었다.

'이 얼마나 얄궂은 치쿠젠과의 악연이란 말인가.'

그 치쿠젠은 오빠 노부나가에게 발탁되고, 노부나가의 원수를 갚은 사람이다……

오이치 부인은 그만 현기증이 나서 저도 모르게 사방침에 주먹을 올려놓고 기대면서 눈을 감았다.

"어머님, 어디가 불편하신 것은?"

"아니, 괜찮아요. 그저 약간……"

"불편하시면 시녀를 부르겠습니다. 마음이 결정되시지 않았다면 이삼 일 안으로 다시 찾아뵙겠습니다."

"아니에요."

이마에 주먹을 얹은 채 오이치 부인은 고개를 가로저었다.

"그저 잠시, 옛날…… 그 오다니 성과 가까운 들에 있던 시체를 떠올렸던 것뿐이에요."

"시체를……?"

"예. 그 시체는 새카맣게 되어 움직이고 있었어요. 아니, 움직이는 것처럼 보인 것은 시체에 까맣게 달라붙어 있는 파리였어요."

곤로쿠로는 그 말의 뜻을 알아듣지 못하고 다시 한 번 양미간을 모으고 의붓어머니를 바라보았다.

"오늘은 이것으로 실례하겠습니다."

"아니, 괜찮다니까요."

오이치 부인은 혼자 있게 되는 것이 두려운 듯 급하게 말했다.

"인간이란 모두 한 번은 추한 시체로 변하는 거예요."

"그야…… 물론입니다마는."

"내가 이 성을 떠난다 해도……"

"그러시면?"

"도련님!"

"예."

"다시 똑같은 운명이 기다리고 있을지도 몰라요. 그래서…… 나는, 나는 이제 이 성에서 떠나고 싶지 않아요."

"어머님! 그러시면 작별에 동의하실 수 없다는 말씀입니까?"

"예…… 그래요. 세 딸아이들은 어떨지 몰라도 나는…… 나만은……"

이렇게 말하고 오이치 부인은 입술을 꼭 깨물면서 두 손으로 사방침을 부둥켜안았다.

10

곤로쿠로 카츠히사는 또다시 눈을 감고 자세를 바로했다. 그의 가슴 또한 송곳으로 찔린 듯이 아팠다.

몰리고 쫓기면서 오도가도 못하게 된 여자의 대답은 역시 '죽음……'이었다. 여자에게 남자와 같은 고집이 있을 리 없으므로 이것은 어디까지나 절망의 죽음이었다.

"어머님, 그 생각을 이삼 일 동안 아버님에게는 말씀 드리지 않기로 하겠습니다."

"아니, 그런 배려는 하지 마세요…… 내 마음은 이미 결정됐어요."

"아버님에게 말씀 드려도 후회하시지 않겠습니까?"

"도련님!"

겨우 오이치 부인은 곤로쿠로의 얼굴을 똑바로 바라볼 수 있게 되었다. 곤로쿠로는 여전히 눈을 감고 있었다.

"아버님에게 내 마음을, 각오를 정확히 전해주세요. 나는 시바타 슈리의 아내, 아이들은 아사이 나가마사의 남겨진 자식들이라는 것을 깨달았어요."

곤로쿠로는 고개를 끄덕였다.

'그것이 어찌 깨달음일 수 있을까……'

마음속으로 단호하게 머리를 흔들었다.

'더없이 안타까운 체념의 말이 아닌가……'

"나는……"

오이치 부인은 자신의 결심이 무너질까 두려워하는 어조로 말을 이어나갔다.

"이미 비운과는 인연을 끊지 못할 여자. 그러나 딸들은 어떤 별을 가지고 태어났는지 몰라요. 그러니…… 그러니 딸들은……"

"염려하지 마십시오. 따님들의 일이라면 이 카츠히사가 맹세코 목숨을 지켜주겠습니다."

"그런데, 성주님은 내 각오를 허락해주실까요?"

"그것은……"

이번에는 곤로쿠로의 말문이 막혔다.

아마도 아버지는 순순히 허락하지 않을 것이다. 무사도를 생각하고 의리에 구애되어 계속 작별을 주장할 것이다. 그러나 그 주장은 어디까지나 표면적인 것, 마음속에서는 울고 또 울게 될 것이다. 훌륭한 아내가 자신의 최후를 장식해주었다고 하면서 울 것이다……

"어머님!"

떨리는 목소리를 애써 억누르며 조용히 말했다.

"어머님의 결심을 이 카츠히사는 잘 알고 있습니다. 완고하신 아버님이지만…… 제가 잘 설득하겠습니다."

"제발 잘……"

"알겠습니다, 그럼……"

정중하게 절하고 일어서면서 말했다.

"감기 조심하십시오. 여봐라, 거기 누구 없느냐? 불을 가져오너라."

손뼉을 쳐서 시녀를 부르고 곤로쿠로는 하카마袴°의 주름을 펴면서 복도로 나왔다. 복도로 나오자 지금까지 참고 있던 눈물이 한꺼번에 뺨을 따라 흘러내렸다.

인정, 의리, 무사도, 고집……

이런 것들이 온몸을 꼼짝 못하게 묶어놓고 있는 인생이 한없이 익살스러우면서도, 이것 때문에 존귀하고 이것 때문에 슬프게도 삶의 보람이 있다는 생각이 들기도 했다.

"좋아, 이것으로 결정 났다! 치쿠젠, 얼마든지 공격해오너라."

곤로쿠로는 입속으로 중얼거리며 조용히 걷기 시작했다.

고호쿠江北 출병

1

카츠이에는 3월 17일을 기해 출병할 예정이었다. 그런데 예정을 앞당겨 2월 28일(양력 4월 20일)부터 출병을 개시했다.

에치젠과 오미의 접경에는 아직 군데군데 눈이 남아 있었다. 그러나 어느덧 들에는 새싹들이 돋아나고 강에는 눈 녹은 물이 넘치듯 흐르고 있었다.

북쪽의 우에스기 카게카츠는 엣츄 토야마의 성주 삿사 나리마사로 하여금 대비케 했다. 그리고 마에다 토시이에의 아들 토시나가利長를 선봉으로 삼아 에치젠의 무리를 이끌고 도중의 골짜기에 남아 있는 잔설을 넘어 야마나카山中로 향하게 했다.

3월 3일에는 두번째 선봉인 사쿠마 모리마사의 카가 군이 키타노쇼를 출발하고, 이어서 마에다 토시이에의 노토와 엣츄 군이 그 뒤를 따랐다.

카츠이에 자신은 8일에 키타노쇼에서 출발할 준비를 갖추고 그날 저녁 주연을 베풀었다. 모인 사람은 카츠이에와 오이치 부인을 둘러싸듯이 하고 자리잡은 곤로쿠로와 그의 아내, 오이치 부인의 세 딸, 그리고 후츄, 카나자와, 오마츠, 다이쇼지 등의 인질들이었다.

"오이치, 거문고를 한번 연주해주지 않겠소?"

앞서 눈보라가 치던 성도 창 밖으로 봄바람을 맞이하고 있었다. 그러나 아직 매화도 복숭아도 벚꽃도 봉오리가 딱딱한 채로 있었다.

"예. 서툰 솜씨지만……"

오이치 부인은 창을 등지고 앉아 조용히 줄을 퉁기기 시작했다. 카츠이에는 만족스러운 듯 눈을 가늘게 뜨고 거문고를 연주하는 오이치 부인의 모습을 바라보고 있었다.

그렇다, 카츠이에의 그런 모습은 결코 연주를 듣는 사람의 표정이 아니었다. 어디까지나 사랑하는 사람을 바라보는 사랑하는 사람의 모습이었다. 오늘 저녁에는 이러한 어머니와 의붓아버지의 태도에 대해 딸들도 반발하는 기색을 보이지 않았다.

'이것이 마지막 이별이 되는 것은 아닐까……'

이러한 감개가 모두의 가슴 밑바닥에 깔려 있었다. 그래서 서로 위로해주고 싶은 마음이 들었는지도 모른다.

어머니의 연주가 끝나자 챠챠히메가 밝은 표정으로 카츠이에에게 말했다.

"기다리시던 봄이 왔습니다. 축하 드립니다."

"오오, 그래. 이제 치쿠젠에게 본때를 보여줄 때가 왔어."

"기후와 이세에도 연락이 닿았을까요?"

카츠이에는 챠챠히메의 질문에 크게 고개를 끄덕였다. 호쿠리쿠 군이 이길 것으로 생각할 리 없는 챠챠히메였다. 그런데도 카츠이에에게 이런 질문을 하고 있었다.

"자신이 있다."

카츠이에의 입을 통해 확신에 찬 대답을 이끌어내어 어머니에게 끝까지 희망을 갖게 하기 위해서일 것이었다. 이것이 카츠이에로서는 여간 기쁘지 않았다.

"기후의 노부타카 님과 타키가와 카즈마스에게도 연락이 되어 있다. 그리고 오미, 코가甲賀의 야마나카 나가토시山中長俊가 이가伊賀의 무리를 이끌고 호응할 것이고, 나가하마 성 탈취에도 상을 걸었어."

"상을…… 어떤 상인가요?"

"응, 쉽게 성을 빼앗은 사람에게는 금 백 장과 녹봉 칠천 석, 이 카츠이에의 군사가 오십 리 이내로 육박했을 때 본성에 불을 질러 성을 함락시키는 데 공을 세운 사람에게는 금 스물다섯 장과 녹봉 오천 석, 본성과 성곽을 모두 불사르고 카츠이에에게 투항하면 금 다섯 장에 녹봉천 석을."

"나가하마는 그 고장의 중요한 급소이니까."

곤로쿠로가 곁에서 카츠이에의 잔에 술을 따르면서 덧붙였다.

원래 자기 아들의 성이 아니었던가. 그런데도 여기에 포상금을 걸어야 하는 아버지가 가엾게 여겨져 가만히 있을 수 없었다.

"그 밖에도……"

카츠이에는 기분 좋게 잔을 들었다.

2

"그 밖에도…… 편을 들 사람이?"

챠챠히메는 교묘히 자신의 감정을 숨긴 채 묻고 있었다. 역시 어머니뿐 아니라 두 동생의 불안도 덜어주고 싶은 마음에서였다.

"그 밖에도…… 쇼군將軍°을 지낸 아시카가 요시아키足利義昭의 근신을 통해 모리 테루모토에게 출병을 촉구하도록 요청했어. 시코쿠의

쵸소카베 모토치카長曾我部元親와 그 아우 쵸소카베 치카야스長曾我部
親泰도 호응하여 군사를 일으킬 거야. 그리고 코야산高野山의 승도도
치쿠젠의 후방을 교란시킬 것이니 뜨거운 맛을 보여줄 준비는 충분히
되어 있어."

카츠이에의 말을 듣고 챠챠히메는 더욱 신나는 어조였다.

"어머님, 출전을 축하하는 경사스런 주연이니 아버님께 어서 잔을."

오이치 부인은 대견한 듯 챠챠히메를 바라보고 나서 술병을 집어들
었다. 줄곧 절망만을 보아온 오이치 부인은 챠챠히메가 전에 없이 상냥
해진 것이 여간 기쁘지 않았다.

'이제는 어떻게 되건 후회할 것이 없다.'

자신은 이미 이 성과 운명을 같이할 각오였고, 그때 세 딸은 몰래 성
에서 벗어날 수 있는 준비가 되어 있을 것이었다.

그리고 이처럼 여유있게 술잔을 들고 있는 남편의 모습.

'여자는 전쟁의 승패를 알 수 없다……'

그 모습에서 오이치 부인은 남편의 가슴에 충분한 승산이 있는 듯 희
망적인 느낌을 받기도 했다.

"자, 드십시오."

"오, 그대에게도 잔을 주겠소."

"예…… 받겠습니다."

술잔이 오간 뒤 그것이 곤로쿠로에게 돌아갔다. 곤로쿠로는 챠챠히
메와 얼굴을 마주보고 웃었다.

지금은 두 사람의 의사가 잘 통하고 있었다. 슬픔을 초월하여 고집으
로 사는 자에 대한 애처로운 위로가……

출전을 위한 주연은 해시亥時(오후 10시)까지 계속되었다. 그 뒤 카츠
이에는 오이치 부인의 부축을 받고 침소로 향했다.

세 자매가 첫번째 소라고둥소리에 눈을 떴을 때는 성안 여기저기서

인마人馬가 부지런히 움직이고 있었다. 덧문을 열고 밝아오는 정원을 내다보았을 때 62세인 카츠이에가 늠름한 모습으로 말에 올라 이마에 손을 얹고 지하부터 세어 9층째인 텐슈카쿠 꼭대기를 아득하게 올려다보고 있었다.

오늘 아침 이 노장의 가슴에 떠오른 생각은 무엇이었을까?

챠챠히메는 문득 가슴이 아팠다. 전혀 희망도 실망의 기색도 나타내지 않는 대담한 카츠이에의 모습에서는 아무것도 알아낼 수 없었다.

어머니도 또한 3층 누각 마루에 서서 꼼짝도 않고 인마를 바라보고 있었다.

날이 훤하게 밝아왔고, 눈 녹은 지상에는 서리가 가득 내려 있었다.

사람들은 손에 든 횃불을 끄고 두번째 소라고둥소리와 함께 정렬을 끝냈다. 맨 앞에 보병이 늘어서고 다음에는 총포대와 창 부대, 그 뒤에 본대가 이어졌다. 맨 뒤에는 길게 보급대가 따르고 있었다.

아마도 이것이 비극의 출전이 되지 않는다면 하시바 치쿠젠의 계산은 보기 좋게 분쇄될 것이었다. 지금 치쿠젠에게 과감히 싸움을 걸 자는 이 홋코쿠의 사나운 멧돼지밖에는 없었다.

챠챠히메는 어린 매와도 같은 눈으로 조용히 전열을 지켜보았다.

3

히데요시는 이세에서 카츠이에가 북오미北近江로 출병했다는 보고를 받았다. 아직 여세餘勢를 유지하고 있는 타키가와 카즈마스로 하여금 오다 노부오, 가모 우지사토蒲生氏郷 등에 대항하도록 하고 자신은 즉시 군사를 돌려 카츠이에 공격에 대한 준비를 시작했다.

3월 11일에 호리 히데마사의 사와야마 성에 들어가 상대를 압도하기 위한 필승의 배치명령을 내렸다.

선봉 제1대는 사와야마 성의 호리 히데마사.

선봉 제2대는 나가하마 성주 시바타 카츠토요.

선봉 제3대는 히데요시 휘하의 키무라 하야토木村隼人, 키노시타 마사토시木下昌利, 호리오 요시하루堀尾吉晴.

선봉 제4대는 마에노 나가야스前野長泰, 카토 미츠야스加藤光泰, 아사노 나가마사淺野長政, 히토츠야나기 나오스에一柳直末.

선봉 제5대는 이코마 마사카츠生駒政勝, 쿠로다 요시타카, 아카시 노리자네明石則實, 키노시타 토시타다木下利匡, 오시오 킨에몬노죠大鹽金右衛門尉, 야마노우치 카즈토요山內一豊, 쿠로다 진키치黑田甚吉.

선봉 제6대는 히데요시의 조카 미요시 히데츠구三好秀次를 대장으로 하고, 키시와다岸和田 성주 나카무라 카즈우지.

선봉 제7대는 히데요시의 동생이자 히메지 성의 성주인 하시바 히데나가.

선봉 제8대는 야마토 코리야마郡山의 성주 츠츠이 쥰케이, 이토 카몬노스케伊藤掃部助.

선봉 제9대는 하치스카 이에마사蜂須賀家政, 아카마츠 노리후사赤松則房.

선봉 제10대는 카미코다 마사하루神子田正治, 아카마츠 노리츠구赤松則繼.

선봉 제11대는 탄고丹後 미야즈宮津의 성주 호소카와 타다오키, 셋츠攝津 타카츠키高槻의 성주 타카야마 우콘.

선봉 제12대는 히데요시의 양자로 탄바의 카메야마 성주인 하시바 히데카츠를 대장으로 한 아와지淡路의 스모토洲本 성주 센고쿠 히데히사仙石秀久.

선봉 제13대는 셋츠의 이바라키茨木 성주 나카가와 키요히데.

히데요시의 직속부대는 이 철벽 같은 전열 뒤에 총포로 무장한 8개 부대를 두고 오른쪽에는 특히 측근의 무리, 왼쪽에는 코쇼들을 배치하고 북쪽을 향해 진군했다.

이 병력으로 홋코쿠의 군사를 압도했을 뿐만 아니라, 백성들에 대한 히데요시 특유의 공작도 사전에 이시다 미츠나리石田三成(당시에는 미츠야三也)를 파견하여 여러 가지 수단을 강구하고 있었다.

"홋코쿠 군사는 반드시 패배할 것이므로 그때에는 요고餘吳, 니유丹生 등의 백성들은 물론이고 사찰, 신사의 일에 종사하는 자들도 매복해 있다가 적을 쳐서 공을 세우도록 하라. 이름 있는 자의 목을 벤 사람에게는 즉시 상을 내릴 것이고, 나중에 부역을 면제받는 특전을 주겠다."

3월 17일 키노모토木ノ本에 도착했을 때는 쇼묘 사稱名寺 등에서부터 히데요시의 본진으로 속속 홋코쿠 군사 진공의 첩보가 들어왔다.

에치고의 우에스기 카게카츠는 당연히 히데요시에 호응하여 움직일 것이라 계산하고, 도착하는 즉시 엣츄의 마츠쿠라松倉를 수비하는 장수 스다 미츠치카須田滿親에게 자신에 넘치는 서신을 보냈다.

"이세에는 오다 노부오를 출병시키고 나는 지금 야나가세柳ヶ瀬로 나와 있는 카츠이에를 시즈가타케賤ヶ岳•에서 맞아 싸우려 한다. 양쪽의 진영을 비교할 때 필승은 의심할 바 없다. 곧 적을 공격하여 카가, 엣츄까지 추격할 것이며, 노토와 엣츄는 우에스기 카게카츠의 의사에 전적으로 위임한다. 다만 일부러 나에게 호응하여 군사를 동원할 필요는 없으니 참고 삼아 덧붙여둔다."

호응하여 군사를 동원할 필요는 없다니, 이 얼마나 히데요시다운 선전인가. 이런 말에는 우에스기 군도 눈이 녹으면 움직이지 않을 수 없을 것이다.

"이제는 이긴 것과 다름없어."

키노모토의 진지에 도착한 히데요시는 왼쪽의 시즈가타케와 좁은

골짜기 사이로 뚫린 에치젠 가도를 바라보면서 싱글벙글 웃었다.

"카츠이에가 성을 비우면 카가, 에치젠, 노토와 혼간 사가 들고 일어날 테니까."

4

히데요시의 말과 말투는 듣는 사람의 수, 종류, 계급 등에 따라 종종 바뀌었다. 인사하러 온 백성이나 일반 군사 앞에서는——

"이제 이겼어."

자신을 주체하지 못하는 사람처럼 싱글벙글 웃었다. 그러나 일단 키노모토의 본진으로 돌아오면 표정이 근엄하게 변하고 거동도 무섭게 바뀌었다.

히데요시는 자신의 동생 하시바 히데나가와 호소카와 타다오키, 하치스카 히코에몬 마사카츠蜂須賀彦右衛門正勝, 그리고 이곳 지리에 밝은 쿠로다 칸베에 요시타카를 본진에 소집했다.

"여간해서는 이기기 어려워."

탁자 중앙에 양쪽의 포진도布陣圖를 펼쳐놓고 히데요시는 신중하게 고개를 갸웃거렸다.

"여간해서는 어렵다……고 하시지만, 적의 병력은 고작 이만 명도 되지 않는다고 생각합니다마는."

히데나가가 그 말을 잘못 이해하고 이렇게 말했다.

"병력의 수만으로는 압도할 수 없는 것이 꼭 하나 있어. 그것은 다름 아니라 험준한 산세山勢에 의존하여 상대가 진지에서 언제까지나 나오지 않을 경우야."

"나오지 않을 경우……?"

하치스카 히코에몬 역시 히데요시의 뜻을 이해하지 못하고 물었다.

"적은 눈이 녹을 때까지도 기다리지 못하고 일부러 여기까지 나왔는데요."

"그래, 여기까지 나온 것은 사실이야. 그러나 히코에몬, 그대는 앞으로도 적이 나올 것이라고 생각하나?"

"글쎄요…… 사쿠마 모리마사가 이 부근 미노 가도에서 쿄토 가도에 이르기까지 불태운 것으로 미루어 머지않아 반드시 공격해나올 것이라 생각합니다."

말을 듣다 말고 히데요시는 가볍게 손을 내저었다.

"칸베에, 그대는 어떻게 생각하나?"

이 부근 출신으로 비교적 지리에 밝다고 할 수 있는 쿠로다 칸베에는 잠시 생각에 잠겼다가 말문을 열었다.

"대장님은 시바타 슈리의 야나가세 본진과 사쿠마 겐바의 유키이치야마行市山 진지가 모두 지구전을 펴리라 생각하시는군요."

"또 앞질러 말하는군, 칸베에."

히데요시는 여느 때와는 달리 신경질적인 태도로 쿠로다 칸베에를 꾸짖었다.

"사쿠마 겐바까지 그렇다고는 하지 않았어. 그곳은 평지에서 천칠, 팔백 척이나 되어 홋코쿠 가도*를 서쪽에서 내려다볼 수 있는 천연天然의 요새야. 그러므로 그곳은 진격하건 후퇴하건 아주 유리한 장소야. 이와 반대로 야나가세에 있는 카츠이에의 본진은 사쿠마의 움직임을 감시하는 위치에 있어. 이곳에 진을 친 카츠이에는 당분간은 나와 싸울 의사가 없다고 봐야 해."

"으음."

쿠로다 칸베에는 비로소 깨달았다는 듯이 짐짓 머리를 끄덕였다. 그러면서 물었다.

"그러면, 시바타 슈리는 무슨 생각으로 일부러 여기까지 나왔다고 생각하십니까?"

히데요시는 혀를 차며 일동을 둘러보았다.

"그것은 말이지, 대군을 끌어내놓고, 이세, 기후와 호응하여 우리를 피곤하게 하려는 작전이라고 생각한다."

"그렇다면, 이에 대처하는 작전이 우리에게도 있지 않겠습니까?"

"누가 없다고 했느냐? 아무래도 그대는 너무 앞질러 말하고 있어. 카츠이에가 고집으로라도 우리에게 본때를 보여주겠다, 그때까지는 험준한 지형을 이용하여 야유해주겠다…… 이것은 말도 안 되는 외고집이지만, 그렇다는 것을 안 이상 여간해서는 함락되지 않는다고 말했을 뿐이다."

"그러면, 보통수단이 아닌 그 비상수단을 말씀해주십시오."

"비상수단이라. 좋아, 모두 좀더 이리 가까이 오게."

히데요시는 비로소 입가에 미소를 띠고 목소리를 낮추었다.

5

히데요시의 미소를 보고 하시바 히데나가와 하치스카 마사카츠는 가만히 안도의 숨을 쉬었다. 호소카와 타다오키와 쿠로다 칸베에는 일부러 엄한 표정을 지었다.

히데요시의 자신만만한 태도가 이제 와서 무너질 리 없었다. 무슨 말을 할 때는 반드시 가슴속에 그 다음의 대책을 세워놓고 있다는 것을 두 사람은 너무나 잘 알고 있었다.

"알겠나, 시바타 슈리가 사쿠마 겐바의 진지가 있는 유키이치야마 후방 야나가세에 본진을 둔 의미는 두 가지가 있어. 첫째는 겐바가 조급하게 이 키노모토나 나가하마로 진출하는 것을 견제하기 위해서 둘째는 여기 있으면 키타노쇼와 츠루가로부터도 후방수송이 용이하므로 식량공급에 차질이 없다고 생각했기 때문이야."

"허어."

쿠로다 칸베에가 짐짓 시치미를 떼고 맞장구를 쳤다.

"그러면, 주군께서는 슈리에게는 서둘러 결전을 벌일 의사가 없다고 판단하셨군요."

"그것만이 아니야."

히데요시는 다시 한 번 혀를 차듯이 말했으나, 이번에는 그 표정에 의기양양한 기색이 떠올랐다.

"지금 조급하게 전쟁을 벌이지 않고 무사히 봄을 맞이할 수 있다면 타키가와 카즈마스나 노부타카가 용기를 얻을 뿐만 아니라, 츄고쿠의 모리와 시코쿠의 쵸소카베, 그리고 하마마츠의 이에야스도 생각을 바꿀지 모른다……고 슈리는 요행을 바라고 있어. 그래서 당분간은 움직일 생각이 없을 거라고 나는 판단한 것이지."

"그러니까 그 후의 수단…… 즉 비상수단이란?"

"바로 그것일세. 알겠나, 사키치佐吉(이시다 미츠나리石田三成)에게도 지시하겠지만 그대들도 사방으로 소문을 퍼뜨리게. 히데요시는 당장이라도 홋코쿠 군사를 무찌를 작정으로 출진했다, 그런데 와서 보니 생각이 바뀌었다고 말일세."

"어떻게 바뀌었다고 소문을 퍼뜨릴까요?"

다시 히데나가가 긴장한 표정으로 물었다.

"험준한 지형을 이용하여 농성하는 적의 방비가 너무 견고하여 어디에도 공격할 틈이 없다고 말이다."

"하지만, 그렇게 하면 점점 더 적에게 자신감을 주어 아군의 사기가 떨어질지도……"

"히데나가, 너도 성미가 너무 급하구나. 좀더 내 이야기를 듣고 말하도록 해라. 어디에도 공격할 틈이 없다. 그래서 히데요시는 할 수 없이 작전을 바꾸었다고 소문을 퍼뜨리는 거야. 아무래도 장기전이 될 것이라면서 먼저 츠츠이 쥰케이를 야마토로 돌려보내 휴양케 하고 호소카와 요이치로(타다오키)도 돌아가게 했다. 나도 휴양을 한다면 싸움에 익숙한 슈리가 눈치를 챌 것이다. 그러니 요이치로, 자네는……"

"예."

호소카와 타다오키는 자기 이름이 불리자 대답과 함께 어깨를 똑바로 세웠다.

"그대는 미야즈에서 배를 돌려 후방에서 공격하라는 밀명을 띠고 여기서 사라지게."

"그러시면 이것도 헛소문이 됩니까?"

"당연하지 않겠느냐. 그런데 히데나가, 추위가 심하구나. 좀더 장작을 지펴라."

갑자기 지은 가건물이기 때문에 해가 떨어지고 어두워지기 시작하자 정말 추위가 몸에 스며들었다.

"좋아. 그리고 등불을 좀더 가까이 가져오너라. 알겠나, 적에게 유키이치야마, 벳쇼야마別所山, 나카타니야마中谷山, 하야시다니야마林谷山, 토치다니야마橡谷山 등을 빼앗기면 우리 쪽 텐진잔 성채는 아무런 의미도 없어. 그래서 히데요시도 느긋하게 공격하겠다고 생각을 바꿔 기후부터 먼저 함락하겠다고 그쪽으로 갔다…… 이렇게 소문을 퍼뜨리는 거야. 그러면 슈리는 움직이지 않겠지만 사쿠마 겐바는 기회를 기다렸다는 듯 반드시 오미 평야로 공격해나올 것이야. 승리는 거기에 있어. 이것이 첫번째 비상수단일세."

히데요시는 잠깐 말을 멈추었다. 그리고는 다시 날카로운 눈으로 일동을 둘러보았다.

6

이번에는 쿠로다 칸베에가 나직이 신음하고 몇 번이나 고개를 끄덕였다. 히데요시의 책략은 그로서도 확실하게 동의할 수 있는 것이었다.

"과연 놀랍습니다!"

쿠로다 칸베에는 크게 탄복했다.

"츠츠이 님이 야마토로 돌아가시고 호소카와 님은 미야즈로 급히 돌아가신 뒤 우리 대장님이 기후로 가신다…… 이렇게 삼박자가 맞으면 텐진잔에서 농성하는 아군 중에서도 사쿠마 겐바에게 내응하는 자가 생기겠지요."

"하하하…… 깨달았구나, 칸베에도."

히데요시는 이때 비로소 어린아이 같은 평소의 웃는 얼굴로 돌아와 의기양양하여 말했다.

"그 성채에 있는 자는 원래 시바타 카츠토요의 가신들. 더구나 카츠이에는 나가하마 성에 막대한 상을 걸어놓고 있어. 무사히 손에 넣는다면 금 백 장에 칠천 석의 녹봉을 주겠다고 하고 있어. 그래서 내통하는 자가 나타난다면 우리는 성공한 거야."

"그렇습니다. 그렇게 되어도 슈리는 역시 자중할지 모르지만, 사쿠마 겐바는 가만히 있지 못할 것입니다."

"그래, 칸베에는 알고 있었군. 비상대책이란 바로 이것일세. 그런데, 히데나가."

"예."

"너는 어떤 사태가 벌어져도 이 키노모토를 겐바에게 넘겨주면 안된다. 이 성만은 나를 대신해서 굳게 지켜야 한다."

"그러면, 형님은 정말 기후로 가시렵니까?"

"물론이다. 그러나 걱정할 것 없어. 적이 평야로 나왔다는 것을 알면

이 히데요시의 움직임은 전광석화, 바람을 몰고 돌아온다."

그제서야 하치스카 마사카츠도 무릎을 탁 쳤다. 신중한 그로서도 이제는 겨우 히데요시의 생각이 마음에 드는 모양이었다.

"알았어! 아니, 알겠습니다."

하치스카 마사카츠가 말했다.

"덴가쿠하자마에서 우다이진 님의 전술과 비슷하군."

히데요시는 그 말을 가볍게 흘려 넘겼다.

"내가 돌아올 때까지 총대장은 히데나가 바로 너야."

"예, 명심하겠습니다."

"군사軍師로 칸베에가 남아 있을 것이다. 그리고 적이 먼저 공격해올 곳은 사네야마左禰山에 있는 호리 히데마사의 진지가 아니라 오이와야마大岩山에 있는 나카가와 키요히데의 성채일 것이다."

"이 칸베에의 생각도 같습니다."

"알겠나, 이 점이 중요해. 내가 기후 성을 친다. 이것은 카츠이에의 전술에 말려드는 것 같지만 실은 그 반대로 그의 간담을 서늘하게 해주는 게 된다. 아무리 외고집이라 해도 기후 성이 떨어지면 큰일이라는 생각은 있을 것이다. 그러므로 반드시 동요하게 돼. 그 자신은 사네야마의 호리 히데마사에 대비하기 위해 남고, 사쿠마 겐바에게 오이와야마의 공격을 명할 것이다."

"그렇게 될 것 같습니다."

"그것이 이번 전투의 고비가 될 거야. 요이치로."

"예."

"내가 기후 성을 공격하기 시작할 무렵 너는 에치젠 해안으로 배를 돌려 두세 차례 화공火攻을 가하라. 상대는 그것만으로도 크게 초조해질 것이다. 문제는 손을 댈 수 없는 그 산골짜기에서 어떻게 해서라도 적을 끌어내는 데 있다. 알겠거든 지금부터 각자 진지로 속히 돌아가,

내일 아침 일찍 나의 순시가 있을 것이니 소홀함이 없게 준비하라고 일러라. 그런 뒤에 소문을 퍼뜨리기 시작한다, 어디에도 공격할 틈이 보이지 않는다고 말이다."

히데요시는 이렇게 말하고 손뼉을 쳐서 시동을 불러 미리 준비하게 한 주먹밥을 가져오게 했다.

<h1 style="text-align:center">7</h1>

히데요시는 이튿날 아침 일찍 말을 타고 적과 아군의 배치 상황을 주의 깊게 살피고 다녔다. 그를 따르는 자는 하타모토인 젊은 코쇼들과 양자 히데카츠, 조카 히데츠구, 코니시 유키나가小西行長, 이시다 사키치 등이었다.

그런데 그날 아침 히데요시의 말은 어젯밤과는 사뭇 달랐다.

"이거, 여간 어렵게 되지 않았어."

자칫 적을 깔보고 경솔해지기 쉬운 젊은 무사들에게 일부러 양미간을 모으고 걱정스러운 듯 말했다.

"과연 슈리는 전쟁에 능한 자야. 섣불리 손을 대었다가는 이 산이 시체로 뒤덮일지도 몰라."

사실 키노모토의 본진으로부터는 단 한 줄기, 산 사이를 뚫고 북쪽으로 뻗어 있는 홋코쿠 가도의 양쪽은 첩첩산중이었다.

서쪽에 보이는 시즈가타케와 나란히 나카가와 세베에 키요히데中川瀨兵衛淸秀가 지키고 있는 오이와야마, 길 동쪽에는 자신의 동생 히데나가의 별동대를 주둔시키고 있는 타나카미야마田上山, 그 앞 서쪽에는 이와사키야마岩崎山, 신메이잔神明山, 단키야마堂木山, 텐진잔이 이어져 있었다. 이 텐진잔과 동쪽의 사네야마가 아군의 최전선이었다.

그 앞 나카타니야마, 벳쇼야마, 유키이치야마, 하야시다니야마, 토치다니야마에서 카츠이에의 본진이 있는 야나가세를 지나 우치나카오야마內中尾山가 아직 여기저기 잔설을 남긴 채 적의 수중에 있었다.

모든 산이 다 높지는 않았다. 그러나 그 어느 산봉우리도 성채를 쌓아 진을 치고 싸우기에 적합하도록 험준하여, 공격하기는 어렵고 방어하기에는 쉬운 천연의 요새였다.

히데요시는 이따금 고개를 갸웃거리거나 심각하게 산의 높이를 눈으로 재보거나 하면서 말을 몰아, 해가 떨어지기 전에 아군의 최전선인 호리 히데마사가 있는 사네야마 성채에 도착했다. 먼저 산꼭대기에 서서 띠처럼 우치나카오야마 산기슭으로 뻗어 있는 홋코쿠 가도를 내려다보았다. 그러다가 잠시 이마에 손을 얹고는 우치나카오야마 정상에서 휘날리는 카츠이에의 깃발을 지켜보았다.

"요시츠구."

"예."

갑자기 자기 이름을 부르는 바람에 오타니 요시츠구大谷吉繼가 깜짝 놀라 말에서 내리려 했다.

"그대로 있게. 어떤가, 그대의 느낌으로는?"

"느낌이라니요?"

"진지를 구축한 상태로 보아 어느 쪽에 승산이 있겠느냐고 물었어."

"그야, 아군이 우세하지 않을까 하고……"

"진정으로 그렇게 생각하나?"

어느 틈에 근신들은 두 사람 옆으로 와서 숨을 죽이고 대화에 귀를 기울이고 있었다. 히데요시는 그러한 분위기를 충분히 의식하면서 엄한 소리로 반문했다.

"물론입니다. 어찌 이 요시츠구가 입에 발린 말을 하겠습니까."

"그래…… 그럴 것이다. 그대가 보기에도 아군이 우세할 것 같다면 이 싸움은 길어질 수밖에 없겠군."

"예……? 우세한데도 길어지다니요?"

히데요시는 크게 머리를 끄덕였다.

"그대의 눈에 그렇게 보인다면 적의 눈에도 똑같이 보일 터. 그렇다면 적은 공격해오지 않아."

"과연…… 그래서 길어진다고 하셨군요."

"그렇다. 길어지게 된다면…… 이쪽에서도 생각을 바꿀 수밖에 없어. 전투는 여기서만 하는 것이 아니니까."

"북이세와 기후를 말씀하시는 것이로군요."

모두 숨을 죽이고 눈과 귀를 두 사람에게 집중시키고 있었다.

가까이 있는 골짜기에서 화창한 날씨에 이끌린 꾀꼬리가 한가롭게 울기 시작했다.

8

히데요시는 꾀꼬리 울음소리를 들으면서도 일부러 깨닫지 못한 체하며 말을 이어나갔다.

"바로 그 말이다. 내가 본진을 이끌고 급히 온 것은 시바타 슈리를 단숨에 무찌르기 위해서였어. 그런데 상대는 공격해나올 기색이 없어. 언제까지나 이곳에 대군을 묶어둔다는 것은 아군에게 불리하다. 우선 기후 쪽으로 돌아가 화의를 교섭하면서 우리를 배신한 노부타카부터 먼저 치지 않으면 안 되겠어. 그대들은 내 말이 옳다고 생각지 않나?"

모두 흘끗 서로 얼굴을 마주보았을 뿐 아무 대답도 하지 않았다.

그들은 히데요시가 무엇을 생각하는지 잘 알고 있었다.

본진이 묶여 있는 동안 노부타카 군이 미노에서 배후를 공격해오면 큰일이었다. 그러므로 장기전이 예상되면 일단 군사를 돌려 우선 약한 기후부터 먼저 격파해야 한다는 의미였다.

'하지만 굳이 그럴 필요가 있을까……?'

지금 이대로 홋코쿠 군을 크게 압박하면서 노부타카의 진공에 대비하는 방법도 있을 것 같은데……

그런 생각이 모두의 머릿속에 있었기 때문에 대답하는 자가 없었다. 히데요시 또한 그들의 그러한 마음을 너무 잘 알고 있었다.

"좋아, 내 마음은 결정되었다. 모두 굳게 성을 지키도록 하라."

뒤따라와 있는 호리 히데마사를 보고 히데요시는 천천히 말머리를 돌렸다.

"나는 일단 나가하마 성으로 돌아가 휴양하고 나서 기후를 공격하겠다. 내가 없는 동안 절대로 카츠이에게 말려들어서는 안 된다."

그날 밤은 호리 히데마사의 진지에서 1박했다. 그리고 이튿날 다시 텐진잔의 서부 고지인 후미무로야마文室山에 올라 적진의 정세를 살폈다. 히데요시는 자기 손으로 직접 배치도 위에 거리를 써넣거나 묘한 기호로 표시를 하더니 그대로 키노모토의 본진으로 철수했다.

철수하고 얼마 되지 않아 히데요시는 적도 아군도 고개를 갸웃거리게 할 명령을 내렸다.

츠츠이 쥰케이의 군사는 야마토로 철수하여 잠시 휴양하면서 다음 명령을 기다릴 것.

호소카와 타다오키의 군사는 본진으로 철수하여 수군水軍으로 에치젠 해안에 상륙작전을 감행할 것.

각각의 군사가 명령에 따라 움직이기 시작함과 동시에 여러 가지 소문이 사방으로 퍼져나갔다.

"도대체 우리 대장은 무슨 생각을 하고 있을까. 나는 도무지 납득이 되지 않아."

"아니, 납득이 되지 않는 것도 아니야. 야마토로 츠츠이 군을 철수시킨 것은 타키가와 카즈마스에 대비하도록 하기 위한 것, 호소카와 군을 철수시킨 것은 홋코쿠 군을 배후에서 공격하기 위해서가 아니겠나."

"홋코쿠 군이 눈앞에 있는데 야마토에서 휴양하게 하다니……"

"그렇지 않아. 타키가와 카즈마스는 이름난 책략가야. 우리 대장이 본진을 이끌고 왔기 때문에 그 대비는 아주 허술해. 카즈마스 군과 기후 군이 하나가 되면 그것은 큰 힘이 될 거야."

이러한 소문이 나도는 가운데 히데요시 자신도 나가하마 성으로 '휴양'한다고 철수한 것은 3월 28일, 츠츠이 쥰케이가 야마토에 도착한 것은 4월 4일이었다.

카츠이에의 출병에 호응하여 노부타카도 출병하여, 키요스 성의 이나바 잇테츠와 오가키 성의 우지이에 나오미치 등의 영지로 쳐들어가 불을 지른 것은 4월 13, 14일 무렵이었다.

양군의 결전은 서서히 신록이 짙어가는 미노와 오미의 천지를 휩쓸기 시작했다.

시즈가타케

1

그날 카츠이에는 일어나는 즉시 붓을 들어 편지를 썼다. 그리고는 키타노쇼 성에 남아 있는 나카무라 분카사이中村文荷齋에게 전하라고 명했다.

야나가세의 진지에서 17일부터 19일까지 사흘 동안 오락가락하는 빗속에 묻힌 신록을 바라보면서 카츠이에는, 오이치 부인은 두고라도 세 자매의 문제만은 빨리 해결해야 한다는 생각이 들어 그 뜻을 적은 것이었다.

키타노쇼에서 온 보고에 따르면, 호소카와 타다오키의 수군이 일본해 해안을 따라 여기저기에 방화를 하고 다닌다고 했다. 물론 그러한 공격은 위협에 지나지 않는다는 것을 잘 알고 있었다. 그렇더라도 자매를 타다오키의 손에 넘기는 것이 가장 좋다고 생각되었다.

"이 편지를 분카사이에게 전하고, 나는 아직 무사하나 지루한 나날을 보내고 있다고 여자들에게 말하고 오너라."

사자를 보낸 뒤 마침내 비가 그쳐서 카츠이에는 측근에게 명하여 임시막사 앞에 장막을 치고 우마지루시馬標°를 세우게 하고는 자기도 그곳으로 나갔다.

비가 내리거나 밤이 되면 꼼짝도 할 수 없는 첩첩산중의 요새였다. 그래서 날씨가 개면 여기저기 진지를 한바퀴 돌아보려 하였다.

장막 안에서 걸상에 앉은 채 구름이 벗겨지면서 푸른 하늘이 펼쳐지는 모습을 바라보고 있을 때.

"유키이치야마 진지에서 사쿠마 모리마사 형제분이 오셨습니다."

근시가 고했다.

"뭐, 모리마사 형제가 왔어?"

"예. 야마지 쇼겐山路將監 님을 데리고 오셨습니다."

"좋아, 쇼겐과 야스마사安政는 나중에 만나기로 하겠으니 모리마사만 들라고 해라."

"알겠습니다."

카츠이에는 근시가 나가자 저도 모르게 빙긋이 웃었다. 만나서 물어보지 않아도 겐바 모리마사가 왜 왔는지 잘 알 수 있었기 때문이다.

'녀석도 이 끈질긴 비에 진력이 나서 어느 성채를 공격하자고 할 것이 분명해.'

"백부님, 들어가도 괜찮겠습니까?"

"그래, 들어오너라. 야마지 쇼겐이 우리편으로 돌아섰느냐?"

"그렇습니다."

그는 쿠사즈리草摺°를 철컥거리며 들어왔다.

"비가 멎었습니다. 좋은 기회가 왔습니다."

어깨를 떡 펴고 쇠살부채로 자기 가슴을 탁 쳤다.

"모리마사, 조급하게 굴면 안 돼. 이번 싸움은 끈기 싸움이라는 것을 알아야 한다."

"하하하…… 귀신이란 별명을 들으시는 분치고는 지나치게 신중하십니다. 그러나 이번만은 움직이지 않을 수 없습니다."

"야마지 쇼겐이 좋은 소식이라도 가져왔느냐?"

"예. 히데요시가 교묘한 노부타카 님의 유인에 놀아나 나가하마 성을 나왔습니다."

"뭣이, 치쿠젠이 나가하마에서 나왔어?"

"그렇습니다! 기후 군은 약속했던 대로 키요스의 이나바 잇테츠, 오가키의 우지이에 나오미치 등의 영지에 불을 지르고 다녔습니다. 히데요시는 노발대발하여 자랑으로 여기는 젊은 코쇼들을 비롯하여 이만의 군사를 데리고 십육일, 나가하마 성을 떠났다고 합니다. 공격하려면 지금이 좋은 기회이니 결단을 내리십시오."

"안 돼!"

"예? 안 되다니요……?"

뜻밖의 대답에 모리마사는 그만 화가 나서 걸상에 털썩 주저앉았다.

2

모리마사는 온몸의 끓는 피를 감당하지 못하겠다는 듯이 퉁명스럽게 말했다.

"그 원숭이가 무언가 계략이라도 꾸미고 있다는 말씀입니까? 뒤에 남은 병력은 우리와 비슷합니다. 홋코쿠의 귀신인 시바타가 호소카와 타다오키 따위의 배후공작이 두려워 공격을 않는다면 기후에 대한 체면이 서지 않습니다."

"조급해서는 안 된다고 하지 않았느냐?"

카츠이에는 낯을 찌푸리고 혀를 찼다.

"누가 호소카와 따위를 두려워한다고 했느냐. 지금은 침착할수록 득

이 된다고 판단했기 때문이다! 알겠느냐, 만일에 치쿠젠이 정말 기후를 공격할 생각이라 해도 이렇게 이삼 일이나 계속되는 빗속에서는 이비가와攝斐川가 범람하여 절대로 건너지 못한다. 그렇다면 기후에는 가지 못하고 오가키에 머물러 있을 것이다."

"오가키에 머물러 있어도 상관없습니다. 오가키에서 되돌아올 때까지 저는 반드시 나가하마를 손에 넣고야 말겠습니다."

"그것이 조급하다는 말이다. 나가하마 성보다는 이곳이 훨씬 더 수비하기에 유리해. 만약 치쿠젠이 이비가와를 건넜다는 것이 확인되거든 그때는 공격해도 좋다. 조금만 더 참도록 해라."

이번에는 모리마사가 혀를 찼다.

"그 정도는 이 모리마사도 충분히 생각하고 있습니다. 이봐, 야스마사와 야마지 쇼겐을 이리 데려오너라. 쇼겐의 입을 통해 직접 말씀 드리는 것이 좋겠다."

모리마사는 벌떡 일어나 큰 소리로 단키야마의 히데요시 진지에서 모리마사에게 내응해온 야마지 쇼겐과 동생 야스마사를 불러들였다.

쇼겐은 카츠이에 앞에 이르러 머리를 조아렸다. 아마도 적에게 항복한 자신의 행위가 부끄러워서였을 것이다.

"쇼겐, 잘 돌아왔다. 히데요시에게 항복했던 경위에 대해서는 묻지 않겠다. 적의 정세를 살피고 왔을 테니 말이다."

"예. 그런 의도로 항복했었습니다."

"그런데, 카츠토요에 대한 소식은 듣지 못했느냐?"

"카츠토요 님은 지난 달 이십팔일…… 나가하마 성에서 돌아가셨습니다."

"뭣이, 카츠토요가 죽다니…… 살해당했느냐, 병으로 죽었느냐?"

"병환이 심하여 재기할 수 없다는 것을 아시고는 치쿠젠과 성주님 양쪽에 의리를 지키려고 빈사상태에서 할복하셨습니다."

"으음."

카츠이에는 나직이 신음했다. 병 때문에 점점 더 신경이 날카로워졌던 카츠토요가 무장으로서는 가증스러웠으나 인간적으로는 가여웠다.

"그렇구나…… 그렇다면 더 이상 묻지 않겠다."

카츠이에는 머리에 떠오르는 상념을 뿌리치듯 말머리를 조카 모리마사에게로 돌렸다.

"그런데 모리마사, 너는 이 두 사람을 불러 나에게 무슨 말을 하게 하려느냐?"

"쇼겐, 그대가 수집한 원숭이 녀석에 대한 정보를 있는 그대로 말씀드려라."

모리마사의 말에 야마지 쇼겐은 비로소 고개를 들었다.

"치쿠젠의 군사로 들여보냈던 자가 조금 전에 돌아와 보고한 내용입니다. 키소가와木曾川 범람도 이십일부터는 줄어들 것이다, 시일을 늦추면 안 되니 이십일 새벽부터 강을 건너 기후를 공격한다고 그 준비를 서두르고 있다고 합니다."

"들으셨습니까? 저도 이십일을 기하여 행동을 개시하려 합니다…… 설마 제지하지는 않으시겠지요? 즉시 이 자리에서 군사회의를 열기 바랍니다."

모리마사는 다시 쇠살부채로 가슴을 탁 쳤다.

3

이미 19일 정오.

내일 새벽을 기하여 히데요시의 군사는 일제히 이비가와를 건너 기후 성을 공격할 것이라고 한다……

조카 사쿠마 겐바 모리마사의 재촉을 받으면서도 카츠이에는 저도 모르게 눈을 감았다. 그의 뇌리에는 병으로 쇠약해진 카츠토요가 마지막 힘을 다해 자기 배에 단도를 찌르는 모습이 애처로운 환상이 되어 떠올랐다.

'그렇구나, 역시 항복한 채로는 죽을 수 없었던 것이로구나, 카츠토요 너는……'

"백부님……"

다시 모리마사는 답답하다는 듯 쿠사즈리를 철컥거렸다.

"만일 원숭이 녀석이 우리가 움직이기 전에 기후 성을 함락시키면 어떻게 하려고 이러십니까? 그렇게 되면 귀신 시바타의 면목이 서지 않습니다. 적이 내일 새벽에 강을 건넌다면 우리도 이에 호응하여 행동을 일으켜야만 원숭이가 당황할 것이고, 기후에 대한 의리도 설 것입니다. 이런 좋은 기회를 앞에 놓고 어째서 망설이십니까?"

"모리마사……"

카츠이에는 조용히 조카의 말을 가로막았다.

"쇼겐의 첩자가 보고한 말을 너도 확인했느냐?"

"물론입니다. 같은 나가하마 군인 오가네 토하치로大金藤八郎에게서도 그와 똑같은 보고가 있었습니다."

"알겠다."

카츠이에는 승낙했다.

"그럼, 군사회의를 열겠다. 그러나 모리마사, 이것은 어디까지나 전초전이다. 적의 성채 한두 군데를 빼앗았다고 해서 여세를 몰아 섣불리 평지로 나아가서는 안 돼."

"그 정도는 저도 잘 알고 있습니다."

"섣불리 평지로 나갔을 때, 만일 히데요시가 되돌아온다면…… 마음에 걸리는 게 있다."

"마음에 걸리는 것이라니요?"

"건너편 기슭 카이즈海津에 있으면서 츠루가와 이곳을 노리고 있을 뿐 움직이지 않는 니와 나가히데의 동향 말이다. 만약 우리가 공격해 나갔다가 나가히데가 호수를 건너와 퇴로를 차단하면 어떻게 하겠느냐? 이 산골짜기에서 일단 기세가 오른 군사는 어떤 맹장이라도 감당하지 못한다. 아사쿠라朝倉 군의 말로를 나는 예전에 이 눈으로 똑똑히 보았어."

"하하하……"

모리마사가 웃었다.

"이 모리마사 또한 백부님과 마찬가지로 귀신이란 별명을 듣고 있는 몸, 그 계략에는 빈틈이 없습니다. 백부님의 지시대로 적의 허를 찌르겠습니다. 그러면 곧 각 진지에 집합하라는 횃불을 올리겠습니다."

"좋아, 그러나 절대로 깊이 추격하는 것은 허락하지 않겠다. 그리고 횃불을 올리면 적이 바로 눈치채게 된다. 야스마사, 얼른 전령을 보내도록 하라."

마침내 비가 갠 19일, 우치나카오야마에 있는 카츠이에의 본진에서는 군사회의가 열렸다. 홋코쿠 군사 또한 20일 새벽을 기하여 공세로 전환하기 위해서였다.

군사회의 결과 벳쇼야마에 있던 마에다 토시이에와 토시나가 부자를 시게야마茂山로 옮겼다. 그곳에서 히데요시 쪽인 신메이잔에 있는 키무라 하야토와 단키야마에 있는 키노시타 카즈모토木下一元 등에 대비하기 위해서였다. 그리고 토치다니야마, 하야시다니야마, 나카타니야마의 토쿠야마 고헤에(코마츠 성주), 후와 카츠미츠, 하라 히코지로原彦次郎(엣츄의 하라모리原森 성주)의 군사를 각각 모리마사 휘하에 배치하여 20일 이른 아침부터 히데요시 쪽 최전방인 오이와야마의 나카가와 키요히데의 진지를 공격하기로 했다.

그날 밤에는 완전히 비가 개었다. 늦게 뜬 달이 짙게 신록으로 덮인 산들을 은빛으로 비추고 있었다.

4

사쿠마 겐바 모리마사는 유키이치야마의 진지로 돌아왔다. 돌아온 즉시 그는 부하 장수들을 불러 말했다.

"하늘은 우리편을 들었다. 늦게 뜬 달이 길을 비쳐줄 것이다. 내일 축시丑時(오전 2시)부터 행동을 개시한다."

새로 휘하에 들어온 후와, 토쿠야마, 하라 외에 그 동생 야스마사의 군사를 더하여 모리마사의 병력은 약 1만 5,000.

카츠이에 또한 모리마사의 행동을 돕기 위해 같은 시각에 가도를 따라 10리 남짓 남쪽으로 이동해 키츠네즈카狐塚까지 본진을 전진시켰다. 사네야마에 있는 호리 히데마사에 대비하기 위해서였다. 마에다 토시이에 부자도 벳쇼야마에서 5리 남짓 떨어진 신메이잔 서쪽으로부터 4정쯤 되는 시게야마로 이동하여 적에 대비했다.

축시 정각, 모리마사 군은 유키이치야마를 출발했다. 출발에 앞서 사쿠마 모리마사는 달을 우러러 호탕하게 웃었다. 그리고는 달에까지 들리도록 커다란 소리로 기원하였다.

"달의 신이여, 이제야말로 귀신이란 별명을 가진 이 사쿠마가 싸우는 모습을 보여드리리다. 잘 봐주시오. 새벽에는 키노모토의 원숭이가 있는 본진에서 다시 만납시다. 그때까지 달의 신이여, 조용히 산길을 비쳐주시기를……"

그런 다음 사쿠마 모리마사는 천천히 일동을 향해 말머리를 돌리고 군선軍扇을 펴들었다.

"용사들이여, 날이 새는 여섯 점(오전 6시)까지는 말발굽소리를 죽이고 오이와야마의 나카가와 키요히데, 이와사키야마의 타카야마 우콘, 시즈가타케의 쿠와야마 시게하루桑山重晴를 포위하도록 하라. 그리하여 잠에 취해 있는 적군을 무찌르고 점심은 적의 본진인 키노모토에서 먹기로 하자."

이렇게 지시하고는 맨 먼저 남쪽을 향해 말을 달렸다.

본대는 유키이치야마에서 봉우리를 따라 오이와야마로 육박하고, 일부 병력은 슈후쿠 사集福寺 기슭을 서쪽으로 내려가다 시오츠다니鹽津谷를 우회한 뒤 곤겐사카權現坂 동쪽 기슭을 넘어 요고 호餘吳湖 서쪽으로 나온다. 또한 시바타 카츠이에 군은 오이와야마 서쪽으로 나와 시즈가타케의 쿠와야마 시게하루를 압박한다……

모리마사의 지시대로 은밀하게 행동하는 동안 달빛이 산길을 비추고, 날이 밝기 시작했을 때는 뭉게뭉게 피어오른 안개가 부드럽게 그들의 움직임을 감싸주었다.

갑작스럽게 산에서 골짜기로, 골짜기에서 산으로 최초의 총성이 울려퍼졌을 때 이미 산꼭대기에는 안개도 걷힌 뒤였다.

오이와야마에는 나카가와 키요히데, 이와사키야마에는 타카야마 우콘, 호수와 가까운 시즈가타케에는 쿠와야마 시게하루 등의 무장들이 1,000명 남짓한 군사로 슈리 군에 대비하고 있었다.

갑자기 오이와야마의 성채를 향해 총포가 발사되고 이어 천지를 뒤흔드는 함성이 들렸다. 그야말로 허를 찔린 셈이었다.

나카가와 세베에 키요히데 역시 역전의 맹장이었다.

"급히 이와사키야마와 시즈가타케에 위급함을 고하라. 적은 사쿠마 겐바가 틀림없다. 힘을 합쳐 격퇴시키도록 하라."

다른 두 곳의 성채에 전령을 보냈다. 그리고는 곧 총포대를 동원하여 응사하도록 하는 동시에, 창부대를 앞세워 산기슭의 옅은 안개 속으로 돌진케 했다.

그때는 이미 세 성채는 서로 연락이 이루어지지 않았다. 전령으로 갔던 자가 어쩔 수 없이 도중에 돌아왔다.

"적의 수는 얼마나 되더냐?"

나카가와 키요히데는 직접 창을 들고 일어나면서 얼빠진 듯한 소리로 물었다.

"산봉우리와 골짜기…… 어디나 깃발과 군사로 가득 메워져 있지 않은 곳이 없습니다. 아마 이만 이상이 될 것으로……"

"듣기 싫다. 이만이라니…… 그 삼분의 일이라 생각하라. 그러나저러나 정말 이상한 곳이 죽을 장소가 되는구나."

이렇게 중얼거리면서 천천히 망루에 올라 이마에 손을 얹었다. 산기슭의 안개도 깨끗이 걷혀 있었다.

5

"와아!"

함성이 다시 사방에 울려퍼졌다.

"허어, 이것 참……"

나카가와 키요히데는 손을 이마에 얹은 채 눈을 가늘게 떴다.

"탕 탕 탕……"

총성이 천지를 진동하고, 깃발의 물결이 큰 강이 범람하는 듯한 기세로 산꼭대기를 향하고 있었다.

"함성이 천지를 뒤덮고 봉화가 하늘을 가렸어."

"아니, 뭐라고 하셨습니까?"

망루까지 따라올라온 근시가 귀에 손을 대고 물었다.

"아니, 아무것도 아니다. 바람이 휘몰아치듯 강이 넘치듯, 적이기는 하지만 과연 놀라운 공격이다."

세베에 키요히데는 몸을 돌려 서쪽으로 바라보이는 시즈가타케로 시선을 옮겼다. 시즈가타케에도 역시 한쪽 기슭에서 안개 아닌 총포의 연기가 몇 줄기나 자욱하게 피어오르고 있었으며, 때때로 놀란 새떼가 하늘로 날아오르고 있었다.

"음, 쿠와야마도 공격당하고 있군. 그런데 산꼭대기 군사들은 이상하게도 조용한 것 같아……"

이번에는 북쪽으로 돌아서며 이와사키야마를 바라보았다. 그곳에서는 산상의 녹음을 누비듯이 깃발이 움직이고 있었다.

"허어, 타카야마 우콘이 앉아 당하지 않고 적중으로 쳐들어간 모양이야. 아니, 이것은…… 그래, 퇴로를 트고 산을 버리려는 생각인지도 모르겠는걸……"

키요히데의 관찰은 정확했다.

타카야마 우콘은 그때 이미 이와사키야마의 성채를 지킬 수 없다고 판단하고 일거에 적진을 돌파하여 키노모토에 있는 하시바 히데나가의 본진과 군사를 합치려 하고 있었다.

"좋아, 드디어 결정했다!"

키요히데는 혼자 두서너 번 고개를 끄덕이고는 망루에서 내려왔다. 그리고 측근의 무사들을 모아 간단명료하게 명령을 내렸다.

"지금쯤 키노모토의 본진에서 히데요시 님에게 전령이 달려가고 있을 것이다. 일각이라도 더 시간을 벌도록 하라. 죽을 자라도 서두르지는 마라. 항복할 자도 도주할 자도 되도록 그 시기를 늦추도록 하라. 적이 도착하면 혼전을 벌일 것이니 그때 나는 지시를 내릴 수 없다. 각자가 스스로 알아서 진퇴를 결정하라. 총포와 활은 적이 성채에 도착할 때까지 모두 쏘도록. 그럼, 저승에서 다시 만나기로 하자."

이미 약속했던 대로 산꼭대기에서는 즉시 봉화가 올랐다.

"적에게 포위당했다, 죽음으로써 사수하라."

이런 뜻을 전하기 위해 봉화가 하늘 높이 세 번 오르고, 키요히데 자신은 적의 정면 동쪽으로 향했다.

이때 적은 벌써 4, 5정 되는 거리까지 다가와 있었다. 아군으로부터 적에게 마구 화살이 날아갔다.

"아직 거리가 멀다. 함부로 활을 쏘지 마라."

울타리를 나선 키요히데는 말에서 내려 유유히 창을 꼬나들고는 우뚝 버티고 섰다.

그의 나이도 이미 60이 가깝다. 돌이켜보면 용케 지금까지 살아남았다는 생각이었다. 야마자키 전투 때는 노부나가의 뒤를 따라 죽으려 했으나 히데요시의 도움으로 겨우 살았다. 이번에는 그 히데요시를 위해 죽는 몸이 되었다.

인생이 왠지 우습게 여겨졌다. 아니, 우습다고 대담하게 고개를 갸웃거릴 수 있는 것도 실은 히데요시가 그가 죽은 뒤 가문을 훌륭하게 지켜줄 것이라고 믿고 있기 때문인지도 모른다.

"탕탕탕!"

총포소리와 함께 다시 발 밑에서 연기가 피어오르고 귓전을 스치며 탄환이 날아갔다.

키요히데는 꼼짝도 않고 다가오는 적의 군세를 노려보고 있었다.

6

키요히데의 명으로 일단 발사를 중단했던 아군의 화살이 한꺼번에 적의 선봉을 향해 날아갔다.

세 곳으로 분산된 약간의 총포도 여기저기서 계속 불을 뿜고 있었다. 적의 선봉은 2, 30간 거리까지 접근했다가 일단 2, 3정쯤 물러갔다.

키요히데 자신이 호령한 것은 아니었다. 전신에 싸움의 요령을 새겨 넣은 난세의 사나이들이 빨려 들어갈듯 7, 80개의 창을 가지런히 꼬나들고 돌격했다.

"와아!"

"와아!"

양쪽의 고함소리가 푸른 하늘 아래 뒤섞였다. 그러나 그 함성도 잠시뿐…… 거기서 한 사람도 돌아오는 자가 없었다.

다시 적의 전진이 시작되었다.

이미 해는 높이 떠올라 투구의 쇠를 무섭게 달구기 시작했다. 키요히데는 여전히 자루가 9척이나 되는 창을 꼬나든 채 전혀 움직이지 않고 있었다.

제2대가 다시 키요히데의 오른쪽에서 적진으로 돌격했다.

벌써 화살은 다 쏘았고, 총포소리도 그쳤다.

'지금쯤은 전령이 히데요시에게 보고하고 있을까……?'

키요히데가 문득 이런 생각을 떠올렸을 때 제3대가 적을 향해 돌진했다.

앞뒤 가릴 수 없는 혼전이어서 적과 아군의 고함소리가 키요히데의 주위를 에워싸는 것 같았다.

"성주님!"

한 사람이 뒤에서 달려오며 소리쳤다.

"북쪽을 지키고 있던 부대가 무너졌습니다. 적이 후방으로부터 이쪽으로……"

키요히데는 그 소리에 비로소 창을 고쳐 잡았다. 그리고는 다시 한 번 허리를 구부려보았다.

"나무하치만南無八幡! 부디 나카가와 세베에 키요히데의 최후를 지켜주십시오."

한마디 외침과 함께 막 산꼭대기에 도달한 적을 향해 곧장 일직선으로 돌격해갔다. 근시들이 일제히 뒤따랐으나 그 수는 20명도 채 되지 않았다. 물론 이것이 키요히데가 이 세상에 남긴 마지막 모습이었다.

오이와야마는 함락되었다.

때는 넉 점 반(오전 11시) 무렵.

찬란한 햇빛에 신록이 눈부시게 빛나는 시각이었다.

같은 시각, 이웃한 시즈가타케 성채에서는 사쿠마 겐바 모리마사의 사자를 이 성의 장수인 쿠와야마 시게하루가 대면하고 있었다.

쿠와야마 시게하루는 타지마의 타케다竹田에 1만 석 영지를 소유하고 있는 무장으로, 니와 나가히데 휘하에서 시즈가타케 성채를 수비하고 있었지만, 처음부터 나카가와 키요히데와 같은 격렬한 투지는 보이지 않았다. 시바타 카츠마사柴田勝政가 요고 호 서쪽으로 나와 계속 싸움을 도발하는데도 이를 맞아 싸우려 하지는 않고 도리어 퇴각할 준비를 시작하고 있었다.

이런 분위기는 당연히 공격자에게도 즉시 전달되었다.

"이상하다. 성채를 버리고 도망갈 생각인 모양이다."

이런 경우에 이르면 적도 사상자를 내지 않으려고 방책을 생각하게 된다.

"즉각 성채를 넘기고 철수하라. 그러면 우리도 추격하지 않겠다."

그 즉시 모리마사는 나오에다 마타지로直江田又次郎를 사자로 보내 시게하루와 교섭하게 했다.

산꼭대기 임시막사에서 사자의 말을 듣고 있는 시게하루.

"글쎄."

어딘지 모르게 이에야스의 모습을 닮은 시게하루는 둥근 머리를 갸

222

웃거리며 생각에 잠겼다.

7

"나도 어느 정도 싸움에는 자신이 있는 무사지만……"

시게하루는 상대가 초조해할 만큼 느릿하게 말을 이어갔다.

"하시바 치쿠젠 님이 기후로 출전하셔서 지금은 성에 안 계시기 때문에……"

"그래서 이 시즈가타케의 진지를 넘겨줄 수 없다는 말이오?"

사자로 온 나오에다 마타지로는 혀를 차며 힐문했다.

"그러기에 상의하려 하는데, 만일 넘기지 않겠다면 어떻게 하겠소?"

시게하루는 크게 고개를 갸웃거리며 자못 미련이 남는다는 듯이 사자를 빤히 쳐다보며 물었다.

"그야 뻔한 일 아니겠소. 이미 타카야마 우콘은 성채를 버렸고, 오이와야마의 나카가와 키요히데도 전사했소. 만약 귀하가 건네지 않겠다면 힘으로 빼앗을 것이오. 그런 질문은 할 필요도 없소."

"그러나 아직 본진인 키노모토가 함락된 것도 아니고, 니와 나가히데 님이 전사한 것도 아니오."

"그렇다면, 오이와야마와 마찬가지로 전멸하는 한이 있어도 싸우겠다는 말이로군."

"아니, 그것은 지나친 속단이오."

"뭐, 지나친 속단이라고……?"

"그렇소. 사네야마에서는 호리 히데마사 님이 보고 있을 것이고, 치쿠젠 님도 보고를 받으면 다시 돌아오실 것이오. 그때 쿠와야마 시게하루가 손도 써보지 않고 도망쳤다면 나의 체면이 서지 않소."

"대관절 싸우겠다는 것이오 아니오?"

"바로 그 점이오, 사자님. 하하하……"

시게하루는 갑자기 어색한 표정으로 웃고 나서 실토정이라도 하듯 슬쩍 말했다.

"귀하도 무사가 아니오?"

"무사이기에 예의를 갖추고 우리가 이길 싸움이 분명한데도 이렇게 귀하를 상대하고 있는 것 아니오. 나는 귀하같이 느긋한 인간은 처음 보았소."

"그것은 잘 알고 있소. 속담에도 소 잃고 외양간 고친다는 말이 있지 않소. 그래 여러 모로 생각해보았는데, 역시 당장에는 이 성채를 건넬 수 없을 것 같군요."

"뭐, 뭣이! 그럼 싸우겠다는 말이군. 알겠소! 우리 대장이 만반의 준비를 갖추고 기다리고 계시오. 곧 산을 내려갈 테니 화살 속에서 다시 만납시다."

"정말 성급하군요. 아직 나는 생각하는 바를 반밖에 말하지 않았소. 지금 당장 성을 넘기기에는 좀…… 해가 쨍쨍 내리쬐고 있어 낮이 간지럽소."

"그러면…… 그러면 어떻게 하겠다는 것이오?"

"그러니까…… 해가 질 때까지 밑에서 공포라도 쏘면서 기다릴 수 없겠소? 이쪽에서도 가끔 함성을 지르고 아무렇게나 활도 쏘고 공포도 쏘고 하면서 대응하겠소."

"뭐라구? 그럼 밤이 되면 성을 버릴 테니 그때까지 싸우는 체하면서 기다리라는 말이오?"

"귀하도 무사라고 하지 않았소? 서로가 대낮에 성을 주고받는 것은 아무래도 낯부끄러운 일일 테니 말이오."

"알겠소! 그러니까 귀하는 해가 지면 분명히 성을 넘겨주겠다는 말이로군요?"

"넘겨주고 말고 할 것 없이 해가 지면 우리는 곧 물러갈 것이오. 그러
면 양쪽 모두 체면도 서고 병력의 손실도 없을 것이오. 어떻소, 이 뜻을
사쿠마 님께 전해주시면?"

사자는 어이가 없어 망연히 시게하루의 얼굴을 바라볼 뿐이었다.

8

쿠와야마 시게하루는 해가 질 때까지 건성으로 싸우는 체하다가 해
가 지면 도망치겠다고 한다.

'그렇다면 과연 말하는 게 거북하기도 했겠군.'

사자로 온 나오에다 마타지로는 저도 모르게 웃음을 터뜨렸다.

"어떻소, 이 뜻을 전해주지 않겠소?"

"하하하…… 이건 참으로 기막힌 묘안이오. 귀하가 그런 각오라면
나는 사자로 온 사람이니 그대로 전하지 않을 수 없겠지. 그러나 해가
질 때까지라는 약속은 지켜야 합니다."

"그 점은 충분히 알고 있소. 우리에게 승산이 없는 이상 거기에 집착
하지는 않을 것이오."

"참으로 훌륭한 대장이오. 존경할 만해!"

사자는 시게하루에게 쏘는 듯한 야유를 던지고 다시 웃었다.

시게하루는 어디까지나 진지했다.

"사쿠마 님이 승낙하신다면 더 이상의 기쁨은 없소. 서로가 소중한
녹봉을 나누어 가지면서 자라난 가신들, 패할 것을 아는 싸움에서 살상
을 한다면 무익한 일이오. 그럼, 잘 말씀 드려주시오."

나오에다 마타지로는 어이가 없었으나, 내심으로는 뜻을 이루게 되

어 안도하기도 했다.

"그럼, 우리 대장이 승낙하면 밑에서 공포로 신호할 것이오. 그러나 만일에 실탄이 날아오거든 우리 대장이 승낙하지 않고 즉시 이 산을 점령하기 시작하는 줄로 아시오."

"으음, 공포라면 승낙이고, 승낙하지 않는다면 실탄을 쏜다……"

"알겠소? 그 처리는 내가 맡을 것이오."

"그렇다면, 더욱 안심하겠소. 사쿠마 님에게 잘 전해주시오. 시각은 저녁 여섯 점(오후 6시)이오. 그때부터 우리는 호수로 철수하기 시작할 것이오."

두 사람의 오랜 교섭은 이것으로 끝났다.

나오에다 마타지로가 돌아간 뒤 얼마 지나지 않아 산기슭에서 연기를 뿜으며 총포소리가 울리기 시작했다. 이에 따라 위에서도 계속 응사해왔다.

알 만한 사람이 듣는다면 양쪽 모두 공포를 쏜다는 것을 분명히 알 수 있었다. 그러나 때때로 위에서 함성이 울려퍼지고 밑에서도 이에 응하곤 했기 때문에 모르는 사람이 볼 때는 틀림없이 기회를 노리는 대치로 보였다.

마침내 약속한 저녁이 되었다. 호수 너머에 떠오른 히라比良 산맥이 붉게 물들며 차차 황혼이 짙어졌다.

쿠와야마 시게하루는 천천히 일어나 모두에게 호반湖畔을 향해 산을 내려가라고 명했다.

"정말 이대로 철수하는 것입니까?"

"물론 정말이다."

아군이 보기에도 답답할 정도로 느릿한 어조였다.

"오늘 아침 키노모토를 출발한 전령이 정오에는 하시바 님에게 도착했을 것이다. 그러면 바로 돌아와서……"

이렇게 말하면서 손을 꼽아나갔다.

"보통 사람이라면 내일 저녁에나 올 수 있겠지만…… 상대는 하시바 님이므로 아마도……"

"무엇을 말씀하시는 것입니까?"

"언제 원군이 도착할 것인가를 알아보는 거야…… 그렇지, 경우에 따라서는 날이 밝을 무렵이면 도착할지도 몰라. 좋아, 되도록 서서히 철수하는 것이 좋겠다. 내일 아침에는 다시 되돌아오게 될 테니, 너무 많이 걸으면 공연히 고생만 하게 되거든."

쿠와야마 시게하루의 지시에 따라 산 위에서는 일부러 천천히 철수 준비를 시작했다.

밑에서는 계속 산꼭대기의 움직임을 지켜보고 있었다.

9

승리의 기세가 오른 사쿠마 군은 이때 시즈가타케를 포위하는 진형으로 잠시 쉬고 있었다. 물론 야영이었다.

하치가미네鉢ヶ峰에서 오이와야마, 오노지야마尾野路山, 니와토하마庭戶浜에서 시즈가타케의 서쪽 호리키리堀切 부근까지 병력을 배치했다. 해가 지자 군사들이 피운 모닥불이 빨갛게 바라보였다.

"묘한 일이야. 공포만 쏘아대고 성채를 버리다니."

"그거야 대장에게 무슨 생각이 있어서 그럴 테지. 좌우간 명령은 따라야 해."

대장인 쿠와야마 시게하루의 마음을 알지 못한 채 서쪽을 향해 서서히 이동하기 시작한 쿠와야마 군이 산길을 걸어 호숫가로 내려가려 할 때 이상한 것을 발견했다.

츠즈라오자키葛籠尾崎 호수 기슭을 목표로 군선軍船이 속속 다가오고 있었다. 이미 땅거미가 져서 발 밑이 어두웠으나 눈 아래의 호수는 하늘빛을 반사하여 회백색으로 빛나고 있었다. 깃발은 식별할 수 없었으나, 계속 이어진 선열船列로 보아 서남쪽 카이즈 방향에서 오고 있다는 것을 알 수 있었다.

"보고 드립니다. 호수에 많은 배가 보입니다."

급히 전령이 쿠와야마 시게하루에게 알렸다. 시게하루는 얼른 호수가 내려다보이는 바위로 말을 몰고 갔다.

"으음, 참으로 기묘한 일이야. 기묘한 일이 일어났어."

자못 감개무량한 듯 뒤를 돌아보았다.

주위가 어두워져서 불타고 있는 이와사키야마와 오이와야마 성채의 불길이 선명하게 보였다.

"적일까요, 아군일까요?"

"뻔한 일 아니냐. 카이즈에서 오는 니와 나가히데 님의 원군이다. 이렇게 되면 굳이 진지를 넘겨줄 것도 없어. 과연 하시바 님은 운이 강한 분이야."

"그러면, 이쪽에서 원군을 청했습니까?"

"아니, 그럴 틈도 없었는데 오고 있어. 그래서 기묘하다고 감탄하고 있는 것이다."

시게하루가 감탄한 대로 정말 불가사의한 우연의 일치라 해도 좋았다. 키노모토의 본진을 비우면서 히데요시는 만일의 경우를 생각하여 니와 나가히데에게 츠루가 가도에 있는 카이즈를 방비하라고 지시를 내려두었다.

나가히데는 오늘 새벽부터 사쿠마 군이 일제히 행동을 일으킨 줄은 알지 못하고 있었다.

'치쿠젠 님이 안 계시는 동안 만일의 경우가 생기면……'

다만 이런 생각으로 아침부터 측근의 무사 1,000여 명을 여섯 척의 배에 태우고 비와琵琶 호수를 둘러보러 나왔다. 그런데 자기 휘하에 있는 쿠와야마 시게하루의 성채에서 계속 총성이 울려왔다.

"이건 예삿일이 아니다. 적이 시즈가타케를 공격하고 있어. 얼른 배를 대도록 하라."

이렇게 명한 뒤 나가히데 자신은 그대로 상륙하고, 곧 배를 카이즈로 돌려 주력 부대의 3분의 2를 이쪽으로 옮기고 있었다. 나가히데가 상륙한 것은 정오가 약간 지났을 무렵. 지금 그 주력 부대가 호수를 건너 속속 시즈가타케에 도착하고 있었다.

"모두 되돌아서라. 그리고 이번에는 실탄을 쏘도록 하라. 아니, 정말 기묘한 일이야."

시게하루는 고개를 갸웃하고 일단 버렸던 성채 쪽으로 다시 말머리를 돌렸다.

10

그 무렵—

오이와야마 기슭에 진을 치고 시즈가타케의 움직임을 지켜보고 있는 사쿠마 겐바 모리마사와 산골짜기 키츠네즈카에 본진을 둔 채 움직이지 않는 총대장 시바타 카츠이에 사이에는 몇 번이나 군사軍使가 왕래했다.

"밑도 끝도 없이 사자만 왔다갔다하는군. 대관절 백부님은 왜 출격을 허락하지 않는 것일까? 이유가 있을 터, 그것이 알고 싶어."

모리마사는 마지막으로 사자로 갔던 하라 히코지로를 앞에 놓고 흥분을 감추지 못했다.

하라 히코지로는 그러한 상대의 감정에 말려들지 않으려 하면서 천천히 장막 안을 둘러보고 나서 모닥불에 장작을 던져넣었다.

"더 이상 움직여서는 안 된다, 모리마사는 아직 혈기가 가라앉지 않았다고 말씀하셨습니다."

"뭐, 혈기가 가라앉지 않았다고? 나는 혈기 때문에 서두르는 것이 아니야. 백부님은 노망이 드셨어. 원숭이가 없는 틈에 모처럼 함락한 이 요새, 이것을 발판으로 삼아 나가하마 평야로 진격하지 않고 어떻게 하겠다는 말인가."

"예. 그 점에 대해서는 이렇게 말씀하셨습니다. 키노모토에는 하시바 히데나가와 하치스카 히코에몬이 남아 있다, 또 눈앞의 사네야마에는 호리 히데마사가 있다, 따라서 지금은 움직일 때가 아니다. 곧 이전의 유키이치야마로 철수하라고……"

"똑같은 말만 되풀이하시는군!"

모리마사는 불길이 반사되는 눈을 크게 부릅뜨고 이를 갈면서 군선軍扇을 흔들었다. 그 바람에 걸상의 다리가 흙 속에 박혔다.

"호리 히데마사도 백부님이 움직이기 시작하면 틀림없이 동요하여 키노모토와 합칠 것이다. 그것을 양쪽에서 공격하자는 거야. 히코지로, 히데마사 따위를 왜 그렇게 두려워하시느냐고 다시 한 번 말씀 드리고 오너라."

"그렇지만……"

모리마사의 말에 하라 히코지로는 일어서는 대신 다시 장작을 불 속에 던져넣을 뿐이었다.

"만일에 산골짜기에서 나와 키노모토를 공격하다가 그것을 함락시키기 전에 히데요시가 돌아온다면 아군은 진퇴양난에 빠진다, 그러니 철수하라고 하십니다."

"닥쳐! 원숭이가 기후에서 돌아올 때까지 어떻게 가만히 있을 수 있겠느냐. 오늘 전령이 도착했다고 해도 내일 철수준비를 하고 그 이튿날 일찍 기후를 떠나 여기 도착하려면 사흘은 걸린다. 그때까지면 나가하마 성을 손에 넣고 그 이북의 땅을 엄중히 경계할 수 있어. 나는 철수하지 않을 것이다, 철수하지 않겠다.”

“하지만 그것은 약속을⋯⋯”

“약속 따위는⋯⋯ 전투는 물과 같은 거야. 승리하고 나서 그 기회를 이용하지 않고 무엇을 한다는 말이냐.”

“어쨌든⋯⋯”

히코지로는 곤혹스러운 듯 고개를 가로저었다.

“절대로 깊이 쳐들어가지 않겠다고 약속하셨으니, 오늘의 전과가 만족스럽다면 즉시 철수하라⋯⋯ 이것이 명령이라고 하셨습니다마는⋯⋯”

“그만 됐다.”

히코지로가 어이없어하는데 모리마사는 혀를 차고 휙 하니 고개를 돌렸다.

“도무지 말이 통하지 않아⋯⋯ 좋아, 내일은 나 혼자 행동하겠다. 더 이상 사자로 갈 필요도 없다. 여간 완고한 분이 아니야, 백부님은.”

이때 일단 그쳤던 총소리가 다시 산봉우리로부터 골짜기로 무섭게 메아리쳐왔다.

“어느 성채냐, 이 총소리는? 알아보고 오라.”

“예.”

근시 하나가 얼른 장막 밖으로 달려나갔다.

“탕 탕 탕⋯⋯”

이어서 똑같은 굉음이 땅거미를 뚫고 들려왔다.

“이상하다, 지금 것은 시즈가타케 쪽인 것 같은데⋯⋯”

하라 히코지로는 고개를 갸웃거리며 일어섰다.

히데요시가 사쿠마 군의 출격보고를 받은 것은 20일 정오가 지나서였다.

사쿠마 모리마사의 계산에 따르면, 20일 정오쯤 히데요시는 이미 오가키 성을 나와 이비가와를 건너 강나루 부근까지 진출해 있어야 한다. 그러나 히데요시는 전군을 무장시키고 언제라도 진격할 수 있는 충분한 준비를 갖추고 있으면서도 밤이 되었을 때 어제의 말을 뒤엎고 도하渡河를 중지시켰다.

"아직 물이 덜 빠졌으니 하루쯤 더 기다리기로 하자."

측근 중에는 이에 불만을 품은 자도 많았다.

"이 정도의 물이 뭐가 그리 대수롭다고 건너지 못한다는 말입니까. 대장님은 너무 조심성이 많으십니다."

히데요시는 웃으면서 대답했다.

"나는 물과 싸우려고 온 것이 아니야. 강을 건너다가 한 사람이라도 잃는 일이 생기면 웃음거리가 된다. 하지만 무장을 풀면 안 돼. 어쩌면 오후에라도 물이 빠지게 될지 모르니까. 물이 빠지면 오늘중에라도 강을 건너야 한다."

히데요시 군 모두가 동쪽의 수량水量에 신경을 쓰고 있을 때 서쪽에서 홋코쿠 군사가 고호쿠로 진출했다는 전령이 도착했다.

히데요시는 복잡한 표정으로 회심의 미소를 띠었다.

"그래? 그렇다면 큰일이군. 내가 없는 기회를 노리고 왔다면 이대로 있을 수 없다. 곧 되돌아가서 자웅을 겨루어야겠다. 좋아, 보병 이백 명 중에서 특히 발이 빠른 자 오십 명을 선발하도록 하라."

카토 미츠야스에게 명하고 히데요시는 본성本城 앞의 막사로 나와 결상에 앉았다. 그리고는 뽑힌 보병들이 오기를 기다렸다.

기다리는 동안 히데요시는 아무리 입을 다물려고 해도 웃음이 터져 나와 견딜 수 없었다.

"그대가 싸우는 모습은 멧돼지 바로 그것이야."

시바타 카츠이에는 전에 노부나가로부터 이런 말을 자주 들었다. 그런데 사쿠마 겐바 모리마사도 그 카츠이에의 젊었을 때와 똑같은 멧돼지였다.

그런 겐바 모리마사를 겨누고서 히데요시는 신중을 기하여 함정을 파놓았다.

'드디어 함정에 멧돼지가 빠졌어……'

그렇지만 어떤 경우에도 무리한 싸움은 하지 않는 히데요시였다. 우선 병력의 배치로 적을 압도하고, 그런 뒤 적의 내부에 이런저런 미끼를 던져 내응하는 자를 만들고 나서 다시 노부나가의 방식대로 기습을 가하는 것이 히데요시의 전술이었다.

어느 경우에나 면밀하게 포석한 뒤——

"싸우면 반드시 이긴다!"

이렇게 호언장담하는 히데요시, 그 호언장담은 언제나 실현되어 지금은 아군의 신앙이 되기까지 했다.

선발된 50명의 발 빠른 자들이 장막 안으로 들어오자 히데요시는 엄하게 첫번째 명령을 내렸다.

"너희들은 즉시 오가키에서 키노모토에 이르는 길가의 마을로 다니면서 이렇게 말하여라. 집집마다 쌀 한 되씩 밥을 지어 군량으로 삼으라고. 물론 너희들을 뒤따라 출발한 군사들의 군량이다. 오다니에 이르면 밤이 될 것이니, 오다니에서 키노모토까지의 마을에서는 군량 외에 말먹이도 준비하도록 하고, 또 횃불을 들고 우리를 기다리게 하라. 알겠느냐, 오다니에서 키노모토에 이르는 길은 우리가 도착하기에 앞서 횃불로 꽉 차도록 준비시켜야 한다. 모든 비용은 나중에 열 배로 갚겠

다고 하라. 천하를 가름할 싸움은 이것으로 결정된다고 선전하여라. 새
로운 천하인 히데요시의 명령이라고 분명히 전하여라."

12

발이 빠른 보병 50명을 선발대로 삼아 오가키 성에서 달려나가게 한
히데요시는 비로소 큰 소리로 웃었다.

지금부터 키노모토로 되돌아가려면 거의 밤을 새우다시피 강행군을
해야 한다. 만일 승패를 겁내는 자가 도중에 생기기라도 하면, 그야말
로 50명이나 100명의 노부시野武士°나 도적의 무리라도 뜻밖의 장애가
될 수 있었다.

이런 방해를 제거하기 위해서는, 승리는 히데요시의 것이라고 확실
하게 인식시켜둘 필요가 있었다. 게다가 집집마다 밥을 짓도록 명해두
면 백성들은 알지 못하는 사이에 아군이 된 듯한 기분이 들고 또한 강
행군을 하는 장병의 굶주림을 훌륭하게 해결할 수 있었다.

일석이조가 아니라 삼조三鳥를 노린 히데요시의 생각은 여기에 그치
지 않았다. 나가하마에서 키노모토에 이르는 가도를 횃불로 메우려는
히데요시의 생각.

"히데요시가 온다!"

가도의 횃불을 보면 본진이 도착하기 전부터 적들은 히데요시가 온
것으로 착각하고 당황하여 혼란에 빠질 수밖에 없었다.

"자, 이것으로 이겼어! 우지이에, 우지이에."

히데요시는 걸상에서 일어나면서 커다란 소리로 불렀다. 우지이에
나오미치는 이 성의 성주였다.

부르는 소리가 크기도 했지만, 우지이에 나오미치는 깜짝 놀란 듯 눈

을 깜박이며 주위를 돌아보고 히데요시 앞에 나와 머리를 조아렸다. 그는 만일 히데요시가 코호쿠로 발길을 돌리면 기후를 등지라는 노부타카로부터의 밀령을 받고 있었다.

물론 히데요시도 그 사실을 알고 있었다. 그러나 전혀 개의치 않는다는 듯이 여유를 보였다.

"그런데, 우지이에, 드디어 이것으로 천하는 이 히데요시의 손에 들어오게 됐어."

히데요시는 다시 자기 자랑을 하기 시작했다.

"이상한 일이야, 홍수까지 이 히데요시의 편을 들다니. 예정대로 오늘 아침에 강을 건넜더라면 결코 내일 아침까지 시바타나 사쿠마를 무찌를 수는 없었을 텐데. 그런데 보다시피 이렇게 되었어. 그러나 나의 군사 삼만을 모두 데리고 간다면 그대가 불안하겠지. 시바타의 목을 베어 돌아올 때까지 이 성에 일만 오천을 남겨 호리오 요시하루에게 맡기겠어. 만일 노부타카가 나오거든 대처하도록 말이야."

"예."

대답하는 우지이에 나오미치는 자신의 당황스러운 기분을 감추지 못하며 불안하게 눈알을 움직였다. 히데요시가 뱃속을 꿰뚫어보고 있는 것 같아 저도 모르게 등골이 오싹했다.

"내 말 잘 들었겠지, 요시하루. 이곳을 철저히 지키도록 하게."

"예."

"날씨가 좋아지고, 강은 건너지 않았고, 사쿠마도 나왔어. 무장은 되어 있어. 하하하…… 그야말로 행운의 신이 돕고 있어, 이 히데요시를 말이야. 자, 그러면 모두 들도록. 군량이 길목마다 우리를 기다리고 있다. 키노모토까지는 숨 돌릴 겨를도 없다. 달리면서 먹고, 달리면서 마시고, 달리면서 천하를 손에 넣도록 하자. 우다이진 님이 덴가쿠하자마에서 대승을 거둘 때도 이러했다. 코쇼들도 이번에는 마음껏 공을 세우도록 하라. 좋아, 그럼 출발준비를 하자."

하늘은 맑게 개고, 그 하늘을 솔개가 날고 있었다. 신록의 냄새를 실어오는 동풍, 나뭇잎을 흔들어대는 바람과 빛이 상쾌했다.

히데요시는 전군의 열병閱兵을 끝낸 뒤 카토 미츠야스, 히토츠야나기 나오스에 등 말을 타고 있는 몇몇 근시를 거느리고 본대에 앞서 바람처럼 성문을 나섰다.

일곱 점(오후 4시) 조금 전이었다.

13

히데요시는 말을 몰아 나가마츠長松, 타루이垂井를 단숨에 달려갔다. 그리고 세키가하라關ヶ原에 이르렀을 때 두번째 전령을 만났다. 나카가와 세베에 키요히데의 전사戰死와 사쿠마 모리마사의 출진을 알리는 전령이었다.

히데요시는 말 위에서 그 보고를 들었다.

"세베에, 용서해다오."

허공을 쳐다보며 큰 소리로 말했다.

"반드시 원수를 갚겠다. 그리고 그대의 집안을 훌륭하게 키우겠다. 부디 용서해다오."

어느새 해가 떨어지고 길이 어두워졌다. 미리 지시해놓았던 대로 당도한 마을 한가운데서 밥 짓는 김이 무럭무럭 피어오르고, 주먹밥이 산더미를 이루고 있었다.

히데요시는 그 앞에 말을 세우고 일일이 치하했다.

"수고가 많다. 술이 있거든 내오너라. 말먹이에도 겨를 섞어 배불리 먹게 하라. 값은 나중에 열 배로 쳐서 갚겠다. 알겠느냐, 이번 싸움으로 천하가 이 히데요시의 손에 들어온다. 절대로 뒤따라오는 대군이 배고프게 해서는 안 된다."

그리고 다음 마을에서는——

"오오, 여기서는 팥밥과 떡까지 준비했구나. 좋아, 이 히데요시가 분명히 기억해두겠다."

또 어느 마을에서는——

"서둘러라, 시즈가타케로 서둘러 가야 한다. 알겠느냐, 비어 있는 쌀부대는 아가리를 묶어 둘로 자르고 소금물에 담갔다가 그 안에 밥을 넣고 말에 실어 서둘러 시즈가타케로 가라. 길을 가는 군사들에게 이것은 밥이니 먹게 하고, 두 사람분을 먹는 자가 있어도 탓하지 마라. 옷이나 수건에 싸서 가져가도 좋다고 해라. 몇 사람분을 가져도 전쟁터로 가져가는 것이니 결코 낭비가 아니다. 말먹이에도 표를 해놓고, 필요하면 가져가라고 해라. 알겠느냐, 값은 나중에 열 배로 쳐주겠다는 말을 잊지 마라. 개개인의 이름은 말할 것 없다. 어느 고을의 어느 마을이라고만 말하라. 자, 서둘러 시즈가타케로 가자."

히데요시의 뒤를 따라 오가키 성을 떠난 대군은 그의 명령대로 먹으면서 달려가고, 달려가면서 마시며 문자 그대로 질풍노도와 같은 태세로 진격해나갔다.

세키가하라를 지날 무렵에는 이미 날이 어두워 길은 횃불로 메워졌다. 세키가하라에서 스이죠春照 남쪽을 지나 나가하마로, 이어 키노모토의 본진까지, 오가키에서 그 거리는 무려 130리나 된다. 히데요시가 만일 강을 건너 기후 성에 도전했다면 키노모토에 도착하는 것은 사쿠마 모리마사의 계산처럼 아무리 서두른다고 해도 사흘 후가 되었을 것이었다.

다섯 점(오후 8시)이 지나 스이죠를 출발한 히데요시 군이 홋코쿠 가도의 노무라野村, 손쇼 사尊勝寺, 오다니, 우마카미馬上, 이구치井口를 거쳐 키노모토에 도착한 것은 다섯 점 반(오후 9시) 무렵이었다.

한편 병참부대는 나가하마에서 키노모토에 도착했다.

1만 5,000의 군사가 130리나 되는 길을 불과 다섯 시간 남짓한 동안에 달려왔다. 따라서 스이죠에서 키노모토, 하치가미네에서 미노에 이르는 가도는 그야말로 만도에萬燈會°를 보는 듯한 횃불의 행렬이었다. 히데요시는 그 선두에 서서 키노모토의 본진에 도착했다.

"나카가와 세베에를 전사케 하다니 분한 일이다."

히데요시는 만나자마자 대뜸 자신의 동생 하시바 히데나가를 꾸짖었다. 히데나가가 무어라 말하려 했을 때는 퉁명스럽게 잘라버렸다.

"알고 있다. 그 몫을 네가 대신해라."

이렇게 말하는 동안에도 안타까운 듯이 말머리를 돌려 진지에 도착하고 있는 병졸들을 맞이했다.

"배가 고픈 자는 없느냐? 피로한 말들도 쉬게 해주어라. 지금부터 새벽까지면 시즈가타케에서 천하가 결판난다. 짚신과 각반 준비도 잘되어 있느냐?"

그 특유의 큰 목소리로 호령하며 이리 뛰고 저리 달리면서 피로한 줄도 모르고 혼자 대활약을 했다.

겐바의 침몰

1

사쿠마 군이 쿠와야마 시게하루의 시즈가타케 성채를 교묘히 건네받을 수 있게 되었다고 생각하고 있을 때였다. 니와 나가히데의 원군이 나타남으로써 일단 산을 내려가던 쿠와야마 군이 다시 성으로 돌아왔다. 그 모습을 지켜보면서 사쿠마 모리마사는 어떻게도 할 수 없어 그날 밤은 공격의 고삐를 늦추었다.

이른 새벽부터의 산악전으로 아군의 피로는 극심했다. 마에다 토시이에 등의 움직임은 활발함을 잃고, 카츠이에도 속히 철수하라고 할 뿐 평지로 나올 기색을 보이지 않았다.

오이와야마 기슭에서 야영을 하고 있는 사쿠마 모리마사는 그날 밤 자신의 다음 계획을 위해 일찍 잠자리에 들었다. 그는 날이 밝기를 기다렸다가 시즈가타케를 내려가 이와사키야마, 오이와야마, 시즈가타케의 전선을 확보하고 나가하마 평야로의 출구를 굳히려고 혼자 결정했던 것이다.

다섯 점 반(오후 9시)쯤 되었을 때 갑자기 주위가 떠들썩해졌다.

달이 뜨는 것은 아홉 점(오후 12시)이 지나서였다.

'무슨 일일까······?'

귀를 기울이는데 병사들이 큰 소리로 이야기하는 소리가 들렸다.

"아무래도 이상해. 저 만도에와 같은 횃불의 행렬이 예사롭지 않아."

"정말 그래. 몇 만이나 되는 대군이 몰려오는 것 같아."

"몇 만이라면 보통 대장이 아닐 거야. 혹시 미노에 있다고 하는 히데요시가 어디 숨어 있었던 것은 아닐까?"

"말도 안 되는 소리. 히데요시는 분명히 오가키에서 동쪽으로 나가 싸우고 있을 거야. 아무리 빨리 돌아온다고 해도 내일 안으로는 여기에 도착하지 못해. 그러나저러나 미노 가도에서 키노모토까지 완전히 횃불의 바다야."

"우리 대장도 알고 계실까?"

"누군가 측근이 말씀 드렸을 테지."

사쿠마 모리마사는 그 소리에 벌떡 일어났다.

"거기 누구 없느냐? 망루로 오라······"

소리치고는 그대로 막사를 나와 왼쪽에 있는 큰 바위 위로 올라갔다.

병졸이 말한 대로 예삿일이 아니었다. 그야말로 끝도 없는 불의 바다였다.

"히데요시가 온 것 같습니다."

칼을 들고 따라온 시동이 말했을 때는 등골이 오싹했다.

"허튼 소리 마라. 히데요시도 귀신은 아니야. 오가키에서 어떻게 이처럼 빨리 달려올 수 있단 말이냐. 마음을 단단히 가져라!"

입으로는 무섭게 꾸짖으면서도 사쿠마 모리마사 역시 정찰을 내보내지 않을 수 없었다.

"야스이는 어디 있느냐? 야스이를 불러라."

"예, 야스이 사콘安井左根, 여기 있습니다."

"사콘, 똑똑한 자를 뽑아 척후로 내보내라. 누가 참전했는지 확실하게 알아오라고 해라."

"알겠습니다."

사콘이 허둥지둥 내려간 뒤 모리마사는 다시 한 번 넋을 잃은 듯 횃불의 움직임을 바라보았다. 마음 어딘가에서 피와 살을 뚫고 밀려오는 듯한 심한 후회, 정말 후회막급이었다……

'일단 적을 격파하거든 반드시 철수할 것. 그런 약속이라면 움직여도 좋다.'

백부 카츠이에가 거듭 말했는데도 오늘 저녁에 드디어 여기까지 와서 야영을 하며 퇴각하기를 거부했던 모리마사.

'만일 정말 히데요시가 진격해온 것이라면……'

그때는 이미 체면 따위를 생각할 여지가 없었다. 달이 뜨기를 기다렸다가 철수할 수밖에…… 이런 생각을 하며 꼼짝도 않고 있을 때 야스이 사콘의 목소리가 들렸다.

"척후가 돌아왔습니다."

2

"뭐, 척후가 돌아왔어? 어서 이리 불러라."

모리마사는 큰 소리로 말하고 자기 쪽에서 먼저 성큼성큼 야스이 사콘에게 다가갔다.

"사콘, 역시 치쿠젠이더냐?"

"그렇습니다."

사콘은 주위를 꺼려 속삭이듯 작은 목소리로 대답했다.

"틀림없느냐?"

"정말 꿈만 같습니다…… 이미 히데요시는 키노모토의 본진에 도착하여 땀도 닦지 않고 타나카미야마로 올라갔다고 합니다."

타나카미야마는 키노모토 북쪽의 홋코쿠 가도 동쪽에 있었다. 수비대장으로 명령받은 하시바 히데나가가 거느린 별동대가 점거하고 홋코쿠 군사의 움직임을 지켜보고 있는 요지였다.

그 타나카미야마에 히데요시가 올라갔다고 한다…… 물론 홋코쿠 군사가 진출하는 상황을 정찰하기 위해서일 테지만, 어떻게 벌써 이곳에 그가 모습을 나타내게 되었는지 모리마사로서는 상상도 할 수 없었다. 더구나 히데요시만이 아니라 수만의 대군이 이미 도착하여 지금도 속속 산야를 메우며 접근해오고 있다고 했다.

"사콘, 달은 아홉 점(오후 12시)에 뜨겠지?"

"예, 그보다 좀 일찍 뜰 것입니다."

"사기는 어떤가, 아군의 사기는?"

"안타깝게도……"

사콘은 고개를 떨구고 말끝을 흐렸다.

"그럴 것이다…… 원숭이 놈은 항상 대군과 더불어 나타나니까."

"그렇습니다. 히데요시가 성을 비웠을 때조차 병력으로는 도저히 미치지 못하는데다, 니와 나가히데가 호수를 건너서 치쿠젠이 저렇게 나타난 것입니다."

"분한 노릇이다."

모리마사는 핏발이 선 눈으로 혀를 찼다.

"하라 히코지로를 불러라. 그리고 내 동생 카츠마사와 야스마사의 진지에도 사자를 보내야겠다."

말하다 말고 모리마사는 손을 이마에 얹고 동북쪽 하늘에 눈길이 못 박힌 채 두 눈을 치떴다.

"아, 저것은 봉화로구나."

타나카미야마인 듯한 부근에서 한 줄기 빨간 불기둥이 꼬리를 끌며 치솟는가 했더니, 그 왼쪽에서도 이에 대답하듯 두 줄기 불길이 하늘로 뻗어올라갔다……

"아뿔싸!"

모리마사는 신음했다.

"저것은 분명히 마에다 부자와 후와의 진지야. 음, 배신했구나!"

히데요시가 성을 비웠다는 것을 알리고 20일 새벽에 오가키에서 기후로 진격할 것이라는 등 천연덕스럽게 보고해온 나가하마 성 내응자의 말까지도 의심스럽게 여겨졌다.

"사콘, 달이 뜨는 즉시 철수해야겠다. 곧 준비하게."

모리마사는 자기가 먼저 일어나 바위에서 뛰어내렸다.

웬만하면 이곳에서 아침을 맞이하여 전군이 궤멸하더라도 자진하여 히데요시와 싸우고 싶었다. 그러나 카츠이에의 명을 어긴 자책감이 그렇게 할 수 없게 했다.

퇴각하려면 촌각을 다투어야 했다. 결단을 내리면 모리마사 역시 '귀신' 이란 별명을 듣는 맹장이었다.

"달이 뜨는 즉시 각 부대는 요고 호를 서쪽으로 돌아 철수할 것."

하라 히코지로, 하이고 고자에몬, 그리고 시바타 카츠마사, 토쿠야마 고헤에 등의 진지에 사자를 보냈다. 그리고 나서 모리마사는 말을 끌어다놓고 자신도 하늘을 노려보며 달이 뜨기를 기다렸다.

3

달이 겨우 이부키야마伊吹山 북쪽에 모습을 나타낼 무렵 히데요시 역시 적정을 정찰하던 타나카미야마에서 내려와, 곧장 가도 서쪽의 오이와야마와 시즈가타케 양쪽을 바라볼 수 있는 챠우스야마茶臼山에 오르고 있었다.

키츠네즈카까지 나와 있는 카츠이에의 본진을 견제할 책략은 이미 세워놓았기 때문에, 사쿠마 모리마사의 퇴각을 지켜보다가 그들이 움직이기 시작하면 즉시 추격전을 개시하기 위해서였다.

사쿠마 모리마사와 그 동생 시바타 산자에몬 카츠마사柴田三左衛門勝政의 주력 부대를 격멸하면 카츠이에는 손발이 잘린 결과가 될 터. 그러나 이 손발에 싸움을 걸고 있는 동안 카츠이에 본진이 출동한다면 양면의 적을 상대해야 하는 어려움이 발생할 것이다.

그 어려움을 피하기 위해 히데요시는 사네야마에 있던 호리 히데마사의 주력과 타나카미야마에 있던 하시바 히데나가의 군사 1만을 키츠네즈카 전면의 히가시노東野에 진출시켜 카츠이에의 출격을 봉쇄하고, 자신은 요고 호 서쪽으로 나가 사쿠마 군의 분쇄를 위한 추격전을 전개할 생각이었다.

"어때, 달이 떴는데 사쿠마 군이 움직이기 시작했느냐?"

챠우스야마에 오른 히데요시는 곧 북서쪽 끝으로 말을 몰았다. 그리고는 은빛으로 흐려진 눈 밑의 분지를 응시했다.

"예, 움직이기 시작한 것 같습니다."

"으음, 저것이로구나. 오노지야마 쪽으로 깃발을 내리고 철수하는 모양이야."

히데요시는 측근들에게 둘러싸여 자세히 그 속도를 측정했다.

"아, 불쌍한 녀석이야, 모리마사도."

모두들 들으라는 듯이 중얼거렸다.

"젊은 시절의 카츠이에를 꼭 닮은 멧돼지여서 결국 나의 덫에 걸리고 말았어."

"하지만 그 철수하는 모습은 여간 정연하지 않습니다. 조금도 빈틈이 없습니다."

"누구냐, 지금 그 말을 한 자가?"

"예, 토라노스케 키요마사입니다."

"토라노스케, 잘 기억하여라. 달이 뜨기를 기다렸다가 물러가는 싸움은 하지 말아야 한다."

"예."

"달이 뜨기를 기다렸다가 공격하는 것과는 사정이 달라. 공격하려면 지금 그대들이 느끼고 있는 것처럼 더욱 늠름해지고 용기가 솟는다. 그러나 물러나는 경우에는 아무리 정연해 보인다고 해도 마음속은 혼란에 빠져 있는 거야. 반드시 어딘가에서 파탄이 일어나게 마련. 때는 지금이다. 시각이 어떻게 되었느냐?"

"이미 여덟 점(오전 2시)이 가까울 것입니다."

"지금 대답한 자는 누구냐?"

"이치마츠(후쿠시마 마사노리福島正則)입니다."

"이치마츠, 너는 저들의 속도로 날이 밝을 때까지 얼마나 후퇴할 거라 생각하느냐?"

"날이 밝을 때까지는 시즈가타케 왼쪽의 호리키리까지가 고작이라고 생각합니다."

"호리키리로 나온다면 더 바랄 것이 없는데…… 그 근처에는 누가 있지?"

"모리마사의 동생 산자에몬 카즈마사입니다."

"그럼, 모리마사의 후군은 누가 맡을 것 같으냐? 오, 너는 헤이스케(이시카와)로구나. 헤이스케, 의견을 말해보아라."

"예, 역시 하라 히코지로가 아닐까 하고 모두들 이야기하고 있던 참입니다만."

"으음, 내 의견과 별로 차이가 없구나. 스케사쿠(카타기리 카츠모토片

桐且元), 너는 저렇게 후퇴하는 적들에 대해 우리는 언제부터 추격하는 것이 좋다고 생각하느냐?"

히데요시는 자못 즐겁다는 듯 측근 한 사람 한 사람에게 말을 걸어 의견을 물어나갔다……

4

카타기리 스케사쿠는 고개를 갸웃하고 조심스럽게 의견을 말했다.

"적이 지금처럼 이동한다면 우리도 몰래 시즈가타케로 옮겨 기다리다가 날이 밝는 것과 동시에 일제히 공격하면 좋을 것 같습니다."

"그러니까 지금 당장 사쿠마 군을 공격하지 않고 시즈가타케 북쪽으로 가서 대기하자는 말이로군. 토라노스케는 어떻게 생각하느냐?"

히데요시가 이름을 부르자 키요마사는 거구를 앞으로 내밀었다.

"스케사쿠의 생각도 나쁘지 않을 듯합니다."

"나쁘지 않다는 말이지. 그 대답은 마지못해 하는 것 같다. 그럼, 이치마츠는?"

"일대는 스케사쿠가 말한 것처럼 산 북쪽으로 나가고, 다른 일대는 지금 당장 추격하여 이 밤 안으로 적의 간담을 서늘하게 만드는 것이 좋겠습니다. 싸움에 이기기 위해서는 지체할 필요가 없다고 생각합니다."

"좋아!"

히데요시는 무릎을 탁 치고 측근들을 돌아보았다.

"이치마츠의 의견을 받아들여 즉시 적을 추격하면서, 일대는 새벽에 적을 궤멸시킬 때를 대비하여 시즈가타케로 급히 보내기로 하겠다. 알겠나, 지금 호명하는 사람들은 각자 자기 군사를 데리고 먼저 시즈가타케로 떠나도록 한다."

오가키에서 130리 남짓한 거리를 다섯 시간 만에 달려온 히데요시. 잠시도 쉴 새 없이 타나카미야마에서 챠우스야마로 옮겨와, 또다시 피로의 기색도 보이지 않고 당장 적에게 도전하겠다고 하고 있었다.

"적은 어제 하루 종일 싸우고 숨돌릴 겨를도 없이 살얼음판을 걷듯 물러가고 있다. 오늘은 지금껏 금해왔던 일을 허락할 터이니 호명된 사람들은 시즈가타케로 적을 끌어들여 마음껏 공을 세우도록 하라. 일 각(2시간)이라도 빨리 적을 무찌르면 일 각이라도 일찍, 반 각(1시간) 빨리 적을 무찌르면 반 각 일찍 휴식하게 된다고 생각하라."

"알겠습니다."

"그럼, 이름이 불린 사람은 크게 대답하고 오른쪽으로 나와라. 후쿠시마 이치마츠."

"예."

"카토 토라노스케."

"예."

"카토 마고로쿠加藤孫六(요시아키), 카타기리 스케사쿠."

"예."

"와키사카 야스하루, 히라노 나가야스."

"옛."

"카스야 스케에몬…… 스케에몬은 없느냐?"

"스케에몬은 지금 풀밭에서 용변을 보고 있습니다."

"뭐, 용변? 그럼 천천히 보도록 내버려두어라. 용변이 끝나면 다른 사람에게 뒤지지 말라고 일러라."

"예, 그렇게 말하겠습니다."

"다음에는 이시카와 헤이스케와 그 동생 나가마츠."

"예."

"예."

"이상 아홉 명은 히데요시의 코쇼라는 명예를 걸고 공을 세우도록 하라. 다른 가문의 가신들에게 뒤지면 안 된다."

"예."

"스케에몬, 돌아왔느냐?"

"예, 지금……"

"좋아, 나도 날이 밝기 전에 반드시 달려가 그대들의 활약을 지켜볼 것이다. 빨리 가거라!"

"예!"

"예!"

"예!"

엄선을 거쳐 뽑힌 용감한 코쇼들은 달빛 속에서 각자 창을 높이 들고 크게 외치고는 그대로 앞을 다투어 말에 올랐다.

눈 아래의 적은 여전히 조용한 가운데 퇴각을 계속하고 있었다.

5

사쿠마 모리마사의 후군은 히데요시가 예상했던 대로 엣츄 하라모리의 성주 하라 히코지로와 카슈加州 다이쇼지의 성주 하이고 고자에몬이 맡고 있었다.

모리마사 군을 무사히 유키이치야마의 고지로 철수시키기 위해 그 동생 시바타 카츠마사가 적의 추격을 차단하는 역할을 맡고 있었다. 그는 이를 위해 3,000의 군사를 이끌고 시즈가타케 성채에서 서북방으로 50간쯤 떨어진 호리키리 동서에 진을 치고 있었다.

모리마사로서는 이 철수작전에 실패할 경우 우선 총대장인 카츠이에를 대할 면목이 없었다. 그뿐 아니라 자신의 능력을 영원히 의심받게 될 것이었다. 그런 만큼 달빛을 이용한 철수로서는 예상 밖의 속도였다고 해도 좋았다.

그는 추격하는 히데요시 군을 후군으로 하여금 완강하게 저지케 하면서 드디어 날이 밝을 무렵 요고 호 기슭을 따라 무사히 곤겐사카 방면으로의 철수를 완료했다.

히데요시는 어째서 후퇴하는 모리마사 군을 공격하지 않았던 것일까? 당연히 그들을 목표로 행동하는 것으로 알려져 있었는데, 왜 그런지 히데요시 군은 움직이지 않았다. 어쩌면 새벽의 안개를 피하고 싶었기 때문인지도 몰랐다.

드디어 날이 밝았다.

곤겐사카 방면으로 철수한 사쿠마 모리마사로부터 카츠마사에게, 호리키리 동쪽에 있던 군사와 서쪽에 있던 일대를 합쳐 즉시 철수하여 자기를 따르라는 명령이 시달되었다. 그에 따라 카츠마사 군이 서서히 퇴각을 개시했을 때 비로소 히데요시의 지시가 떨어졌다.

이미 호리키리를 포위할 태세를 갖추고 조용히 투지를 억누르고 있던 히데요시의 근시들이 일제히 적을 향해 돌진했다. 세상에서 말하는 시즈가타케의 일곱 창, 즉 카토 키요마사와 후쿠시마 마사노리 등 아홉 명(일곱 명이 아님)의 무사들이 아수라처럼 적진으로 돌입한 것은 이때의 일이었다.

21일 일곱 점 반(오전 5시). 사방에서 비명이 들리고 총성이 울렸다. 서로 자기 이름을 대고 맞붙어 싸우는 소리, 지시를 내리는 소리가 골짜기에서 마을, 마을에서 산으로 메아리쳤다.

카츠마사 군도 후군도 전혀 예상치 못했던 기습이었다. 모리마사의 본대를 엄호하여 철수시키기 위해 쉬지도 자지도 못한 피로에다, 무사하게 본대를 철수시켰다는 안도감으로 겨우 숨을 돌렸을 때 급습을 받았기 때문에 그들의 심리적 혼란은 몹시 심했다.

상대가 혼란에 빠져드는 기색에 히데요시의 코쇼들은 더욱 무섭게 기세를 올렸다.

이시카와 헤이스케 사다토모石川兵助貞友 ──

"다른 사람에게 공을 뺏기지 않겠다."

언제나 전체를 생각하고 개인의 공명을 금하고 있었으나 오늘만은 이를 허락한다는 히데요시의 말이 있었기 때문에, 그는 석 자 네 치의 큰 칼을 휘두르며 말에서 내려 후군의 대장이 있을 듯한 곳으로 쳐들어 갔다. 아니, 그것은 쳐들어간다기보다 후려치며 때린다고 하는 편이 더 정확했다.

"하시바 치쿠젠노카미의 근시 이시카와 헤이스케 사다토모가 여기 있다. 내가 자랑스럽게 여기는 이 칼의 맛을 보여주겠다."

이렇게 외치며 순식간에 적군 여덟 명을 쓰러뜨리고 대장 앞으로 달 려갔다.

"건방진 놈, 에치젠의 야스이 사콘의 동생 시로고로四郎五郎가 상대 하겠다. 덤벼라……"

대장 오른쪽에서 시로고로가 긴 창을 꼬나들고 공격해오는 것을 헤 이스케가 몸을 날리면서 후려쳤다. 상대는 창을 든 채 가슴이 깊이 베 어져 사방이 어두워 보일 정도로 피를 뿜으면서 쓰러져갔다.

헤이스케는 피를 뒤집어쓰고 붉은 악마처럼 되어 곧장 말 탄 장수에 게 덤벼들었다.

6

"하시바 치쿠젠노카미의 근시·이시카와 헤이스케 사다모토가 여기 있다. 내가 자랑하는 이 칼의 맛을 보여주겠다."

헤이스케는 다시 한 번 똑같은 말을 하면서, 감색 실로 짠 갑옷차림에 밤색 말을 타고 십자창을 꼬나든 적장에게 덤벼들었다. 칼이 옆으로 흐르고 말이 벌떡 일어섰다. 그러나 상대는 능숙하게 고삐를 조종하여 말을 왼쪽으로 몰며 칼날을 피했다.

"애송이, 잘 말했다. 카가 다이쇼지의 성주 하이고 고자에몬 히사미츠拜鄕五左衛門久盈다. 덤벼라!"

외치는 것과 동시에 창이 무서운 힘으로 뻗쳐왔다.

헤이스케는 얼른 왼쪽으로 피했다. 그런데 온전히 피하지 못하고 창 끝에 오른쪽 어깨가 관통되어 순간 심한 통증을 느꼈다.

"이놈!"

호령과 함께 당겨지는 창을 따라 피를 뿜으며 헤이스케는 상대의 말에 부딪쳤다. 말이 뛰어오르면서 그의 칼을 땅에 떨어뜨렸다.

"주군을 보호하라."

"방자한 저놈을 죽여라."

지금까지 어렵지 않게 후군의 임무를 다하고 사쿠마 모리마사를 무사히 철수시킨 하이고 고자에몬의 가신 20여 명이 순식간에 부상당한 헤이스케를 에워쌌다.

헤이스케의 몸은 잠시 구덩이 안의 물고기처럼 꿈틀거렸다. 이윽고 난도질을 당해 아침 이슬 속에 그 모습이 보이지 않게 되었다.

"섰거라!"

이때 고자에몬을 쫓아와 창을 겨눈 자가 있었다.

"이시카와 헤이스케를 대신하여 후쿠시마 이치마츠 마사노리가 상대하겠다."

"오, 나는 다이쇼지의 하이고 고자에몬이다."

순간 흙먼지가 어지럽게 피어올랐다. 그 부근은 호수 연안의 황톳길이었기 때문에 흙먼지가 심했다.

흙먼지 속에서 말이 벌떡 곤두서고 창이 번뜩이며 고함소리가 뒤엉켰다. 그러나 다음 순간 요란한 울음소리를 남기면서 말은 북쪽을 향해 질주하고 땅바닥에는 목이 없는 하이고 고자에몬의 시체가 묘하게 가로놓여 있었다.

"하시바 치쿠젠노카미의 근시 후쿠시마 이치마츠, 다이쇼지의 하이고 고자에몬의 목을 베었노라."

밀고 밀리면서 격전의 장소가 북쪽으로 이동할수록 홋코쿠 군사의 수는 눈에 띄게 줄어들었다.

카토 토라노스케 키요마사가 야마지 쇼겐을 따라잡은 것은 키요미즈다니清水谷 바로 앞에 있는 고목 밑이었다.

"무사가 비겁하게 도망치느냐?"

키요마사는 얼른 말을 상대 앞으로 바싹 몰아 창을 겨누었다.

"나는 하시바 치쿠젠노카미의 근시 카토 토라노스케 키요마사다. 너는 누구냐?"

"오, 모르고 있었느냐? 나는 야마지 쇼겐, 어서 덤벼라!"

"내 창을 받아라!"

카토 키요마사는 물어뜯을 듯한 소리로 대꾸하고 훌쩍 말에서 뛰어내렸다.

키요미즈다니 앞 고목 아래에서는 흙먼지 대신 양쪽의 일거일동이 슬플 정도로 잘 보였다. 더구나 그 무렵에는 졸병들의 발길이 이미 멈출 수 없는 패잔병의 흐름으로 변해 있었다.

"이렇게 해서는 끝이 없다, 맞붙어 결판을 내자."

"오!"

혼신의 힘을 다해 싸우던 두 사람은 소나무 밑동에서 서로 맞붙어 뒹굴었다. 그러나 패잔병의 혼란 속에 그 모습을 가까이에서 보는 자조차 드물었다.

"야마지 쇼겐의 목, 카토 토라노스케가······"

아침 해가 높이 떠올라 환하게 푸른 나뭇잎을 비추었다. 환한 햇살 속에 요고 호는 시원스럽게 빛나고 있었다. 다만 인간들만이 피를 쫓고 피를 찾아 아비규환의 지옥도地獄圖를 언덕에서 골짜기, 길에서 풀숲으로 주위 가득히 펼쳐나가고 있었다······

7

사쿠마 겐바 모리마사는 곤겐사카 부근까지 군사를 철수시켰다.

'이제는 유키이치야마로 돌아갈 수 있겠다.'

그제서야 겨우 안도했다. 그리고는 유키이치야마로 돌아가 친동생인 시바타 카츠마사의 군대와 합치면 충분히 재기할 수 있으리라고 희망적으로 생각했다.

그러나 카츠마사에게 철수를 명하고 그들이 퇴각하기 시작했을 무렵부터 형세가 돌변했다.

그때까지 준비만 갖추고 움직이지 않던 히데요시가 갑자기 소라고둥을 불고 총포를 쏘아댔다. 그러더니 뒤이어 맹호와도 같은 기세로 카츠마사의 군사를 공격하기 시작했다.

그렇지 않아도 카츠마사 군은 피로에 지쳐 있었다. 어제부터 계속 싸웠을 뿐 아니라 모리마사의 철수를 엄호해왔다. 목적했던 일을 끝내고 철수를 결정했을 때 적의 공격을 받게 된 것이다.

이름 있는 무사는 그렇다 하더라도 졸병들은 이미 전의를 상실하고 저 수풀, 이 골짜기로 자취를 감추기 시작했다. 히데요시가 노린 것이 바로 이러한 사태였음을 깨닫는 순간 모리마사는 이를 갈며 분을 참지 못했다.

시각은 그럭저럭 다섯 점 반(오전 9시).

잇따라 들어오는 보고는 아군의 이름 있는 장수들이 전사했다는 소식뿐이었다.

"아니, 이대로 있을 수는 없다. 다시 한 번 공격해 카츠마사를 구해야 한다."

역시 지칠 대로 지친 자기 측근들에게 명령을 내리려 할 때 허겁지겁 근시가 달려와 말했다.

"보고 드립니다."

"무엇이냐? 또 누가 전사했느냐?"

"아닙니다. 큰일났습니다. 시게야마에 있던 마에다 부자의 군사가 진지를 버리고 우리가 퇴각하는 쪽으로 이동하기 시작했습니다."

"뭐, 마에다 부자가 우리 배후로…… 그렇다면 배반이 아니냐?"

"그렇다고…… 생각합니다."

"비켜라! 이 눈으로 보지 않는 한 믿을 수 없다. 설마 마에다 토시이에가……"

모리마사가 허겁지겁 막사를 나와 바라보았을 때 근시의 말처럼 마에다 군은 시게야마를 내려와 북쪽으로 이동하고 있었다.

"아뿔싸!"

모리마사의 입에서 처음으로 절망의 신음소리가 새나왔다.

"승패는 싸움터 밖에서 이미 결정되어 있었구나! 백부님이 경계하셨던 것은……"

모리마사는 돌처럼 굳어진 채 잠시 동안 움직이지도 못했다.

카츠이에가 계속 철수를 명했던 것도 이러한 사태를 염려했기 때문이라고 모리마사는 그때에야 깨달았다. 그러나 이미 어떻게도 손을 쓸 수 없었다.

마에다 군은 본진을 포기하고 속속 산을 내려와 후미무로야마 기슭에서 시오츠鹽津를 향해 탈주하는 모양이었다. 이렇게 되면 모리마사의 본대조차도 반격하려 하지 않을 것이다.

그때 다시 쐐기를 박는 듯한 소식이 들어왔다.

"시즈가타케 성채에서 쿠와야마 시게하루의 군사와 니와 군이 합세하여 추격대에 가담했습니다."

"추격대 뒤에서 새로 삼천의 군사가 가세했습니다."

"신메이잔의 적병들이 아군의 퇴로를 차단하려고 움직이기 시작했습니다."

사쿠마 모리마사는 그 어느 보고에도 대꾸하지 않고 갑자기 크게 입을 벌려 웃기 시작했다.

8

지금 돌이켜보니 마에다 군은 처음부터 싸울 뜻이 없었던 것 같다. 토시이에 부자는 시바타 카츠이에보다 히데요시에게 훨씬 더 깊은 우정을 품고 있었던 것은 아닐까.

그렇다면 어떻게 해서든 병사들을 다치게 하지 않고, 승부가 결정났을 때 일단 엣츄의 자기 성으로 돌아가 뒷일을 강구하려 할 터. 따라서 마에다 군이 싸움터에서 이탈했다는 것은 이미 이 국면에서는 승부가 결정났다고 보았기 때문일 것이다.

마에다 군이 비록 뒤로 돌아서서 모리마사에게 공격을 가하지는 않는다 해도, 추격하는 히데요시 군으로서는 그 이상의 효과를 거두고 있었다. 결과를 생각하면 마에다의 처사는 배반이나 다름 없었다.

"하하하……"

모리마사는 다시 한 번 찢어질 듯한 소리로 웃었다.

전쟁터에서 기회주의적인 태도를 취한 것은 마에다 부자만은 아닐지도 모른다……는 사실을 모리마사는 이제 와서야 깨달았다.

카나모리 나가치카의 군사도, 후와 카츠미츠도, 코마츠 성의 토쿠야마 고헤에 히데아키德山五兵衛秀現도 아마 같은 마음이 아닐까.

"여기 계시면 위험합니다. 적은 파죽지세로 세 방향에서 몰려오고 있습니다."

"알고 있다!"

모리마사는 웃음을 그치고 침을 튀겼다.

"탐욕스런 자를 우리편이라 믿었던 이 모리마사가 어리석었다. 카츠마사, 야스마사, 이제 끝났다!"

이렇게 말하고 모리마사는 갑자기 근시로부터 고삐를 받아들고 말머리를 적을 향해 돌렸다. 그리고는 쏜살같이 곤겐사카 고지를 달려내려갔다.

이로써 집단으로서의 사쿠마 군은 완전히 붕괴되었다. 모리마사를 뒤따르는 자, 마에다 군에 섞여 도주하는 자, 골짜기에 몸을 숨기는 자, 깃발을 감아들고 항복하는 자……

드디어 이들을 향해 히데요시의 우마지루시가 찬란하게 아침 햇빛을 되쏘면서 노도처럼 북쪽으로 밀려갔다.

이 진격은 어디까지 계속될 것인가?

히데요시는 일거에 에치젠까지 쳐들어가려는 것은 아닐까?

히데요시는 어느 진지에서도 잘 보이는 산길을 통해 후미무로야마까지 밀고 들어갔다. 그리고는 대번에 적에게 항복받은 뒤, 슈후쿠 사고개까지 추격을 감행한 히데요시는 일단 군사를 정지시켰다. 후미무로야마 기슭의 나지막한 언덕에서였다.

때는 정오—

"좋아, 모두 쉬어라. 쉬면서 배를 채워라."

히데요시는 자기도 얼른 장막을 치게 하고 결상에 앉아 비로소 투구를 근시에게 건넸다.

"이제 예정대로 됐어. 잘 기억해두어라, 아직 오시午時(오전 12시)가 되지 않았다. 오시 전이라면 아침이나 다름없어…… 하하하…… 결국 아침나절에 해냈어."

이때 공을 다투던 무사들이 속속 도착했다.

그리고 얼마 지나지 않아 슈후쿠 사 고개의 숲은 낮잠을 자는 병사들로 메워졌다. 모두들 이기고 나서야 비로소 솜방망이처럼 피로해 있다는 것을 깨달았다.

고집의 탑

1

시바타 카츠이에는 히데요시의 원군이 도착했다는 보고를 듣고는 때려부수듯이 한마디 내뱉었다.

"멍청한 놈!"

그리고는 한숨을 쉬었다.

히데요시에 대한 욕설은 아니었다. 자기 명령에 따르지 않고 철수하지 않은 조카 사쿠마 모리마사에 대한 노여움과 연민이었다.

키츠네즈카 야진野陣은 본진인 우치나카오야마에서 불과 10리. 모리마사를 그대로 둔 채 철수할 수도 없고, 그렇다고 섣불리 공격한다는 것은 생각할 수도 없는 일이었다.

'이것으로 나의 마지막 고집도 먹칠이 된다는 말인가……'

곧 모리마사에게 후퇴명령을 내리고, 앞뒤로 적의 추격을 차단하면서 물러갈 수밖에 없다고 생각했다.

"날이 밝을 때까지는 움직이지 마라. 날이 밝은 뒤 모리마사의 위치를 확인하고 나서 철수작전을 펼 것이다. 멍청한 놈이……"

입으로는 이렇게 말하면서도 시바타 카츠이에는 그날 밤 안으로 치밀하게 준비를 시켰다.

모리마사를 무사히 철수시키기 위해서는 히데요시 군의 우익인 하시바 히데나가와 호리 히데마사의 두 군사만은 움직일 수 없도록 이 방면에 못박아두지 않으면 안 되었다.

그것이 전략적으로 어떤 의미를 갖느냐 하는 따위는 이미 생각하고 있지 않았다. 문제는 히데요시와 일전을 벌여—

"나는 네 밑에서 살기보다는 이렇게 죽는 사나이다, 알겠느냐?"

매서운 맛을 보여주어서 이것을 분명히 상대의 가슴에 새기도록 하기만 하면 되었다.

만일 이 방면의 지휘를 히데요시가 맡고 있었다면 카츠이에는 진두에 서서 그에게 도전했을 것이다. 그런데 히데요시는 이 방면을 호리 히데마사와 자신의 동생 히데나가에게 맡기고 스스로는 모리마사 쪽으로 갔다.

"멍청한 놈!"

그런 만큼 아무리 욕설을 퍼부어도 부족한 심정이었다.

카츠이에는 히데요시의 버릇도 전술도 모리마사보다 훨씬 더 잘 알고 있었다. 그러므로 히데요시가 없는 틈에 공격하고 물러나는 일을 반복하는 것이 히데요시의 마음을 흐트러뜨리는 최대의 신경전이라고 남몰래 마음에 새기고 있었다.

기후 쪽도 그대로 둘 수 없는 사정. 따라서 히데요시가 돌아오면 물러나고, 출전하면 공격한다…… 이런 일을 두서너 번 반복하면 발끈 화가 나서 정면으로 카츠이에와 맞설 것인가, 아니면 어떤 구실을 대고 화평을 교섭할 것인가?

이렇게 내다보고 있었기 때문에 여러 차례 모리마사에게 철수를 명했었다. 그러나 모리마사는 서둘러 공을 세우려다 끝내 일을 그르치고 말았다.

모리마사가 순순히 철수했더라면 기회주의적인 장수들도 또한 진을 친 채 가만히 있을 수밖에 없었을 터. 그렇게 되면 이것만으로도 충분히 아군의 위용을 과시할 수 있었을 텐데……

카츠이에는 새벽부터 정오까지 지휘봉을 쥔 채 야진의 걸상에 앉아 깊은 생각에 잠긴 채 우군의 패전 소식을 듣고 있었다. 마에다 군이 싸움터에서 이탈했다는 보고를 받았을 때 카츠이에는 비로소 걸상에서 일어나 멘쥬 이에테루毛受家照를 불렀다.

"불운하게도 오늘은 내가 죽는 날이 되겠구나."

이에테루는 고개를 숙인 채 잠시 대답하려 하지 않았다.

2

"그 멍청이가 내 명령을 어기고 기어코 히데요시의 덫에 걸리고, 마에다 부자에게까지 버림받게 되었어."

카츠이에는 성난 곰처럼 장막 안을 빙빙 돌아다녔다.

멘쥬 이에테루는 무릎을 꿇고 한 손으로 땅을 짚은 채 다음 명령을 기다리고 있었다.

"마에다 부자가 철수하면 토쿠야마 히데아키나 후와 카츠미츠도 틀림없이 싸움터를 버릴 것이다. 그러면 모리마사의 군대는 안개처럼 사라지고, 히데요시는 잠시 휴식한 뒤 우리 배후로 돌아올 것이 분명하다. 그대도 내 생각과 같겠지?"

"황송합니다마는 그렇습니다."

"더구나 호리 히데마사 놈은 그렇게 될 것을 확신하고 아직까지 우리를 공격하지 않고 있어. 적이기는 하지만, 여간 교묘하고 영리한 놈이 아니야."

"그러시면……"

이에테루는 카츠이에의 명령이 내리지 않자 초조감을 느꼈다. 그래서 본론을 이끌어내기 위한 질문을 했다.

"……앞으로 반 각이면 마침내 호리, 시바 양군이 움직이리라 생각하십니까?"

"물론이다. 적이 움직이기 전에 우리가 먼저 행동해야 한다. 마에다 부자의 철수를 알면 분명히 병졸들은 도망치기 시작할 것이다. 그걸 알고 있기 때문에 분하다는 것이야."

"분하기는 합니다마는 승패는 병가지상사兵家之常事, 곧 키타노쇼로 철수하라는 명령을 내리심이 어떻겠습니까?"

"이에테루!"

"예."

"그대가 그런 말을 할 줄 알았기 때문에 이 카츠이에는 명령을 내리지 못하고 있다. 다시는 그런 말 하지 마라. 승패는 병가지상사가 아니야. 이번에 패하면 모든 것이 끝장이다."

"주군! 저는 그렇게 생각지 않습니다."

"또 그런 말을 하느냐?"

"예, 하겠습니다. 저는 무의미한 전쟁을 피해 전쟁터를 이탈한 마에다 부자의 속셈을 잘 알 것 같습니다."

"뭐라구…… 그들의 속셈이 어떻다는 것이냐?"

"마에다 부자가 양쪽에 의리를 지켜 어느 쪽에도 활을 쏘지 않고 철수하는 것은, 주군에게 키타노쇼로 철수하시라는 무언의 간언諫言인 줄 압니다."

"이상한 말을 하는구나, 이에테루."

"이상한 말이 아닙니다. 여기서 일단 키타노쇼로 철수하면, 마에다 부자는 에치젠 성에서 히데요시의 진격을 저지하고 화평을 강구할 속 셈임이 틀림없습니다. 그러므로 촌각도 지체하지 말고 철수령을 내리 시도록, 이에테루는 이렇게 간곡히 부탁 드립니다."

카츠이에는 대답하지 않았다. 대답 대신 창공을 노려보며 다시 장막 안을 사납게 왔다갔다했다.

"주군! 어서 명령을 내리십시오. 지금의 일 각은 무운武運의 갈림길 이 될 것입니다."

"이에테루."

"예."

"그것은 안 될 말이다. 안 돼. 이 카츠이에가 육십여 년의 긍지를 버 리고 히데요시에게 등을 보이며 도망칠 사나이로 보이느냐? 물론 명령 은 내리겠지만, 그것은 철수령이 아니다. 도망칠 놈은 도망가라고 해 라. 항복하는 자도 말리지 마라. 그러나 이 카츠이에는 끝까지 히데요 시와 싸우다 쓰러질 것이다. 고집이다! 슬픈 고집이야. 말리지 마라."

이때 나카무라 요자에몬中村與左衛門이 뛰어들어와 보고했다.

"후미무로야마가 적의 손에 떨어졌습니다."

3

"뭣이, 후미무로야마가 떨어졌어……?"

카츠이에보다도 멘쥬 이에테루가 먼저 깜짝 놀라 반문했다.

"그러면…… 사쿠마 님의 행방은?"

"생사불명인 채 뿔뿔이 흩어진 병졸들만 우왕좌왕하고, 이 키츠네즈 카에 합류해온 자는 극소수일 뿐……"

"주군!"

이에테루는 요자에몬의 말이 끝나기도 전에 가로막고 나섰다.

"결단을 내리십시오. 그렇지 않으면 사네야마에서 히가시노로 내려와 앞길을 막고 있는 호리 히데마사가 진격하게 될 것입니다. 이에 호응하여 히데요시가 퇴로를 차단하면 만사가 끝장입니다."

카츠이에는 이번에도 대답하지 않았다. 여전히 짧은 목을 세워 하늘을 응시하며 대지의 풀을 힘껏 밟아가며 막사 안을 돌아다니고 있었다. 그는 이미 아무것도 생각하고 있지 않았다.

잇따라 들어오는 보고는 더욱 비운을 가중시켜왔다. 막사 밖이 시끄러워진 것은 서서히 탈주하는 자가 생겼다는 증거였다.

그 동요가 적에게 알려졌을 때 하시바 히데나가와 호리 히데마사가 거느린 적의 우익은 일제히 공격을 개시할 것이고, 우익의 공격이 시작되면 히데요시는 좌익에서 퇴로를 차단해올 것이 틀림없다. 이러한 싸움을 수없이 보아온 카츠이에, 그래서 더욱 움직일 수 없는 안타까움을 느끼고 있었다.

만일 카츠이에에게 이 싸움에야말로 목숨을 걸 만한 '대의大義'가 있었다면 그토록 망설이지는 않았을 것이다. 그러나 지금 그의 마음을 지배하고 있는 것은 '대의'가 아니라 '고집'이었다. 어떻게 하면 전국戰國을 종식시킬 것인가가 아니라, 어떻게 해서든지 히데요시에게 불굴의 기백을 보여야겠다는 불 같은 집념뿐이었다.

"주군! 이미 생각하고 계실 때는 지났습니다. 결단을 내리시지 않으면 장병들이 거취를 정하지 못하고 동요하게 됩니다."

"말을 끌고 오라!"

갑자기 카츠이에가 큰 소리로 명했다.

그렇다, 이것은 60여 년의 생애를 싸움터에서 보낸 늙은 무사의 슬픈 호령이었다.

"깃발을 안장에 꽂아라. 말은 갈색 말이 좋겠다. 이에테루, 요자에몬, 간언은 필요치 않다. 보아라, 호리의 진지에서 총포를 쏘기 시작했다. 어서 말을!"

그러면서 곧장 막사 밖으로 나갔다.

태양은 중천에서 쩽쩽 내리쬐고 푸른 나뭇잎에는 상쾌한 동풍이 불어오고 있었다.

카츠이에는 시동이 끌어온 늠름한 말에 훌쩍 올랐다.

"용서하여라, 모두들······"

처음으로 목소리를 부드럽게 하였다.

"이승에서는 아무 보답도 하지 못했다. 오직 사죄밖에 할 것이 없다. 살아서는 다시 만나지 않겠다. 이것이 마지막 이별이다."

휙 고삐를 당겨 말머리를 남쪽으로 돌렸다.

히데요시는 이미 배후를 치려 하고 있었다. 그 히데요시와는 맞서지 않고 히가시노에 있는 호리의 진지로 달려가 전사할 생각임이 틀림없었다.

"탕 탕 탕······"

다시 호리 히데마사와 하시바 히데나가의 선봉에서 무섭게 총성이 울려왔다.

"주군! 기다리십시오. 주군!"

멘쥬 이에테루도 허둥지둥 말에 올랐다. 그리고는 카츠이에 뒤를 따라 미친 듯이 말을 몰았다······

4

카츠이에는 뒤도 돌아보지 않았다. 울분을 터뜨리는 소리를 지르거나 누구의 이름을 부르지도 않았다.

이미 탈주하는 자가 잇따라 7,000의 본대는 모두 합쳐도 3,000이 될까말까 했다. 그런 만큼 자기 뒤를 따르는 자를 돌아보기가 두려웠을 것이다.

진격을 개시한 호리 군은 상대가 동요하고 있다는 것을 충분히 감안하고 움직이기 시작했다. 그랬던 터라 이 반격은 뜻밖이었다.

카츠이에의 뒤를 이어 흙먼지를 날리며 달려온 것은 고작 500기騎정도였다. 그러나 이 군사는 앞길이 보이지 않는 산골짜기를 가득 메운 대군으로 보였다.

"물러나지 말고 반격하라. 적군은 소수에 지나지 않는다. 일제히 반격하라."

늙은 멧돼지의 무서운 공격은 호리 군의 간담을 서늘하게 만들 위력을 충분히 갖추고 있었다.

"와아!"

전위가 무너졌다. 그리고는 전진했던 거리만큼 앞을 다투어 물러가기 시작했다.

카츠이에는 여전히 맨 앞에 서서 칼을 휘두르며 달려갔다.

"주군!"

갑자기 그 앞에 말을 달려와 앞길을 막은 것은 멘쥬 이에테루였다.

이에테루는 카츠이에의 말이 깜짝 놀라 앞발로 곤두서자 얼른 자신의 말에서 뛰어내려 느닷없이 카츠이에의 말고삐에 매달렸다.

"그렇게 말씀 드렸는데도 퇴각하지 않으십니까?"

"물러설 수 없다, 물러가지 않겠다. 비켜라, 이에테루!"

"그럴 수 없습니다."

이에테루도 지지 않고 말했다.

"주군, 고집을 부려 굳이 공격하시겠다면, 이 이에테루를 죽이고 가십시오."

"이에테루, 억지를 쓰지 마라. 사죄하겠다. 나를 죽게 해다오."

"안 됩니다. 이런 산골짜기에서 흙투성이가 된 목을 적에게 넘기려 하시다니 그게 무슨 고집입니까? 안 됩니다."

"닥쳐! 방해하면 죽이겠다."

"좋습니다. 어서 죽여주십시오."

카츠이에가 번쩍 칼을 휘둘렀다.

이에테루는 세차게 말의 코끝에 몸을 밀어붙였다. 그러면서 고삐를 당기며 소리쳤다.

"때는 지금입니다, 주군! 적은 일단 물러갔습니다. 말을 바꾸십시오. 주군 대신 이 이에테루가 우마지루시와 투구를 빌려 훌륭하게 고집을 세워 보이겠습니다. 그동안 주군은 일단 키타노쇼로…… 그런 뒤 다시 일을 도모하십시오. 주군, 제 말을 알아듣지 못하시는 주군은 바보입니다!"

큰 소리로 외치고 이번에는 갑자기 카츠이에의 다리를 붙잡고 흔들었다.

카츠이에의 칼이 비명을 지르며 허공으로 날고 카츠이에는 그대로 지상에 내려섰다.

"이에테루……!"

"주군! 흙투성이가 된 목으로는 고집이 서지 않습니다. 이 자리는 멘쥬 이에테루가 맡겠습니다. 결코 주군의 용맹에 손상을 끼치지 않겠습니다. 어서 투구를……"

이 말을 듣고 카츠이에는 비로소 망연히 길가에 섰다.

이에테루는 카츠이에의 투구를 빼앗고 칼을 집어들었다. 그리고 자기 말의 고삐를 카츠이에에게 건넨 뒤 갈색 말에 올랐다.

"근시들이여, 주군을 부탁하오. 퇴각하기를 주저하여 이 이에테루의 죽음을 욕되게 하지 마시오."

카츠이에는 넋을 잃은 듯이 황금빛 비단으로 된 자기 우마지루시를 쳐다보고 있었다.

<h2 style="text-align:center">5</h2>

멘쮸 이에테루의 고집은 그 자신의 체면보다도 카츠이에의 체면을 세워주고 싶은 데에 있었다. 그런 만큼 이 노장의 슬픈 고집이 폐부에 스며들어 있었다.

그 불같은 기질을 가졌던 노부나가조차도 카츠이에에게만은 으뜸가는 중신의 지위를 허락하고 감히 그를 제거할 생각을 하지 못했었다. 카츠이에의 고집에는 노부나가에 대한 사모가 넘치고 있었다. 비록 그것이 대국적인 견지에서는 약간 감정에 흐르기 쉬운 점이 있었다고는 해도, 이에테루에게는 아름다운 것으로, 순사殉死할 가치가 있는 것으로 보였다.

이에테루는 카츠이에의 우마지루시를 꽂고 퇴각할 기회를 만들기 위해 그대로 적진을 향해 돌진해갔다. 물론 그것은 일시적인 방편에 지나지 않았다. 그러나 이 희생이 없었다면 카츠이에는 더 이상 꼼짝하지 못할 정도로 막다른 길목에 몰려 있었다.

이에테루는 5, 6정 달려나가 뒤에 카츠이에의 모습이 보이지 않게 되었을 때, 이번에는 얼른 키츠네즈카에서 9정 정도 후방에 있는 하야시다니야마까지 군사를 돌려 그곳에서 멈췄다. 하야시다니야마에는 앞서 엣츄 하라모리의 성주 하라 히코지로가 농성하고 있었으나 지금은 빈 성채로 남아 있었다.

그는 하야시다니야마 성채에서 농성하면서 카츠이에를 무사히 키타노쇼로 퇴각케 할 생각이었다. 그때 그의 휘하에 남아 있는 군사는 이미 300명도 되지 않았다.

그 무렵 히데요시는 슈후쿠 사의 고개 부근에서 휴식하던 군사를 모아놓고, 잠시 적의 동향을 살피고 있었다. 그러더니 마침내 스스로 홋코쿠 가도로 가서 그곳에서 좌우익을 합쳐 하야시다니야마를 공격하기 시작했다.

"카츠이에가 저기 있다. 놓치지 말고 베어라."

키노시타 카즈모토와 오가와 스케타다小川祐忠의 군사가 먼저 쳐들어갔다. 기세가 오른 무사가 총포대를 앞세워 하야시다니야마 성채에 쇄도한 것은 아홉 점 반(오후 1시). 이때 카츠이에의 우마지루시는 성채를 버리고 후방의 토치다니야마로 물러가 있었다. 아마 이것은 조금이라도 더 많이 카츠이에의 고집을 위해 시간을 벌려는 멘쥬 이에테루의 마지막 노력이었음이 틀림없다.

이에테루는 하야시다니야마에서 숨도 돌리지 않고 잇따라 토치다니야마로 밀려오는 적을 보았다.

"이제 됐어. 이것으로 나의 고집도 세웠다."

이렇게 말하고 자신의 형 시게자에몬茂左衛門에게 맡겼던 대나무 통에 넣은 술을 가져오게 했다.

여전히 하늘에는 한 점 구름도 없고, 나뭇잎에 내리쬐는 햇빛이 눈을 찌를 듯이 하얗게 반짝였다.

"이미 주군이 퇴각하신 지 일 각(2시간)이 지났습니다. 이제 작별의 잔을 나누고 형님은 곧 주군의 뒤를 따라가십시오."

우선 한 잔을 시게자에몬에게 따라주고 자기도 입맛을 다시며 들이켰다.

"카츠스케勝介(이에테루), 나도 여기서 물러서지 않겠다."

시게자에몬은 웃으면서 잔을 놓았다.

"너만 죽게 하고 내가 살아 돌아가면 어머니가 웃으실 거야."

"안 될 말입니다. 여기서 전사하는 것은 고집입니다. 나는 주군의 고집을 이루게 해드리려 합니다. 연로하신 어머님께 두 사람 모두 죽었다고 알린다면, 우리 두 사람 중 하나는 개죽음 당했다고 저까지 꾸중을 듣습니다."

"하하하······"

형이 웃었다.

"어쨌든 좋아. 한 번 죽으면 두 번은 죽지 않아."

바로 발 밑 골짜기에서 함성과 총포소리가 산을 뒤흔들며 치솟기 시작했다.

6

이에테루는 본능적으로 무릎을 세우고 적과의 거리를 재었다. 이미 1정도 떨어져 있지 않았다.

"형님, 안 됩니다."

말하기가 무섭게 칼을 들고 벌떡 일어났다. 늙은 어머니를 위해 형을 피신하게 하고 싶다는 일념과 자신의 할복을 적의 졸병들에게 방해당하고 싶지 않았기 때문이었다.

"형님은 주군의 고집과 그것을 이어받는 나의 고집을 모르신단 말입니까?"

생각해보면 묘한 핑계였다. 이에테루 역시 그 고집의 내용까지도 알고 납득한 상태는 아니었다. 따라서 고집을 갖지 않은 사람에게는 모든 것이 어리석게 보이고 웃음거리밖에 되지 않을 수도 있었다.

그러나 카츠이에나 이에테루에게 그것은 자신이 아름답다고 믿는 바를 끝까지 관철시키지 않고는 견딜 수 없는 자기 주장이었다. 이처럼 단호한 자기 주장을 가진 자를 전국의 무사들은 '기개가 있는 자'라 여기고 훌륭한 '사나이'로 칭송했다.

이에테루가 일어난 뒤 시게자에몬도 일어서서 손에 침을 뱉고 창을 고쳐 잡았다.

"형님! 안 된다고 했는데 왜 모르십니까?"

"나는 모른다."

형은 이미 동생 쪽을 보고 있지 않았다.

"고집은 너만 가지고 있는 게 아니야. 나도 가지고 있어."

"와아!"

벌써 그때는 바로 눈 밑의 숲에서 함성소리와 함께 칼날이 번뜩이고 있었다.

형은 얼른 창을 꼬나들고 동생보다 먼저 그쪽으로 달려갔다.

"에잇, 잔인한 형이로군. 노모의 탄식이……"

이에테루는 혀를 차고 분노의 화신으로 변해 자신도 칼을 휘두르며 적진에 뛰어들었다.

"천하에 이름을 떨친 귀신 시바타, 내 칼을 받을 자 있거든 어서 나오너라."

순간 공격자의 칼이 둘로 나뉘고 다시 넷, 여덟으로 나뉘어 후퇴하기 시작했다.

"천하에 대적할 자 없는 이 시바타가……"

이때 그를 따르는 자는 20명 남짓.

"형님!"

"뭐냐."

"바로 지금이오, 어머니를……"

"끈질기구나, 카츠스케, 네가 할복할 시기나 놓치지 마라."

"할복하면 돌아가겠다는 말이군, 좋소."

황금빛 비단으로 된 우마지루시가 다시 숲 속으로 2, 30간 되돌아가 느닷없이 풀 위에 앉았다.

조용한 가운데 한순간이 지났다.

그리고 공격자가 다시 되돌아왔을 때는 주위에 살아 있는 군사의 모습은 하나도 없었다. 있는 것이라고는 점점이 산재한 시체뿐이었다. 나무 사이로 내리쬐는 햇빛은 짓궂을 만큼 아름답고 조용했다.

"아, 이것은 슈리 님이 아니다. 가신인 멘쥬 이에테루야. 이에테루가 대신 죽었어."

"오, 그리고 순사殉死로 보이는, 당당하게 할복한 것은 그의 형 시게자에몬이야."

그러나 이런 말은 이미 이에테루에게도 그의 형 시게자에몬에게도 들리지 않았다. 그들은 토치다니야마의 풀밭 위에, 슬픈 그 '고집'에 따라 숨져 있었다.

홋코쿠 가도로 나가려던 히데요시는 그 앞을 지나면서 잠시 형제의 시체를 가만히 노려보았으나 한마디도 말은 하지 않았다.

7

홋코쿠 가도로 나온 히데요시는 당장 카츠이에의 뒤는 쫓지 않았다. 일단 키츠네즈카로 말을 돌려 격전장을 돌아보았다.

모든 것이 히데요시의 계산대로였다. 아직 해가 중천에 떠 있을 때 모든 전투가 끝나고, 그에게는 혁혁한 승리의 영광이 돌아와 있었다. 더구나 이 승리가 지난해 6월 27일 키요스 회의 때부터 면밀히 계획한 줄거리대로였다는 것을 아는 사람은 히데요시말고는 아무도 없었다.

지금 에치젠의 키타노쇼를 향해 비참하게 퇴각하고 있는 카츠이에는 히데요시의 거성인 나가하마를 순순히 양도받았을 때, 장차 그곳을 거점으로 하여 오늘의 참패를 당할 줄 상상이나 했을 것인가.

히데요시가 나가하마를 양도한 것은 이 주변의 지리와 인심을 너무 잘 알고 있어서, 카츠이에와의 결전장으로서는 가장 유리한 장소라고 판단했기 때문이었다. 이러한 히데요시의 속셈을 카츠이에나 그 아들 카츠토요는 거꾸로 그가 양보한 것으로 받아들였다……

역시 지난해 11월 3일에 카츠이에의 사자로 야마자키에 갔던 마에다 토시이에, 후와 카츠미츠, 카나모리 나가치카 등이 모두 싸움터를 이탈하여 절대로 히데요시에게 활을 쏘려 하지 않았던 사실을 카츠이에는 어떻게 생각하면서 퇴각했을까……

히데요시는 키츠네즈카에 있던 카츠이에의 진지로 말을 몰아 그 부근에 산재한 수많은 시체를 보고 문득 멘쥬 형제가 할복한 숲의 모습을 떠올리고 있었다.

"과연 대장님의 전략이 큰 승리를 거두었군요."

옆에서 히토츠야나기 나오스에가 말했다.

"시바타 군은 거의 전멸했을 것일세. 그러나저러나 슈리도 정신이 나갔어. 패전한다는 것을 내다보지 못했으니 말이야."

카토 미츠야스가 맞장구를 쳤다. 그러나 히데요시는 전에 없이 씁쓸한 표정으로 고개를 돌렸다.

"아니, 그런 소리 마라. 과연 시바타는 귀신이란 말을 들을 만해."

"그렇지만 자기 힘도 모르고……"

"입 다물지 못하겠느냐. 이것이 자기 힘을 모르는 자의 싸움이었다고 생각하느냐? 지나치게 잘 알고 자기 고집을 관철시키는…… 무서운 적이었어."

미츠야스와 나오스에는 서로 얼굴을 마주보며 입을 다물고 말았다.

땀과 먼지를 흠뻑 뒤집어쓰고 눈만 빛내고 있는 히데요시의 옆모습에서 여느 때와는 다른 애수의 빛을 발견했기 때문이었다.

"이치를 설명하고 이익을 주어야만 움직이는 자는 전혀 무섭지 않다. 그러나 아무것도 바라지 않고 오로지 고집만 관철시키려는 자만큼 까다로운 것은 없어. 나오스에, 쿠로다 칸베에에게 사자를 보내라."

"예……? 쿠로다 님에게 사자를……"

"모두 힘을 합쳐 곧 이 시체를 한데 모아 묻으라고 일러라. 그리고 마을사람들에게는 적과 아군의 구별 없이 상처를 입고 아직 살아 있는 자에게는 도롱이와 삿갓 등을 주고 힘닿는 데까지 보살펴주라고 일러라. 그렇지 않으면 이 히데요시의 체면이 서지 않는다."

이렇게 말한 히데요시의 눈에 번쩍 빛나는 것이 있었다. 그는 다시 말머리를 북쪽으로 돌렸다.

"미츠야스."

"예."

"카츠이에는 어떤 명분이 있건 이 히데요시 밑에는 있지 않겠다는 마음을 굳히고 있다. 그렇게 되면 천하가 평정되지 않으므로 할 수 없이 쳤어. 그것뿐이야. 이것을 잘못 받아들이면 안 된다."

<h2 style="text-align:center">8</h2>

미츠야스는 평소에 없던 히데요시의 침울한 표정을 보고 고개를 끄덕였다.

히데요시의 말은 분명히 옳았다.

카츠이에의 고집.

멘쥬 형제의 고집.

그리고 또 하나, 히데요시의 고집도 있었다.

히데요시의 명령으로 즉시 싸움터의 청소가 시작되었다. 시체는 모두 한 군데에 모아지고, 부상자는 마을사람들의 손으로 직사광선을 피해 숲 사이나 골짜기로 옮겨져 치료받았다.

"과연 우리 대장님은 자비심이 깊으셔. 그러기에 이기시는 거야."

히데요시는 마을사람들의 이야기를 들으면서, 카츠이에를 쫓아 먼저 출발한 호리 히데마사 군의 뒤를 따랐다.

'어떤 일이 있어도 굴복하지 않는 카츠이에……'

이렇게 판단했기 때문에 추격의 손을 늦출 수는 없었다. 그러나 히데요시는 도중에 만나는 군사들에게 말했다.

"사쿠마 모리마사나 카츠이에의 아들 곤로쿠로를 찾아내는 것은 좋으나 죽여서는 안 된다."

자기에게 항복하지 않는 것은 카츠이에 한 사람, 나머지는 설득하기에 따라서는 항복할 것으로 보고 있었다.

히데요시는 그날 밤 에치젠에 들어가 이마죠今庄에 진을 쳤다.

한편 키츠네즈카에서 키타노쇼를 목표로 퇴각한 카츠이에는 어떻게 되었을까.

카츠이에는 멘쥬 이에테루가 적의 진격을 지연시키고 있는 동안 근신 100여 명을 거느리고 야나가세로 피했다. 그곳에서 그는 다시 키노메木ノ芽 고개를 넘어 에치젠으로 들어갔다.

행진하는 내내 카츠이에는 그보다 한발 먼저 퇴각한 마에다 토시이에가 들어가 있는 후츄(타케후武生)의 성 밑에 이르기까지 거의 말을 하지 않았다.

아직 해는 높고, 후츄 성 밑 여기저기에는 배치되어 있는 군사들이 그늘 밑 같은 곳에서 경비를 서고 있었다.

'혹시 토시이에가 퇴로를 막고 공격해나오는 것은 아닐까……'

근신들 중에는 은근히 걱정하는 자도 있었다. 그러나 카츠이에는 성 밑에 다다르자 문득 말을 멈추고 시바타 야자에몬柴田彌左衛門을 돌아보았다.

"토시이에를 만나겠다. 그대가 성에 가서 내 뜻을 전하라."

야자에몬은 깜짝 놀라 말렸다.

"그만두십시오. 비겁하게 싸움터를 이탈한 토시이에 부자입니다. 지금의 우리 모습을 보면 어떤 짓을 꾀할지 모릅니다."

"성에 가서 이렇게 말하여라. 내가 꼭 하고 싶은 말이 있다고."

"하지만, 그것은 너무……"

"걸상을 가져오너라!"

카츠이에는 이렇게 명하고 갑자기 말에서 내려 대문을 닫아놓은 농부의 집 앞 그늘로 성큼성큼 걸어갔다.

"꼭 만나셔야 하겠습니까?"

"말해주지 않으면 체면이 서지 않을 일이 있다. 어서 가라."

근시가 가져온 걸상에 앉아 카츠이에는 다시 똑바로 허공을 노려보았다.

근신들은 만일의 경우를 생각하여 모두 카츠이에에게 등을 돌리고 둥글게 진을 쳤다……

이 모습을 보고 마에다 군 경비병들도 이리저리 달려가며 부산하게 움직이기 시작했다.

9

패전한 장수에게 여름의 뙤약볕은 너무도 잔인했다. 그늘로 피했는데도 햇빛은 지나치게 따가웠다. 그 햇빛에 노출된 탓으로 사람도 말도, 갑옷도 무기도 모두 날개와 꽁지가 빠진 새처럼 그 모습이 비참함을 더했다.

그런 가운데 카츠이에는 걸상에 앉은 채, 자기를 버리고 먼저 이 후츄 성으로 철수한 마에다 토시이에를 기다리고 있었다.

"오, 오고 있군."

"역시 갑옷을 입은 채야. 방심하지 마라."

성에서 30명 남짓한 근시를 데리고 온 마에다 토시이에는 이미 피곤을 풀고 말도 바꾼 듯, 그 활기찬 모습이 이쪽의 비참함과는 아주 대조적이었다.

"아, 슈리 님, 무사하셨군요."

말에서 내린 토시이에는 칼을 든 자만을 데리고 성큼성큼 카츠이에 앞으로 와서 미리 마련된 걸상에 앉았다.

"이렇게 된 이상 속히 키타노쇼 성으로 철수하십시오. 미약하나마 제가 여기서 치쿠젠을 기다리겠습니다."

카츠이에는 마에다 토시이에의 이 말을 듣고도 잠시 허공만 노려보고 있었다.

"토시이에 님."

"예."

"오랫동안 사귄 정의, 사례할 길이 없구려."

"피차 마찬가지입니다."

"아니, 그렇지 않소. 이 카츠이에는 예로부터 치쿠젠과 사이가 나쁘지만 귀하는 그렇지 않소. 이누치요 시절부터 특히 절친했던 사이. 그런데도 오늘날까지 이 카츠이에를 위해 힘써주었소."

"……"

"아니, 오늘날까지가 아니오. 지금도 이 카츠이에를 위해 얼른 싸움터에서 철수해주었소."

"그것을…… 그것을 이해해주십니까?"

주위에서 경직된 듯 귀를 기울이고 있던 카츠이에의 근신들은 이 한 마디에 깜짝 놀라 서로 얼굴을 마주보았다. 두 사람의 말이 그들 모두에게는 뜻밖이었음이 틀림없다.

"무사의 고집이란 슬픈 것이오."

카츠이에는 비로소 토시이에를 똑바로 바라보았다.

"그대는 여기 있으면서 치쿠젠의 진로를 차단하고 마지막으로 화의를 도모하려 하고 있소."

"슈리 님, 그렇게 하도록 해주십시오! 이것이 양쪽에 대한 저의 의무입니다."

"아니, 그 뜻이 뼈에 사무치기에 거절하지 않을 수 없소."

카츠이에는 깔린 목소리로, 그러나 단호하게 말했다.

"토시이에 님, 천하의 일은 이미 결정되었소."

"결정되었다니요……?"

"안타깝게도 치쿠젠의 시대로 옮겨졌소. 그렇다고 나는 히데요시 밑에는 있지 않을 것이오. 이 카츠이에의 근성…… 치쿠젠 역시 내가 그 밑에 있을 사나이로 보지 않고 있으니 화의에 대한 일은 체념해주시오. 오늘날까지의 노력, 결코 나는 잊지 않을 것이오. 이 말이 하고 싶어 일부러 여기 오라고 했던 것이오."

"그렇게 되면 점점 더……"

"그렇지 않소. 이것이 나의 소원이오. 이미 카츠이에에 대한 귀하의 의리는 끝났소. 그러므로 이번에는 치쿠젠에 대한 의리를 세워 나의 이 옹고집을 꺾으려 하지 마시오. 그렇지 않으면 이 카츠이에의 고집이 서지 않소."

"끝까지…… 고집을 부리시렵니까?"

마에다 토시이에의 눈에 반짝 이슬이 맺히고 이어서 나직하게 한숨이 새나왔다.

10

"토시이에 님, 이해해주겠소?"

"아니, 고집이라 하시는 슈리 님의 말씀이 이 토시이에는 가장 두렵습니다……"

"하하하…… 그러고 보니 나는 늘 그것으로 귀하를 괴롭혀왔소. 그러나 마지막이니…… 이해해주시오."

"슈리 님…… 이 마에다 토시이에에게도 고집이 있다고 생각하지 않으십니까?"

"으음."

"토시이에에게도 고집은 있습니다. 토시이에는 친구는 물론이고 남도 배신할 생각이 없습니다. 진심을 다해 살아왔다고 생각하고 싶습니다. 그러니 마지막으로 한 번 더 진심을 다하고 싶습니다마는……"

여기까지 말했을 때 카츠이에가 갑자기 땀으로 더러워진 손을 들어 제지했다.

"더 이상 그 말은 하지 않기로 합시다. 귀하의 마음은 지나칠 정도로 잘 알고 있소. 그보다도 나의 마지막 소원을 들어주지 않겠소?"

"마지막 소원이라니요?"

"식사를 대접받고 싶소."

"어렵지 않은 일입니다."

"또 한 가지, 오늘 저녁 안으로 키타노쇼 성에 도착할 수 있는 날랜 말 한 필."

"알겠습니다. 그럴 예정으로 끌고 온 말이 있습니다."

"그리고 다시 하나…… 치쿠젠의 군사가 오거든 귀하가 선봉을 맡아 키타노쇼를 공격해주시오. 이것이 치쿠젠의 의심을 없애는 첫째 방법일 것이오…… 하지만 그 때문만도 아니오. 굳이 이름은 밝히지 않겠으나, 성이 적의 수중에 떨어졌을 때 죽어서는 안 될 자가 그 성에 살고 있소. 그 사람을 은밀히 피신시킬 테니, 그들이 무사히 치쿠젠의 본진으로 갈 수 있도록 힘써주면 고맙겠소."

토시이에는 이미 무슨 말을 해도 듣지 않을 카츠이에라는 것을 깨달았다. 성과 더불어 죽어서는 안 될 자란 말할 나위도 없이 노부나가의 여동생 오이치 부인과 그녀가 데리고 온 세 딸을 말하는 것이리라.

'거기까지 생각하고 있다면……'

"마지막 부탁, 들어주시겠소?"

"부득이한 일이니 그렇게 하겠습니다."

"이제 여한은 없소. 그럼, 식사를."

"알겠습니다."

토시이에는 직접 일어났다. 근시를 불러 성으로 달려가 야전 때 가지고 다니는 3층으로 된 찬합을 가져오게 했다. 그리고는 농가의 뜰에 펼쳐놓고 카츠이에에게 도시락을 권했다. 근시들을 위해서는 별도로 주먹밥이 운반되어온 모양이었다.

접대 중에 카츠이에의 웃음소리가 들렸으나 토시이에의 귀에는 그 웃음소리가 들리지 않았다.

물론 약간의 술을 마련해 이별의 술잔도 나누었다.

"아, 이제는 살 것 같군……"

다시 가도로 나온 카츠이에의 혈색은 처음 그곳에 걸상을 갖다놓았을 때와는 판이하게 달라져 있었다.

"치쿠젠은 재빠르기로 소문난 사람이오. 쫓아오기 전에 물러가야지. 그럼, 이것으로 작별이오."

새로 끌어온 갈색 말의 목을 두드리고 카츠이에는 훌쩍 올라탔다.

날은 이미 저물고 있었으나 햇빛은 아직 뜨거웠다. 그 햇빛을 등에 받으며 동쪽으로 달려가는 일행의 모습을 토시이에는 굳은 표정으로 지켜보고 있었다.

"이것이 고집이란 말인가……"

11

인간이 저마다 사상과 행동의 기준을 갖지 못하고 우왕좌왕하는 시대를 난세라고 한다. 난세를 사는 인간의 자기 주장은 언제나 슬픈 고집 싸움으로 빠져들게 된다. 히데요시에게는 히데요시의 고집이 있고, 카츠이에에게는 카츠이에의 고집이 있다……는 것을 알고 있으면서도 토시이에는 그 양쪽이 모두 허무하게만 여겨져 견딜 수 없었다.

히데요시는 노부나가와 마찬가지로 천하의 평정만을 중요시하여 일을 서두르는 경향이 있고, 카츠이에에는 너무 반항에 집착한다는 느낌이 들었다.

토시이에는 카츠이에가 후츄에서 사라진 뒤 다시 한 번 성밖의 경비 상황을 돌아보고 성으로 돌아왔다.

히데요시나 카츠이에와 비교할 때 겨우 6만 석을 가진 성주에 지나지 않는 토시이에는 경쟁이란 대열에서는 멀리 떨어져 있는 낙오자인지도 몰랐다.

히데요시가 키노시타 토키치로木下藤吉郎라는 이름으로 노부나가의 시동이 되었을 무렵, 마에다 이누치요는 이미 노부나가의 측근으로 중용되고 있었는데…… 히데요시가 장악하고 있는 200만 석 영지는 별도로 치더라도 지금 그는 시바타의 75만 석, 미츠히데의 54만 석에 비해 10분의 1도 되지 않는 신분의 격차를 보이고 있었다.

'나의 생활방식이 잘못된 것은 아니었어……'

지금 돌이켜보아도 이런 생각이 들 뿐이었다.

그 역시 무장. 젊었을 때는 노부나가의 기질을 이어받아 공을 다투려는 마음이 결코 없지는 않았다. 그러나 어딘가에 그의 고삐를 거머쥐고 거친 바람에 맞서지 못하도록 하는 것이 있었다. 아이치 쥬아미愛智十阿彌를 죽이고 잠시 몸을 숨기고 있을 때 그와 행동을 같이한 아내 오마츠의 불심佛心 그것이었다.

오마츠의 사상은 별로 심오한 것은 아니었다. 그녀는 현명하게도 불심의 일면을 확실하게 파악하고 이를 깊이 믿고 있었다.

따지고 보면 살아 있는 자는 누구를 막론하고 모두 불자佛子, 살생을 삼가야 한다는 아주 단순한 신앙이었다. 단순한 만큼 움직이기 어려운 것이었다.

이유 여하를 가릴 것 없이 오늘날과 같은 난세에는 살생은 극력 피하는 것이 인간의 의무라고 끊임없이 토시이에에게 충고해왔다. 이것은 노부나가가 혼노 사에서 쓰러지고 미츠히데가 야마자키에서 패하게 되자 자연스럽게 토시이에의 마음에 녹아든 사상이 되었다.

'죽이는 자는 죽임을 당한다……'

그런 만큼 토시이에는 히데요시의 고집도 슬프고 카츠이에의 고집도 안타까웠다.

성에 돌아온 토시이에는 칼과 투구를 시동에게 넘겨주고 경비를 아들 토시나가에게 맡겼다. 그리고 자신은 내전으로 향했다.

"더위가 아직 가시지 않는군."

마중 나온 아내에게 가볍게 말하고 갑옷을 벗어 시동에게 건네주어 궤짝 위에 놓게 했다.

"헛된 일이었어, 슈리 님은……"

이렇게 말하면서 심각한 표정으로 마루 가까이 앉았다.

시동들은 두 사람이 마주앉는 것을 보고 그대로 옆방으로 물러갔다. 반드시 무슨 중요한 상의가 있을 것이라고 생각했기 때문이다.

"헛된 일이었다니요?"

"그 고집이 문제요, 모든 일이."

오마츠 부인은 잠시 아무 말도 하지 않고 토시이에에게 부채질을 하여 바람을 보내고 있었다……

12

"슈리 님에게 성주님의 마음은 전했습니까?"

얼마 동안 조용히 정원으로 눈길을 보내고 있던 오마츠 부인이 입을 열었다.

"이 세상에는 헛된 일이란 없는 줄 압니다마는."

"으음, 또 그대의 불심이 나오는군."

"상대에게 성의가 통하면 인질은 무사히 키타노쇼에서 돌아올 것이고, 양쪽의 마음도 부드러워져서 반드시 어느 정도는 인명을 구할 수 있을 거예요."

"나는 말이오, 오마츠……"

토시이에는 문득 키타노쇼에 보낸 인질인 자기 딸의 얼굴을 떠올리면서 말했다.

"가능하면 시바타 집안을 멸망에서부터 구하고 싶었소!"

"저도 같은 생각입니다…… 하지만 그렇게 되지 않더라도 낙담하지 마십시오."

"치쿠젠의 앞잡이가 되어 가신을 죽이지 말라는 말이오?"

"치쿠젠 님에게도 진심을 다하십시오…… 성주님이 전쟁터를 버린 것은 결코 부끄러운 일이 아닙니다. 함부로 사람을 죽이지 않는다! 성주님의 이 고집을 마에다 집안의 가풍으로 삼으십시오."

토시이에는 붉게 물들기 시작한 하늘을 잠시 쳐다보았다.

"지금쯤 치쿠젠은 벌써 에치젠에 들어갔겠지……"

"오늘 밤은 이마죠에서 야영하시고, 내일 아침 일찍 항복할 것인가 일전을 벌일 것인가 하는 담판이 시작되겠지요."

"토시나가에게 이야기를 들었군."

"예. 사자가 될 사람은 호리 히데마사 님일 것이라고 저도 중신들도 생각하고 있어요."

"오마츠."

"예."

"그대는 치쿠젠이 우리를 그대로 둘 것이라 생각하오? 슈리 님이 항복하지 않으면 즉시 키타노쇼 공격의 선봉에 서라고 할 것이오."

토시이에가 고민하는 것은 이 때문인 듯했다. 히데요시에게 성문을 열고 항복하는 것보다도 그 뒤 있게 될 키타노쇼 공격이 더 가슴 아픈 일이었다. 일시적이기는 하지만 이들 부자는 오늘 아침까지 하시바 군에 대항하여 적으로 맞섰던 것이다.

'카츠이에를 항복시키지 못한 나를 치쿠젠은, 히데요시는 과연 용서할 것인가……?'

오마츠는 손뼉을 쳐서 시녀를 불렀다.

"성주님께 차를……"

이렇게 지시하고 물끄러미 남편의 옆모습을 지켜보았다.

역시 토시이에는 마음속으로 카츠이에 편에 서 있었던 모양이다. 그래서 히데요시를 두려워하고 있는지도 몰랐다.

오마츠가 생각하기에도 히데요시는 두려웠다.

오래 전부터 히데요시의 눈에는 흰 무지개가 깃들여 있었다. 흘끗 쳐다보기만 해도 상대의 마음을 읽었다. 그리고는 어깨를 두드리며 그냥 지나가거나 '죽여야겠다'고 결심하곤 했다. 일단 결심하면 카츠이에의 경우처럼 추궁의 손길을 늦추지 않았다.

"성주님, 차가 나왔습니다. 어서 드십시오."

"오, 그래……"

"성주님!"

"무슨 생각이라도 있소?"

"생각은 처음부터 있었습니다. 먼저 성주님의 마음속에서 슈리 님을 버리고 다시 치쿠젠 님을 버리십시오."

이렇게 말하면서 보조개를 새기며 웃는 오마츠 부인의 뺨 언저리에는, 30년의 세월을 초월한 옛날의 그 활달한 기질의 소녀 오마츠의 향기가 살아 있었다.

13

"말도 안 되는 소리."

토시이에는 아내의 말을 가로막듯이 잘라버렸다.

"슈리와 치쿠젠을 버리고 중립의 길을 택할 수 있을 정도라면 괴로워할 것이 있을 리 없소. 나를 혼란에 빠뜨리지 마시오."

"혼란에 빠뜨리는 것이 아닙니다."

오마츠는 다시 재치를 번뜩이면서 미소지었다.

"무릇 혼란이란 마음을 정하지 못한 데서 생기는 것이라고 류몬 사龍門寺 노스님이 말씀하셨습니다. 분명하게 마음을 결정지으십시오. 내가 갈 길은 슈리 님 편도 아니고 치쿠젠 님 편도 아니다, 오로지 불살생계不殺生戒라고……"

토시이에는 짜증을 냈다.

"그 길을 걷도록 치쿠젠이 그냥 내버려둘 것이라 생각한다는 말이오? 선봉에 서서 키타노쇼를 공격하라는 지시를 받으면 어떻게 불살생계를 지킬 수 있겠소?"

"그렇다면, 저도 한마디 묻겠습니다."

오마츠 부인은 똑바로 남편을 바라보았다.

"만일 부처님이 나타나신다면 누가 선봉에 서기를 원하실까요?"

"모르겠소, 그대의 설법說法 같은 것은."

"모르시면 안 됩니다. 불살생계를 마음에 새긴 대장이라야 적을 위해서나 아군을 위해서도 선택될 것입니다. 성주님! 내일 일에 대해 부탁이 있습니다."

"그대는…… 나더러 선봉에 서라는 것이오?"

"아닙니다. 그 전에 치쿠젠 님을 한번 만나게 해주십시오. 저도 그동안 적조했던 인사를 드리고 치쿠젠 님이 좋아하시는 연어를 구워 식사 대접을 하고 싶습니다."

"뭐, 그대가 치쿠젠을 만나겠다고……?"

"예. 치쿠젠 님은 강한 대장, 그러나 제 뒤에는 부처님이 계십니다. 설마 부처님이 치쿠젠 님에게 지지는 않으실 것입니다."

"뭐, 뭐라고 말했소……?"

토시이에는 어이가 없다는 듯 자기 아내를 쳐다보았다.

'이 얼마나 강한 기질을 가진 여자인가……'

일본의 모든 사나이들이 한꺼번에 대들어도 꼼짝 않을 히데요시에게 이 여자는 웃으면서 맞서 지지 않겠다고 단언하고 있었다.

"오마츠……"

"예."

"그대는 이번 일로 마에다 가문이 멸망하게 되어 있다는 것을 알고는 있소?"

"알고 있기 때문에 부탁 드리는 것입니다."

오마츠 부인은 둥글고 작은 얼굴에서 미소를 지우지 않았다.

"성주님, 망한다는 말이 있는가 하면 흥한다는 문자도 있습니다."

"……?"

"모르시겠습니까? 만일 부처님이 마음을 움직이시면…… 불살생계가 철저히 행해지고 있는 영지 하나쯤은 흥하게 하시지 못할 리가 없습니다. 저는 시험해보려고 합니다."

토시이에는 아내를 바라본 채 말이 없었다.

아무래도 오마츠는 자기가 히데요시와 대면하여 엣츄를 손에 넣을 꿈을 가지고 있는 모양이었다.

멸망이 두려워 고민하는 남편과 웃는 얼굴로 꿈을 꾸는 아내와……

'나는 묘한 아내와 살고 있어……'

아직 대답할 말을 찾지 못하고 있는 토시이에 앞에 부인은 다시 자신 있게 두 손을 짚었다.

"부탁의 말씀, 들어주시겠습니까, 성주님……?"

14

토시이에는 이 아내에게는 자신이 부족하다는 것을 느끼고 있었다. 오마츠의 이런 태도가 만일 똑똑한 체하는 감정에서 나온 참견이었다면 물론 지금쯤은 아내를 멀리하게 되었겠지만. 현실적으로 어떤 점에서 오마츠 부인은 인정에 약한 토시이에보다 오히려 냉정하게 계산하는 능력과 결단력을 가지고 있었다.

토시이에가 그리도 존경하던 노부나가의 부인 노히메濃姬로부터—

"오마츠를 아내로 맞는 사람은 행운아야."

이렇게 칭찬을 들었던 오마츠.

'훌륭한 아내야, 오마츠는……'

토시이에는 넋을 잃고 이런 생각을 하다가 쓴웃음을 지은 일이 종종 있었다.

때로는 지나치게 자기 주장이 강해 꾸짖은 일도 있지만, 미워하거나 주제넘다고 생각한 일은 없었다. 무엇보다도 그 작은 체구에서 넘쳐나는 활력에 토시이에의 눈은 휘둥그레지고는 했다.

오마츠는 지금도 직접 빨래를 하고 바느질을 한다. 아이들의 뒷바라지는 물론 가신의 가정, 그리고 경제, 정치 등 모든 일에 세심한 주의를 기울이고, 언제나 즐거운 듯 활기차게 살고 있었다.

그 오마츠가 히데요시와 만나게 해주면 마에다 가문의 멸망은커녕 흥하게 만들어보겠다고 미소 띤 얼굴로 말하고 있다.

"성주님은 역시 제가 여자여서 미덥지 않게 생각하시는군요. 그러나 저는 치쿠젠 님이 토키치로藤吉郎란 이름으로 불릴 때부터 아는 사이, 부인인 네네 님과도 절친한 사이이기 때문에 만난다 해도 자연스러운 일이 아닐까요?"

토시이에는 잠자코 두서너 번 고개를 끄덕였다.

'뜻대로 하도록 내버려두자.'

마음속으로 생각했다.

"그럼, 허락하시는 걸로 알겠습니다."

"그대가 하는 일이니 나쁘게는 안 되겠지."

"한 가지 부탁이 더 있습니다."

"뭐, 또 부탁이?"

"예. 치쿠젠 님이 도착하시기 전에 호리 히데마사 님의 사자가 올 것입니다. 그때 언제라도 이 성을 히데마사 님에게 넘겨드리겠다고 말씀해주십시오."

"물론 그렇게 말하지 않을 수 없다고 생각하고 있소."

"그 말씀을 듣고 안심했습니다. 모처럼 맞아들이는 데 조금이라도 의심을 품게 하면 의미가 없습니다. 그럼, 저는 안살림을 언제라도 내놓을 수 있도록 준비해두겠습니다."

오마츠 부인의 예상은 그대로 적중했다. 호리 히데마사는 그 이튿날인 22일 새벽 후츄에 와서 항복을 요구했다.

토시이에는 두말없이 이를 받아들였다. 그리고는 아내인 오마츠가 오랜만에 히데요시를 만나 식사를 대접하려 한다는 말을 우스갯소리처럼 했다.

히데마사는 곧 이것을 히데요시에게 전했던 듯. 히데요시가 이마죠를 떠나 호리병박 우마지루시를 당당하게 꽂고 후츄 성에 나타난 것은 그날 넉 점(오전 10시)이 지나서였다.

이미 성은 언제 넘겨도 좋도록 정리되어 있었다. 활짝 열어놓은 문 앞에는 토시이에 부자와 나란히 오마츠 부인도 나와 정중하게 기다리고 있었다.

히데요시는 그의 자랑스런 측근들을 거느리고 말을 탄 채로 나타나 오마츠의 모습을 보고는 말을 세우고, 온통 얼굴에 주름을 잡았다.

"오오!"

15

승전한 군사의 총대장과 성을 건네주어야 할 패장의 부인이었다. 그런데도 눈길이 마주치는 순간 양쪽 모두 그리움에 떠는 목소리로 웃음을 교환했다.

죽 늘어선 마에다 군 장병들은 물론 히데요시를 따라온 측근과 코쇼들도 숨을 죽이고 걸음을 멈췄다.

"아, 아직 젊으시군."

히데요시가 말을 탄 채 던진 첫마디였다. 이 말에 오마츠 부인이 성큼성큼 앞으로 나갔다.

"치쿠젠 님! 정말 반갑습니다."

그날도 하늘은 활짝 개고, 성문 양쪽에 심은 버드나무의 푸른 잎이 미풍에 흔들리며 서늘한 그늘을 만들고 있었다.

"이대로 말을 타고 들어갈 수는 없다. 모두 말에서 내려라. 아무리 싸우는 도중이라도 낯익은 사람을 만났으니 이야기를 나누지 않을 수 없구나."

히데요시는 큰 소리로 말하고 자기가 먼저 말에서 내렸다.

아마도 이런 기묘한 입성 풍경은 여기서밖에는 찾아볼 수 없을 것이다. 히데요시를 따라온 자들도 일제히 말에서 내렸다.

히데요시는 오마츠 부인 앞으로 걸어와 흘끗 토시이에 부자에게 시선을 던지고는 오마츠에게 말했다.

"정말 닮았어. 똑같아."

"닮았다니, 누구를 말씀입니까?"

"내 아내 네네와 꼭 닮았어."

"어머…… 네네 님은 저처럼 경박하지는 않습니다. 자, 어서 들어오십시오. 정말 반갑습니다! 그로부터 몇 년이나 되었을까요?"

"내가 나가하마에 있을 때였으니 아마 십 년은 되었겠지. 그러나저러나 조금도 변하지 않았군. 돌아가신 우다이진 님도 말씀하셨지만 천하에서 가장 행복한 사람은 나와 토시이에라니까."

"그것은 또 무슨 말씀인지요."

"두 사람 모두 일본에서 가장 훌륭한 아내를 가졌으니까 그렇지. 네네도 빈틈없는 여자지만, 오마츠 님은 그 이상이지. 사실 난 오늘 이 성에서 식사를 하게 되었다는 말을 히데마사에게 들었을 때 등골이 오싹

했는걸……"

"호호호……"

오마츠 부인은 천진난만하게 웃었다.

"제가 구워드리는 연어는 그렇게 값비싼 것이 아닙니다. 치쿠젠 님 말씀에는 빈틈이 없으시군요."

"그런데, 오마츠 님."

"예, 무슨 말씀인지요."

"연어의 값을 정해놓을까?"

"아니…… 저는 절대로 그런 속셈은 가지고 있지 않습니다. 다만 이렇게 한동안 홋코쿠에서 살았기 때문에, 원하신다면 에치젠, 카가, 노토, 엣츄 백성들의 기질은 말씀 드릴 수 있습니다…… 단지 그 정도입니다."

"뭣이? 에치젠에 카가, 노토, 엣츄라면 이것만 합쳐도 백만 석이 넘을 텐데."

히데요시는 다시 크게 입을 벌리고 웃으면서 턱을 쓰다듬었다.

"이거 정말 놀라운 포로로군. 무서워, 무섭다니까."

그러면서 정중하게 고개를 숙이고 있는 마에다의 가신 사이를 뚫고 오마츠, 히데요시, 히데마사, 토시이에, 토시나가…… 그리고 히데요시의 근시들 순으로 성안으로 들어갔다.

성안은 깨끗하게 비질이 되어 있었다.

16

히데요시는 일부러 성안의 모습을 살피지 않았다.

이번 전투는 말하자면 카츠이에와의 고집 겨루기. 카츠이에의 그릇과 자기 그릇 어느 쪽이 더 큰지를, 남자를 능가하는 오마츠 부인은 반드시 저울질하고 있을 터.

일부러 성안을 조사해본들, 빈틈없는 부인이 있으니 어찌 허술한 데가 있을 것인가.

'보라고 해도 보지 않을 것이다, 여기서는……'

히데요시는 어린아이 같은 고집으로, 이제부터 상대가 무슨 말을 할 것인지 흥미를 느꼈다.

다만 문제는 토시이에에게 선봉을 서라고 했을 때 보일 오마츠의 태도와 말…… 이 역시 고집이라 할 수 있지만, 어쨌든 히데요시는 시즈가타케 전투에서 자기를 공격하지 않고 얼른 물러선 토시이에에게 어떤 일이 있어도 키타노쇼 공격의 선봉을 명하고 싶었다. 그렇게 하면 아직도 망설이고 있는 여러 장수들은 히데요시의 위세에 눌려 굴복할 것이고, 카츠이에에게도 또한 항전의 무의미함을 확실하게 알리는 결과가 될 것이었다.

'이것만은 양보하지 않겠다……'

오마츠 부인이 이러한 히데요시의 고집을 어떻게 받아들일 것인가, 그 태도에 따라 상을 내릴 것이고 아니면 가차없는 조치를 취할 생각이었다.

"자, 이리 오십시오. 이 성에서는 히노산日野山이 바라보이는 이곳의 전망이 가장 좋습니다. 예, 여기는 평소 남편이 자주 차를 마시는 방입니다."

오마츠 부인은 일부러 큰방을 피하고 다다미 열두 장이 깔린 작은 서원으로 히데요시를 안내했다.

"음, 과연 훌륭해. 이 마루는 남향에 바람도 잘 통해 시원하군."

히데요시는 오마츠 부인이 직접 깔아놓는 요 위에 책상다리를 하고 앉아 비로소 토시이에 부자로부터 축하의 인사를 받았다.

형식을 갖춘 인사가 끝나자 오마츠는 곧 말을 꺼냈다.

"보셔서 아시겠지만, 이 지방에는 많은 절이 있습니다. 이 에치젠만 그런 것이 아닙니다. 북쪽의 카가, 노토, 엣츄 등 모두 불심이 깊은 특별한 고장입니다."

"음, 그랬었지. 지금도 잇코 신도가 많은가?"

"많은 정도가 아닙니다."

오마츠 부인은 대답하고 무엇을 생각했는지 옷소매로 입을 가리며 웃었다.

"호호호, 그토록 훌륭하신 우다이진 님도 이 고장 민심만은 파악하지 못하셨으니…… 정말 이상한 일입니다."

"으음, 정말 그랬지. 무력만으로는 좀처럼 심복시킬 수 없는 곳인 것 같아."

"바로 그렇습니다. 앞으로는 치쿠젠 님이 다스리실 곳이므로 참고가 될까 하여 말씀 드리겠습니다마는, 시바타 슈리 님도 일을 잘못 처리하셔서……"

"슈리도 역시 민심을 파악하지 못했나?"

"예. 우다이진 님의 실패를 그대로 답습하셨습니다. 위압책이라고나 할까, 사사건건 공포심만 갖게 하여 아직 민심이 수습되지 않았습니다. 스스로 신앙을 갖지 않은 사람은 불도佛徒의 마음을 알지 못하는 것 같습니다."

"그럴 테지. 그렇다면 이 치쿠젠도 내일부터 열심히 염불을 외기로 할까?"

"예, 그 일에 대해 부탁 드리고 싶은 것이 있습니다."

"그 일에 대해서……?"

"예. 이번 키타노쇼 공격 때 가능하다면 마에다 부자에게 선봉을 명해주십시오."

오마치 부인은 태연한 얼굴로 히데요시의 급소를 찌르고, 시녀가 가져온 상을 직접 히데요시 앞에 놓았다.

17

히데요시의 눈이 번쩍 빛났다. 그리고 오마츠 부인으로부터 토시이에, 토시나가, 히데마사에게로 시선을 옮겼다.

이미 이 일에 대해서는 토시이에 부자도 잘 알고 있었는지 시치미를 떼고 앉아 있었다.

히데요시는 오마츠 부인이 가증스럽다는 생각이 들었다. 이런 자리에서 설마 상대가 먼저 그런 주제넘은 말을 하리라고는 생각지 못했던 것이다.

'주제넘다, 그러나 빈틈없는 여자야······'

그래서 일부러 천연덕스럽게 되물었다.

"뭐, 마에다 부자를 카츠이에 공격의 선봉에 세우라고?"

"예. 이런 부탁을 드리는 것은 치쿠젠 님을 위해서도 좋을 것이라 믿기 때문입니다."

"오마츠 님."

"예."

"은혜를 입힐 생각을 하면 안 돼. 이 밥상 위의 연어만으로도 나는 은혜를 입었어."

"당치도 않습니다. 희롱하는 말로 받아들이시다니 뜻밖입니다."

"허, 정색을 하는군."

"그럴 수밖에 없습니다. 치쿠젠 님! 저는 치쿠젠 님이 이렇게 친밀하게 대해주시는 것이 여간 기쁘지 않답니다. 그래서 이런 부탁도 드리는 것입니다."

"허어, 점점 더 모르겠는걸. 마에다 부자가 선봉에 서면 이 치쿠젠에게 어떤 이득이 있을까?"

"치쿠젠 님, 저는 치쿠젠 님이 시바타 님과 얼마나 다른지를 백성들에게 자랑하고 싶습니다."

"으음."

"시바타 님은 키타노쇼 성에 들어가실 때부터 백성들을 두렵게 했습니다. 백성들은 이번에 오시는 치쿠젠 님도 마찬가지가 아닐까 겁을 먹고 있습니다. 모든 일은 처음이 중요하다고 생각합니다."

"그럴 테지, 그럴 테지."

"지나친 자랑인지는 모릅니다마는, 그 점에서 저희 가문은 불심이 깊고 불살생계를 존중하는 집안이라고 진작부터 백성들이 따르고 있습니다. 그 마에다 부자가 선봉에 섰다…… 모두 안심하라, 이번에 우리가 편드는 치쿠젠 님은 부처님의 자비심을 가지신 분, 드디어 이곳에도 빛이 비치기 시작했다, 안심하고 가업에 힘쓰도록 하라…… 이렇게 선전하며 진격해나가면, 시바타 님처럼 폭동을 걱정할 필요가 없고 백성들의 비뚤어진 마음도 사라질 것입니다. 성주와 백성을 친밀하게 맺어줄 다시없는 기회입니다. 그러면 호쿠리쿠 지방은 단단하게 다져질 것입니다. 이것은 마에다 가문으로서는 하지 못하는, 부처님의 말씀을 받든 부탁입니다."

히데요시는 시녀가 건넨 밥공기를 손에 든 채 망연히 오마츠 부인을 바라보고 있었다.

"치쿠젠 님, 이런 사정을 이해하시고 제 부탁을 들어주십시오."

문득 깨닫고 보니 오마츠 부인의 눈에 촉촉이 눈물이 고이고 그 입술이 떨리고 있었다.

히데요시도 그만 가슴이 뜨거워졌다. 그리고 밥 위에 얹은 연어 위에 눈물이 뚝뚝 떨어졌다.

"오마츠 님."

"예."

"내가 졌소. 히데요시도 처음부터 그럴 생각이었소. 숨기고 있어서 미안하오. 용서해…… 용서해요……"

18

히데요시의 눈물을 보고 오마츠 부인은 무릎걸음으로 한 걸음 물러나 머리를 조아렸다.

"황송한 말씀입니다. 부탁을 들어주신다니, 저희 집안은 모두 부처님의 뜻을 받들어 힘을 모으겠습니다…… 그렇지 않습니까, 토시이에 님, 토시나가……?"

오마츠 부인의 말을 긍정하듯 마에다 부자는 정중히 고개를 숙였다.

히데요시는 눈물을 보인 채 온 얼굴로 웃기 시작했다. 웃으면서 다시 눈물이 나오려 하는 것은 오마츠 부인의 진정을 마음으로 느낄 수 있었기 때문이다.

세상에는 재치있는 여자가 결코 드물지 않다. 그러나 이처럼 분명하게 신앙을 통해 감히 히데요시와 맞서는 여자가 과연 또 있을까?

'보통 재치가 아니다. 가문을 생각하는 진심이 그대로 드러난, 남자를 능가하는 경지야.'

"하하하……"

히데요시는 웃으면서 젓가락을 놀리기 시작했다.

"이번 전투를 하는 동안 처음으로 맛있는 음식을 먹게 되었군. 마타자에몬, 이토록 맛이 놀라우니 값은 묻지 않기로 하겠소. 어쨌거나 그대는 행복한 사람이오."

토시이에는 여간 부끄럽지 않았다. 그 역시 아내가 이처럼 대담한 말로 히데요시를 설복시키리라고는 생각지 못하고 있었다.

불살생계를 존중하는 선봉…… 그렇다면 성실하고 정직한 그의 양심도 시바타 공격을 납득할 수 있었으며 받아들일 수 있었다.

카츠이에의 고집.

히데요시의 고집.

그리고 마에다 집안의 고집 또한 지금은 훌륭하게 통하지 않았는가.

토시이에는 지금까지 자기가 망설이고 있었다는 사실도 잊어버리고, 처음부터 선봉에 설 작정이었던 듯한 착각에 사로잡혔다.

"자, 좀더 드십시오, 제가 시중들겠습니다."

"오, 오마츠 님이 시중을 들겠다고, 오마츠 님이?"

"예."

"이 맛을 치쿠젠은 평생 기억하겠어. 맛이 좋아, 불살생不殺生의 맛은. 나는 결코 그대의 간언을 잊지 않겠어. 항복하는 자, 대항하지 않는 자는 모두 포섭해서 훌륭히 살아갈 수 있게 하겠어. 참으로 좋은 말을 들었어."

"치쿠젠 님."

오마츠 부인은 손수 밥을 담아 히데요시 앞에 내놓았다.

"저는 비로소 부처님을 만난 기분이 듭니다."

"이 치쿠젠도 부처가 될 수 있을까요?"

"어찌 그런 말씀을 하십니까. 오랫동안 호쿠리쿠 백성들이 기원하던 바가 부처님께 통하여 치쿠젠 님과 같은 분을 보내주셨다…… 저는 이렇게 생각하고 마음으로부터 합장하고 있습니다."

"하하하…… 좋아, 좋아, 그 기대를 저버리지 않겠어."

히데요시는 즐거운 듯 눈을 가늘게 뜨고 밥에 물을 말아 입으로 흘려

넣었다.

식사가 끝난 뒤 그 자리에서 군사회의가 열렸다.

그리고는 마에다 부자를 선봉으로 하여 히데요시 군은 오시午時(오전 12시)에 후츄 성을 출발했다. 성은 그대로 호리 히데마사에게 건네고, 오마츠와 딸들을 인질로 남긴 마에다 군의 출전, 그러나 전열의 발걸음은 가볍고 씩씩했다.

유정무정有情無情

1

챠챠히메는 어젯밤(21일) 늦게 카츠이에가 100명 남짓한 인원으로 몰래 성에 돌아왔다는 것을 잘 알고 있었다. 놀라운 일은 아니었다.

이번 전투에 전혀 승산이 없다는 것은 진작부터 알고 있었다. 한 번쯤은 히데요시에게 큰 타격을 줄지도 모른다…… 이런 기대는 하고 있었다. 그런데 그것도 하지 못하고 도주해온 듯했다.

'역시 슈리는 친아버지 아사이 나가마사에게는 훨씬 미치지 못하는 인물이었다……'

이런 생각은 친아버지에 대한 사모만이 아니라 챠챠히메의 거센 기질에서 나온 대답이었다. 이기지 못할 전쟁에 고집을 부려 출전했다가 살아 돌아온다는 것이 챠챠히메에게는 안타까운 일이었다.

'친아버지 나가마사는 깨끗하게 자결하여 결코 수모는 당하지 않았는데……'

챠챠히메는 아침 일찍 일어나 슬며시 어머니의 동태를 살폈다.

어머니는 의외로 침착하여 그날 아침 세수하고 화장을 마칠 때까지 아무런 동요도 보이지 않았다. 챠챠히메는 그런 어머니를 보면서 카츠이에가 더욱 경멸스러웠다.

'가엾은 어머니……'

전남편인 나가마사는 끝까지 무장의 긍지를 가지고 죽은 사람답게 그 아내는 죽이려 하지 않았다. 그런데 카츠이에는 어머니를 구할 마음이 없는 것 같았다.

어머니만이 아니었다. 성에 돌아오는 즉시 남아 있던 가신에게 총동원령을 내려 끝까지 죽음의 길동무로 삼을 생각인 듯했다. 어린아이부터 남아 있는 노인까지 모두 소집해도 3,000명도 되지 않을 인원. 그렇다면 여기서도 승부는 이미 결정되어 있었다.

그런데도 최후의 최후까지 항전하는 것을 '고집'이라 한다면, 그 고집은 또 얼마나 헛된 희생을 남에게 강요하는 것일까.

카츠이에 한 사람의 고집을 관철시키기 위해 모두에게 죽으라고 하는 것과 마찬가지. 그 무의미한 행위에 어머니가 순순히 따르려는 것만 같아 챠챠히메는 여간 분하지 않았다.

챠챠히메는 어머니의 거실을 들여다보고 돌아와 곧 두 동생 타카히메와 타츠히메를 불러 자기 앞에 앉혔다.

"두 사람 모두 어젯밤의 일을 알고 있니?"

"응, 아버님이 늦게 성에 돌아오신 것 말이지?"

막내 타츠히메가 기색을 살피듯이 대답했다. 언제나 조심성 많고 말수가 적은 타츠히메가 오늘 아침에는 약간 흥분해 있었다.

"그래. 싸움에 지고 비참한 모습으로 도주해오신 것 같아. 그래서 하는 말인데……"

챠챠히메는 일부러 열어놓은 창으로 서늘한 바람이 불어오는 가운데 성 밑을 가리켰다.

"이 거리도, 성도, 사람도 이제 끝났어. 이대로 있으면 말이야."

타츠히메는 잠자코 있었다. 언니가 무슨 말을 꺼낼지, 그것을 가만히 기다리고 있는 얼굴이었다.

"슈리 님은 어떤 일이 있어도 우리를 이 성에서 피신시키겠다고 하셨어. 물론 실행되기는 하겠지만, 과연 우리만 피신해도 좋을 것인지 너희들과 상의하고 싶어. 어머니, 어머니를 어떻게 하면 좋을까?"

챠챠히메는 타카히메와 타츠히메를 바라보았다.

2

"슈리 님은 목숨만 부지한 채 이 성으로 도주해왔어. 많은 가신들의 목숨을 전쟁터에 버리고…… 어젯밤부터 군사회의가 열리고 있어. 저걸 좀 봐! 정문에서도 옆문에서도 무사들이 저렇게 성으로 모여들고 있어. 열두세 살 된 소년부터 육십이 넘은 노인들까지 창과 갑옷으로 무장하고 말이야……"

타카히메와 타츠히메도 3층 마루에서 밖을 내다보았다.

햇빛이 비치기 시작한 녹음 사이로 성을 둘러싼 흰 길이 보이고, 그 길로 느릿느릿 사람들의 무리가 이어져 있었다.

"너희들에게도 보이지. 저렇게 모두 성으로 불러들여 농성하려는 것이 뻔해. 그러나 인원수는 고작 삼천…… 치쿠젠의 군사는 삼만인가 오만이 된다는데……"

"그럼, 성을 베개로 삼아 모두 전사하겠다는 것일까……"

"나는 슈리 님이 미워. 무엇 때문에 굳이 성으로 돌아와 아이들과 노인들까지 죽여야 하느냐 말이야. 고집을 세우기 위해 나갔던 싸움터라면 어째서 장렬하게 전사하지 못하느냐 말이야. 곤로쿠로 님도 사쿠마 겐바 님도 돌아오지 않는데 슈리 님만 도망쳐와서……"

챠챠히메는 갑자기 어조를 바꾸었다.

"어쩌냐, 그러한 슈리 님 밑에서 어머니까지 죽게 만들어야 할까? 타카히메, 너부터 어떻게 생각하는지 말해봐."

타카히메는 그때 이미 울상이 되어 있었다.

"그럼, 싸움에는 이기지 못할까?"

"이길 수 없어. 고작 삼천도 못 되는 인원으로는 성 전체에 배치할 수도 없어. 아마 둘째 성이나 셋째 성에서 농성을 하겠지. 주위에 불을 지르면 그것으로 끝이야."

타카히메는 몸을 떨었다.

"어머니를 구하고 싶어!"

매달리듯 언니를 쳐다보았다.

"구할 수 있는 방법을 생각해줘."

"알겠어, 네 마음은…… 그럼, 타츠히메는?"

타츠히메는 타카히메처럼 떨지는 않았다. 야무지게 생긴 둥근 턱을 앞으로 당기듯이 하고 푸른 하늘을 무섭게 노려보고 있었다.

"나는…… 어머니 뜻에 따르는 것이 좋다고 생각해."

"어머니 뜻이라니?"

"어머니는 이미 마음을 정했을지도……"

"타츠히메."

"응."

"마음을 정했다는 것은 이 성에서 죽을 각오를 했다는…… 그러므로 이대로 죽게 내버려두자는 말이냐?"

"응."

타츠히메는 요즘 들어 부쩍 어른스러워진 눈에 긴장의 빛을 띠고 고개를 끄덕였다.

"어머니는 치쿠젠을 만나기 싫다고 하셨어. 치쿠젠은 어머니를 연모하고 있다는 거야. 만일 살아 있으면 세번째 남편을 맞이해야 하기 때문에…… 그렇다고 하셨어. 아니, 어머니 혼자 죽게 할 수는 없어. 나도 같이 죽을 생각이야."

"그게 무슨 말이냐!"

챠챠히메는 무섭게 타츠히메 쪽으로 돌아앉았다.

"어머니를 구하기 위해 상의하는 자리에서 너까지 죽겠다니 그게 무슨 소리냐! 허락할 수 없어. 허락할 정도라면 왜 상의를 하겠어? 너는 지금 제정신이 아니야."

3

언니의 표정에서 엄한 분노를 발견한 타츠히메는 열네 살로는 보이지 않는 신중한 태도로 조용히 무릎에 얹은 손으로 눈길을 떨구었다. 그리고 입속으로 중얼거리듯이 말했다.

"사람은 살아 있는 것만이 행복하다고는 할 수 없지 않을까."

"그것은 불행을 극복하지 못한 약한 자가 하는 소리야. 타츠히메, 사람이란 살기 위해 태어난 거야. 어떤 경우에도 살아남아 행복을 찾으려고 노력해야 해."

챠챠히메는 쏟아붓듯이 말했다.

"그럼……"

타츠히메는 고개를 쳐들었다.

"어머니를 치쿠젠의 뜻에 따라 다시…… 그러면서도 살아야만 한다는 거야?"

"그것이 너의 성급한 점이야. 우선은 살아남고 그 다음에 치쿠젠의 뜻에 따르지 않을 방법을 생각해보는 것이 도리야. 너도 어머니를 따라

이 성에서 죽을 각오라면, 그 각오를 가지고 좀더 깊이 생각할 수도 있을 거야. 내가 상의하려는 것은 너를 죽게 만들자는 게 아니야. 죽기로 결심한 어머니 생각을 어떻게든지 돌리도록 하자는 절박한 마음에서 나온 말이야. 다시 그런 소리 하면 용서하지 않겠어."

타츠히메는 또다시 고개를 떨구었다.

"그럼…… 좋은 생각이라도 있어, 언니에게는?"

"전혀 없다면 그런 말 꺼내지도 않았어. 그 전에 너희들 생각을 물었을 뿐이야."

"그럼, 언니 생각을 말해줘."

이 말에 챠챠히메는 혀를 차고 주위를 돌아보았다.

"우리 다 같이 어머니한테 가서 함께 피하자고 부탁하는 거야."

"듣지 않으시면?"

"그때는 셋 모두 어머니와 함께 이 성에서……"

"아니, 그게 진심이야?"

반문을 받고 챠챠히메는 강하게 머리를 저었다. 눈과 눈썹이 모두 치켜올라가고 거센 기질이 온몸에서 뿜어나오는 것 같았다.

"죽음의 길동무를 찾아 뻔뻔스럽게 성으로 돌아온 슈리를 위해 죽다니 말도 안 돼. 우리 셋이 어머니와 함께…… 그렇게 말하면 반드시 어머니도 승낙하실 거야. 피신하면 치쿠젠의 손에 잡힐 것이지만, 그때는 내게 생각이 있어."

"그 생각이란?"

"어머니를 대신해서 내가 반드시 치쿠젠을 설득하겠어. 치쿠젠이나 되는 사람이 어찌 우다이진 님의 여동생인 어머니의 정절을 그릇된 길로 들게 할 수 있느냐고 따지겠어."

"치쿠젠이 과연 그 말을 들을까?"

이번에는 타카히메가 말했다.

"일단 마음먹으면 반드시 실행하는 집념 깊은 사람이라는 말을 들었는데."

"그렇지 않아!"

챠챠히메는 싸늘하게 웃었다.

"사람에게는 누구나 약점이 있게 마련이야. 치쿠젠은 남달리 허영심이 강한 사람이라고 하더라. 어머니에게 정절을 지키게 하는 것이 치쿠젠의 도량을 나타내는 잣대가 된다고 하면 틀림없이 무모한 짓은 하지 않을 거야. 그 일은 내게 맡겨."

"그럼, 우리 셋이 함께 어머니를 찾아가 부탁 드리기로 해."

타츠히메는 잠시 생각하다가 고개를 끄덕였다. 만일 어머니를 구하려 한다면 그 길밖에는 다른 방법이 있을 것 같지 않았다.

챠챠히메는 눈썹을 치켜들고 두 사람을 재촉했다.

4

그때 오이치 부인은 해자垓子° 너머로 큰길을 내려다보고 있었다.

겨울에는 무섭게 눈보라가 몰아치는 고장, 지금은 짙게 녹음이 깔리고 아스와가와足羽川에서 불어오는 바람이 상쾌했다.

아침 일찍부터 삼삼오오 성으로 모여들던 사람들의 그림자도 뜸해지고, 흰 길에는 때때로 먼지가 피어올랐다. 오른쪽에 보이는 콘피라다케金比羅岳와 쿠니미다케國見岳 위로 여름 구름이 깔리듯 떠 있을 뿐 푸른 하늘이 한없이 펼쳐져 있었다.

'이 성이 곧 함락된다……'

왠지 거짓말 같은 생각이 들었다.

녹음에 감싸인 성 아래 지붕 밑에서도 이런 사실을 알고 있을까.

치쿠젠의 군사가 밀려들어오면 무엇보다도 먼저 이 성 밑에 불을 지를 것이다. 지키는 자가 농성하면 공격하는 자는 우선 주위를 불태우는 것이 전투의 상식.

그때 불길 속에서 아우성칠 사람들을 생각하니 오이치 부인은 새삼스럽게 자신의 깊은 죄업을 절감하지 않을 수 없었다.

오다니 성이 함락될 때의 그 참상, 이번에도 또 그 지옥의 불길을 보아야만 하다니……

오이치 부인이 할 수 있는 일이라고는 이 성에서 죽는 것뿐.

소문에 이 호쿠리쿠 지방은 오빠 노부나가가 가장 많은 생명을 빼앗은 곳이라고 한다. 그렇다면 하다못해 자기만이라도 이곳에서 죽어 죄업의 소멸을 기구하고 싶었다.

'이 마음은 확고하다. 그런데……'

오이치 부인은 남쪽 난간에 몸을 기대듯이 하고 아까부터 생각에 잠겨 있었다.

'나에게 죽지 말라고 하는 사람이 둘 있다……'

한 사람은 어젯밤 성에 도착한 카츠이에, 나머지 한 사람은 딸 챠챠히메였다. 두 사람 모두 집요했다.

"사정이 바뀌었소. 그대는 이 성에서 피신하시오."

카츠이에는 엄한 표정으로 말했다.

오이치 부인은 웃기만 했다.

"나는 가신들의 충절에 못 이겨 이 성을 관棺으로 삼을 결심을 했소. 관 안에 그대는 들어갈 수 없어요."

챠챠히메는 기회가 있을 때마다 죽는 것은 패배하는 것과 같다고 계속 설득하고 있었다.

물론 죽기로 한 결심이 변할 오이치 부인이 아니었다. 그러나 이 세상에 자기를 살리려 하는 사람이 둘이나 있다는 것은 어느 고승高僧의 공양보다 더 낫다는 생각과 함께 가슴 뿌듯함을 느끼고 있었다.

'카츠이에도 마찬가지……'

오이치 부인은 이렇게 알고 있었다. 그래서 상대의 웃음거리가 되지 않을 생각이었다.

그런데 챠챠히메가 또 무슨 말인가를 할 것만 같았다.

'또다시 찾아온다면 무어라 설득할 것인가……?'

무심코 이런 생각을 하고 있을 때.

"따님 세 분이 같이 오셨습니다."

시녀가 고했다.

오이치 부인은 싸늘한 시선을 방안으로 돌렸다. 바깥의 밝음에 익숙해진 눈에 안개 낀 먼 산을 그린 벽장의 그림을 등지고 선 세 딸의 모습이 몹시 어둡게 비쳤다.

"어머님, 부탁이 있어서 왔습니다."

챠챠히메의 목소리는 여느 때와는 달리 노래하듯 탄력이 있었다.

5

딸들이 함께 찾아오리라 생각하고 있었고, 와서 무슨 말을 할지도 알고 있었다. 얼마나 어둡고 슬픈 말이 나올까 걱정했는데, 뜻밖에 밝은 목소리를 듣고 오이치 부인은 안도했다.

"마침 잘 왔구나. 그렇지 않아도 부르려던 참이었는데."

오이치 부인은 이렇게 말하면서 시녀를 돌아보았다.

"준비한 것을 이리 가져오너라."

말할 나위도 없이 유품을 가리키는 것이었다.

시녀가 소반에 얹은 단검 두 자루와 작은 인로印籠°를 가지고 왔다.

챠챠히메는 웃었다.

"어머님, 이제 그것은 필요 없게 되었어요. 받지 않겠습니다."

"챠챠, 무슨 말을 하느냐?"

챠챠히메는 두 동생을 돌아보고 웃는 낯으로 고개를 끄덕였다.

"어머님, 우리가 잘못 생각했어요. 용서해주세요."

"잘못 생각했다니?"

"어머님이 이 성에서 삶을 끝맺고 싶다고 하신 의미를 겨우 알게 되었어요."

오이치 부인은 의아한 듯 고개를 갸웃했다.

"이 어미의 마음을 알게 되었다는 말이냐?"

"예. 이 성에서 벗어나 수치를 거듭하면 어머님 혼자만이 아니라 돌아가신 우다이진 님과 아버님의 이름까지 더럽히게 됩니다. 그래서 우리도 모두……"

챠챠히메는 다시 한 번 두 동생을 돌아보고는 의미 있게 고개를 끄덕였다.

"점점 더 알 수 없는 말을 하는구나. 내 마음을 알았으니 어쩌겠다는 것이냐?"

"결코 이 이상 더 말리지 않겠습니다. 저희도 어머님 뒤를 따르겠습니다. 지금까지의 일은 용서해주십시오."

챠챠히메는 이렇게 말하고 머리를 조아렸다. 두 동생도 뒤따라 두 손을 짚었다.

오이치 부인은 깜짝 놀라 할 말을 잃었다.

챠챠히메가 다른 뜻을 가지고 한 말인 줄은 모르고, 딸들이 정말 그럴 생각인 줄 알았기 때문이다.

챠챠히메는 당황하는 어머니의 모습을 확인했다. 그리고는 침착하게 쟁반을 어머니 앞으로 밀어놓았다.

"우리 셋이서 상의했습니다. 부끄러운 일이지만 타츠히메의 생각이 가장 의미가 깊다는 것을 깨달았기 때문에 셋이 함께 어머님 뒤를 따르기로 했습니다. 성이 함락될 때 어머님도 칼을 들고 싸우시겠습니까? 만일 그러실 각오라면 저희도……"

"그것은 안 된다. 참으로 안타까운 일이로구나!"

오이치 부인은 말하고 나서 후회했다.

"아차!"

일단 말을 꺼내면 쉽게 물러설 챠챠히메가 아니었다.

'잘 생각해보지 않으면 안 된다. 이대로는……'

당황하지 않으려 하면 눈길은 더 자주 움직인다. 오이치 부인이 저도 모르게 눈길을 창 밖으로 보냈을 때였다.

카토花堂 부근의 마을로 보이는 서남쪽에서 봉화인지 방화인지 모를 시커먼 연기가 치솟고 있었다.

"아, 저것을 좀 보아라."

오이치 부인이 가리키는 대로 눈길을 보내며 세 딸은 모두 일어섰다. 전화戰火는 이 모녀의 슬픈 대화보다 더 빠른 걸음으로 키타노쇼에 밀어닥치고 있었다.

6

복도에서 어수선한 발소리가 들렸다.

"마님께 아룁니다."

쿠사즈리 소리를 내며 달려온 사람이 있었다. 카츠이에와 함께 전쟁터에서 도망쳐 성으로 돌아온 코지마 와카사小島若狹였다.

와카사는 허락도 없이 오이치 부인의 거실 문을 열고 느닷없이 그 자리에 엎드렸다.

모녀의 눈이 일제히 그쪽으로 향했다.

"마님께 아룁니다."

와카사는 다시 한 번 외치듯이 말했다.

"주군의 명을 받고 왔습니다. 따님들과 함께 곧 성을 떠나십시오. 어서 준비하시기 바랍니다."

"와카사 님, 서남쪽의 저 연기는……"

"적의 방화입니다. 그러나 아직 걱정하실 것은 없습니다. 조금 전에 마에다 님의 사자가 와서 피신시킬 분이 계시면 북서쪽 문으로 탈출시켜라, 문 밖에서 기다렸다가 반드시 보호해드리겠다고 했습니다. 결전은 오늘 밤부터 내일까지 벌어질 것이니 오늘 저녁까지는 탈출하셔야 합니다. 그렇게 아시고 준비를……"

말을 마치고 일어서려는 와카사를 오이치 부인이 불러 세웠다.

"와카사 님, 한 가지 더 물을 것이 있어요."

"예, 무슨 일이신지?"

"이 성에는 우리말고도 또 피신해야 할 사람이 있을 것, 그 사람을 데려다주세요."

"마님말고…… 그 분이 누구입니까?"

"마에다 님의 따님이 인질로 와 있을 거예요. 그 따님과 우리 성주님의 어린 따님들을 이 자리에 데려오세요. 다 같이 피신하고 싶어요."

와카사는 깜짝 놀란 듯이 오이치 부인을 쳐다보았다. 그는 아사이의 딸 셋은 피신하더라도 오이치 부인은 성을 나서지 않을 것이라는 말을 카츠이에로부터 들었다. 그런 만큼 오이치 부인의 말은 뜻밖이었지만, 한편 수긍이 가기도 했다.

'역시 피신할 생각이 드셨구나……'

카츠이에의 소실이 낳은 두 딸 카츠히메勝姬와 마사히메政姬도 데려

310

가려고 한 모양이었다……

이것은 미묘한 문제였다. 만일 오이치 부인이 이 성과 더불어 운명을 같이할 생각이라면, 카츠이에는 자기 자식을 피신시키려 하지 않을 것이다.

'주군의 여동생도 같이 죽는데 어찌 내 자식만을……'

이처럼 완고한 카츠이에였다. 오이치 부인이 피신하겠다고 하면 두 딸도 피신시킬지 모른다고 생각했다.

'그렇군, 그랬었구나. 그러면 좋다.'

와카사는 겨우 안도했다.

"알겠습니다. 이 와카사가 반드시 모셔오겠습니다."

"부탁해요."

오이치 부인은 이렇게 말하고 나름대로 안도했다. 카츠이에가 자기를 구하려 하는 것이 이 자리에서는 챠챠히메를 설득할 수 있는 구실이 될 수 있었다.

"챠챠, 이야기를 들었겠지만 나도 피신하겠어. 슈리 님의 딸들도 마에다 님의 딸도 같이…… 자, 너희들도 어서 준비하도록 해라."

이번에는 멀리서 콩 튀듯 하는 총포소리가 들리기 시작했다.

7

챠챠히메는 어머니도 같이 피신한다는 말을 듣고 갑자기 당황했다.

어머니만 피신하겠다고 했으면 아직 의심했을지도 모른다. 그러나 마에다 집안의 인질도 카츠이에의 소실이 낳은 딸들도 데려가겠다는 말을 듣고는 자기 나름으로 납득했다.

'그 때문에 마음이 변하셨구나……'

의리나 고집에는 쉽게 마음이 움직이는 어머니…… 이렇게 생각하고 있는 탓이었다.

"그럼, 카츠히메, 마사히메와 같이 피신하실 건가요?"

"그래야 하지 않겠느냐? 슈리 님도 딸을 구하고 싶은 마음이 간절하실 테니까."

"우리도 어머님과 함께. 그렇지, 타카히메도 타츠히메도……"

"응, 곧 준비하겠어."

두 동생은 언니의 말이 끝나기도 전에 일어났다.

계속 들려오는 총성이 완전히 그녀들을 당황하게 만들었다.

오이치 부인은 각각 유품을 지니게 하고 자신도 준비하기 시작했다.

이 무렵 성안의 분위기는 돌변했다.

카츠이에의 명으로 성 안팎의 수비를 철저히 하고, 예상대로 둘째와 셋째 성에서 전원이 농성하기로 결정했다. 일단 성에 들어온 남녀노소와 성안의 공동주택에 살고 있던 병졸의 가족을 차례로 성밖으로 내보냈다. 병졸의 처자는 약간의 금이나 은을 받고 남편과 아버지를 남긴 채 친척과 연고자를 찾아 헤어져 가야만 했다.

처음 서남쪽에서 일어난 불길이 저녁 무렵에는 십여 군데로 늘어났다. 해가 진 뒤 하늘은 불길로 저주스럽게 물들어갔다.

둘째와 셋째 성곽은 해가 진 뒤에도 부산스럽게 움직이는 사람들로 숨이 막힐 듯했다. 탄환을 막기 위한 대나무 묶음을 짊어지는 자, 꼭 잠근 성문에 말뚝을 박는 자, 모닥불을 준비하기 위해 달려가는 자, 취사 준비를 시작하는 자……

그리고……

코지마 와카사와 나카무라 분카사이가 각반에 짚신을 신고 삿갓을 들게 한 카츠이에의 두 딸과 토시이에의 딸을 데리고 오이치 부인의 거실에 온 것은 이미 방안이 어두워졌을 무렵이었다.

"마님, 약속한 대로 모두 데려왔습니다. 분카사이 님이 북서쪽 문까지 안내하실 것이니 어서 출발하시기를……"

이렇게 말했을 때는 오이치 부인도 세 딸도 저물어가는 창가에 나란히 서서 밤하늘을 수놓는 불길을 바라보고 있었다.

"참, 주군께서는 이제 누구도 만나시지 않겠다고, 부디 편안히 지내시기 바란다는 말씀이 계셨습니다."

"와카사 님, 잘 알았다고 성주님께 전해주세요."

"알겠습니다. 북서쪽 문 밖에는 벌써 마에다 쪽 사람이 와서 기다릴 것입니다. 와카사는 여기서 작별하겠습니다."

"조심하시라고 말하고 싶지만……"

"안녕히 가십시오."

"그럼 애들아, 어서 나카무라 님 뒤를 따라라."

이 말에 모두 분카사이를 둘러싸듯 하고 복도로 나갔다.

때때로 여기저기에서 말 울음소리가 들리고, 절박한 소리로 외치는 사람들의 목소리가 들려왔다.

일행은 정신 없이 계단을 내려와 어두운 정원으로 안내되었다.

8

"성주님! 마님을 비롯하여 모두 무사히 성을 나가셨습니다."

다다미를 쌓아올린 둘째 성 큰방에서 농성을 지휘하고 있던 카츠이에는 보고를 받았다.

"그래, 잘됐다."

코지마 와카사를 돌아보지도 않고 고개를 끄덕였으나 순간 말할 수 없는 고독감을 느꼈다.

'이제는 아무도 없다……'

3,000의 군사가 자기와 같이 죽을 결심으로 성에 남아 있었다. 그런데도 아무도 없다는 느낌이 그때의 실감이었다.

'나는 마음속으로는 아내가 남아 있기를 원했던 모양이다. 이상한 놈이야……'

자신의 그런 마음이 약간 꺼림칙했다.

"와카사, 텐슈카쿠 밑에 풀과 장작을 쌓아놓아라."

"텐슈카쿠 밑에……?"

"그래. 언제든지 불을 지를 수 있도록 말이다. 그리고 화약도 준비하는 것이 좋겠다. 알겠나, 왜 이런 지시를 내리는지?"

"예."

와카사는 대담하고 희게 빛나는 카츠이에의 눈썹을 통탄스럽게 올려다보았다.

"적이 난입할 때 점화하시려는 것이겠지요."

카츠이에는 고개를 끄덕였다.

"적들에게 살아 있는 목을 줄 수 없지. 점화는 다시 지시하겠다."

"알겠습니다. 그러면 지금 곧."

"아, 잠깐, 와카사."

"예."

"오늘 밤에는, 아직 치쿠젠의 본대는 오지 않은 것 같으니, 준비가 끝나거든 아시가루°에 이르기까지 모두 술을 나눠주도록 하라."

"알겠습니다."

"부식 같은 것도 아낄 필요 없다. 안주도 실컷 먹이도록 하라."

"분부대로 하겠습니다."

"좋아, 어서 가거라."

와카사가 달려가자 카츠이에는 천천히 걸상에 앉았다.

'이상한 놈이다, 나는……'

다시 한 번 마음속으로 중얼거렸다.

오이치 부인이 성에 남았다면 끝까지 히데요시를 괴롭힐 생각이었으나, 갑자기 그 모두가 싫어졌다. 피신시켜야 할 사람을 피신시켰다는 안도감 외에 그는 까닭 모를 깊은 낙담 속으로 빠져들어갔다.

'어차피 죽게 될 싸움 아닌가……'

이런 생각이 순식간에 전신으로 퍼져, 그처럼 집착했던 '고집'의 그림자가 흐려졌다.

그의 고집은 오이치 부인에게 보이기 위한 오기였는지도 모른다. 만일에 그렇다면 카츠이에란 사나이는 얼마나 순진한 악동인가……

태어나면서부터 전쟁과 싸움만 생각해온 사나이가 마지막으로 도달한 곳이 이 오기라는 나태한 피로였다.

카츠이에는 가만히 눈을 감았다.

누군가의 조용한 발소리가 들렸다. 시동인 모양이다…… 생각했을 때 갓 지은 주먹밥 냄새가 코를 자극했다.

'저녁을 가져왔구나.'

발소리는 바로 옆에 와서 멎었다.

"성주님, 눈을 뜨십시오. 야식을 가져왔습니다."

카츠이에는 번쩍 눈을 떴다. 앞에 무릎을 꿇고 쟁반에 얹은 주먹밥을 내미는 오이치 부인. 그는 깜짝 놀라 다시 눈을 감았다.

9

'딸들과 같이 피신했을 오이치가 여기 있을 리 없다……'

있을 까닭이 없는 오이치 부인의 모습을 보았기 때문에 카츠이에는 깜빡 잠이 들어 꿈을 꾸었거나 환상을 본 줄로 생각했다.

"기분이 언짢으십니까, 성주님……?"

그 물음에 카츠이에는 그만 눈을 부릅떴다. 내 마음의 약점을 알고 이 여우 같은 것이…… 이렇게 생각했기 때문이다.

"어머, 왜 그렇게 무서운 얼굴을 하십니까?"

"그대는…… 그대는…… 정말 오이치가 맞소?"

"예."

"오이치는 딸들과 함께 성을 떠났을 터. 어떻게 성에 남아 있단 말이오? 이미 사방의 성문에 울타리를 치도록 명했는데."

"용서하십시오. 저는 처음부터 성에 남겠다고 말씀 드렸습니다."

카츠이에는 크게 당황하며 주위를 둘러보았다.

큰방에는 촛불이 두 개뿐이어서 구석에는 어둑어둑한 그림자가 음산하게 퍼져 있었다. 그리고 뒤에서 칼을 들고 선 시동의 그림자가 마루 위에서 서글프게 흔들리고 있었다.

이러한 사방의 어둠 속에서 오이치 부인의 모습만이 뚜렷이 떠올라 있었다. 똑바로 자기를 쳐다보는 생생한 눈에도, 평소에는 오만하게 느껴지던 콧날도, 꼭 다물고 있는 처녀의 것과도 같은 입술에도 알지 못할 이상한 온기가 배어 있었다.

순간 카츠이에는 방망이질치는 가슴의 고동을 의식하고 전신이 한꺼번에 타올랐다.

환희! 그렇다, 그가 평생 경험하지 못한 당혹스러움과 환희였다. 어쩌면 광희狂喜라고 하는 편이 더 정확할지 모른다. 8만 4,000의 털구멍이 일시에 무어라 외쳐대는 듯한 느낌이었다.

"오이치!"

"예."

"그대는 성에 남아…… 어째서 이 카츠이에의 명을 어기고……"

이렇게 그의 입을 통해 나오는 말에 역행하는 자신의 몸, 더더욱 뜨겁게 달아올랐다.

"용서해주십시오."

"용서라니…… 사나이에겐 말이오……"

"예."

"입을 열어 할 수 있는 말과 하지 못할 말이 있소…… 이제 와서는 어……어쩔 수 없는 일이지만, 오이치, 그대는 이 카츠이에와 같이 죽을 생각이오?"

"같이 가고 싶어요."

"그대는…… 그대는……"

카츠이에는 입밖으로 튀어나오는 자기 말과 감정의 틈바구니에 끼여 크게 입을 일그러뜨리고 뚝뚝 눈물을 떨구었다.

"그대는 너무 강한 기질을 가졌소. 딸들의 장래를 돌봐야 한다고 생각지 않소?"

"예…… 그러고는 싶지만, 뜻대로 되지 않는 것이 세상……"

"그래서 나의…… 이 카츠이에의 이미 정해진 앞날을 지켜보겠다는 거요?"

"용서해주십시오. 저는 시바타 카츠이에의 아내로 이 세상을 마감하고 싶습니다."

카츠이에는 다시 무슨 말을 하려고 했다. 그러나 입술이 와들와들 떨릴 뿐 말이 되어 나오지 않았다.

"좋아…… 그럼, 밥을 이리로."

카츠이에는 뒤에 대령해 있는 시동의 눈과 앞에 있는 오이치 부인이 두려워 주먹밥 하나를 얼른 움켜쥐었다.

"오이치…… 이것은 그대가 직접 만들었군."

"예, 무슨 냄새라도?"

"오, 냄새가 배어 있어. 그대의 손 냄새가…… 그대의 회고…… 좋은 향기가……"

10

카츠이에의 예상대로 그날 밤(22일)에는 히데요시 쪽에서 직접 성을 공격해오지는 않았다. 선봉인 척후가 카츠이에의 작전을 탐색하려고 불을 지르면서 출몰했을 뿐. 그러나 이런 움직임만으로도 이미 토쿠야마 히데아키와 후와 카즈미츠가 히데요시에게 항복했다.

이튿날인 23일에는 마에다 토시이에 부자를 선두로 한 히데요시 군이 히노가와日野川를 건너고 다시 아스와가와를 건너 성을 향해 육박해왔다.

토시이에는 진군 도중에 선무宣撫하는 사람을 파견해 민심을 안정시키면서 키타노쇼 성을 포위했다. 그리고는 다시 한 번 카츠이에에게 마지막 권고를 시도했다. 이때 카츠이에 쪽은 성문을 열려고조차 하지 않았다.

히데요시는 본진을 아스와가와의 남쪽 아타고야마愛宕山에 두고 총공격을 지휘했다.

이 대진은 난세가 낳은 두 세력의 승패를 초월한 고집싸움이라는 점에서 아주 특이하다고 할 수 있었다.

히데요시는 우선 높다랗게 돌담을 쌓고, 그 입구 위에서 9층 망루가 솟아 있는 텐슈카쿠를 향해 일제히 총포를 쏘게 했다. 그러나 아무 반응도 없었다.

너무 거리가 멀어 탄환이 도달하지 않았는지도 모른다. 그래서 이번에는 날랜 군사를 뽑아 창과 몽둥이를 들고 성안으로 들여보냈으나 그 부근은 이미 텅 비어 있었다.

그 보고에 히데요시는 흥 하고 웃었다.

"심술궂은 놈, 또 나를 놀라게 만들 생각이로군. 좋아, 그렇다면 잠시 공격을 멈추어라."

이런 상황에서 생각할 수 있는 것은, 낮에는 상대하지 않고 내버려두었다가 밤이 되면 카츠이에 자신이 히데요시의 본진으로 쳐들어오지 않을까 하는 것이었다.

장렬하게 죽는 것만을 염두에 두고 있는 카츠이에로서는 그럴 수 있는 일…… 히데요시는 본진을 엄중하게 경계하도록 했다.

마침내 23일, 그날도 히데요시 쪽의 일방적인 움직임만 있었을 뿐 그대로 날이 저물어 주위는 고요한 어둠으로 변했다.

다섯 점(오후 8시) 무렵, 지금까지 조용히 밤하늘에 솟아 있던 텐슈카쿠의 5층에서부터 그 위로 불이 켜졌다.

"이상한 짓을 하는군."

"아, 드디어 야습을 감행할 작전회의를 하는 모양이야."

"방심하지 마라. 어디로 쳐들어와도 좋다. 슈리의 목을 노리자."

포위한 군사도 사방에 모닥불을 피우고 기세를 올렸다. 이윽고 그들의 귀에 들린 것은 뜻밖에도 북소리와 퉁소의 맑은 가락뿐이었다.

"이상하다. 대관절 어떻게 된 일일까?"

"설마 이 마당에 술자리가 벌어진 것은 아닐 테지."

고개를 갸웃거리고 있을 때, 드디어 텐슈카쿠를 둘러싼 사방의 망루에 불이 켜졌다.

"정말 묘한 일이야. 틀림없이 술을 마시고 노래를 부르고 있어."

사실 그러했다. 이때 카츠이에는 9층 텐슈카쿠에 일족과 근신, 여자들을 모아놓고 술을 마시고 있었다.

"모두 나를 용서하라. 그 원숭이 놈 때문에 이렇게 된 것은 원통하지만 당황해서는 안 된다. 오늘 밤엔 마음 내키는 대로 술을 마시고 실컷 즐기도록 하자. 내일이면 새벽 구름처럼 사라지게 될 것이니."

헛된 고집에 사로잡혀 평생을 전쟁터에서 보낸 카츠이에의 허식이 었으나, 그 얼굴은 환하게 빛나고 눈에는 자못 즐거운 듯한 부드러움이 깃들여 있었다. 오이치 부인이 남아 있기로 했다는 것을 안 순간부터 카츠이에에게는 새로운 활력이 되살아났다.

11

"분카사이, 모든 망루에 술과 안주가 분배되었겠지?"

카츠이에는 때때로 옆에 있는 오이치 부인을 가늘게 뜬 눈으로 돌아보면서 거듭 술잔을 기울였다.

"예. 어느 망루나 다 불이 켜졌습니다. 모두 고맙게 여기며 마시고 있을 것입니다."

"좋아. 와카사와 야자에몬이 돌아오면 나도 한바탕 춤을 추겠어. 참으로 오랜만에……"

"곧 두 분이 오실 것입니다. 와카사 님은 술과 안주를 분배하고 다시 한 번 쌓아놓은 장작과 화약을 점검하고 오시겠다고 했습니다."

"그래? 정말 모두 잘들 해주었어. 그렇지 않소, 오이치?"

"예……"

"딸들은 도중에 치쿠젠과 스쳤으나 무사히 후츄에 들어간 것 같으니 여한이 없소. 이제 치쿠젠 놈만 조롱해주면 그것으로 끝나는 거야. 그렇지 않은가, 분카사이?"

"예. 지금쯤 치쿠젠은 겁을 먹고 있을 겁니다. 설마 이렇게 전승 축하연과 같은 잔치를 벌일 줄은 꿈에도 몰랐을 테니까요."

"그래. 생각만 해도 절로 웃음이 나오는군. 그러나 원숭이 놈이 정말 놀라는 것은 이제부터일세."

"성주님!"

오이치 부인은 잔을 비우고 남편 앞에 내밀었다.

"치쿠젠 이야기는 이제 그만두십시오."

"그래, 하면 안 되나?"

"이미 치쿠젠도 없고 성도 없습니다. 맑은 하늘에 떠 있는 달이 되고 싶습니다."

카츠이에는 몇 번이나 고개를 끄덕였다. 아직도 집념에서 벗어나지 못한 자신을 반성했기 때문이다.

"그럽시다. 다시는 하지 않겠소, 원숭이 놈 이야기는…… 나는 놈을 상대로 삼지 않겠소."

"자, 어서 드십시오. 저도 오늘 밤엔 모든 것을 잊고 마시겠어요."

"좋아, 잔을 건네겠소. 이 슈리가 직접 따라주리다. 아니, 그대만이 아니오. 모두 잔을 비우게. 곤로쿠라 불리던 옛날부터 늘 찌푸린 얼굴로 딱딱하게만 굴던 이 슈리가 오늘 밤엔 모두에게 술을 따라주겠어. 용서하게, 나를 용서해주게. 내 고집을 관철시키기 위해 그 원숭이 놈과…… 하하하."

카츠이에는 다시 히데요시 말을 하다 말고 크게 웃어넘겼다.

"자, 평생에 단 한 번뿐인 슈리의 잔, 마시고 또 마시게……"

예순둘로는 보이지 않는 건장한 몸이었으나 취해 일어선 모습에는 역시 슬픈 그림자가 서려 있었다.

카츠이에가 거느린 여섯 명의 소실 가운데 가장 나이가 많은 오히마 阿閑가 카츠이에의 잔을 받고 견디다 못해 흐느끼기 시작했다.

"왜 우는가, 그대는……?"

"아니…… 아니, 울지 않습니다. 저는…… 이미 오십에 가까운 몸,

어찌 울겠습니까. 성주님께서 직접 주시는 잔을 받고 황송하고 기뻐서
흘린 눈물입니다."

"하하하…… 오히마가 묘한 말을 하는군. 좋아, 내일은 젊은 사람 중
에서 피신하고 싶은 사람이 있으면 뜻대로 해주겠어. 밝은 달이야, 이
슈리는…… 원숭이 놈에 대한 것도, 성에 대한 것도 모두 잊고 조용히
하늘에 떠 있는 달이야. 자, 다음 사람에게 술을 따라주겠어."

이때 시바타 야자에몬과 코지마 와카사가 술과 안주의 분배를 마치
고 올라왔다.

12

"오, 왔구나. 그대들도 우선 마시게, 내가 따라주겠네. 알겠나, 술도
마시고 춤도 추게. 인생 오십 년……이라고 우다이진 님은 입버릇처럼
말씀하셨으나 마흔아홉에 돌아가셨어. 나는 이미 예순둘, 오십 년에서
십이 년이나 더 살고 원숭이 놈에게 이런……"

말하다 말고 카츠이에는 또 크게 웃었다.

시바타 야자에몬도 코지마 와카사도 카츠이에가 취한 것을 보고 놀
란 모양이었다.

호주가豪酒家인 그가 이미 만취해 있었다. 아무리 마셔도 흐트러지
지 않고 취한 모습을 남에게 보이지 않던 카츠이에가……

이 무렵부터 오이치 부인은 점점 마음이 침울해지기 시작했다.

'그럴 리가 없다……'

세 딸을 보내고 둘째 성에 돌아왔을 때는 마음 구석구석까지 겨울의
시냇물처럼 맑기만 했었는데……

'성주님이 잘못된 거야. 그처럼 끈질기게 집착하는 성주님이……'

처음에는 정말 담담하게 깨달은 것처럼 보이던 카츠이에가 점점 고통스럽고 애처롭게 취기를 나타내고 있었다. 고집도 오기도 표면적인 것, 내심에는 진득거리는 망설임과 넋두리와 집념을 감추고 있었다.

이러다가는 끝내 내 목을 끌어안고 통곡하게 되지는 않을까, 이런 생각이 들자 갑자기 무서워졌다. 딸들과 헤어지면서까지 함께 죽으려 했던 카츠이에가 늙고 추함만 남은 어리석은 사나이로 변해가는 것을 보면서 참을 수 없는 후회가 자기를 사로잡을 듯한 생각.

'같이 죽자고 했다가 도망가는 일이라도 생기면?'

계속 북소리가 울렸다. 이윽고 북은 소실들의 손에서 분카사이의 손으로 옮겨지고 다시 야자에몬의 손으로 건너갔다.

퉁소는 와카사가 불고 있었다.

차례차례 여자들이 일어나 춤을 추고, 카츠이에도 서툰 솜씨로 노래 부르며 춤을 추었다.

그동안 오이치 부인은 되도록 그 모습을 보지 않으려 하면서 가만히 자기 마음속을 들여다보고 있었다.

지금쯤 딸들은 어디서 무엇을 하고 있을까……?

딸들은 어머니에게 속아 자기들끼리만 피신하게 된 것을 어떻게 해석하고 있을까?

지금 이곳에서는 모두들 집착을 버리고 최후를 장식하려 하면서도 오히려 숨막힐 듯한 애처로움을 펼치고 있었다.

인간이란 어째서 이처럼 허위를 좋아하는 것일까? 슬플 때는 더욱 조용히 그 맛을 되씹어보는 것이 나쁘다는 말인가……?

"오이치."

카츠이에는 다시 오이치 부인의 잔에 술을 따랐다.

"자, 좀더 마시도록 해. 오늘 밤뿐인 잔치니까."

"성주님, 저는 지세이辭世°를 남기려 합니다."

"음, 지세이를."

"예, 오늘 밤뿐인 생명이기에 그 생명을 응시하며 떠나려 합니다."

"좋아. 분카사이, 붓과 벼루를 가져오게."

분카사이는 이때 와카사로부터 퉁소를 받아들고 부는 구멍을 축이고 있었다.

"알겠습니다."

천천히 퉁소를 놓고 일어섰다. 그가 카츠이에보다 훨씬 더 침착해 보였다.

어느새 아홉 점(오후 12시)이 다 된 시간이었다.

13

붓과 벼루가 나왔다. 순간 주위가 조용해졌다.

모두가 종이 한 장 너머에 있는 '죽음……'과 새삼스럽게 대결하게 되었다. 아니, 그 대결이 두려워 술을 마시고 노래하며 춤을 추었는지 모른다.

오이치 부인은 붓을 든 채로 일어나 회랑으로 나갔다. 바람소리가 희미하게 허공에서 울고 있었다. 눈 밑의 어둠 속에서 적의 모닥불이 점점이 보이고 있었으나, 이미 어느 망루에도 불은 보이지 않고 모두 꺼져 있었다.

그들은 모두 이별의 술을 나누고 마지막 잠에 빠져든 것일까.

카츠이에도 따라나와 깊은 한숨을 토해내며 하늘을 쳐다보고 사방을 둘러보았다.

"모두 잠이 든 모양이군."

오이치 부인은 대답하지 않고 멀리서 울리는 종소리에 귀를 기울이고 있었다.

무정인가 유정인가?

하늘을 수놓은 약간의 별들만이 허무한 인간의 행동을 싸늘하게 내려다보고 있었다.

"저것이 아타고야마로군."

카츠이에는 다시 남쪽의 모닥불을 가리켰다.

"히데요시 놈은 지금 무엇을 생각하고 있을까……"

다시는 그 말을 하지 않겠다고 한 약속을 까맣게 잊은 듯.

"오히마, 잔을 이리 가져와."

안을 향해 소리쳤다.

그 소리와 함께 몇몇 사람의 얼굴이 나타났다. 이번에는 주연이 다시 회랑에서 벌어질 것 같았다.

오이치 부인은 여전히 카츠이에에게 등을 돌린 채 서 있었다.

"불은 내오지 말도록……"

야자에몬의 말. 그에 이어.

"놈들의 총알이 여기까지 닿을 리 없어."

카츠이에가 큰 소리로 말했다.

오이치 부인은 이때 무언가 검은 것이 눈앞을 울면서 스치고 지나간 듯한 기분이 들었다.

'두견새……'

과연 두견새가 이런 시각에 이런 곳을 날아갈까 하는 생각은 하지도 않았다.

문자 그대로 사면초가四面楚歌 속에 있는 외로운 성.

숨소리 하나 들리지 않는 슬픔의 순간, 만일 생각이 있어 찾아오는 것이 있다면 그것은 먼 하늘에서 날아오는 두견새가 분명했다.

오이치 부인은 두루마리를 꺼내 그 위에서 쓱쓱 붓을 그어 나갔다.

그렇지 않아도 총소리 요란한 여름밤
　　이별을 재촉하는 두견새의 노래

"지으셨습니까?"
분카사이가 공손히 받아들고 읽어나갔다. 카츠이에는 그 자리에 잔을 놓고 갑자기 엄한 표정을 지었다.
"분카사이, 붓을."
"예."
카츠이에는 다시 한 번 입속으로 오이치 부인의 지세이를 읊어보고 불 쪽으로 향했다.
홋코쿠의 쌀쌀한 밤바람이 카츠이에의 흐트러진 마음에 싸움을 거는 듯. 그는 두세 번 나직하게 신음했다.

　　여름밤의 꿈길, 그 덧없는 흔적을
　　두견새여, 먼 하늘에 올려다오

이번에도 또 분카사이가 묘한 억양을 곁들여 읽었다. 순간 여자들의 흐느낌 소리가 일제히 터져나왔다.

14

나카무라 분카사이는 공손히 두 사람의 마지막 노래를 카츠이에 앞에 놓았다.
"저도 한 수 읊으려 합니다."
웃는 얼굴로 경건하게 고개를 숙였다.

"오, 그래……"

"그럼, 그 뒤를 이어 적겠습니다."

두 사람이 나란히 쓴 그 밑으로 한 단 내려 써내려갔다.

　인연이 있어 미련 없이 함께 걷는 길
　저세상에 가서도 길이 섬기리

분카사이는 같은 가락으로 읊고 카츠이에 앞에 내밀었다.

카츠이에는 다시 한 번 세 수의 지세이를 되풀이해 읽었다. 그 뜻을 음미하기보다도 스스로를 냉엄한 이성 속으로 다시 돌려보내려 하는 것 같았다.

"좋아!"

카츠이에가 말했다.

"이제 새벽도 멀지 않았다. 그때까지 나는 잠시 눈을 붙이려 한다. 그동안에……"

분카사이로부터 야자에몬, 그리고 와카사에게로 눈길을 옮겼다.

"피신하고 싶은 자가 있거든 이 텐슈카쿠에서 떠나라고 일러라. 남자들도 망설일 것 없다."

"예."

"치쿠젠은 새벽부터 총공격을 시작한다. 그러므로 내가 눈을 떴을 때 이 자리에 남아 있는 자는 이 카츠이에가 처단하겠다. 알겠나? 야자에몬, 베개를 가져오게."

엄하게 말하고 카츠이에는 일어나 안으로 들어갔다.

더 이상 걸음걸이도 흐트러지지 않았고 눈에는 이미 생기가 돌아와 있었다.

병풍이 둘러졌다. 시녀들이 얼른 코소데를 가져가 드러누운 카츠이에의 몸에 덮어주었다. 이어 병풍 안에서 귀에 익은 코 고는 소리가 들려왔다.

오이치 부인은 그 소리를 듣고 비로소 안도의 숨을 쉬고 조용히 병풍 안으로 들어갔다.

그날 밤 그곳을 떠난 사람은 소실에 딸린 시녀 네 사람뿐.

날이 훤히 밝아 아타고야마에서 소라고둥소리와 꽹과리소리가 요란하게 울려퍼지기 시작했을 때, 텐슈카쿠는 여자들의 염불소리로 가득했다.

싸움은 아침 일찍부터 시작되었다. 공격군은 이제 성문을 부수고 뛰어들 수밖에 없었다. 백병전이 벌어지고, 마침내 성안에 들어온 일대가 텐슈카쿠 입구에 들이닥쳤다.

때는 다섯 점 반(오전 9시).

그 무렵에는 이미 텐슈카쿠 위에는 한 사람의 여자도 살아 있지 못했다. 오이치 부인은 합장한 채 조용히 카츠이에의 손에 숨이 끊어져 있었고, 다른 여자들도 각각 서로 찌른 뒤 시바타 야자에몬과 코지마 와카사의 카이샤쿠介錯°로 목숨을 거두었다.

한낮이 지났을 때 텐슈카쿠 3층 이상에 남아 있는 것은 카츠이에의 고집에 순사殉死하려는 정병精兵 약 300명 미만……

드디어 이 300명과 2층까지 쳐들어온 공격군 사이에 좁은 계단을 사이에 두고 지옥과도 같은 싸움이 벌어졌다.

15

공격군이 3층에 다다르자 시바타 군은 이를 악물고 이를 물리쳤다. 그때마다 새로운 공격군이 대신하여 시바타 군을 되받아쳤다.

겹겹이 에워싼 공격군의 함성은 침입자의 사기를 더욱 북돋는 대신 시바타 군은 일곱 명이 줄고, 또 열 명이 줄어들었다. 그중에는 적진 속으로 돌진한 채 돌아오지 않는 자도 있었다. 전사한 것이 아니라 무기를 버리고 포로가 되거나 도망쳐버렸을 것이다.

카츠이에 자신도 세 번 적진에 쳐들어갔다가 세 번 텐슈카쿠로 돌아왔다. 적을 죽이기 위해서라기보다 아직 남아 있는 자기 힘을 모두 써버리기 위해서이고 죽을 때를 찾기 위해서였다.

어느 틈에 해가 기울기 시작했다. 일곱 점(오후 4시) 무렵.

일단 텐슈카쿠로 돌아온 카츠이에 앞에 나카무라 분카사이가 땀투성이가 되어 나타났다.

"성주님, 예정했던 신시申時(오후 4시)가 되었습니다."

"음, 알겠다!"

카츠이에는 이때 도마루胴丸˚를 벗고, 합장한 채 숨을 거둔 오이치 부인의 시체에서 병풍을 치우고 있던 참이었다.

"분카사이, 밑에 불을 질러도 좋다고 알려라."

"알겠습니다."

분카사이가 다시 계단을 내려가고 카츠이에는 이마에서 땀방울을 떨구면서 오이치 부인 뒤에 시녀들의 시체를 쌓았다. 그리고 오이치 부인의, 이제는 고통의 빛도 없는 하얀 얼굴을 세웠다.

"오이치, 잘 봐두도록."

불쑥 한마디 내뱉고 크게 한숨을 쉬었다.

텐슈카쿠에는 30여 구의 시체가 있었지만 살아 있는 것은 카츠이에 혼자뿐이었다.

카츠이에에게는 그 어느 시체도 죽은 것으로는 생각되지 않았다. 모두가 카츠이에를 응시하고 카츠이에에게 말을 걸고 있었다.

카츠이에는 오이치 부인의 싸늘한 얼굴에 가만히 뺨을 비비고 나서 입술을 꼭 다물고 회랑으로 나갔다.

살아남은 근시들은 모두 4층과 5층에서 적이 카츠이에에게 접근하지 못하도록 필사적인 저항을 하고 있었다.

이제는 최전선이 된 4층에서 뭉게뭉게 피어오른 흰 연기가 아직도 뜨거운 햇빛 속으로 구름처럼 퍼져나갔다.

"여봐라, 공격자들아⋯⋯"

그 연기 속에 나타난 카츠이에의 모습, 망루를 포위했던 공격군이 일제히 이마에 손을 가져갔다.

"귀신으로 알려진 이 시바타가 할복할 것이다. 잘 봐두었다가 훗날 모범으로 삼도록!"

"와아!"

밑에서 함성이 일어났다.

카츠이에는 한 발을 난간에 걸치고, 그러나 밑에서 올려다보는 수천의 눈보다는 뒤에 있는 오이치 부인의 눈을 크게 의식하고 있었다.

'이 카츠이에는 그대를 배신할 사나이가 아니오. 잘 보시오, 늙은 무사의 처절함을⋯⋯'

번쩍 흰 칼날이 빛을 퉁기자 붉은 피가 무지개를 그리며 뿜어나왔다. 왼쪽 옆구리를 찌른 칼을 곧장 오른편 등골 쪽으로 당겼다가 되돌아오는 칼로 가슴에서 배꼽 밑까지 단숨에 갈랐다. 순간 카츠이에는 마지막 기력을 다해 눈을 부릅떴다. 칼을 버리고 내장을 끄집어내어 무어라 기묘한 소리를 지르며 공격자의 머리 위로 뿌렸다.

바로 그 순간이었다, 요란한 폭발음이 하나, 둘, 셋 잇따라 대지를 진동시키면서 9층 텐슈카쿠가 산산이 부서져 화염 속으로 흩어지기 시작한 것은⋯⋯

그 다음에 부는 바람

1

챠야 시로지로는 쨍쨍 내리쬐는 뙤약볕 아래 야하기가와矢矧川의 큰
다리를 향해 빠른 걸음으로 걷고 있었다.

표면적으로는 도쿠가와 집안의 옷감을 조달하는 상인이었으나, 실
은 전적으로 쿄토 방면의 첩보를 담당하고 있다고 해도 좋을 챠야였다.
완전히 상인 티가 몸에 배어, 그 눈도 이전의 날카로움을 찾아볼 수 없
는, 유복한 부자의 풍모로 변해 있었다.

점원 차림의 호위 두 사람을 데리고 다리 한가운데로 온 그는 걸음을
멈추고 강물을 내려다보다가 이마에 손을 얹고 녹음으로 뒤덮인 눈앞
의 오카자키 성을 쳐다보았다.

"어때, 여기는 별천지라고 생각하지 않느냐?"

"전쟁이 있는 곳과 없는 곳은 불어오는 바람 냄새부터 다르군요."

"그러나, 이번에는 어떻게 될지."

"어떻게 되다니요, 여기도 전쟁의 불씨가 번질 것이란 말입니까?"

"우리 주군은 그렇지 않지만…… 워낙 미카와에는 완고한 사람들이

많기 때문에."

챠야 시로지로는 이렇게 대답하고 그늘도 없는 다리 위에서 일부러 짚신의 끈을 다시 매었다.

"그러면, 홋코쿠의 일이 마무리되면 치쿠젠의 손이 이 방면으로 뻗칠 것이란 말인가요?"

"아마 그렇게 될 것일세. 이미 기후의 운명도 결정되었으니, 천하를 평정하는 데 도쿠가와 가문만 제외시킬 리는 없지."

"그렇게 되면 정말 큰일이군요."

"큰일일 정도가 아니라, 주군의 생애에서 가장 큰 걸림돌이 될 것일세. 자, 어서 가세."

"예. 그런데, 이 오카자키 성에는 들르지 않으시렵니까?"

"그런데 말일세."

걷기 시작하다가 돌아보았다.

"들르지 않고 그대로 하마마츠로 가려고 했으나 생각이 변했어."

"생각이 변했다면 들르시려는 것입니까?"

"그래야겠어. 지금 이 성의 성주 대리는 이시카와 호키노카미 카즈마사 님, 이시카와 님과 밀담을 나누고 가야겠다는 생각이 드는구나."

점원은 입을 다물었으나 챠야는 다시 혼잣말처럼 말했다.

"어쨌건 키타노쇼는 함락되고, 호쿠리쿠의 방비도 새로워졌어. 주군이 전승을 축하하는 사자를 보내시지 않으면 앞으로 치쿠젠과의 관계에 까다로운 일이 많이 생길 것 같아……"

시로지로는 그 일에 관해 이에야스에게 보고하기 위해 하마마츠로 가는 도중이었다. 그러나 오는 동안 아무리 생각해보아도, 미카와 무사 중에는 히데요시와 대담하여 체면을 손상시키지 않고 감정도 해치지 않을 외교수완을 가진 사람이 떠오르지 않았다.

타협할 줄 모르고 고지식하기만 하며, 히데요시를 미천한 출신이라

하여 깔보기라도 한다면 그야말로 큰일, 또 히데요시에게 말려들 가능성도 충분히 있었다.

히데요시는 그 점에서 불가사의한 힘을 가진 대단한 천재였다. 상대가 순진하다고 판단되면, 그의 어깨를 툭툭 치고 대번에 자기편으로 끌어들일 것이 분명하다.

'역시 이 일은 이시카와 님이 아니고는 해낼 수 없을 텐데, 과연 맡으려고 할 것인가……'

챠야는 곧바로 성을 향해 걸으면서 계속 그 생각을 하고 있었다.

2

오카자키 성도 예전에 비하면 완전히 면모가 새로워져 있었다. 이에야스 자신의 공적과 보조를 맞추어 성곽도 망루도 훌륭해졌고, 성을 에워싼 수목도 더욱 울창해져 듬직한 무게를 더해주고 있었다.

성벽도 해자도 3대에 걸친 고투苦鬪와 번영의 비밀을 하늘에 속삭이고 있었다.

얼마 전에 히데요시에게 함락된 키타노쇼 성에 비하면 망루도 낮고 부지도 협소하기는 하나……

"성이 문제가 아니라…… 중요한 것은 거기 있는 사람들의 마음."

챠야 시로지로는 이마의 땀을 닦으면서 전부터 알고 있는 출입문 쪽으로 다가갔다.

"쿄토에서 옷감을 조달하는 챠야 시로지로라는 사람인데 성주 대리님을……"

정중하게 말했다.

"뭐, 쿄토의 옷감장수?"

문지기는 시로지로가 한 번도 본 일이 없는 사람이었다.

"도대체 용건이 뭐냐? 성주 대리님은 지금 바쁘시다."

"다름이 아니라 하마마츠로 성주님을 뵈러 가는 도중인데 잠시 인사를 드리고 싶어서."

"그렇게 전하면 만나실 것 같으냐, 성주 대리님이?"

"예. 틀림없이 허락하실 줄 압니다."

"알았어, 그렇다면 말씀 드려보겠다."

챠야는 시동을 돌아보고 씁쓸히 웃었다.

만사가 이런 식이었다. 소박하고 무뚝뚝했다. 어딘지 모르게 애교도 있기는 했다. 그러나 대부분의 경우 말을 할 때는 물어뜯을 것 같은 어조가 되고는 했다.

미카와의 기질……이라고나 할까, 이것이 아시가루와 하인들에게까지 침투하여, 싸움이 벌어지면 용맹을 떨치지만 평시의 거래나 사교에는 여간 서투르지 않았다.

노부나가에게 사자로 갔던 사카이 타다츠구와 오쿠보 타다요大久保忠世가 이에야스의 적자嫡子 노부야스를 궁지에 떨어뜨린 선례도 있었다. 그런데 이번에는 노부나가보다 더 어려운 상대인 히데요시와 접촉해야만 하는 일이었다……

챠야 시로지로는 문 앞에 선 채 잠시 기다렸다. 바로 문 안에는 무사 대기소와 면회소도 있었다. 거기서 기다리라고 해도 좋을 만한데, 문지기에게는 그런 융통성도 없었다.

"챠야, 들어오시오."

"예. 성주 대리님이 허락하셨습니까?"

"여보시오."

"예."

"당신은 성주 대리님과 잘 아는 사이요?"

"예, 오래 전부터."

"그런 것 같군. 정중히 안내하라고 하셨소. 자, 들어와요."

시로지로는 다시 씁쓸히 웃었다.

"그럼, 시동 둘은 이 대기소에서?"

"참, 두 사람이 더 있었군. 좋아, 여기서 조용히 기다리도록 하시오. 두 사람에 대해서는 깜빡 잊고 말씀을 못 드렸어."

"알겠습니다."

시동을 기다리게 하고 본성의 중문을 들어선 시로지로를 젊은 무사 두 사람이 나와 현관에서 맞이했다.

"챠야 님이오? 이리 오시오."

그들 역시 문지기와 같은 어조로 말했다. 안내할 챠야가 상인 차림인 것이 못마땅한 모양이었다.

이시카와 카즈마사는 본성의 작은 서원에서 서기를 상대로 무언가 이야기를 나누고 있다가 시로지로를 맞았다.

"오, 마츠모토松本 씨, 어서 오게."

그리고는 서기와 젊은 무사에게 물러가라고 눈짓했다.

3

챠야 시로지로는 서기와 젊은 무사가 물러갈 때까지 문지방 옆에서 공손히 머리를 숙이고 있었다.

이에야스보다 네 살 위인 이시카와 카즈마사는 이미 마흔여섯 살이 었다. 열 살 때 코쇼로 발탁되어 오랫동안 인질이었던 이에야스와 함께 생활하고, 이에야스의 맏아들 노부야스를 미카와에 맞아들일 때는 자기 말에 태워 데리고 온 공신이었다.

미카와 무사들 중에는 가장 모가 나지 않고, 풍모와 행동에도 원숙한 중후함이 배어 있었다.

"마츠모토 씨, 홋코쿠 일은 드디어 마무리가 된 모양이더군."

"예. 모든 일이 다 치쿠젠의 뜻대로 되었습니다."

"자, 어서 올라오게. 아무도 듣는 사람이 없으니 자네 생각을 말해보게. 치쿠젠이 홋코쿠를 누구에게 맡겼나?"

챠야 시로지로는 천천히 카즈마사 앞으로 다가앉으며, 다시 한 번 땀을 닦았다.

"실은 성주님을 뵈려고 길을 떠났습니다마는, 성주님은 현재 하마마츠 성에 계시겠지요?"

"음, 이미 카이에서 돌아오셨을 것일세. 그곳 질서가 잡히면 가을에는 다시 스루가에 가셔서 직접 돌아볼 생각이신 것 같아."

"열성이 여간 아니시군요."

"우리도 정말 감탄하고 있다네. 치쿠젠이 성을 공격하는 동안 우리는 기반을 굳게 다져야 한다고 하시면서."

"바로 그것입니다. 기반을 굳히는 데는 이 챠야도 전혀 불안을 느끼지 않으나 그 후의 일이 약간……"

"그럼, 치쿠젠이 별다른 움직임이라도 보이고 있다는 말인가?"

"아닙니다. 홋코쿠에 대해서는 이번에 에치젠과 카가 중에서 노미, 에누마江沼 두 고을을 떼어 니와 나가히데에게 주어 원래의 영지인 와카사若狹와 함께 다스리게 했고, 카가 중에서 이시카와石川와 카호쿠河北 등 두 고을은 노토와 함께 마에다 토시이에에게 주고……"

"잠깐, 에치젠을 니와 나가히데에게?"

"예. 카가와 노토는 거의 모두 마에다 부자의 것이 되었습니다. 아버지 토시이에는 노토의 나나오七尾에서 카나자와로 옮겨 성을 쌓았습니다. 또 아들 토시나가는 후츄에서 카가의 마츠토松任로 가고, 나나오에

는 마에다 야스카츠前田安勝와 쵸 츠라타츠長連龍를, 엣츄의 토야마에
는 삿사 나리마사를 각각 두어 우에스기 일족과 교섭을 벌이게 하고 있
습니다."

"으음, 마에다의 영지가 아주 많아졌군. 그럼, 사쿠마 겐바는 어떻게
됐나? 전투 도중에 행방불명이 되었다는 말을 들었는데……"

"사로잡혔지요. 겐바도 곤로쿠로도 모두…… 처음에는 간곡하게 항
복을 권유받은 모양이지만, 겐바는 완강히 거부하고 쿄토로 연행되어
이리저리 끌려 다니다가 목이 잘렸습니다."

"으음, 그것으로 시바타 가문은 끊어졌군."

"고집에만 집착하고 전혀 사리분별이 없었다고 할 수밖에 없지요."

"그러면, 앞으로는 사태가 어떻게 되리라고 보나?"

"이것으로 노부타카 님도 끝장…… 다음에는 치쿠젠이 오사카에 성
을 쌓게 되지 않을까 생각합니다. 천하는 이 히데요시가 손에 넣었다고
하며, 돌아가신 우다이진 님이 아즈치에 성을 쌓았던 일을 본떠 천하
제후에게 협조하도록 명한다…… 이렇게 되면 우리도 역시 관련되지
않을 수가 없습니다."

시로지로는 빤히 카즈마사를 쳐다보았다……

4

카즈마사는 천천히 고개를 끄덕였다.

전투가 끝난 뒤에는 도쿠가와 쪽에서도 전승을 축하하는 사자를 보
내지 않을 수 없다.

'누가 그 사자가 될 것인가?'

히데요시에게 가야 할 전승 축하사자에 대한 것은 챠야만이 아니라

카즈마사에게도 큰 관심사였다.

"성주 대리님."

챠야 시로지로는 잠시 주위를 돌아보고 나서 말했다.

"사자로는 누가 적당하겠습니까? 치쿠젠에게 보낼 분 말입니다."

"누가 사자로 가도 상관은 없지만……"

카즈마사는 상대의 시선을 피하듯이 말했다.

"그 후에 까다로운 일이 생길지 모르기 때문에."

"그 후에……?"

"음. 치쿠젠은 반드시 무슨 구실을 만들어 성주님더러 직접 와서 문안하라고 그 사자에게 요구할 것 같아."

"그렇습니다."

이번에는 챠야가 몸을 앞으로 내밀었다. 그가 걱정하고 있는 것도 바로 그 후의 일이었다.

"만일에 사자가 부득이한 일이라 여겨 승낙하고 돌아온다면 어떻게 될까요, 성주 대리님?"

카즈마사는 천천히 고개를 가로저었다.

"성주님은 어떨지 모르나 중신들이 승낙하지 않을 것일세. 사자는 돌아와서 할복할 수밖에 없겠지."

"할복해야 할지도 모른다는 것을 알면서 사자로 갈 사람이 과연 있겠습니까?"

"없다고 보아야 하겠지."

"치쿠젠에게 축하하러 갔다가 그쪽에서 성주님을 오시라고 하는데 그건 안 될 말이라고…… 거절할 수도 없는 일 아닙니까?"

"거절할 수는 있어."

카즈마사는 햇볕에 탄 얼굴에 빈정거리는 웃음을 떠올렸다.

"거절할 수는 있으나 냉정하게 거절하면 상대의 감정을 건드리게 될 것이야. 그렇게 되면 아예 사자를 보내지 않은 것만도 못한 결과가 될 것일세."

"그렇게 되면 안 되지요."

챠야도 그만 미간을 모으고 쓴웃음을 떠올렸다.

"상대는 그대로 내버려둘 사람이 아니기 때문에……"

"그렇기 때문에 이것은 좀……"

"성주 대리님!"

"묘안이라도 가지고 있나, 자네는?"

"아니, 묘안이 있을 리 없습니다. 그러나 축하의 사자를 보내지 않을 수도 없는 일……"

"그 점에서는 나도 동감일세. 하지만 누구를 사자로 보내느냐 하는 데에는……"

"저는 보통 사람으로는 안 된다고 생각합니다. 만일 성주님께서 누가 좋겠느냐고 물으시면……"

여기까지 말하자 카즈마사는 날카롭게 시로지로를 바라보았다.

"누구 이름을 말할 생각인가?"

"저어……"

잠시 망설이다 오른손을 내밀고 꼽아나갔다.

"이토 님, 사카키바라 님은 아직 너무 젊으셔서 치쿠젠이 불만일 것이고."

"그래서……"

"혼다 님은 지나치게 과격하시고…… 사카이 님과 오쿠보 님은 지난번 노부야스 님 문제도 있고 하여 사양하실 것이고."

"그렇다면……"

"저는 역시 성주 대리님과 혼다 사쿠자에몬 님밖에는 생각나는 분이 없습니다."

시로지로는 말을 끊고 상대의 마음을 떠보려고 가만히 숨을 죽였다.

5

이시카와 카즈마사는 잠자코 정원을 바라본 채 잠시 대답하려 하지 않았다.

그 모습이 별로 탐탁스러워하지 않는 듯한 느낌이 들어 챠야 시로지로는 다시 말을 계속했다.

"젊은 분들은 잘 알지 못할 것입니다. 아니, 노신들 중에도 치쿠젠의 기질을 정확히 아시는 분이 드물 것입니다. 치쿠젠은 언제부터인지 자기 자신을 천하를 평정하기 위해 태어난 태양의 아들이라 확신하고 있습니다. 이 확신은 무섭습니다…… 치쿠젠이 명하는 대로 하지 않는 자는 평정을 위한 적으로 간주하여 그냥 두지 않습니다."

"……"

"저는 이번의 시바타 공격을 통해 똑똑히 보았습니다. 시바타 님도 고집이 대단하지만 치쿠젠 역시 한 발짝도 양보하지 않고 이상할 정도로 강경했습니다. 아니, 이 정도라면 아직 두려워할 것이 못됩니다. 치쿠젠은 돌아가신 우다이진 님보다 나으면 나았지 결코 못하지 않는 지략을 가졌고, 더구나 민심을 얻는 불가사의한 수법을 터득하고 있습니다. 사카이에서 쿄토와 오사카에 이르기까지 큰 상인들은 치쿠젠이 어깨를 툭툭 치면 그 편을 들지 않는 사람이 거의 없고…… 노부타카 님의 가신도, 시바타 카츠토요의 가신도 모두……"

이시카와 카즈마사는 시선을 돌린 채 몇 번이나 조용히 고개를 끄덕였다. 챠야가 무슨 말을 하려는지 그는 잘 알고 있었다.

히데요시의 인물 그 자체가 보기 드문 영재英才일 뿐 아니라 그가 지향하는 '천하 평정'의 큰 뜻이 그대로 신불神佛의 뜻과도 합치한다. 신불 자신은 말을 않는다. 그러나 만민에게 평화를 갈망케 하여 그것이 히데요시를 크게 뒷받침해주고 있었다.

그 점에서는 이에야스도 히데요시와 아주 비슷한 이상을 가지고 있었다. 다만 이에야스의 경우는 조금이라도 더 현실 세계에 평화를 넓혀 나가려는 데 비해 히데요시의 경우는 자신이야말로 천하 평정을 위해 선택받은 자라는 확신 아래 움직이고 있었다. 이 약간의 차이가 있을 뿐인데, 이 차이가 크게 충돌할 위험성이 있다……고 카즈마사는 생각하고 있었다.

"어쨌든 자네의 인선人選은 재미가 있군."

잠시 후 카즈마사는 가만히 한숨을 쉬고 챠야를 돌아보았다.

"나와 그 완고 일변도인 사쿠자에몬을 특별히 지목하니 말일세."

"황송합니다."

시로지로는 웃으면서 머리를 숙였다.

"저에게는 두 분이 아주 닮은 분으로 보였기 때문입니다."

"허어, 요즘에 와서 망령이 들었다는 말을 듣는 나와 늙어가면서 점점 더 완고해지는 사쿠자에몬이 닮았다니 묘한 소리를 하는군."

"아니, 외형적인 것이 아닌, 안에 있는 진심을 말하는 것입니다."

"으음."

"황송합니다마는, 이 챠야로서는 미카와 무사의 정수精髓가 두 분의 마음속에 뭉쳐 있다고 보기 때문에 말씀 드리는 것입니다."

"하하하……"

카즈마사는 크게 표정을 무너뜨리고 웃었다.

"자네는 도회지의 물을 먹더니 상당히 말이 능란해졌어. 어찌 나 같은 사람이……"

"아닙니다. 치쿠젠에게 굴하지 않을 근성, 건방진 말씀이지만 두 분만이 가지셨다고 생각하기 때문에 이렇게……"

카즈마사는 다시 고개를 돌리고 멍하니 정원을 바라보고 있었다.

6

"성주 대리님, 도회지 물을 먹고 말이 능란해졌다니 저로서는 뜻밖입니다."

챠야는 무릎걸음으로 다시 한 걸음 앞으로 나왔다.

"저는 두 영웅이 나란히 설 수 없다는 옛말을 새삼스럽게 떠올리게 됩니다. 치쿠젠 님의 힘과 기질, 이 두 가지를 잘 알고 대처하지 않으면 도쿠가와 가문으로서는 미카타가하라三方ヶ原 이후 가장 큰 어려움을 겪게 될지도 모릅니다."

"그렇다면 치쿠젠 쪽에서 전쟁을 도발할 것이란 말인가?"

카즈마사는 여전히 시선을 돌린 채 말했다.

"만약에 치쿠젠이 전쟁을 도발한다고 해도 우리 성주님은 응하시지 않을 것일세."

"아니, 전쟁을 도발하는 대신 신하의 예를 갖추라고 강요할 것이 분명합니다. 지금은 니와 나가히데 님도 호소카와 후지타카 님도 모두 치쿠젠의 가신이 되었습니다."

"그렇다면, 자네가 우려하는 점은 성주님이 치쿠젠의 부하가 되지는 않을 것이란 말인가?"

"그렇습니다. 성주님은 물론이고 가신들이 용납하지 않습니다. 그러므로 지금 확고하게 대처할 수 있는 준비가 필요하다는 말씀을 드리고 싶습니다."

"하하하……"

카즈마사는 또다시 웃었다.

"잘 알았어. 걱정하지 말게. 성주님은 그런 분이 아닐세. 나도 자네 말을 가슴에 새겨두겠네. 또 성주님이 명하시면 사자로도 갈 것일세. 오늘 밤은 여기서 편히 쉬고 내일 일찍 하마마츠로 떠나게."

챠야 시로지로는 아직 하고 싶은 말을 다하지 못해 불만이었으나 그 이상 더 말을 할 수 없었다.

'과연 이 정도로도 상대가 알아들었을까……?'

솔직히 말하면 믿음직스럽지 못했다. 눈을 빛내면서 좀더 자기한테 질문의 화살을 던질 것으로 기대하고 있었다.

"좋아, 그렇다면 내가 자청해서 사자로 가겠다. 아무리 치쿠젠이라 하지만 그 역시 사람이 아닌가."

이런 말이 나오고, 그러면 히데요시의 성격과 버릇을 여러모로 이야기해주려고 했다. 그러나 카즈마사는 조금도 진지하게 들으려 하지 않았다.

카즈마사 역시 히데요시를 가볍게 여기고 있는 것이 아닌가 하는 생각이 들어, 잠시 후에 들어온 식사도 술도 전혀 맛이 없었다.

카즈마사는 전에 비해 사람이 달라진 것처럼 보였다. 부드러워지기는 했으나 예전과 같은 기백이 사라진 듯한 느낌이었다.

이에야스의 영지가 4개 지방으로 늘어났기 때문에 이미 다이묘의 지위를 약속받은 것과 마찬가지였다. 그래서 날카로운 면이 무디게 되었는지, 아니면 오만해진 것인지……?

그날 밤은 본성의 한 방에서 점원과 같이 숙박하게 해주었으나, 이튿날 아침 성을 떠날 때 카즈마사는 얼굴도 보이지 않았다. 시로지로로서는 이 역시 배신당한 것만 같아 여간 섭섭하지 않았다.

'설마 이 성의 성주 대리로 만족하고 있지는 않을 텐데……'

챠야가 떠나자 카즈마사는 아무렇지도 않은 태도로 자기 아들 야스나가康長에게 말했다.

"마츠모토 시로지로는 떠났느냐? 그는 말이 너무 많아 탈이야."

7

이시카와 카즈마사는 챠야 시로지로가 하려는 말을 너무도 잘 알고 있었다.

카즈마사는 이미 몇 달 전에 그 문제로 이에야스와 다툰 일이 있었다. 이에야스는 무슨 생각에서인지 계속 키요스의 오다 노부오織田信雄와 서신 왕래를 하고 있었다. 이것이 카즈마사로서는 왠지 모르게 불안했다.

노부오가 노부타카처럼 시바타나 타키가와와는 손을 잡지 않고 줄곧 이에야스에게 의지하려 하는 것은, 노부타카와 마찬가지로 히데요시에 대해 반감을 가지고 있어서였다.

노부오는 이에야스가 아직 호죠와 싸우고 있을 때부터 카이에 있는 이에야스의 진중으로 계속 서신과 선물을 보내왔다. 킨키의 사정이 절박하므로 속히 호죠 우지나오와 화의를 맺고 군사를 돌려 자기에게 힘을 빌려달라는 것이었다.

처음에 이에야스는 이 기회를 교묘히 이용하여 호죠와의 사이를 노부오에게 알선하게 하려는 생각인 것 같았다. 그 생각이 카즈마사에게는 여간 위태롭게 보이지 않았다. 시바타 카츠이에는 노부타카와 손을 잡음으로써 스스로 멸망을 초래하고 말았다. 이에야스가 노부오와 접촉하는 것도 머지않아 히데요시의 눈을 빛나게 만들지 않을 수 없을 것이었다.

"키요스와의 교제는 삼가심이 좋을 듯합니다. 긁어 부스럼을 만드는 것은 부질없는 일입니다."

여느 때 같으면 웃으면서 머리를 끄덕였을 이에야스였다. 그런데 그 때만은 노골적으로 불쾌한 기색을 나타내며 고개를 돌렸다.

지난해 말 히데요시가 기후 성으로 출병했을 때는, 노부오로부터 이에야스에게 꼭 만나고 싶다는 요청이 왔다. 이에야스는 두말없이 이를 승낙하고 올해 정월에 일부러 오카자키 성에 노부오를 초대하여 회담했다. 더구나 그 자리에는 중신들조차 참석시키지 않아 무슨 이야기를 나누었는지 지금도 알지 못하고 있었다. 회담이 끝나고 두 사람은 말머리를 나란히 하고 키라吉良까지 가서 매사냥을 하기도 했다. 정월 20일의 일이었다.

사냥을 하고 돌아왔을 때 카즈마사는 정색을 하고 이에야스에게 말했다.

"성주님, 사냥감이 있었습니까?"

"아, 토끼와 꿩이 좀 있더군."

"그런 사냥감을 말하는 것이 아닙니다."

"뭐라고?"

이에야스가 그때는 웃으면서 카즈마사를 나무랐다.

"돌아가신 우다이진 님과 나는 보통 사이가 아니었네. 실의에 빠져 있는 노부오 님을 위로했으니…… 별로 사냥감이 없었다 해도 상관없지 않은가?"

"사냥감이 없다면 그만두십시오. 쓸데없는 일입니다."

"쓸데없는 일이라고?"

"예. 토끼나 꿩을 소중한 가신의 목숨과 바꾸게 되기라도 한다면 무모한 일입니다."

"닥쳐, 카즈마사. 그대는 나에게 명령할 작정인가?"

"예, 때에 따라서는 하겠습니다."

"말을 삼가게. 나는 나름대로 생각하는 바가 있어. 두 번 다시 말하지 말게."

같은 성에 있었다면 틀림없이 이에야스는 그 '생각'을 카즈마사에게 말했을 텐데, 얼마 지나지 않아 하마마츠로 돌아갔다. 그래서 아직까지 카즈마사는 그 생각에 대해 듣지 못하고 있었다.

히데요시가 앞으로 어떻게 나올지 우려하는 점에서는 카즈마사도 결코 챠야 시로지로에 뒤떨어지지 않았다…… 다만 그는 이 말을 입밖에 내는 것을 극히 삼가고 있었다.

8

"야스나가, 오카츠於勝도 이리 불러오너라."

이시카와 카즈마사는 시로지로가 성을 떠났다는 것을 알고는 맏아들을 돌아보고 부드럽게 웃었다.

"손님이 재미있는 말을 하더구나."

"재미있는 말이라면, 아까 아버님이 말이 너무 많아서 탈이라고 하신 그 손님 말씀입니까?"

"그래. 과연 성주님의 눈에 들었을 정도로 기량이 있는 자임에는 틀림없으나 이번만은 말이 좀 많았어. 그가 한 말 가운데 이런 이야기가 있었다. 어디에 사자로 보내도 안심할 수 있는 사람은 나와 사쿠자에몬 두 사람뿐이라고."

"그것이…… 재미있다는 말씀입니까?"

"그래, 재미있다. 너무 잘못 보고 있으니까 말이다. 이 미카와에는 나나 사쿠자에몬과 같은 사람은 강가의 조약돌만큼이나 많아. 어쨌든 좋아. 오카츠를 불러오너라."

346

카즈마사에게는 아들이 셋 있었다.

장남 야스나가는 이미 관례冠禮를 올렸으나, 차남 카즈치요勝千代와 3남 한자부로半三郎는 아직 머리를 얹지 않고 있었다. 모든 것을 이에 야스의 출세를 위해 혼인까지 늦췄기 때문에 자식과 아버지의 연령차이가 많았다.

이윽고 야스나가가 차남 카즈치요를 데려왔다.

카즈치요는 비록 체구는 컸지만 아직 열네 살밖에 되지 않아 그 눈동자는 순진하고 어린아이 같은 빛을 띠고 있었다.

"야스나가, 카즈치요, 나는 오늘 너희들에게 좀 물어볼 말이 있다."

"예, 무슨 말씀인지요?"

"너희들은 할머니로부터 부처님의 가르침에 대해 자주 이야기를 들었겠지?"

"예, 들었습니다."

동생 카즈치요의 대답에 이어 야스나가가 고개를 갸웃했다.

"듣기는 했지만 아직 알지는 못합니다. 부처님의 가르침은 너무 심오한 것 같아서."

"그렇다."

카즈마사는 머리를 끄덕였다.

"그래서 얼마나 아는지 물어보고 싶은 생각이 들었어. 알지 못하는 것, 이해하지 못할 것은 그대로 대답하여라. 알겠느냐?"

"예."

"너희들은 내가 어째서 목숨을 바쳐 성주님을 모시고 있는지 알고 있느냐?"

"예."

형이 대답했다.

"조상 대대로 은혜를 입고 있기 때문입니다."

"으음, 오카츠는 어떻게 생각하느냐?"

"형님과 같습니다…… 그리고 아버님은 성주님을 존경하시고 좋아하기도 하시기 때문이라 생각합니다."

"으음."

카즈마사는 고개를 끄덕였다.

"그렇다면 다시 묻겠는데, 만약 이 아비가 성주님을 싫어하게 되고 또 성주님보다 더 큰 은혜를 내리실 분이 있다면, 이 아비는 성주님 곁을 떠나 그분을 모셔도 된다는 말이냐?"

이 말에 형제는 가만히 얼굴을 마주보고 고개를 갸웃거렸다.

'어째서 아버님이 이런 질문을 하실까?'

"아닙니다."

형이 대답했다.

"그런 분이 계셔도 아버님은 안 가십니다."

동생은 고개를 갸웃한 채 잠자코 있었다.

카즈마사는 크게 소리내어 웃었다.

"하하하…… 카츠치요는 능글맞구나. 모른다며 잠자코 있다니 능글맞아. 하하하……"

9

"아니, 그렇지 않습니다!"

카츠치요는 어린아이답게 설레설레 고개를 내저었다.

"지금 무어라고 대답할지 생각하고 있는 중입니다."

"알겠다. 그럼, 좀더 생각해보도록 해라. 형과는 다르다는 말이지? 다르다면 달리 대답을 해야 할 테지. 이것도 잘 생각해서 대답해라."

카즈마사는 부채를 펴서 천천히 가슴에 부채질을 시작했다.

"모르겠습니다!"

잠시 후 카츠치요가 말했다.

"형님과 마찬가지로 잘못된 것이라 생각합니다…… 아버님은 누가 어떤 큰 은혜를 베풀어도 역시 성주님 곁을 떠나시면 안 됩니다…… 그것만은 알고 있지만 이유는 알지 못합니다."

"좋아, 네 대답은 나왔다. 야스나가는?"

야스나가는 가만히 이마의 땀을 닦고 다시 천장을 노려보았다.

"알고는 있으나 말할 수 없습니다."

"허어, 그것은 대답이 되지 않는다. 그런 입이라면 꿰매버려라."

"그것이…… 무사의 길이기 때문일 것입니다. 더 큰 은혜를 내리는 사람이 나타난다고 해도 이전의 은혜가 사라지지는 않습니다. 그러므로…… 은혜를 갚거나 아니면 절조를 지키거나……"

"야스나가."

"예."

"그럼, 이 아비가 큰 공을 세워 이전의 은혜를 갚는다면 다른 데로 가도 좋겠느냐?"

"글쎄요……"

"다른 데로 갈 아비인지 아닌지 그것부터 생각해보아라."

"저어, 역시 다른 데로 가실 아버님이 아닙니다."

"그래, 그 말이 맞다. 그렇다면 어째서 가지 않을 것이라 생각하느냐, 이 아비가?"

야스나가는 대답할 말을 찾지 못했다.

"모르겠습니다. 가르쳐주십시오, 아버님."

"하하하…… 이것으로 너희들 생각을 대강 알게 되었다. 부처님의 가르침에 대한 할머님의 설명을 아직 잘 모르고 있구나."

형제는 다시 얼굴을 마주보고 순진하게 머리를 긁었다.

"잘 듣거라. 나는 성주님이 언제부터인지 부처님이 가르친 길을 똑바로 걸으시기 때문에 비록 어떤 무리한 명을 내리신다 해도, 또 어떤 가혹한 처사를 하신다 해도 절대로 곁을 떠나지 않으려 한다."

"부처님이 가르친 길……"

"그래. 성주님이 처음에는 용맹스러운 무장이셨다. 그러다가 차차 깊이 생각하는 성주님이 되시고, 요즘에는 부처님이 가르친 길을 걷는 분으로 변하셨어. 알겠느냐, 부처님이 가르친 길은 사람을 죽이는 데에 있지 않다. 싸우는 데에 있지 않아. 한 사람이라도 더 많은 사람을 살리는 것…… 한 사람이라도 더 많이 키우는 것. 강한 것만이 무장은 아니야. 그런 이치를 터득하신 성주님이기 때문에 나는 기꺼이 모실 수 있는 것이다."

카츠치요는 다시 장난꾸러기처럼 고개를 갸웃거렸다.

"아버님, 대관절 아버님은 지금 무엇을 하시려고 그러십니까? 무슨 필요가 있어서 그런 질문을 하신 것입니까? 저는 그것을 알지 못하겠습니다."

카츠치요는 부처님이 가르친 길보다도 이런 말을 묻는 아버지에게 더 많은 흥미를 느끼는 듯했다.

"이 녀석, 말을 다른 데로 돌리면 못써."

카즈마사는 씁쓸히 웃었다.

10

"이번에는 아버님이 말씀을 돌리셨습니다."

카츠치요는 재빨리 아버지에게 응수했다.

"형님, 아버님이 아까 무엇 때문에 그런 말씀을 하셨는지, 그것만 알면 달리 생각해볼 수도 있겠는데."

형 야스나가는 조심스럽게 입을 다물고 있었다.

그는 아버지가 어째서 고민하는지 희미하게는 알고 있었다. 챠야 시로지로가 일부러 들러 말하기 전에, 실은 이에야스가 아버지에게 은밀히 한 말이 있었다.

"쿄토 쪽 일은 아마도 치쿠젠의 뜻대로 된 모양일세. 그러니 전승을 축하하는 사자를 보낼 수밖에 없는데 다른 사람은 좀 곤란할 것 같아. 그대가 갈 수 없을까?"

이때 야스나가는 아버지를 따라 하마마츠 성에 가서 옆방에서 기다리며 두 사람의 대화를 들었다.

"그 일에서만은 벗어나게 해주셨으면……"

아버지는 대답했다.

"어째서?"

"쿄토는 사자가 가기에는 불길한 곳입니다. 이번에 가게 되면 치쿠젠은 반드시 오사카 성을 쌓는 일에 협력하라고 할 것입니다. 거절할 수 없는 조건을 내걸어, 할 수 없이 승낙하고 돌아오면 성주님을 위시하여 가신들의 원망을 사게 될 것이고, 거절하여 치쿠젠의 심기를 상하게 만든다면 사자의 역할을 완수하지 못한 것이 됩니다. 제발 그 일만은 면하게 해주십시오."

이에야스는 그때 화제를 돌려 잠시 다른 잡담을 했다. 그리고 4반각 (30분)쯤 지나서 다시 본래의 화제로 돌아왔다.

"카즈마사, 역시 사자로는 그대가 가야만 하겠어. 다른 사람은 마음이 놓이지 않아."

문제는 오사카의 축성에 협력은 하되 되도록 희생을 적게 하고, 그러면서도 히데요시가 트집을 잡지 않도록 교묘히 비위를 맞추고 오라는 것인 듯했다.

"그 일만은 면하게 해주시기를……"

아버지는 다시 말했다.

"아즈치 성을 쌓을 당시 사카이와 오쿠보 두 분의 선례도 있고 하므로, 오사카 축성을 앞두고 사자로 간다는 것은 여간 껄끄러운 일이 아닙니다."

이에야스는 불쾌한 듯 잠시 입을 다물고 있었다.

"그러면 누구를 보냈으면 좋을지 그대와 사쿠자에몬 두 사람이 잘 상의해보게. 보통 사람으로는 그 일을 감당하지 못해."

엄하게 말했다.

당연한 일이었다. 히데요시의 축성은 천하에 그 위세를 과시하기 위해서였고, 따라서 유복해 보이거나 자기와 힘을 겨루려는 자라고 판단되면 많은 요구를 부과할 것은 당연했다.

그 무렵 도쿠가와 일족 역시 새로운 영지에 수많은 성곽과 성채를 쌓아야 할 입장이었다.

이에야스의 거실에서 나온 카즈마사는 혼다 사쿠자에몬을 찾아가 한참 동안 밀담을 나누었다. 그 자리에서 두 사람 사이에 무슨 이야기가 오갔는지 야스나가는 묻지 않았으나, 성을 나설 때의 아버지 표정은 결코 밝지 않았다.

'무언가가 있다…… 괴로운 일이.'

야스나가가 이런 생각을 하며 잠자코 있으려니 카즈마사는 쓴웃음을 지은 채 다시 말했다.

"그럼, 말해주겠다. 야스나가, 카츠치요. 너희들이 알아들을 수 있을지 모르겠다만……"

"예, 듣고 싶습니다."

"실은 말이다…… 이 아비가 하시바 치쿠젠에게 사자로 가게 될지도 모른다."

카즈마사는 문득 말을 끊고 다시 조용히 부채질을 했다.

11

"그…… 사자로 가시는 것이 무슨……?"

동생 카츠치요가 눈을 빛내며 아버지의 얼굴을 바라보았다.

"그래…… 이 사자는 그 옛날 슨푸의 이마가와 일족에게 마님과 도련님을 모시러 갔을 때의 사자보다 훨씬 어려운 일을 해야 한다."

"어……어째서 그렇습니까?"

"앞으로 우리 성주님이 치쿠젠에게는 눈의 가시가 될 것이기 때문이다. 내가 치쿠젠이라 해도 이 경우에는 똑같은 일을 할지 모른다. 크게 성을 쌓을 것이니 황금과 재목을, 석재와 일꾼들을 더 많이 내놓으라고 말이다."

형제는 다시 고개를 갸웃거리며 얼굴을 마주보았다. 그들은 반은 알고 반은 알지 못했다. 잘 알 수 있는 것은 아버지가 몹시 곤혹스러워하고 있는 것 같다는 사실뿐이었다.

"그래서 사자로 갈 때는 너희들도 같이 데리고 갈 생각이다. 데려가면 혹시 돌아오지 못하게 될지도 모른다…… 그래도 괜찮겠느냐?"

"그야 아버님의 분부라면…… 그렇지, 카츠치요?"

"응."

카츠치요는 애매하게 대답했다.

"그것이 부처님의 길에 부합된다고 아버님은 생각하시는군요."

"그래!"

카즈마사는 비로소 만족했다는 듯이 분명하게 대답했다.

"너희들 잘 듣거라. 이번 일에는 나도 좀처럼 결심을 내릴 수 없었다. 그러나…… 성주님은 내가 생명을 걸고 말의 앞자리에 태워 슨푸의 이마가와로부터 모셔온 적자嫡子인 노부야스 님까지 가문과 천하를 위해 눈물을 머금고 버리셨어…… 나는 성주님의 그 심정을 생각하고 결심했다마는……"

형제는 어느 틈에 눈을 깜박이는 것조차 잊어버리고 아버지를 바라보고 있었다. 아버지가 노부야스의 이야기를 꺼낼 때는 항상 그 눈이 젖어 있기 때문이기도 했다.

"그때의 노부나가 님만 그렇지는 않을 것이다. 인간이란 이 나라에서 제일가는 성을 쌓고 그 위세를 천하에 떨치려 할 때는 누구나 악귀가 되는 모양이야. 치쿠젠도 아마 이번에 그렇게 될 것이다. 그런 만큼 악귀라 해도 놀라지 않을 각오와 자질이 없이는 섣불리 사자로 갈 수 없는 거야."

"아버님!"

카츠치요가 먼저 떨리는 목소리로 입을 열었다.

"가시게 되면 아버님과 함께 가고, 또 만일의 경우에는 죽으면 되는 것이겠지요?"

"성급하게 굴지 마라, 카츠치요."

형이 나무랐다.

"죽느냐 사느냐 하는 것은 아버님 생각에 달려 있어. 우리는 어디까지나 아버님 지시대로 하면 돼. 잠자코 듣기만 해라."

"응, 물론 듣고 있어. 그런데, 언제 사자가 되어 떠나시나요?"

카즈마사는 오늘도 그 눈에 맺힌 눈물을 닦으면서 두 아들을 바라보고는 미소지었다.

"그 말을 듣고 이 아비는 안심했다. 나는 사자가 될 자질이 있어. 아마도 성주님은 다시 한 번 나를 하마마츠로 부르실 터인데, 날짜는 그

때 상의해서 결정할 테지만 오래 걸리지는 않을 것이다. 앞으로 사흘이
나 닷새쯤……"

"그러면 우리도 그동안에 준비를 해야겠구나. 그렇지, 카츠치요?"

"응, 그래."

카즈마사는 두 아들을 바라보고 이번에는 느긋하게 웃고 있었다.

──12권에서 계속

《 시즈가타케 전투 세력도 》

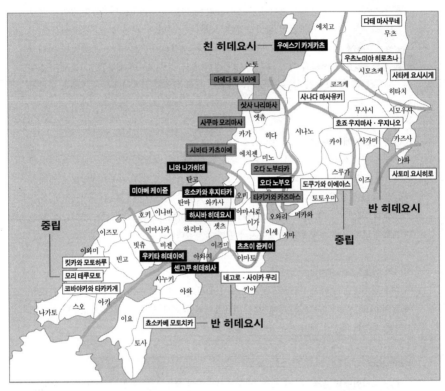

친 히데요시 ── 우에스기 카게카츠

다테 마사무네

무츠

우츠노미야 히로츠나

시모츠케

사타케 요시시게

히타치

마에다 토시이에

노토

코즈케

사나다 마사유키

무사시

시모우사

삿사 나리마사

엣츄

호죠 우지마사 · 우지나오

사쿠마 모리마사

카가

히다

시나노

카이

사가미

카즈사

시바타 카츠이에

에치젠

미노

오다 노부타카

이와

사토미 요시히로

니와 나가히데

탄고

오다 노부오

스루가

이즈

미야베 케이쥰

호소카와 후지타카

와카사

도쿠가와 이에야스

토토우미

반 히데요시

타키가와 카즈마스

오미

하시바 히데요시

호키

이나바

미마사카

탄바

야마시로

이가

오와리

미카와

이세

시마

중립

이즈모

빗츄

비젠

하리마

셋츠

이즈미

중립

아와지

킷카와 모토하루

이와미

빈고

우키타 히데이에

초초이 쥰케이

아마토

모리 테루모토

사누키

센고쿠 히데히사

네고로 · 사이카 무리

키아

코바야카와 타카카게

나가토

스오

아키

이요

쵸소카베 모토치카

반 히데요시

토사

─────── 하시바 히데요시 군

─────── 시바타 카츠이에 군

─────── 비참전 세력

─────── 세력 경계선

◈ 히데요시가 구상한 시바타 포위망

◈ 시바타가 구상한 히데요시 포위망

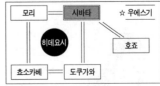

☆ ─── 중립

════ ⋯⋯⋯⋯ 동맹 관계

《 주요 등장 인물 》

마에다 토시이에前田利家

통칭 마타자에몬 등으로 불리며 소년 시절부터 노부나가의 수하로 수많은 전투에서 활약하였다. 노부나가 사망 후 시즈가타케 전투에서는 시바타 군에 소속되어 히데요시와 대립하지만, 오랜 친구 사이인 히데요시와의 의리 때문에 고민하다 결국 히데요시와 제휴하고, 군사를 출동시키지 않는다. 키타노쇼 성 공격에서는 선봉에 서서 시바타 카츠이에를 공격하여 멸망시킨다.

시바타 카츠이에柴田勝家

관직명 슈리노스케. 오다 가의 가신으로 혼노 사의 변 후, 키요스 회의에서 노부나가의 셋째아들인 노부타카를 천거하지만, 히데요시가 천거한 산보시가 후계자로 결정되자 히데요시와의 불화가 표면화된다. 노부나가의 장례를 구실로 상경을 요구하는 히데요시의 청을 묵살하고, 이를 기화로 발발한 시즈가타케 전투에서 히데요시와 겨루지만, 키타노쇼 성을 히데요시 군이 포위하자 부인인 오이치와 함께 자살한다.

시바타 카츠토요柴田勝豊

시바타 카츠이에의 아들. 병약한 몸으로 하시바 히데요시에게 사자로 갔다가 그의 인간성에 끌려 아버지와의 사이에서 방황한다. 히데요시의 교묘한 술책으로 아버지로부터 히데요시의 첩자라는 의심을 받고 괴로워하다 빈사 상태에서 할복한다.

오마츠阿松

마에다 토시이에의 정실. 어린 시절 오다 노부나가의 부인 노히메로부터, "오마츠를 아내로 맞는 사람은 행운아야"라는 칭찬을 들었을 정도로 재녀才女다. 시바타 카츠이에와 도요토미 히데요시 사이에서 방황하는 남편 토시이에에게 히데요시 편에 가담하라고 설득하고, 직접 히데요시를 만나 카츠이에 공격의 선봉을 남편에게 맡겨달라고 요구한다. 오마츠의 지혜로 마에다 가문은 살아남게 된다.

오이치お市

오다 노부나가의 여동생. 노부나가의 명으로 아사이 나가마사와 결혼한다. 남편인 나가마사가 노부나가를 배신하여, 텐쇼 원년(1573)에 나가마사는 노부나가에게 죽임을 당하고, 오이치는 세 딸과 함께 키요스 성으로 옮겨와 살게 된다. 텐쇼 10년(1582)에 오다 가의 중신인 시바타 카츠이에와 재혼하지만, 이듬해 카츠이에가 본거지인 키타노쇼 성에서 히데요시의 공격을 받자 세 딸을 탈출시키고, 남편과 함께 자살한다.

이시카와 카즈마사石川數正

관직명은 호키노카미. 혼노 사의 변 후 히데요시가 천하의 주도권을 잡게 되자 도쿠가와 가문의 중신들은 대부분 히데요시에 항전하자는 의견이었으나 유독 카즈마사만이 히데요시와 화친해야 한다고 주장한다. 도쿠가와를 대신해서 히데요시와 외교적인 문제를 교섭하는 사신으로 발탁되고, 훗날 도쿠가와의 가신들에게 히데요시의 첩자라는 의심을 받는다.

챠야 시로지로茶屋四郎次郎

쿄토의 거상으로 사카이에도 이름이 알려져 있으나, 원래 그는 마츠모토 키요노부라는 도쿠가와 이에야스의 가신이다. 이에야스에게 쿄토와 사카이 등지의 소식을 전하는 첩자 역할을 한다. 시로지로는 노부타카가 항복한 정황을 이에야스에게 보고하는 자리에서 히데요시와 교섭할 인물로 이시카와 카즈마사를 추천한다.

챠챠히메茶茶姬

오이치와 아사이 나가마사 사이에서 태어났다. 나가마사의 죽음으로 어머니, 두 동생과 함께 키요스 성으로 옮겨와 살다, 시바타 카츠이에와 재혼한 어머니를 따라 다시 키타노쇼 성으로 들어간다. 생부인 나가마사를 그리워하며 카츠이에에게는 아버지로서의 정을 느끼지 못하는데, 마침내 히데요시의 공격을 받게 되자 노골적으로 카츠이에에 대한 불만을 털어놓으며, 오이치를 설득하여 같이 탈출하자고 한다. 하지만 오이치는 끝내 카츠이에와 함께 자살하고, 자신은 두 동생과 함께 성에서 구출된다.

하시바 히데요시羽柴秀吉

관직명 치쿠젠노카미. 성을 도요토미로 바꾸기 전의 이름이다. 키요스 회의를 통해 실질적인 권력을 장악한 히데요시는 자신의 권력을 더욱 공고히 하기 위해 쿄토에서 노부나가의 장례를 성대하게 치른다. 아울러 장례를 구실로 시바타 카츠이에의 상경을 요구하지만, 시바타 카츠이에는 끝내 초대에 불응하고, 히데요시는 이를 기회로 시즈가타케 전투에서 시바타 가문을 괴멸시킨다.

≪ 아즈치 · 모모야마 용어 사전 ≫

난반 사南蠻寺 | 각지에 세워진 초기 천주교 사원의 총칭.

노부시野武士 | 산야에 숨어살면서 패잔병 등의 무기를 빼앗아 무장한 무사나 토민의 무리.

다비茶毘 | 불에 태운다는 뜻으로 불교에서 화장火葬을 달리 이르는 말.

다이묘大名 | 넓은 영지와 많은 부하를 둔 무사의 우두머리.

도마루胴丸 | 몸통을 보호하기 위한 간편한 갑옷.

만도에萬燈會 | 참회와 속죄를 위해 부처에게 1만 개의 등불을 공양하는 법회.

미쿠리야御廚 | 황실이나 신사에 쓰이는 음식을 조달하는 곳.

바쿠후幕府 | 무신 정권 시대에 쇼군이 집무하던 곳, 또는 그 정권.

쇼군將軍 | 무력과 정권을 장악한 바쿠후의 실권자. 정식 명칭은 세이이타이쇼군.

숙기宿忌 | 불교 용어로 기일忌日 전날 밤의 불사佛事.

시아귀施餓鬼 | 굶주린 귀신이나 연고자가 없는 망령에게 음식을 바치는 법회.

아시가루足輕 | 평시에는 막일에 종사하고, 전시에는 병졸이 되는 최하급 무사.

아츠모리敦盛 | 무사가 인생의 무상함을 깨닫고 불문에 들어간다는 설화에서 유래한 노가쿠의 하나.

에보시烏帽子 | 관례를 올린 남자가 쓰는 검은 모자.

오닌應仁의 난 | 1467년부터 1477년까지 쿄토를 중심으로 일어난 대란. 지방으로 파급되어 센고쿠 시대로 접어드는 계기가 되었다.

우다이진右大臣 | 다이죠칸의 장관. 사다이진 다음의 직위. 여기서는 오다 노부나가를 가리킨다.

우마지루시馬印 · 馬標 | 전쟁터에서 대장의 말 옆에 세워 그 위치를 알리는 표지.

인로印籠 | 허리에 차는 3층 또는 5층으로 된 작은 약상자. 본래는 도장, 인주 등을 넣었다.

입실入室 | 고승의 허락을 받아 당幢을 세우고 법호法號를 받는 일.

지세이辭世 | 임종 때 지어 남기는 시가詩歌.

지쥬侍從 | 나카츠카사 소속으로 천황을 모시는 사람이나 그 관직명.

참법懺法 | 죄를 회개하는 불교 의식.

천궁川芎 | 혈액 순환을 돕는 한약재.

카이샤쿠介錯 | 할복하는 사람의 뒤에 있다가 목을 치는 것. 또는 그 사람.

카타기누肩衣 | 어깨에서 등으로 걸쳐지는 무사의 소매 없는 예복.

칸파쿠關白 | 천황을 보좌하여 정무를 담당하는 최고위의 대신.

코소데小袖 | 넓은 소매의 겉옷에 받쳐 입는 속옷. 현재 일본옷의 원형.

코쇼小姓 | 주군을 측근에서 모시며 잡무를 맡아보는 무사.

쿠사즈리草摺 | 갑옷 허리에 늘어뜨려 대퇴부를 보호하는 것.

텐슈카쿠天守閣 | 성의 중심부 아성牙城에 3층 또는 5층으로 높게 쌓은 망루.

하카마袴 | 일본옷의 겉에 입는 아래옷. 허리에서 발목까지 덮으며 넉넉하게 주름이 잡혀 있고, 바지처럼 가랑이진 것이 보통이나 스커트 모양의 것도 있다.

하타모토旗本 | (진중에서) 대장이 있는 본영. 또는 그곳을 지키는 무사.

해자垓子 | 성밖으로 둘러서 판 못.

홋코쿠北國 | 호쿠리쿠北陸의 옛 명칭으로 호쿠리쿠 지방은 현재의 토야마, 이시카와, 후쿠이, 니가타 지방을 가리킨다.

홋쿄法橋 | 의사나 예술가에게 주던 칭호의 하나.

후지고로모藤衣 | 삼베로 지은 상복.

《 도쿠가와 이에야스 관련 연보(1583) 》

◆—서력의 나이는 도쿠가와 이에야스의 나이

일본 연호	서력	주요 사건
텐쇼 天正	**11** 1583 42세	정월 18일, 이에야스는 오와리 호시자키에서 키타바타케 노부오와 회견한다. 3월 3일, 하시바 히데요시는 타키가와 카즈마스의 이세 카메야마 성을 함락시킨다. 이어서 키타바타케 노부오를 카메야마로 맞아들인다. 같은 날, 시바타 카츠이에는 오미로 출진한다. 이날 사쿠마 모리마사는 에치젠 키타노쇼를 출발한다. 3월 4일, 시바타 카츠이에는 아시카가 요시아키를 옹립하고, 모리 테루모토와 함께 하시바 히데요시를 협공하려고 한다. 3월 17일, 하시바 히데요시는 시바타 카츠이에의 오미 출진 소식을 듣고, 서둘러 나가하마로 출진하여 야나가세로 나가 시바타 군과 대치한다. 4월 16일, 칸베 노부타카는 미노 기후 성에서 군사를 일으켜, 키요스 성의 이나바 잇테츠와 오가키 성의 우지이에 나오미치의 영내에 불을 지른다. 하시바 히데요시는 이 소식을 듣고 오가키 성으로 향한다. 4월 21일, 하시바 히데요시는 시바타 카츠이에의 장수인 사쿠마 모리마사를 오미 시즈가타케에서 격파하고 카츠이에의 진영으로 공격해 들어간다. 카츠이에는 에치젠 키타노쇼로 도망친다. 4월 22일, 하시바 히데요시는 에치젠으로 출진한다. 마에다 토시이에가 히데요시에게 항복한다. 4월 24일, 하시바 히데요시가 에치젠 키타노쇼 성을 포위한다. 시바타 카츠이에는 성안에 불을 지르고, 자신의 아내인 오이치와 함께 자살한다. 4월 25일, 하시바 히데요시가 카가로 들어간다. 호쿠리쿠의 장수들이 모두 항복한다. 마에다 토시이에에게 카

일본 연호	서력	주요 사건
텐쇼 天正		가의 이시카와, 카호쿠 두 군郡을 준다. 4월 27일, 하시바 히데요시는 키타바타케 노부오와 상의하여 칸베 노부타카를 오와리의 우츠미로 보내고, 다시 할복을 명한다. 5월 2일, 노부타카가 오미도 사에서 26세의 나이로 자살한다. 5월 11일, 오다 노부오가 마에다 겐이를 쿄토의 부교로 임명한다. 5월 12일, 하시바 히데요시가 시바타 카츠이에의 아들인 곤로쿠 및 사쿠마 모리마사를 죽여 쿄토의 로쿠죠 강가에 효수한다. 6월 2일, 하시바 히데요시는 야마시로 다이토쿠 사에서 노부나가의 1주기 법회를 연다. 7월 7일, 하시바 히데요시는 오미의 토지를 측량한다. 8월 1일, 타키가와 카즈마스가 히데요시에게 항복한다. 8월 15일, 호죠 우지나오가 이에야스의 딸 스케히메를 아내로 맞이한다. 8월 28일, 하시바 히데요시가 셋츠 오사카에 성을 쌓는다. 9월 13일, 이에야스의 다섯째아들인 노부요시가 하마마츠에서 태어난다. 어머니는 아키야마. 12월 2일, 사가미의 호죠 우지마사가 노쇠하여 아들인 우지나오에게 대를 물려준다. 12월 30일, 이에야스는 영지 내의 잇코 종을 부활시킨다.

옮긴이 이길진 李吉鎭

1934년 황해도 출생. 1958년 서울대학교 사회학과를 졸업하였다.
일본 문학 작품 및 일본 문화에 관련된 많은 책들을 유려한 우리말로 옮겼다.
주요 역서로는 가와바타 야스나리의 『설국』, 이마이 마사아키의 『카이젠』,
오에 겐자부로의 『사육』, 기쿠치 히데유키의 『요마록』,
야마오카 소하치의 『오다 노부나가』, 『사카모토 료마』 등이 있다.

| 부록의 자료 제공 및 감수는 고려대학교 일어일문학과 최관 교수님께서 해주셨습니다.

도쿠가와 이에야스 제11권

1판 1쇄 발행 2001년 1월 15일
2판 3쇄 발행 2023년 5월 1일

지은이 야마오카 소하치
옮긴이 이길진
펴낸이 임양묵
펴낸곳 솔출판사

주소 서울시 마포구 와우산로29가길 80(서교동)
전화 02-332-1526
팩스 02-332-1529
이메일 solbook@solbook.co.kr
홈페이지 www.solbook.co.kr
출판 등록 1990년 9월 15일 제10-420호

한국어판 ⓒ 솔출판사, 2001
부록 ⓒ 솔출판사, 2001

이 책의 '부록'은 독자들이 일본의 전국시대를 폭넓게 조망할 수 있도록
전공 학자와 편집부가 참여, 오랜 시간과 많은 비용을 들여 작성한 것입니다.
저작권자인 솔출판사의 서면 동의 없이 무단 전재와 무단 복제를 금합니다.

ISBN   979-11-86634-36-3   04830
ISBN   979-11-86634-22-6   (세트)

- 잘못된 책은 구입한 곳에서 바꿔드립니다.
- 책값은 뒤표지에 표시되어 있습니다.

코마키 · 나가쿠테 小牧長久手 전투(1584) 병풍도 뒷부분.
오다 노부오 · 도쿠가와 이에야스 연합군과
도요토미 히데요시 군의 전투 장면.